상수리나무 여관

쉬쿤徐坤 소설집

상수리나무 여관

橡樹旅館

김태성 옮김

글누림

한국의 독자 여러분들께

이 책『상수리나무 여관』에 담긴 작품들은 베이징의 달빛 아래에서 일어난 수많은 남녀들의 이야기들입니다. 이제 이 이야기들은 손에 손을 잡고 대오를 이루어『상수리나무 여관』에 실려 한국으로 들어갑니다. 사실 지금 수천수만의 중국 관광객들이 부산과 제주도, 서울의 동대문 같은 유명한 명소로 몰려들고 있지만, 이미 오래전부터 과거 중국인들의 다양한 이미지가 지난 시대의 작가들의 글을 통해 한국의 대지 위를 걷고 있었습니다. 예컨대 루쉰(魯迅)의 작품에 나오는 광인(狂人)과 아Q, 장아이링(張愛玲)이 그려낸 차오치챠오(曹七巧)와 바이류수(白流蘇), 붉은 장미와 흰 장미 등이 그렇습니다. 위화(余華)의『살아간다는 것(活着)』이나『허삼관매혈기』, 옌롄커(閻連科)의『나와 아버지』, 모옌(莫言)의『붉은 수수밭』과『풍유비둔(丰乳肥臀)』,『개구리』같은 작품에 등장하는 우리 부모님 세대의 고난과 궁핍의 이야기들도 마찬가지지요. 이 인물들 모두 한 시대의 모든 변화를 온몸으로 겪으면서 생활했고 혼란한 사회에서 저항하고 몸부림치면서 착하고 따스한 마음씨로 자녀들을 잘 키워냈습니다. 이들이 지닌 유가문화의 전통과 미덕은 과거 중국과 한국 두 나라의 독자들에게 동시에 화답과 찬탄의 대상이 되었을 뿐만 아니라 지금도 한국 독자들의 삶과 마음 속에서 찬란하게 반짝이고 있습니다.

이제 일제히 성장하여 어른이 된 아버지 세대의 자녀들은 농촌에서 도시로 유입해 들어왔고 향토 중국에서 포스트모더니즘의 질서 안으로 진입했습니다. 그들은 속세의 먼지 속을 뒹굴면서 채워지지 않는 물욕을 드러내고 있지요. 지나간 이야기들은 이미 다 끝나고 새로운 질서가 시작되고 있습니다. 「상수리나무 여관」은 베이징이라는 국제화된 거대도시에 살고 있는 신세대 사람들의 조우를 그리고 있습니다. 특히 베이징의 밤풍경 아래서 신선한 욕망과 가치를 추구하며 살고 있는 젊은 여인들의 생활과 사유를 그리고 있지요. 물론 「상수리나무 여관」이나 「사랑을 만나다」에 나오는 예쁘게 치장하고 자극을 추구하는 젊은 여자들과 「부엌」이나 「한밤중 광장의 마지막 탱고」에 나오는 뛰어난 요리 솜씨와 아름다운 몸매와 자태로 사랑을 추구하는 대담하고 오만한 여성들은 모두 새로운 시대에 맞는 자신의 역할과 지위를 찾아가고 있습니다. 스스로 여성으로서의 생존과 권익을 위해 투쟁하고 있지요. 이렇게 강하고 자주적이며 자아의식으로 충만하여 빛나고 당당하게 살아가는 여성 주인공들의 삶 속에 구현되는 교양과 품위는 한국의 고전 소설 『춘향전』과도 맥을 같이 한다고 할 수 있을 것입니다. 어쩌면 이들의 이야기는 지금 베이징의 왕 징(望京)에 집단적으로 거주하고 있는 한국 여성들에게도 일어나고 있는 얘기일 수도 있을 것입니다.

이 여주인공들의 이야기와 논리는 아버지 세대의 가치관과 『성경』이나 호메로스의 서사시, 셰익스피어, 중국의 『시경』과 『초사』 등에 나오는 남성 위주의 문화전통에 위배될지도 모르겠습니다. 이 여성들이 보여주는 삶의 원형은 고대 그리스의 여류 시인 사포(Sappho)나 영국의 브론테 자매, 제인 오스틴, 고대 중국의 채문희(蔡文姬)와 이청조(李淸照), 노벨문학상 수상 작가 도리스 레싱(Doris Lessing)과 엘리스 먼로(Alice Munro) 같은 사람들의 작품 세계에서 나온 것이기 때문이지요. 오늘날 모든 것이 너무나 빨리 변화하는 지구화 시대에 남권문화의 전통은 부분적으로 계속 이어지면서 동시에 거대한 변화와 전환을 진행하고 있습니다.

이 책을 한국의 독자분들께 전해준 나의 벗 번역가 김태성 선생과 한국 글누림출판사에게 진심으로 깊은 감사의 뜻을 전하고 싶습니다.

2015년 7월 21일
베이징에서 쉬쿤

차 례

상수리나무 여관

橡樹旅館

상수리나무 여관

그들은 밀회 장소를 상수리나무 여관으로 정했다.

베이징의 동쪽 지역, 고층빌딩들이 생선 비늘처럼 빼곡하고 사람들과 차량의 흐름이 하루 종일 끊이지 않는 번화한 곳에 상수리나무 여관처럼 그윽하고 은밀한 공간이 있다는 것은 상상하기 어려웠다. 여관의 외관은 전혀 사람들의 눈길을 끌지 않았다. '여관'이라는 이름 하나만으로도 사람들의 경멸과 천시의 대상이 되기에 충분했지만 이 여관은 고급 호텔의 호화스러움과 쾌적함을 연상시킬 수 없었다. 그저 사람들에게 지나간 시대, 물질이 극도로 부족하던 시절에 여행길에 발을 쉬어야 할 때 만나게 되는 잿빛 먼지와 남루함을 기억하게 해줄 뿐이었다.

하지만 어떤 사물은 그 남루한 겉모습 속에 금옥 같은 아름다움을 감추고 있기도 한다는 걸 누가 상상이나 했겠는가?

상수리나무 여관은 대로에 맞닿아 있었다. 길가에 있는 셈이었다. 여관의 오른쪽과 왼쪽 모두 인테리어와 디스플레이가 세련된 유명 브랜드의 패션매장이었다. 거리 하나를 사이에 두고 건너편 에는 도심의 번화가에서 볼 수 있는 성급 빈관(賓館)이나 왕푸(王 府)호텔에 버금가는 대형 호텔, 그리고 멋진 변호사사무실 건물과 오피스텔들이 즐비했다. 오후가 되어 해가 비스듬히 기울기 시작 할 때면 햇빛은 그 마천루 건물들 외면에 박혀 있는 유리거울들 을 통해 반사되어 길 건너편 키 작은 건물들의 입구를 뜨겁게 달 궈주었다. 그 강렬한 빛에 진열된 옷의 색깔마저도 퇴색할 정도 라 옷가게 주인들은 비명을 질러댔다. 하지만 상수리나무 여관은 이 부분에 있어 아무 문제도 없었다. 상수리나무 여관 문 앞의 뜨 거운 햇볕을 크고 무성한 두 그루의 상수리나무가 가려주기 때문 이었다. 서로 껴안고 있는 그 거대한 나무들은 어느 해 어느 달에 심은 것인지 알 수 없었고 어느 해 어느 달부터 열매를 맺기 시 작했는지도 알 수 없었다. 아마도 이 나무들은 무성하게 마구 엉 켜 있는 울퉁불퉁한 가지 위에 만청(滿淸)부터 민국(民國) 시기까 지, 민국 시기부터 지금까지의 창망한 기억을 고스란히 기억하고 있을 것 같았다. 하지만 아무도 이런 사실을 알지 못했다. 지금 이 나무들 아래로 바삐 걸어다는 사람들은 무성한 잎이 제공하는 짙은 그늘을 누리려고 할 뿐, 아무도 이 나무들의 과거를 알고자 하지 않았다.

전해지는 바에 의하면 두 그루 중 하나는 자성이고 하나는 웅 성이라고 했다.

맞는 말일 것이다! 자세히 살펴보면 정말 그런 것 같았다. 두 그루 상수리나무는 어느 날 갑자기 땅속에서 솟아나와 곧게 뻗은 가지로 하늘을 뚫고 올라갔다. 구름에 닿을 높이에 이르자 가지가 뻗기 시작하더니 몸체가 기울어 점점 가까워지기 시작했고, 둥글고 단단한 열매들은 서로 몸을 부딪치면서 서로를 위로하고 애무했다. 더 위로 뻗어 사람들의 시선이 닿지 않는 지점에 이르러서는 서로 몸이 완전히 뒤엉켜 요염하고 생기 넘치는 자태를 갖추었다. 이렇게 두 나무는 서로를 완전히 껴안아 하나가 되었다. 뒤엉킨 가지에서 작고 앙증맞은 상수리나무 열매들이 자랑스럽게 떨어질 때면 위에서 떨어지는지 아래서 떨어지는지, 어느 나무에서 떨어지는지 분간하기 어려웠다.

이렇게 상수리나무 여관은 사람들에게 충분한 상상과 정감으로 위로를 제공했다.

이메이(伊玫)는 상수리나무 여관에서 밀회를 갖기 위해 이 나무 아래에 올 때마다 자신도 모르게 벅찬 감정으로 나무 위를 올려다보곤 했다.

상수리나무 여관의 이름은 이 나무로 인해 지어진 것이다. 상수리나무 여관의 연륜 역시 이 오래된 두 나무와 비슷했다. 단지 여관이 있는 터가 원래 여관이라 불리지 않았을 뿐이다. 원래 이 자리는 청대 어느 친왕의 왕부(王府)였다. 이 오래된 도시에서 역사는 이미 가장 중시되지 못하는 것이 되고 말았다. 과거의 조대가 남긴 그윽한 저택의 마당이나 호문세가의 저택은 더 이상 사람들의 눈길을 끄는 역사의 경관이 되지 못했다. 지금은 실리주의 원칙이 지배 하면서 모든 문물이 오늘날의 생존에 적합한 물질적 편리로 개조되고 만 것이다.

상수리나무 여관도 전 왕조의 재산이었으나 지금은 신흥 문화 사업가인 이메이 애인의 소유가 되어 있었다. 두 사람이 상수리나무 여관을 정기적인 밀회의 장소로 선택하게 된 것도 이 때문이었다.

이메이는 상수리나무 여관으로 가고 있었다. 5월의 날씨는 대단히 맑았다. 햇빛이 윙윙거리며 모든 것을 끌어당기고 있었다. 밀회를 즐기러 가는 이메이의 발걸음은 햇빛으로 짠 양탄자를 밟는 것처럼 가볍고 부드러웠다. 마음이 급할수록 걸음이 순조롭지 못했다. 도처에 황금빛이 반짝였다. 건물과 거리, 거리 양쪽의 방금 봄을 지나온 나무들, 모든 것들이 5월 상순 오전 열 시의 비스듬한 햇빛 아래서 신록을 즐기려는 들뜬 마음들을 드러내고 있었다. 수시로 경적을 울리면서 무궤전차가 두 개의 차선 위를 오갔다. 전차에 탄 사람들은 아무런 목표점도 없이 창밖을 내다보고 있었다. 몹시 평화롭고 자유로운 모습이었다. 이메이도 최대한 걸음을 편하고 자유롭게 하고 싶었지만 앞발이 뒷발을 잡아끄는 듯한 발걸음이 마치 불을 끄러 가는 사람 같았다. 어제 오후에 오늘 상수리나무 여관에서 만나기로 약속을 한 뒤로 이메이의 심장은 기외수축 현상이 나타난 것처럼 수시로 불안정한 박동을 보였다. 어제 저녁에 그녀는 일부러 심신이 피곤한 사람처럼 아주 일찍 잠자리에 들었다. 눈을 꼭 감고 잠이 든 그녀는 이불로 자신을 꼭 감싸 남편 다평(大鵬)이 덤벼들지 못하게 했다. 그녀는 한 달 가까이 출장으로 남방의 몇 개 도시를 정신없이 돌아다니느라 오랫동안 애인과의 밀회를 즐기지 못했다. 한 달 만에 애인을 만나면서 그에게 가장 훌륭하고 신선하며 생기로 가득한 모습을 보여야겠다고 다짐했었다. 이럴 때 가장 예측하기 어려운 것이 남편의 존재였다. 그가 언제든지 달려들어 애써 유지한 그녀의 상태를 망가뜨려 버릴 수 있었다. 때문에 사전에 조심스레 방비하는 것이었다.

다행히 남편 다평은 목욕을 하고 침대에 올라와서는 먼저 베개 옆에 얼굴을 대고서 그녀의 얼굴을 잠시 살펴보고는 속을 떠보려는 듯이 헛기침을 몇 번 했다. 주인의 눈치를 살피는 고양이 같았다. 이메이는 눈을 꼭 감고 있기는 했지만 가슴이 불규칙적으로 뛰는 것을 막을 수 없었다. 그녀는 애써 호흡을 멈추고 아주 오래 숨을 참았다. 그렇지 않았더라면 기복하는 가슴이 마음속 긴장을 여지없이 노출시켜버렸을 것이다. 다평은 잠시 그녀를 쳐다보다가 아무런 반응이 없자 흥미를 잃었는지 제자리로 미끄러지듯 누워 책을 한 권 집어 들더니 팔락팔락 소리를 내면서 신경질적으로 뒤적거렸다.

이메이는 숨도 크게 내쉬지 못하고 어서 남편의 몸이 식고 전등불이 꺼지기만을 기다리고 있었다.

이어서 조용한 밤 내내 이메이는 마음속 격정을 감추고 명상을 하면서 곧 다가올 그 순간을 기다렸다. 그녀는 쇠로 된 사자 모양의 문고리가 달려 있는 상수리나무 여관의 붉은 칠 대문을 생각했다. 대문에 들어서면 나타나는 영벽(靈壁: 문 밖에서 안을 훤히 들여다볼 수 없도록 문 안에 설치한 커다란 가림벽)과 수화문(垂華門: 사합원 건축의 원락 안에 있는 문으로 택내와 택외의 경계가 된다)을 지나 더 깊이 들어가면 천정(天井: 안채와 사랑채 사이의 작은 마당)과 분수, 포도넝쿨이 나오고 다 합쳐서 네 개의 문을 지나 들어가야 깊은 마당이 나왔다. 마당 양쪽에는 용과 봉황이 새겨져 있는 긴 회랑이 있고, 회랑 아래에는 눈동자조차 움직이지 않고 반듯한 자세로 그녀를 맞아주는 키 크고 잘생긴 사람이 있었다. 그녀를 맞아주는 그 키 크고 잘생긴 남자는 매번 물 같은 눈동자로 그녀를 뚫어져라 쳐다보곤 했다. 그 눈길 아래서 이메이는 몸이 흐물흐물해졌다. 발밑에 아무 것도 받쳐주는 것이 없는 것 같았다. 그가 손을 뻗어 그녀의 팔을 잡으면 마치 고기 덩어리가 불판 위에 얹힌 것 같았다. 그는 회랑을 관통한 다음 마당을 넘어 그녀를 두 사람이 사랑을 나누는 고정된 공간으로 데리고 갔다.

이어서 벌어지는 일은 더 말할 필요가 없을 것이다.

이메이는 몸이 본능적으로 무너지면 내분비 계통에 맵고 뜨거운 긴장이 발생했다. 이것이 그녀를 대신해 모든 것을 아주 솔직하고 담담하게 말해주었다. 한밤중 남편의 숨소리와 자기 집 지붕 아래서의 구속은 이미 그녀에게서 멀어지고 완전히 불태워버리고 싶은 갈망이 그녀의 모든 세포를 충만하게 채웠다.

다음 날 아침 이메이는 일찌감치 사무실로 출근했다. 하룻밤을 전전반측하면서 잠을 이루지 못하고 마음만 새카맣게 태운 터였다. 모든 일이 마음에서 멀어져 있었다. 핏발이 가득 선 두 눈은 피곤으로 인해 위축되지 않았고 반대로 그다지 밝지 않은 방 안에서 반짝반짝 빛을 발했다. 동공 안에서 무언의 긴장이 타오르고 있었다. 발뒤꿈치가 구름을 밟고 있는 것처럼 사무실 여기저기를 사뿐사뿐 날아다녔다. 입으로는 이 사람 저 사람에게 마음에 없는 인사를 건네며 남방에서 가져온 작은 선물을 사무실 동료들에게 나눠주었다. 동료들은 그녀가 갑자기 몰라보게 예뻐진 것을 보고는 참지 못하고 한마디씩 던졌다.

"이봐, 이메이, 이번 출장에서 무슨 좋은 일이라도 있었던 거야?"

이메이가 말을 받았다.

"이 나이에 무슨 좋은 일이 있겠어요? 누구나 서른이 넘으면 예순을 향해 달려가는 법이에요. 그러니 무슨 좋은 일이 있겠어요?"

여러 사람들과 웃는 낯으로 농담 섞인 인사를 나누고 말장난을 하면서 만나야 할 사람들을 다 만나고 나서야 서둘러 테이블 위의 자잘한 문서들을 재빨리 처리한 이메이는 일을 보러 나간다고 핑계를 대고 번개처럼 사무실을 빠져나왔다. 민첩하기가 귀신같았다. 돌발 상황이 걸음을 붙잡지나 않을까 두려웠기 때문이다. 수도 베이징에서 신문사 사무실의 테이블을 하나 차지한다는 것은 결코 쉬운 일이 아니었다. 이메이가 대학을 졸업하고 베이징에 와 신문사에서 일하기 시작한 뒤로 눈 깜짝할 사이에 칠팔 년이 흘렀다. 세월은 하루하루 빠르게 흘러 어느새 그녀도 승진시험을 봐야 하는 단계에 이르렀다. 그제야 그녀는 이 직장에서 평소에 희희낙락하면서 친구처럼 지내던 사람들이 사실은 친구가 아니라는 것을 깨닫게 되었다. 이해관계가 개입되기만 하면 금세 경쟁자가 되거나 가상의 적으로 변해 결정적인 순간에 서로를 밟지 못해 안달인 것처럼 죽기 살기로 싸우는 것이었다.

어찌 된 일인지 일단 성인사회로 들어선 뒤로는 뜻밖에도 친구 하나 사귈 수 없었다. 이메이는 직장에 출근한 첫날이 공교롭게도 사무실 사람들 전체가 함께 부장님 댁으로 사모님 문병을 가던 날이었던 것을 생생하게 기억하고 있었다. 당시 부장의 아내는 위암 말기였다. 이메이는 얼떨떨한 기분으로 사람들과 차 한 대를 함께 타고 따라 갔었다. 부장님 댁에 도착해보니 부인은 침상에 조용히 누워 있었다. 침대보는 눈처럼 희었고 부인의 얼굴은 서리처럼 창백했다. 집 안에 소독약 냄새가 가득했다. 말로 형용할 수 없는 처량함과 참담함이 방 안 가득 퍼져 있었다. 부장은 그 옆에 장승처럼 서 있었다. 고등학생인 그들의 딸은 엄마의 손을 꼭 잡고 눈물이 가득한 눈을 한쪽으로 돌리고 서 있었다. 부장 부인은 아직 정신이 멀쩡한 편이라 사람들을 다 알아보았다. 다른 사람들과 인사를 나누고 나서 부장은 이메이를 그녀 면전으로 밀면서 "우리 부에 새로 배정되어 온 신입 직원이라오."라고 소개했다. 이메이는 낯선 두려움으로 전전긍긍하면서 손발을 어디에 두어야 할지 몰라 엉거주춤 부인의 침상에 다가가 단정한 자세로 고개를 숙여 인사를 올리면서 말했다.

"이메이라고 합니다. 대학 신문방송학과를 졸업하고 갓 배정되어 왔습니다."

부장의 부인은 가볍게 그녀의 손을 잡아주었다. 그러고는 환자 특유의 힘은 없지만 자상한 목소리로 말했다.

"얼마나 좋겠어요. 이렇게 젊은 나이에……"

이메이는 그녀의 두 손이 너무나 차갑고 축축한 데다 미세하게 떨리고 있지만 아련한 눈빛으로 완강하게 자신의 손을 잡고 있는 것을 느꼈다. 그대로 떠나고 싶지 않아 뭔가를 필사적으로 붙잡고 싶어 하는 모습이었다.

일주일 후 부장님 부인은 세상을 떠났고, 반년 후 부장은 재혼을 했다. 다시 2년이 지나 부장은 직장 내에서의 인사 갈등으로 인해 사직을 하고 새로운 일자리를 찾아 남방으로 떠났다. 부장의 신변에서 일어난 일련의 일들은 처음 직장생활을 시작한 이메이에게 커다란 충격으로 다가왔다. 세상사가 너무 무상하다는 생각이 들었다. 이메이는 또 부장 부인의 병문안을 간 것이 베이징 사람의 가정을 방문하는 유일한 기회가 되리라고는 미처 생각지 못했다. 그 이후로 어떤 베이징 사람도 그녀를 집에 초대하여 대접하거나 이야기를 나눈 적이 없었다. 그녀에게는 사무실 동료의 범위를 넘어선 그 어떤 깊이 있는 접촉도 없었다. 베이징 사람들의 가정을 거론할 때마다 그녀의 머릿속에는 하얀 참담함과 처량한 냄새가 가득한 집만 떠올랐다.

　베이징이란 도시는 정말 이상했다! 이메이는 종종 어렴풋하게 이 도시는 겉으로는 대단히 다정하고 친절한 것 같지만 실제로는 얼마나 냉담하고 공허한지 모른다는 생각이 들었다. 베이징에서 사는 사람들은 겉으로 보기에는 넉넉하고 유머가 풍부한 것 같지만 마음속으로는 서로 간의 거리가 대단히 엄격하게 유지되고 있었다. 그들의 얼굴에는 선하고 친절하고 남을 거부하지 않는 웃음이 걸려 있지만 속으로는 철저히 남을 경계하는 강철 같은 마음을 감추고 있었다. 모두들 문을 나서면 공공의 장소에서 공명과 실리를 쟁취하기 위한 시가전을 펼치다가 고개를 돌려 집으로 흩어져 돌아가면 대문을 철저히 걸어 잠그고 서로 밀모된 초대조차 주고받지 않았다. 누군가의 집을 방문하는 일은 아예 생각조차 하지 못했다. 이메이는 자신이 이 도시에 제대로 적응하지 못하고 있다고 생각했다. 10년 넘게 기숙사 생활을 하던 학생시절을 지나 지금은 갑자기 사회의 집단 속으로 깊이 내던져져 아무 재미도 없이 살고 있다는 기분이 들었다. 사람과 사람 사이의 관계도 재미가 없었다. 처음에는 가슴에 낭만적 이상이 가득했고 뭔가 이루고자 하는 야망이 충만했지만 점점 주위의 분위기에 마모되고 사라져버려 남은 것이 없었다. 수없는 포기와 수련을 거쳐 점점 기회주의적인 기질과 임기응변의 능력만 늘어나 결국에는 직장이라는 울타리 안에서 골수분자로 자리 잡게 되었다. 그리하여 하루 종일 바삐 돌아치면서도 마지막에는 얼마나 바쁘게 살게 되었는지도 알지 못했다. 그녀는 항상 바빴다. 일하느라 바쁘고 사느라고 바쁘고 사람들과 소통하느라 바쁘다 보니 늙지도 않아 지치고 쇠락한 기분이었다. 결국 남은 것이라고는 살아 있다는 느낌밖에 없었다.

살아 있었다. 살아 있다는 것은 평생을 연구해도 알 수 없는 일이었다. 일생을 바쳐도 연마할 수 없는 거대한 학문이었다.

그녀는 결혼생활이 전혀 재미가 없는 데다 직장생활마저 권태감으로 가득 찰 때쯤 '수이무위안(水木原)'이라는 회사를 알게 되었다. 그녀의 업무상 인터뷰 대상이 바로 지금의 연인이었던 것이다. 두 사람이 처음 만났을 때의 느낌은 눈앞에 갑자기 한줄기 빛이 번쩍이는 그런 것이었다. 일종의 연소(燃燒)이자 애틋함이었고 반역의 불안감이었다. 이런 느낌이 한순간에 그녀의 생명을 다시 가동시켜놓았다. 이 사내의 부드럽고 가슴을 후벼 파는 듯한 베이징 토박이 억양과 허공에서 윙윙 공명을 일으키는 권설음, 수려하고 잘생긴 용모와 전혀 두려움이 없는 평온한 자태가 첫눈에 그녀를 사로잡고 놓아주지 않았다. 이 바닥을 알 수 없는 깊은 도시에서 새로운 사랑의 줄다리기가 시작될 것 같은 예감이 들었다. 한순간에 자신의 생명과 이 도시에 사는 또 다른 생명 사이에 줄이 연결되는 것 같았다. 한순간에 그녀의 삶에 빛이 밝혀지고 색이 입혀지기 시작했다. 그 출발점과 종점이 어디에 있는지는 알 수 없었다. 그저 자신을 붙잡기가 쉽지 않았다. 전혀 통제가 되지 않았다. 한 번, 또 한 번, 병렬된 두 개의 로켓이 점화되자마자 끝없는 연소와 폭발의 쾌감과 함께 공중으로 치솟아 오르는 것 같았다.

사뿐사뿐 가벼운 걸음으로 사무실을 나온 이메이는 먼저 우체국에 들러 곧 기한이 만료되는 원고료 명세서 두 장을 처리했다. 행복한 영혼인 그녀는 가는 길 내내 경쾌한 걸음이었다. 몸 전체에 빛이 가득했다. 연인들이 밀회장소로 달려갈 때의 달콤한 즐거움과 말로 표현할 수 없는 은밀한 빛이었다. 그 빛은 길가 우체국의 그 침침한 창구마저 환하게 비춰주었다. 우체국 출납창구의 아가씨는 신분증을 검사하면서 참지 못하고 여러 번 그녀의 눈을 쳐다보았다. 창구 아가씨의 눈길에 이메이는 멍한 표정을 지으며 무의식적으로 손을 뻗어 자신의 얼굴을 어루만졌다. 그제야 자신의 얼굴 근육이 팽팽해지면서 바보 같은 웃음을 짓고 있는 것을 깨달았다. 달콤한 아름다움에 푹 담가졌다가 다시 술잔 속에서 팽창된 멍청한 웃음이었다. 얼른 정신을 차린 이메이의 얼굴이 부자연스럽게 빨개졌다. 그녀는 가볍게 머리를 흔들었다. 머릿속에서 잠시 상수리나무 여관을 잊으려는 것 같았다. 오는 길 내내 그녀는 상수리나무 여관만 생각하고 있었다. 무의식적으로 상수리나무 여관을 제외한 모든 것을 지워버린 것 같았다. 그녀는 자신의 두 다리가 어떻게 몸을 이끌어 우체국까지 왔는지 기억나지 않았다. 그녀가 아는 것이라고는 우체국에 와서 줄을 서서 기다리다가 명세서에 번호를 써넣은 것뿐이었다. 창구 아가씨가 다

합쳐서 얼마를 찾으려 하느냐고 묻자 갑자기 정신이 든 그녀는 얼떨결에 모른다고 대답했다. 창구 아가씨기 명세서를 흔들면서 거칠게 말했다.

"잘 계산해보시고 계산이 끝나면 다시 적어서 내세요"

가벼운 재난이었다. 하지만 이메이는 화를 내지 않고 꾹 참으면서 무사히 일을 다 처리했다. 마음에 들지 않아 그냥 넘어가기 어려운 부분에서는 기죽지 않고 창구 아가씨의 업무태도를 지적하기도 했다. 이날 그녀는 남을 탓하고 따질 시간도 없었고 마음의 여유도 없었다. 몸을 돌려 우체국에서 나온 그녀는 다시 도시의 건조한 거리로 들어섰다. 이제 됐다. 곧장 상수리나무 여관으로 달려가면 되는 것이었다. 햇빛이 젊은 여인 이메이의 온몸을 따사롭고 부드럽게, 취하도록 밝게 비춰주었다. 햇볕에 따스해진 이메이의 새까만 머리칼이 어깨 아래로 출렁거리면서 잔잔한 향기와 함께 5월의 눈부신 햇빛을 사방으로 흩뿌렸다. 그녀는 아래턱을 가볍게 위로 치켜들고 눈을 가늘게 뜬 채 걸으면서 햇빛이 눈가에서 춤을 추는 것을 느꼈다. 하늘에서 어지럽게 꽃잎이 휘날리는 것 같은 햇빛에 마음속으로 한없는 미소를 지으면서 자신의 행복이 너무나 미련하다는 생각을 했다. 그녀의 계란 같은 얼굴도 5월의 햇빛 속에서 천천히 아름답게 익어가고 있었다.

갑자기 투둑~ 하고 빗방울이 떨어졌다. 커다란 빗방울은 정확히 그녀의 입술 위에 떨어졌다. 어머! 이상하네! 비가 오나? 이메이가 눈을 들어 사방을 둘러보았지만 모든 것이 평소와 다르지 않았다. 다시 고개를 들어 하늘을 보니 맑기만 한 하늘에는 비가 온 흔적조차 보이지 않았다. 길가의 나뭇잎들도 그렇게 다정하고 평화롭게 햇빛에 온몸을 내맡기고 있었다. 그녀는 혼자 웃음을 감추지 못했다. 속으로 날씨마저도 정확히 감지하지 못하는 걸 보니 자신이 너무 조급해하고 있는 것 같다는 생각이 들었다. 다시 몇 걸음 걷는 사이에 또 콧등으로 촉촉한 액체가 미끄럽고 간지럽게 흘러내리는 것이 느껴졌다. 콧물인가? 이상한 일이었다. 감기에 걸리지도 않았는데 어째서 콧물이 흐르는 걸까? 핸드백에서 휴지를 꺼내 입가를 문질러보았다. 뜻밖에도 액체는 더 심하게 흘러나오고 있었다. 고개를 숙여 손에 든 휴지를 살펴보았다. 맙소사! 코피가 난 것이었다. 이해가 되지 않았다! 왜 갑자기 코피가 나는 걸까?

이메이는 잠시 당황했다. 잠시 구체적인 전후관계를 따질 수가 없었다. 그저 끈적끈적한 남방의 날씨에 너무 오래 노출되었다가 돌아와 북방의 날씨에 미처 적응하지 못해 비강 내의 모세혈관이 파괴된 것이라고 유추해볼 뿐이었다. 이 순간 이메이의 유일한 반응은 황급히 핸드백 안에서 휴지를 꺼내 한 장 한 장 코를 틀어막고 코 주위를 닦는 것이었다. 그녀는 코를 막고 닦으면서 황급히 주변을 살펴 자신을 바라보고 있는 사람이 없는 것을 확인했다. 다 큰 여자가 길바닥 한가운데서 코피를 흘리고 있으니 이게 어찌 된 일인가 하는 생각이 들었다. 너무나 보기 안 좋고 황당한 일이 아닐 수 없었다. 게다가 오늘의 밀회를 위해 그녀는 대단히 세련되게 분장을 한 상태였다. 최대한 섹시하게 보이기 위해 안에는 레이스가 많이 달린 속옷을 입고 겉에는 모직으로 된 회색 미니스커트를 입고 있었다. 회색은 이 계절에 젊은 여자들이 택할 수 있는 가장 쿨하고 세련된 색상이었다. 여기에 회색 아이셰도우와 옅은 검정색 립스틱을 더하면 오는 길에 사람들의 눈길을 끌기에 충분했다. 지나친 사람들도 고개를 돌려 다시 쳐다볼 것 같았다. 문제될 것이 없었다. 길거리에서 코피 좀 흘렸다고 해서 뭐 그리 큰 문제가 되겠는가?

5월 베이징의 대로에서 젊은 여자 이메이의 그 막막함과 두려움, 누구에게도 도움을 받을 수 없었던 황당함은 정말로 말로 표현하기 어려운 것이었다. 평소 이메이에게는 혈액공포증이 있었지만 피가 나는 상처를 입은 적이나 갑자기 자신의 피가 나오지 말아야 할 곳에서 나오는 것을 한 번도 경험해본 적이 없었다. 때문에 그녀는 이번 코피 사태에 정말로 놀라지 않을 수 없었다. 그렇다고 소리를 지를 수도 없어 말없이 코를 문지르면서 손으로 가릴 뿐이었다. 두 팩의 휴지는 금세 다 떨어지고 손으로 입술을 가렸지만 피는 아직 멎지 않았다. 계속 피가 흐르자 그녀는 고개를 들어 뒤로 젖히면서 좌우를 살펴보았다. 길가에 작은 잡화점 하나가 눈에 띄었다. 황급히 잡화점 안으로 뛰어 들어간 그녀는 손에 잡히는 대로 휴지 몇 팩을 사서는 그 자리에 서서 코를 닦기 시작했다. 다급하다 보니 실수로 피 몇 방울이 옷에 묻고 말았다. 마음이 아팠다. 피 때문에 마음이 아픈 데 더해 이제 옷 때문에 마음이 더 아파왔다. 그녀는 휴지로 콧구멍을 막아 잠시 지혈을 한 다음, 손으로 코와 입을 가린 채 잡화점을 나왔다. 손도 어쩔 줄 모르고 마음도 어쩔 줄 몰랐다. 다급해진 그녀는 아무 생각 없이 손을 들어 지나가는 택시를 세워 정신없이 올라탔다. 기사는 얼굴이 새빨개진 데다 손으로 얼굴을 가리고 차에 올라탄 이 젊은 여자를 이상하다는 듯한 표정으로 쳐다보면서 어디로 가느냐고 물었다. 이메이는 입에서 나오는 대로 등시동구(燈市東口) 변호사빌딩이라고 말했다. 남편 다펑(大鵬)의 사무실이 있는 곳이었다. 지금 그녀가 있는 곳에서 남편이 있는 변호사빌딩과 애인이 있는 상수리나무 여관은 거리가 똑같았다. 이등변삼각형을 이루는 위치였다. 택시를 잡아 탄 그녀는 미처 생각할 겨를도 없이 남편의 사무실로 달려간 것이다.

변호사빌딩에 도착한 그녀는 먼저 로비에서 19층으로 전화를 걸어 비서 아가씨에게 다펑을 바꿔달라고 말했다. 다펑이 전화를 받자마자 그녀는 울먹이는 목소리로 말했다.

"나 1층에 있으니까 좀 내려와 줘요."

다펑은 얼른 엘리베이터를 타고 로비로 내려왔다. 아내가 로비에서 손으로 얼굴을 가리고 있는 모습을 보고 놀란 그는 황급히 그녀에게로 달려가서는 얼굴을 손으로 받치고 이리저리 살피면서 물었다.

"왜 그래? 어떻게 된 거야? 어느 놈이 이랬어?"

묻지 않았으면 좋았을 것을, 남편의 이런 물음에 그녀는 우앙-

하고 참았던 울음을 터뜨리고 말았다. 그동안의 당혹감과 억울함이 한꺼번에 북받쳐 올라온 것이다. 그녀는 남편의 품 안에 몸을 던지면서 울먹이는 목소리로 말했다.

"흑…… 코피가 났어요……."

다펑이 말했다.

"이런! 난 또 무슨 일이라고 바보 같이, 울지 마, 뭘 그런 일 가지고 울어!"

이렇게 말하면서 다펑은 그녀를 보듬어 화장실로 데려가서는 바깥쪽에 있는 공용수로 얼굴을 닦아주고 몸을 부축하면서 고개를 뒤로 젖혀 머리에도 가볍게 물을 적셔주었다. 주변 사람들이 화장실을 드나들면서 두 사람을 이상하다는 듯한 눈길로 힐끗힐끗 쳐다보고 지나갔지만 다펑은 이에 아랑곳하지 않고 아내를 돌보는 데만 전념했다.

과연 이런 방법이 효험이 있었는지 금세 코피가 멎었다.

다펑은 아직 마음의 안정을 찾지 못한 아내를 데리고 19층으로 올라갔다. 이메이도 전에 그의 사무실에 몇 번 와본 적이 있었다. 남편 회사의 파티에 참석하기 위해서였다. 덕분에 대부분의 동료들이 그녀를 잘 알고 있었다. 그녀를 보자 동료들이 친절하게 인사를 건넸다. 어머, 이메이, 오늘은 어떻게 이렇게 한가한 거예요? 이메이 아니에요? 이메이, 더 예뻐졌네요! 이메이, 이렇게 날씬하다니, 우리한테도 비법을 좀 알려줘요.

방금 놀랍고 두려운 일을 당했던 이메이는 이런 인사와 환대에 몸과 마음이 다시 따뜻해지면서 차분하게 가라앉았다. 다평은 그녀에게 차를 한 잔 따라주면서 편하게 좀 앉아 있으라고 하고는 자신은 자리로 돌아가 고객들을 응대했다. 이메이는 따스한 차를 마시면서 제각기 바쁘게 일하는 다평의 동료들을 바라보는 동안 이내 안정과 활기를 되찾았다. 사무실 안의 모든 것이 익숙했다. 남편과 남편의 동료들, 그리고 그들이 하는 일도 그녀에게는 신기할 것이 전혀 없었다. 하지만 이 순간 그녀는 이 사무실의 모든 것에서 안전하고 쾌적한 느낌을 받았다. 이런 분위기 속에서 그녀의 마음은 완전히 평온을 되찾을 수 있었다.

마음이 가라앉고 나서 이메이가 가장 먼저 생각한 것은 상수리나무 여관에서의 밀회였다. 사람들이 주의를 기울이지 않는 사이에 그녀는 살그머니 화장실로 가서 그 사람에게 전화를 걸었다. 가는 길에 갑자기 번거로운 일이 생겨 조금 늦을 것 같다고 말했다. 그런 다음 거울을 보면서 정성껏 화장을 고치고 세척제를 이용하여 옷에 묻은 핏자국을 최대한 눈에 띄지 않게 지웠다. 거의 원래의 상태를 회복한 것 같다는 판단에 화장실에서 나온 그녀가 사무실로 돌아오자 다평이 회사 식당에서 식사를 하고 갈 것을 권했다. 이메이는 먹고 싶은 생각이 없다며 차라리 일찍 집에 돌아가 쉬는 것이 좋겠다고 말했다. 다평도 그럼 그렇게 하라면서 집에 돌아가는 즉시 먹을 것을 챙겨 먹고 한숨 푹 자라고 당부했다.

그녀를 엘리베이터까지 배웅하면서 다평은 저녁은 자신이 밖에서 사가지고 갈 테니 하지 말라고 일렀다. 이메이는 알았다고 대충 대꾸하고는 마음에 담아두지 않았다. 남편의 이런 살뜰한 보살핌은 이미 습관이 되어 있는 터라 특별히 마음에 와 닿지 않았다. "알았어요. 알아서 할 게요"

이처럼 살뜰한 당부와 배려를 통과한 그녀의 눈앞에 마침내 상수리나무 여관이 나타났다. 오늘 가고자 했던 목적지에 도착한 것이다. 저 멀리 상수리나무 두 그루가 눈에 들어왔다. 이미 너무나 눈에 익은 광경이었다. 암수 한 쌍인 두 나무는 서로를 끌어안아 무성한 잎이 한 덩어리로 뒤엉킨 채 5월의 햇볕 속에서 즙액이 팽창하고 있었다. 일시에 이메이의 기분이 확 바뀌었다. 마음 깊은 곳에서 기이한 감정이 솟아나왔다. 오래 기다렸던 밀회가 바로 눈앞이었다. 이런 격정과 갈망이 뜻밖의 사고로 도중에 중단되기는 했지만 여전히 마음속에서 보이지 않게 끓어오르고 있었다. 애인이 눈앞에 나타나기만 하면 다시 불이 붙을 것이었다.

상수리나무 여관의 분위기는 변호사빌딩과 사뭇 달랐다. 분위기가 다르다기보다는 이메이의 감정이 다른 것이라고 하는 것이 더 정확한 표현이었다. 변호사빌딩의 남편 사무실에 있는 동안 그녀의 마음은 안정을 되찾아 무척 편안했다. 하지만 상수리나무 여관에서는 모든 것이 애매하고 당황스러웠다. 그녀의 신분은 비밀이었고 공허한 마음은 무형의 불안과 긴장으로 가득 차 있었다. 그 공허함 속에 둥근 문고리가 달린 붉은 칠한 대문과 영벽이 있고 푸른 등나무 넝쿨과 회색 가산석, 몇 그루 오래된 홰나무,

분수가 있었다. 그리고 그 수위실이 있었다. 수위실을 지키는 애인의 먼 친척이 애매한 눈빛과 속마음과는 다른 어투로 조심스럽게 말했다.

"이메이 아가씨 오셨군요. 안으로 드시지요. 형님께서 기다리고 계십니다."

친척의 입에서 흘러나온 이 말이 이메이의 가슴을 울렸다. 신비하고 비밀스러운 밀회의 서막이 심부름을 하는 이 친척의 입을 통해 열리는 것 같았다. 그 사람은 평소와 다름없는 모습으로 주랑에 서서 그녀를 기다리고 있었다. 똑같은 눈빛이었다. 격정적이고 뭔가 갈망하는 듯한, 눈으로 그녀를 먹어버리지 못하는 것이 한인 듯한 그런 눈빛이었다. 그 눈빛에 그녀는 모든 혈도가 막히는 기분이었다. 완전히 넋이 나간 표정으로 그가 마음껏 자신을 바라보도록, 눈빛으로 자신을 게걸스럽게 먹어치우도록 내버려두었다.

"이제야 도착했군요? 뭐 좀 먹었어요?"

그가 말했다. 그가 마침내 먼저 입을 열어 전신이 굳어 있는 그녀의 마비상태를 풀어주었다.

"응…… 아직 안 먹었어요."

그녀가 머리를 만지작거리면서 약간 멍한 표정으로 대답했다.

"좋아요. 그럼 우리 식사부터 합시다."

이렇게 그녀는 그의 목소리에 끌려 모퉁이를 돌아 순순히 레스토랑으로 따라 들어갔다. 두 사람은 조용한 구석으로 자리를 잡고 앉았다. 항상 사장을 따라 들어와 함께 식사를 하는 여자를 이 집 지배인도 금세 알아보았다. 그들은 그녀를 모를 수가 없었다. 그녀가 이 집을 드나들기 시작한지 이미 반년이 넘었기 때문이다. 반년이라는 세월은 연인들이 처음 만나 서로 스스럼없는 상태로 발전하기에 충분한 시간이었다. 이 집 종업원들은 두 사람의 시중을 들면서 하나같이 애매한 눈빛과 가식적인 표정으로 두 사람의 비위를 맞추려 애쓰는 태도를 보였다.

두 사람은 간단한 커피와 간식을 주문했다. 하지만 밀회의 쌍방 모두 음식을 입에 넣지 못했다. 그녀는 오는 길에 한 차례 황당하고 놀라운 일을 당했고 방금 목적지에 도착해서야 정신이 느슨해지고 위도 풀리기 시작한 터라 아무 것도 먹을 수 없었다. 그저 좀 쉬고 싶을 뿐이었다. 하지만 다음 프로그램의 상연을 애타게 갈망하는 그는 곧이어 벌어질 일에 대해 지나치게 흥분하고 있었다. 감정이 거의 임계점에 도달해 있었다. 눈에 아름다운 대상이 가득 들어차 있으니 음식에 대해 관심이 있을 리 없었다. 두 사람은 음식을 먹는 둥 마는 둥 하면서 마지막 헤어진 이후의 일들에 관해 이것저것 오래 묻고 대답했다. 이 과정에서 그녀는 시종 단정한 자세로 앉아 조금 긴장하고 있었다. 권태로운 기분을 감추면서 최대한 자신의 아름다운 모습, 가장 청초하고 감동적이며 섹시한 모습만 보이려 애쓰고 있었다. 요염하고 달콤하게 웃어 보였다. 자신의 감정을 포만감으로 가장하면서 짐짓 가벼운 눈빛을 보였다. 애인은 남편이 아니었다. 아무리 풀어진다 해도 문제될 것이 없었다. 애인은 어떻게 말해도 일종의 사교일 뿐이라 애인 앞에서는 자신의 가장 멋진 모습만 보여야 했다.

그녀는 앉아 있는 것이 너무 피곤했다. 느낌이 있는 말투를 유지하는 것도 몹시 힘든 일이었다. 커다란 노력을 거쳐야만 소리를 정확하게 낼 수 있었다. 그녀는 허리를 곧추 세우고 다리를 꼰 채로 얼굴에는 그윽한 미소를 담았다. 붉은 입술이 쉴 새 없이 듣기 좋은 소리를 쏟아내고 있었다. 하지만 투명한 화장품으로도 가리지 못하는 피로와 노곤함이 무정하게 드러났다. 얼굴의 건조한 피부가 탄력을 잃어 평소의 그 매끈매끈한 청춘의 광채는 어디 갔는지 찾아볼 수 없었다. 조금만 세심해도 그녀의 이런 모습을 금세 알아차릴 수 있었지만 그는 아무 것도 묻지 않았다. 완전히 욕정에 젖어 있는 눈빛이 그녀의 혼을 빼내기라도 할 듯이 그녀의 몸을 놓아주지 않았다. 그녀는 기분을 상하게 하는 말로 그의 흥분을 깨고 싶지 않았다. 오랜만에 다시 만난 기쁨을 망가뜨리고 싶지 않았다. 마음속으로 좀 억울하다는 생각도 들었다. 자신의 처지에 대해 먼저 적극적인 관심을 보이지 않는 데 대한 원망도 생겼다. 늦게 온 이유도 묻지 않고 오는 길에 무슨 일이 있었는지 알고 싶어 하지도 않는 그의 무심함이 괘씸했다. 하지만 그녀가 먼저 나서서 설명을 하거나 왜 묻지 않느냐고 따질 수도 없는 노릇이었다. 그녀는 그저 음식을 좀 더 열심히 먹고 커피도 마셔 정신을 좀 가다듬어야겠다고 자신을 격려할 뿐이었다. 방금 커피를 한 잔 마신 그녀는 한 잔을 더 주문했다. 이런 식으로 방금 드러나기 시작한 억울한 마음을 진한 커피에 실어 다시 배 속으로 삼키고 싶었다.

마침내 식사가 끝이 났다. 이제 두 사람은 조각 장식이 있는 옥난간을 따라 하나하나 원자 둘을 지나고 원자 안의 오래된 나무와 짙은 그늘을 지나 마침내 항상 묵었던 18호 방에 도착했다. 여기까지 오는 동안 그는 예전처럼 그녀를 보듬었고, 예전처럼 팔과 어깨의 힘으로 그녀의 허리를 휘감았다. 그녀는 너무나 피곤했다. 이런 동작을 체감하거나 감응하지 못할 정도로 피곤했다. 때문에 즉각적인 반응을 보일 수 없었다. 방에 들어가 방문을 닫자마자 그는 참지 못하고 그녀의 허리를 감은 채 꽃이 아로새겨진 문 위로 몰아놓고 강렬하게 키스를 퍼부었다. 진정한 연인들이 아주 오랜만에 만났을 때의 열정적인 키스였다. 그의 혀가 다급하게 그녀의 입 구석구석을 훑었다. 두 손도 가만히 있지 않고 재빨리 단추를 풀고 레이스가 많이 달린 브래지어 안으로 헤집고 들어갔다. 손가락과 입술이 동시에 치마 속을 파고들었다. 숨 쉴 틈도 없이 다급한 몸짓이었다. 두 사람은 너무 오래 떨어져 있었고 그의 욕망도 너무 오래 억눌려 있었다. 쉭쉭- 코로 내뿜는 그의 숨소리가 몹시 거칠었다. 혀끝이 촉촉이 젖었다. 문에서 침대까지 가는 거리를 이동하는 시간조차 기다릴 수 없었다. 두 사람은 문가 부드러운 양탄자 위를 한 몸이 되어 뒹굴었다. 달궈진 연탄처럼 뜨겁고 딱딱한 그의 몸의 한부분이 맹렬하게 그녀 몸 안으로 들어오자 불에 덴 것처럼 따가웠다.

그의 몸은 이미 뜨겁게 달아올라 있었지만 그녀는 자신의 혈관이 아직 차갑다고 느꼈다. 아직 충분히 가열되지 않은 것이다. 그녀는 왠지 좀 껄끄러웠다. 몸이 뻣뻣하고 가벼운 통증도 느껴졌다. 오는 길에 코피가 나는 뜻밖의 상황을 겪지 않았더라면 그와 충분히 보조를 맞출 수 있었을 것이고, 그와 거의 동시에 발동이 걸렸을 것이다. 통상적으로 두 사람은 호흡이 비교적 잘 맞았다. 하지만 어찌 된 일인지 지금 이 순간은 그녀의 마음속에 약간의 두려움이 일고 있었다. 혈액공포증의 후유증이 완전히 가시지 않은 것 같았다. 지금 그녀가 원하는 것은 그가 포근하게 안아주는 것이었다. 먼저 꼭 안아주고 다정스런 말로 위로해주기만 하면 곧바로 그와 보조를 맞출 수 있을 것 같았다. 지금 그녀는 그가 안아주기만을 갈망하고 있었다. 사랑이 가득 담긴 포옹을 원했다.

하지만 그는 참지 못했다. 그녀의 상태와 심정을 돌아볼 여유가 없었다. 그녀가 자신을 따라오기를 기다리지 않았다. 그가 클라이맥스에 도달하는 시간은 아주 길었다. 여러 차례 파도가 밀려오면서 힘껏 용솟음치기를 반복했지만 그녀는 잔잔하기만 했다. 정체되어 흐르지 못했다. 그녀는 참으면서 그가 하나의 과정을 마칠 때까지 묵묵히 기다렸다. 하지만 자신도 모르게 억울하고 서운한 마음이 밀려와 가볍게 그녀를 짓눌렀다. 너무 많은 걸 요구하지 말자. 그녀는 이렇게 자신을 달래고 훈계했다. 좋을 때도 있지 않았던가? 어느 날 저녁에는 그와 이 일을 수없이 반복하면서 즐긴 적도 있었다. 하고 또 하고 거의 실신하다시피 했다가 정신을 차렸을 때는 두 사람의 몸이 하나로 엉켜 있었다. 미칠 듯한 연소 속에서 둘이 함께 죽을 수도 있을 것 같았다. 그때의 모습에는 오늘도 없었고 내일도 기약하기 어려웠다. 무상으로 남의 아내와 남편을 사용하는 것 같았다. 그러다가 망가져도 마음이 아프지 않을 것 같았다.

몸이 사랑에 충분히 젖지 않았다. 이런 '사랑'은 아무 의미가 없었다. 그저 성교에 그치는 행위라면 너무나 지루하고 공허했다. 사랑을 나누고 나서는 후회하면서 자신을 죽도록 미워하고 경멸하게 될 것이었다. 그녀는 그를 원망하면서 중간에 저지하려 했다. 체위를 바꿔 속도를 늦춘 다음 잠시 멈추고 기다리려 했다. 하지만 뜻대로 되지 않았다. 그는 이미 시위를 떠난 화살이었다. 너무 단단히 몸에 힘을 주고 있어 저지하거나 체위를 바꾸는 것이 불가능했다. 도저히 방법이 없었다. 멈췄다가는 그가 당장 죽어버릴 것만 같았다. 한번은 둘이 미친 듯이 사랑에 몰두하다가 잠시 멈추고 쉰 적이 있었다. 그녀가 물었다.

"지금 지진이 나면 어떻게 할 거예요? 도망칠 건가요?"

그가 말했다.

"지진이 나면 나는 거지. 난 하던 일부터 마치고 볼 거요."

그녀는 환락을 멈출 수 없겠다고 생각하면서 말했다.

"저라면 곧장 일어나서 도망칠 것 같아요."

"무슨 소리요. 내가 여기 있는데 날 두고 도망친단 말이에요?"

그러면서 몸을 일으켰었다.……

그는 불처럼 뜨겁게 몰입하고 있었지만 그녀는 몰래 도망치고 있었다. 온갖 생각을 하느라 정신을 집중할 수 없었다. 사랑을 나눌 때는 온몸과 마음을 집중하는 것이 정상이었다. 화살과 시위처럼 미끄러지거나 한쪽으로 치우쳐선 안 된다는 묵계가 필요했다. 정신이 집중되지 않으면 호흡을 맞출 수 없고 완전한 행위가 불가능했다. 감동적인 곡조를 완성할 수 없었다. 이때 그가 그녀에게 조금만 더 관심을 가졌더라면 그녀가 뜨겁게 반응하지 못하고 있는 것을 알아차렸을 것이고, 잠시 멈추거나 속도를 늦추면서 살뜰한 애정과 보살핌으로 빠져나간 그녀의 정신을 되돌릴 수 있었을 것이다. 하지만 그는 끝내 그렇게 하지 않았다. 그는 온몸과 마음을 집중하고 있었다. 자신의 쾌감만 생각하느라 다른 것에는 마음을 쓸 여유가 없었고 그녀의 반응도 살피지 않았다. 그녀와 사랑을 나누고 있긴 하지만 실제로는 그녀를 던져버린 것이나 마찬가지였다. 그녀를 아주 멀리 보내버렸고 있는 것이라고는 자기 자신뿐이었다. 자기 혼자 백 미터 접영으로 미친 듯이 물살을 가르는 수영선수처럼 열심히 몸을 움직이고 있었다.

이 사람이 결국 이런 사람이었던가? 그녀는 그를 힐끗 쳐다보다가 얼른 눈을 감아버렸다. 그를 바라볼 수가 없었다. 보고 싶지 않았다. 이 사람이 바로 그 사람이었던가? 그가 베이징 토박이의 혀 말린 소리로 달콤한 말 한마디만 해주면 멀리 달아난 그녀의 마음도 금세 되돌릴 수 있었다. 뜨거운 열정이 담긴 촉촉한 눈으로 다정하게 바라보기만 해도 그녀는 뻣뻣한 몸의 갑옷을 풀고 자신의 뼈마디까지 기꺼이 그의 제단에 봉헌할 수 있었다. 그의 콧소리에도 마음이 흔들렸고 귓속말 한마디에 온몸이 녹작지근 해졌다. 이 사람, 이 사람이 바로 그였단 말인가? 눈앞에 있는 그는 너무나 이기적이었다. 너무나 거칠었다. 너무나 흉한 모습이었다. 전에는 왜 이런 사실을 알지 못했을까? 전에는 그가 어떻게 그녀의 마음속에서 요괴가 변한 것처럼 그토록 완미한 연기를 할수 있었던 것일까? 눈이 멀었던 것이 분명했다. 사랑의 광량(光量) 때문에 눈이 멀었던 것이다. 사실 그녀도 눈이 멀었다. 눈을 감고 그 짓을 한 것이다. 누가 감히 허망한 사랑 앞에서 눈을 뜰 수 있겠는가? 눈을 뜨면 모든 것이 사라지고 말았다. 약간의 환상과 실재마저도 전부 사라지고 마는 것이다. 그녀는 그래도 그와 잘될 수 있을 거라고 생각했다. 이것들을 붙잡고 싶었다. 이 화려한 속세의 공허함 속에서 뭔가를 잡고 싶었다. 생명의 품질과 중력, 그리고 격정을 잡고 싶었다. 하지만 이랬다. 이런 모습이었다. 눈앞에 다가오면 아무 것도 잡을 수 없게 되고 말았다. 두 사람이 하나로 엉켜 있을 때도 사실은 각자 자기의 역할만 하고 있었다. 그는 그이고 그녀는 그녀였다. 어느 누구도 상대를 돕거나 돌봐 주지 않았다.

이 공허한 세상에서 도대체 누가 누구를 잡을 수 있단 말인가?

…… 그가 동작에 속도를 높일수록 그녀의 원망과 억울함도 더해갔다. 원망의 감정이 두 사람의 쾌감의 교류와 소통을 방해했다. 그녀는 갑자기 짜증이 나기 시작했다. 갑자기 모든 것이 짜증

스러웠다. 여자가 이 지경에 이르러 노고를 마다하지 않고 원망을 두려워하지 않는 것은 일종의 극기복례(克己復禮)였다. 자신의 몸으로 또 다른 몸을 받아주고 있는 것이었다. 아주 무겁고 멍청한 사내를 받아주고 있었다. 무슨 근거로, 왜 그래야 하는지 알 수 없었다.

그녀는 거의 무의식적으로 신음소리를 내뱉었다. 그의 사정을 앞당겨 무거운 짐을 벗고 그를 자기 몸에서 내려오게 하고 싶었다.

무거움 짐을 벗는다고?

이런 생각이 가장 큰일이었다. 정말로 큰일이었다. 너무나 큰일이었다. 어떻게 무거운 짐을 벗는다는 느낌이 들 수 있단 말인가?

그녀는 눈을 감고 있었다. 아무 말도 하고 싶지 않았다. 눈을 뜨고 싶지도 않았다. 갑자기 옆에 있는 이 사람이 낯설게만 느껴졌다. 조금 전까지도 친밀했던 사람이 갑자기 낯설게 변해버렸다. 이 사람은 누구인가? 누구의 아버지이고 누구의 남편인가? 이런 것들은 몰라도 문제가 되지 않았다. 원래 자신과는 아무런 관계도 없었기 때문이다. 애인들 사이에는 약속도 없고 미래도 없는 법이었다. 공동으로 지켜야 할 것이 하나도 없었다. 오로지 오늘과 현재, 이 순간의 환락이 있을 뿐이었다. 서로 자신의 몸을 내어주는 것뿐이었다. 서로에게 몸을 내어주고 환락을 찾는 것을 두 사람 사이의 은밀한 거래로 삼는 것 말고는 아무 것도 없었다.

놀랍고 충격적인 일을 당하고서도 안아달라는 요구를 할 수 없었다. 안은 채로 가볍게 토닥이며 위로해 달라는 요구조차 할 수 없었다. 단순한 애인일 때는 상대방에게 아무런 요구도 없어야 했다. 그래야만 감정의 환상과 가벼움을 유지할 수 있었고, 남편과 구별할 수 있었다. 애인이 함께 있는 것은 단순한 게임이었다. 얻어내려는 것만 있지 봉헌이 없었다.

솔직히 말하자면 애인이라는 관계는 원래 이기적인 것이었다.

그녀는 갑자기 심한 피로를 느꼈다. 애인이라는 관계는 원래 이처럼 피곤한 것이었다. 애인이라는 관계는 이처럼 연약하고 조심스러운 것이었다. 조금이라도 뜻대로 되지 않으면 금세 깨져버려 그동안의 모든 아름다움이 한순간에 사라져버리는 것이었다. 너무나 빨리 사라져버렸다. 아무 것도 잡을 수가 없었다. 어떠한 보장도 없고 보장을 요구할 수도 없었다. 그녀가 오는 길에 당혹스런 일을 당했을 때 그녀가 본능적으로 향한 곳은 애인의 집이 아니라 남편의 사무실이었다. 남편은 그녀를 위로할 줄 알았지만 애인은 그녀에게서 뭔가 얻을 생각만 했다.

이것이 바로 그녀가 스스로 찾고자 했던 것일까? 누구를 원망해야 할까? 누구를 원망할 수 있을까?

밀회 도중의 뜻밖의 사건으로 인해 그녀는 남편과 애인에게서 완전히 다른 두 가지 대접을 받았고 덕분에 양자를 확연히 구별할 수 있게 되었다. 그녀는 그동안 줄곧 두 사람에 대한 비교를 거부해왔고 두 사람의 우열을 따져 줄을 세우는 것을 원치 않았다. 두 사람 모두 자신의 생명에 반드시 필요한 존재들이라고 생각했다. 두 사람에 대한 그녀의 사랑은 서로 대체할 수 없이 동등한 것이었다. 하지만 지금은 달랐다. 뭔가 분명하게 보이는 것 같았다. 아무래도 두 사람에 대한 감정의 정도가 같을 수는 없었다. 그녀는 남편에게만 보기 안 좋은 모습들을 보였다. 어차피 남편은 자기 사람이기 때문이었다. 대신 애인에게는 아름답고 즐거운 모습만 보여주었다. 애인은 잘 아는 남이기 때문이다. 남편에게서는 휴식과 안정을 얻을 수 있었지만 애인에게서 얻은 것은 일종의 연소였다.

대부분의 시간에 그녀가 원하는 것은 연소가 아니었다. 억울하고 놀라운 일을 당했을 때는 울 곳이 필요했다. 안겨서 울 수 있는 따스하고 안전한 사람의 품이 필요했다.

육체의 연소는 어쩌다 한번 필요한 일이었고 대부분의 경우 그녀는 영혼의 위안과 만족을 원했다.

이런 생각을 하면서 그녀는 갑자기 자신도 너무 이기적인 사람이라는 것을 의식하게 되었다. 자신만의 욕망에서 출발하여 두 남자를 요구하고 평가했던 것이 아닌가 하는 의문이 들었다. 다른 사람들에게는 어떻게 했던가 하고 자문하기도 했다.

이메이는 갑자기 허공에 높이 떴다가 아주 어둡게, 그리고 매섭게 땅바닥으로 떨어졌다.

가을로 접어들면서 상수리 열매가 영글었다. 하늘을 향해 서로를 끌어안은 무수한 가지와 잎 사이에서 후두둑~ 땅바닥 가득 황

갈색 상수리 견과들이 떨어졌다. 탱탱하게 잘 익은 이 견과들이 누구 것인지, 어느 나무에서 떨어진 것인지 분간할 수 없었다. 어린 아이들 몇몇이 상수리나무 주위를 이리저리 뛰어다니면서 딱딱한 상수리나무 열매를 서로에게 던지며 놀고 있었다. 이메이는 다시는 상수리나무 여관을 찾지 않았다.

굿모닝, 베이징

早安, 北京

굿모닝, 베이징

저위안(擇源)은 중대한 선택에 직면할 때면 종종 결단을 내리지 못했다. 특히 '아니오'라는 말을 할 줄 몰라 하고 싶지 않은 수많은 일들, 심지어 하기 싫은 일들도 그냥 받아들이곤 했다. 이처럼 우유부단한 성격은 그에게 적지 않은 피해를 입히곤 했지만 어떤 순간에는 아주 사소한 성취를 가져다주기도 했다. 하지만 전체적으로 볼 때, 역시 그를 번거롭고 골치 아프게 할 때가 더 많았다. 이런 성격은 직장에서의 승진에도 직접적인 영향을 주었다. 나이 마흔이 넘었는데도 그는 여전히 기관 내에서 처장 자리를 지키고 있으면서 자신보다 늦게 배정되어 온 남녀 후배들이 위로 치고 올라오는 것을 속수무책으로 바라보아야 했다. 그 가운데는 서른 일고여덟에 파격적으로 부국장까지 올라간 사람도 있었다. 저위안은 그저 남몰래 탄식을 내뱉을 뿐이었다. 들리는 말에 의하면 그가 빨리 승진하지 못하는 가장 중요한 이유가 '업무에 결단력이 부족한 것'이라고 했다. 저위안은 이런 견해도 쓴웃음을 지으며 인정하는 수밖에 없었다.

이번에 엄마가 기차역에 가서 베이징을 찾는 둘째 외삼촌 일가를 맞아 주말을 이용하여 잘 대접하라고 시킨 일도 원래는 거절했어야 했다. 첫째는 시간이 없기 때문이었다. 그는 매일 아침 아홉 시부터 저녁 다섯 시까지 사무실에서 지내는 인생이라 머릿속이 한 무더기 복잡한 일들로 가득 차 있었다. 게다가 직장에서 집으로 오는데도 차로 한 시간 반이나 걸리다 보니 정력이 이미 다 소진되기 때문에 주말과 일요일에 실컷 잠을 잘 수 있기를 기대하는 형편이었다. 둘째는 불편하기 때문이었다. 180평방미터가 넘는 복층 구조의 주택을 구입하긴 했지만 어차피 부부 두 사람만의 세계에 익숙해져 있는 터라 갑자기 일가족 세 사람이 들어오게 되면 기거와 휴식에 상당한 불편을 야기할 것이 분명했다.

물론 가장 중요한 원인은 역시 그가 곧 만나게 될 둘째 외삼촌과 전혀 면식이 없다는 것이었다. 엄마도 그가 거절할까 두려웠던 모양이다. 멀리 창춘(長春)에서 엄마는 전화로 재삼 당부를 했다.

"이 둘째 외삼촌이 엄마에게 큰 은덕을 베풀었단다. 외삼촌은 자신을 희생하여 2년 만에 공부를 그만두고 집으로 돌아와 일을 했어. 꼴풀을 키우고 벽돌을 굽고 가마에 들어가는 등 안 한 일이 없었지. 덕분에 엄마가 무사히 초등학교부터 대학까지 다닐 수 있었지. 둘째 외삼촌이 아니었다면 엄마의 오늘도 없었을 거야."

저위안은 무슨 말인지 모르지 않았다. 자신에게 엄마의 빚을 대신 갚으라는 뜻이었다. 그가 어렸을 때 엄마는 자신과 누이동생에게 외가의 사정에 관해 거의 얘기해주지 않았다. 결혼한 날부터 엄마는 출가하여 남편을 따른다는 명분으로 친정 식구들과의 왕래가 거의 없었다. 엄마가 아이들을 데리고 자기 친정 친척들을 만나러 갈 때도 아이들은 무척 낯설게 느끼곤 했다. 둘째 외삼촌 같은 사람은 어려서부터 어른이 된 지금까지 만난 적도 없었다. 그러던 엄마가 나이가 들어 퇴직한 뒤부터 자신의 뿌리를 찾기라도 하듯이 친정 식구들과 열심히 왕래하기 시작했다. 당시 저위안은 이미 집을 떠나 외지에 나가 공부하고 일을 했기 때문에 엄마 쪽 혈연관계에 대해 여전히 별로 관심이 없었다. 이번에 엄마는 그가 일의 심각성과 중요성을 이해하지 못할 것이 두려워 특별히 피는 물보다 진하다는 사실을 강조했다.

저위안은 한참을 망설였지만 끝내 '안 돼요'라는 말을 입 밖에 내지 못했다.

늦지 않으려고 저위안은 새벽 다섯 시에 집을 나와 차를 몰고 역을 향해 출발했다. 가는 길 내내 머릿속이 혼란스러웠다. 그는 이미 여러 해 동안이나 베이징 역에 사람을 마중하러 간 적도 없었고, 이렇게 일찍 도시의 하늘에 뜬 해를 본 적도 없었다. 여섯 시 반도 안 된 이른 아침인데도 해는 벌써 커다란 불공처럼 이글이글 타오르며 칠월의 북회귀선을 순행하고 있었다. 유난히 무더우면서도 끈적거리는 날이었다. 사방이 온통 하얗게 반짝거리고 있었다. 햇빛 때문에 사람들은 감히 눈을 뜨지 못했다. 수십 차례 속도를 높인 끝에 저녁에 출발하여 아침에 도착하는 열차는 여름 휴가 여행에 나선 졸린 눈의 사람들을 역 입구에 쏟아냈다. 부글 부글 거대한 꽃게의 입에서 토해내는 거품처럼 줄줄이 좁고 굽은 입구로 수많은 사람들이 드나들었다. 북적거리는 사람들 틈에서 퀴퀴한 곰팡이 냄새와 열차 안에서 밤을 보낸 시큼한 냄새가 풍겨 나와 허공에 가득 퍼져갔다.

저위안은 눈빛이 산란했다. 가끔씩 힐끗힐끗 개찰구 쪽 벽에 걸린 커다란 열차 착발 게시판을 쳐다보았다. 20여 년이 지났지만 기차역은 옛날 모습을 그대로 간직하고 있는 것 같았다. 그 옛날 저위안도 사람들과 마찬가지로 외지를 떠돌다가 흥분으로 잔뜩 발효되어 부푼 가슴을 안고 이곳에 도착했었다. 행복의 열차에 이끌려 단숨에 위대한 조국의 수도 베이징으로 달려온 그는 기차역 앞 광장에 학생들을 마중하는 신입생 환영 팻말 아래 던져졌었다.

기차역은 영원히 외지 사람들의 물거품 같은 꿈과 환멸을 받아주는 곳이었다. 기차역은 격정이 무한하고 열기와 에너지가 사방으로 분출되어 영원히 고정된 혼잡하고 지저분한 분위기를 유지하고 있었다. 아주 잠깐 서 있었을 뿐인데도 저위안은 머리와 눈동자가 더 이상 버틸 수 없을 정도로 어지러웠다. 눈앞을 흔들리며 지나쳐 가는 모든 얼굴들이 아는 사람 같기도 하고 아닌 것 같기도 했다. 이런 어지러움 속에서 열차의 도착을 알리는 안내

방송이 들려 왔다. 그가 마중하려는 열차가 정시에 도착했다는 내용이었다. 저위안은 재빨리 앞으로 쏟아져 나오는 사람들 쪽으로 몸을 옮기는 동시에 손에 든 팻말을 들어 올렸다. A4 용지에 붓으로 대충 거칠게 마중하는 사람의 이름만 적은 것이었다. 그는 두 손으로 종이 팻말을 머리 위로 높이 치켜들고는 사람을 마중할 때 통상적으로 짓는 뭔가 갈망하는 듯한 표정을 지었다. 하지만 눈동자는 여전히 공허하기만 했다. 흥분한 기색이라고는 눈곱만큼도 찾아볼 수 없었다.

눈앞에서 역사를 나서는 사람들이 거의 다 가버렸을 때쯤, 저위안의 와이셔츠는 땀으로 젖어 등짝에 찰싹 들러붙어 있었지만 그가 영접해야 할 사람들의 모습은 보이지 않았다. 저위안의 팔뚝에서는 시큼한 땀내가 나기 시작했다. 억지로 정신을 차리고 집중해서 앞쪽을 바라보았다. 바로 그때 눈가로 낯선 사람들 몇몇이 자신의 주변을 맴돌고 있는 모습이 느껴졌다. 그는 그들을 거들떠보지도 않고 공허한 눈빛으로 계속 앞만 바라보고 있었다. 마침내 우두머리로 보이는 노인 하나가 그의 앞으로 다가와서는 그의 얼굴을 정면으로 바라보며 말했다.

"네가 공(龔)씨네 큰아들 공저위안이냐? 뭘 이런 걸 다 들고 있어? 한눈에 한식구인 걸 알아보겠구먼. 엄마 얼굴을 쏙 빼다 박았구나."

저위안은 멍한 표정으로 높이 쳐들고 있던 팔을 내렸다. 그러고는 의심이 가득한 눈빛으로 바로 앞에 서 있는 노인을 쳐다보았다. 노인은 검은 머리는 한 가닥도 남아 있지 않고 얼굴이 온통 주름투성이인 데다 땀에 절어 누렇게 바랜 헐렁한 조끼에 빗금이 그어진 통 넓은 검정 바지 차림이었다. 바짓단 한쪽은 밖으로 말려 있고 다른 한쪽은 땅에 질질 끌렸다. 오래된 플라스틱 슬리퍼 안에 있는 발가락 발톱 위에 두텁게 낀 때는 이미 딱딱하게 굳어 버린 것 같았다. 노인은 그에게 잘 보이려는 듯 혼자 어색한 미소를 지었다. 입 안 가득 누런 이가 여지없이 드러났다.

"그럼 어르신께서…"

저위안은 어물어물 말을 흐렸다.

"어르신께서… 저의 둘째 외삼촌이신가요?"

"아이고, 그럼 내가 외삼촌이지 가짜겠느냐?"

노인이 '둘째 외삼촌'이라는 말을 듣고는 환히 웃는 모습에 다소 진심이 섞여 보였다.

저위안은 잠시 정신을 차릴 수 없었다. 엄마의 친정 오라버니가 이런 모습일 줄은 미처 생각지 못했기 때문이다. 둘째 외삼촌은 거리를 걷다가 종종 마주치게 되는, 도시로 일거리를 찾아온 늙은 농부들과 전혀 다르지 않았다.

노인의 뒤를 보니 늙은 아낙네 하나가 그에게 가까이 붙어 서 있었다. 키가 크고 비쩍 마른 데다 머리는 반백이라 희끗희끗했고, 파란색 바탕에 자잘한 흰 꽃이 가득 수놓인 포플린 천으로 된 옷을 헐렁하게 몸에 걸치고 있어 축 처진 젖가슴의 형태를 훤히 볼 수 있었다. 그녀 옆에는 키가 1미터 80이 훨씬 넘고 비쩍 마른 데다 눈만 휘둥그레 큰 사내아이가 하나 서 있었다. 온몸이 까맣고 골격이 앙상한 녀석은 입술 위에 듬성듬성 뻣뻣한 수염이 막 나기 시작했다. 이들이 바로 엄마가 잘 보살펴달라고 전화로 신신당부하던 둘째 외삼촌과 외숙모, 그리고 그들의 손자로 구성된 친척 여행단이었다.

저위안은 더 이상 넋을 빼고 있을 수 없어 서둘러 얼굴에 미소를 띠면서 외삼촌과 외숙모를 번갈아 불러댔다. 그러면서 이미 어른이 다 된 어린 조카의 어깨를 다정하게 두드리면서 오느라 수고했다는 인사를 연발했다. 재빨리 앞으로 나서며 그들의 손에 들린 여행 가방을 받아든 저위안은 몇 마디 인사치레를 한 다음 일행을 이끌고 주차장 쪽으로 걸어갔다.

하지만… 상황은 아직 끝나지 않은 것 같았다. 세 사람을 이끌고 밖으로 나가려했지만 그들은 좀처럼 발걸음을 옮기려 하지 않고 자꾸만 뒤를 돌아다보았다. 저위안도 그들을 따라 멈춰 서 뒤를 돌아보았다. 중년의 두 여인네와 열여덟아홉쯤 되어 보이는 아가씨 하나가 따라오고 있었다.

"이쪽은 네 둘째 형수랑 셋째 형수고, 이쪽은 셋째 형수 딸 샤오옌(小燕)이야."

둘째 외삼촌이 뒤따라 나온 한 무리의 여성들을 소개했다.

저위안은 그제야 진정으로 놀라움을 금할 수 없었다! 너무나 놀라 피로감마저 순식간에 싹 사라져버리는 것 같았다. 엄마는 전화에서 분명 세 사람이라 말했는데 세 사람이 순식간에 여섯으로 불어날 줄은 꿈에도 생각지 못했다! 이 정도면 거의 여행단 수준의 규모였다. 이 여행단 단원들을 좀 더 자세히 살펴보니, 둘째 형수는 통통하고 야무진 몸매에 얼굴에는 가는 핏줄이 잔뜩 드러나 있어 거의 예순에 가까워 보였다. 한눈에 온갖 고생으로 생명의 활력이 소진된 시골 부녀자임을 알 수 있었다. 반대로 셋째 형수는 무척 젊어 마흔 살쯤 되어 보였다. 활력이 넘쳐 보이는 그녀는 굽이 가늘고 뾰족한 하이힐을 신고 있었다. 눈은 가늘고 길었고 눈썹 또한 유난히 가늘었다. 턱은 아래로 길게 튀어나온 주걱턱이었고 얼굴에는 하얗게 분칠을 하고 있었다. 말을 할 때면 눈이 엄청나게 빨리 깜빡거렸기 때문에 도대체 그녀가 무얼 하고 있는 건지 알아보기 힘들었다. 곁에 서 있는 딸아이는 엄마와는 달리 무척 풍만한 몸매였다. 아주 낮게 옆트임이 있는 원피스 차림에 브래지어 안쪽이 볼록 솟아 있었다. 눈도 무척이나 컸고 쌍꺼풀 수술을 했는지 다소 부자연스러워 보였다. 사람을 쳐다볼 때도 정면으로 보지 않고 일부러 살짝 옆으로 비껴 보는 버릇이 있었다. 눈꼬리를 살짝 올리면서 사람을 위아래로 훑어보는 모양새가 대단히 매력적이었다.

저위안은 아가씨의 이 야릇한 시선을 피하느라 얼굴 근육이 뻣뻣해지자 애써 억지웃음을 지어 보였다. 그는 모든 사람들에게 돌아가며 인사를 건넸다. 그러면서 마음속으로는 비명을 지르듯이 중얼거렸다. 엄마는 도대체 내게 어떤 사람들을 보낸 거야?

엄마의 설명에 따르면, 둘째 외삼촌 댁은 가난해서 줄곧 시골에서만 생활했고 도시에 나와 볼 수 있는 기회가 극히 적었다. 최근 몇 년 사이에 작은 가공공장을 열면서 형편이 좀 나아졌고, 덕분에 시간과 돈에 여유가 생겨 여행할 마음을 갖게 되었다는 것이었다. 이번 여행은 전적으로 외삼촌댁 둘째 아들이 법을 어기고 추가로 낳은 유일한 손자 린야오중(林耀宗)을 위한 것이었다. 녀석은 현성(縣城)에 있는 중점(重點)고등학교에 다니면서 성적도 꽤 훌륭한 편이었다. 선생님들이 내년에 틀림없이 명문대학에 입학할 수 있을 것이라고 장담할 정도였다. 그들 린씨 집안에 전에 없는 청운의 기운이 피어오르자 둘째 외삼촌 내외는 너무 기뻐서 쓰러지고 말았다. 두 내외는 여기저기 다니며 전국에서 가장 좋은 중점대학교가 어디인지 묻기 시작했다. 대답은 예외 없이 베이징대학이었다. 둘째 외삼촌은 베이징대학이라는 이름을 듣자마자 "그럼 우리 베이징대학에 가보자! 가서 얼마나 크고 좋은 학교인지 직접 보자고. 난 우리 큰손자를 꼭 데리고 갈 거야. 가서 베이징대학이 어떤 모습인지 한번 봐야겠어."라고 말했다.

말이 나왔으니 즉시 움직이는 것이 바람직했다.

어쨌든 둘째 외삼촌의 이번 행동은 장거(長擧)라고 하기에 충분했다! 그는 이런 결정을 지지하지 않을 아무런 이유가 없었다. 이는 저위안이 이들 일행을 마중하는 일을 단호하게 거절하지 못한 이유이기도 했다.

문제는 이 민간단체가 자유롭고 산만한 데다 행동에 계획성이 없어 저위안의 접대를 매우 어렵게 만들고 있다는 점이었다. 마음의 준비가 되어 있지 않다 보니 원래의 손님맞이 계획은 충분히 유용하지 못했다. 원래는 아내 메이메이(梅梅)를 이런저런 말로 설득해서 둘째 외삼촌 댁 조손(祖孫) 세 식구를 집에 묵게 할 심산이었다. 하지만 뜻밖에도 이렇게 많은 사람들이 오는 바람에 집으로 데려가는 것은 불가능한 일이 되고 말았다. 자기 자신도 놀라 자빠질 지경인데 아내는 더 말할 것도 없었다. 아내는 그 작은 얼굴로 저위안에게 침묵의 시위를 할 것이고, 친척들을 답답해서 눈이 뒤집히게 만들 것이었다. 메이메이는 저위안보다 열 살 넘게 어렸다. 그가 두 번째로 결혼한 아내로 천부적으로 아양 떨고 떼를 쓰는 재주를 갖고 있었지만 기분이 상했다 하면 물건을 내던지거나 그릇을 깨는 등, 못하는 짓이 없었다. 베이징 토박이인 그녀는 고향 둥베이(東北)에서 온 이 가난한 친척들에게 자연스럽게 경멸과 배척의 태도를 보일 것이 분명했다.

광장에는 사람들이 무척 많았다. 눈 깜짝할 사이에 불법 숙박업소에서 나온 열댓 명의 사람들이 몰려들었다. 남녀가 우루루 다가와 짐을 들어준다고 덤벼들었다. 사람을 통째로 빼앗아가지 못하는 것이 한인 것 같았다. 저위안은 일행을 이끌고 몸을 피하면서 빠른 걸음으로 택시 정류장 쪽으로 걸었다. 생각은 이미 정해져 있었다. 자신의 차로는 이 사람들을 다 태울 수 없기 때문에 아예 차를 포기하고 우선 택시로 사무실까지 간 다음, 다시 방법을 찾아보려는 것이었다.

택시 정류장에도 사람들이 아주 많았다. 크고 작은 짐 보따리를 든 사람들의 행렬에 새치기하는 사람들도 적지 않았다. 철책을 넘어와 차를 잡는 사람들까지 있어 몹시 혼잡했다. 뒤쪽에는 택시가 길에 줄을 서 있지만 앞에 있는 차들이 거북이걸음을 하고 있는 통에 누구 하나 제대로 움직이지 못해 기다리는 시간만 한없이 길어졌다. 예전에는 지하철 입구만 혼잡했는데 지금은 사람들이 택시를 지하철로 여기고 있었다. 뒤쪽에서 성실하게 줄을 서 있는 사람들은 하나같이 초조함과 짜증을 드러냈다. 베이징이라는 도시가 친척들에게 그리 좋지 않은 첫인상을 남기고 있는 것이 분명했다. 둘째 외삼촌과 외숙모, 둘째 형수 등 이 순박하고 착실한 사람들은 앞뒤로 사람들에게 치이면서 눈빛에는 당혹감과 불안감이 가득하면서도 입으로는 아무 말도 하지 못했다. 그저 쉴 새 없이 이마에 흐르는 땀을 닦아낼 뿐이었다. 셋째 형수는 기회를 놓치지 않고 자신의 박학다식을 과시하고 싶었는지 작은 손수건을 꺼내 눈앞에 부채질을 하면서 재잘재잘 이것저것 비판하느라 입이 잠시도 쉬지 않았다. 정말 말 많고 짜증나는 캐릭터였다.

"어머나, 베이징 사람들도 별로 대단할 게 없네! 얇은 조끼에 헐렁한 반바지 차림으로 다니잖아. 어째 옷차림이 우리만 못한 것 같아."

"베이징 역이 우리 창춘 역만 못한 것 같아. 역사가 그리 크지도 않고 아주 낡아 빠졌네."

"에게, 택시도 구닥다리 샤리(夏利) 아니야? 우리 시골에도 일찌감치 산타나(桑塔納)로 다 바뀌었는데 말이야."

그녀의 목청은 날카롭고 높았다. 입 안 가득 둥베이 사투리라 주위 사람들의 눈총을 샀다. 바로 옆에 있던 딸 샤오옌이 대충 눈치를 채고는 엄마를 저지했다.

"엄마, 그만 좀 떠들어요. 짧게 한두 마디만 하시라고요."

과연 딸의 한마디가 위력이 있었다. 엄마는 즉시 입을 다물고 더 이상 말을 하지 않았다. 샤오옌의 이런 태도가 저위안에게 약간의 호감을 남겼다. 그 역시 베이징 역 앞의 무질서와 혼잡이 친척들에게 처음부터 좋은 인상을 주지 못했다는 것이 몹시 유감스러웠다. 예전에 그도 똑같은 불만을 가졌었다. 시 정부가 신속하게 이런 문제를 처리하고 질서정비에 더욱 힘을 기울여주었으면 했다. 나중에 기회가 생겨 인도와 이집트, 네팔, 터키 등지를 두루 유력하고 온 뒤에야 개발도상국들이 직면한 문제는 똑같다는 사실을 알게 되었다. 카이로나 뉴델리, 카트만두, 이스탄불 같은 도시들도 하나같이 인구가 많고 환경이 열악했으며 운전기사들이 차를 모는 수준이 중국보다도 야만적이었다. 그에 비하면 베이징이 훨씬 나은 편이었지만 국제화된 현대 대도시로 발전하려면 다음 생을 기다려야 할 것 같았다.

이처럼 자신을 합리화하는 심리는 우유부단하고 과단성이 없으며 우물쭈물하기 좋아하는 그의 성격을 더욱 키워주었다. 그는 친척들에게 조급해 하지 말고 조금만 더 참아달라고 부탁했다. 그러고는 잔뜩 몰려 있는 사람들의 행렬을 따라 천천히 앞으로 이동했다. 문득 대입 수험생 린야오중의 큰 눈이 수시로 자신을 응시하고 있다가 아무 생각 없이 눈길이 마주치기라도 하면 당황한 표정으로 얼른 눈길을 돌리곤 하는 것을 알아챘다. 몹시 부끄러워하는 듯한 모습이었다. 린야오중은 그의 뒤를 바짝 따라다니면서 형체에 따라 그림자가 생기듯이 그가 하는 행동을 그대로 따라했다. 과묵하고 말이 없었지만 항상 소리 없이 이 노인과 아낙네들을 돌보고 있었다. 왠지 모르지만 저위안은 이 린야오중이란 아이가 과거의 자신과 너무나 닮았다는 생각이 들었다. 예민하고 조용하며 마음속에 한없이 깊은 생각들을 담고 있는 듯한 모습이었다. 더없이 크고 투명한 눈동자로 주위의 모든 것을 조용히 가늠하고 있었다. 사물의 모든 디테일까지도 그의 눈길을 벗어나지 못하고 그의 마음속에 잔잔한 파문을 일으키는 것 같았다.

마침내 일행은 택시 두 대에 나눠 타고 기사들에게 서로 놓치지 말고 따라가 달라고 하여 함께 저위안의 회사 쪽으로 달렸다. 그의 사무실은 시내 중심에 자리 잡고 있었다. 기관 건물이라 무척이나 조용하고 한적했다. 오늘은 토요일이라 동료들이 그가 이끄는 이 오합지졸 무리를 목격하여 그의 체면이 손상될 리는 없었다. 단지 건물 입구를 지키는 젊은 경비원과 수발실의 늙은이만 이 촌스런 농민공(農民工) 무리의 행렬을 바라보면서 의혹을 갖게 될 것이었다. 저위안 처장이 그들에게 인사를 건네면서 다가가 자세히 설명하고 나서야 그들은 친절한 태도로 일행을 들여

보내주었다. 친척들은 입구에 서 있던 경비원과 사무실 건물의 위용을 보고서야 다소나마 그를 우러러보는 마음이 생겼다. 이제 막 베이징과 국가기관에 대한 숭배의 감정을 찾은 것 같았다. 말 많은 셋째 형수도 택시 정류장에서 보인 경박한 모습을 버리고 가벼운 발걸음으로 조심스럽게 안으로 걸어 들어갔다.

저위안은 그들을 이끌고 사무실로 들어갔다. 문을 열고 일행을 자리에 앉게 한 다음 마실 물을 가져다주었다. 사무실은 그리 크지 않아 예닐곱 명이 들어서자 갑자기 비좁게 느껴졌다. 이것저것 가릴 처지가 아니었던 저위안은 재빨리 자신의 주소록을 들고 여기저기 연락을 취하기 시작했다. 그는 자신이 생각할 수 있는 모든 숙박 자료를 한 번씩 다 고려해보았다. 자신이 잘 아는 몇몇 호텔 사장들은 친척들로 구성된 이 소비단체에게는 별로 도움이 되지 않을 것 같았다. 다시 중간 수준의 여관에 관한 정보를 제공해줄 만한 사람들을 생각해내긴 했지만, 시간이 아직 아침 일곱 시밖에 되지 않았다. 게다가 일요일 아침이라 남의 집에 전화를 걸기에는 상당히 부적절한 시간이었다. 그는 아예 여러 가지 전화번호와 여행정보가 수록되어 있는 베이징 엘로우페이지를 집어 들고는 그림을 보면서 찾아보기 시작했다.

불행하게도 중간 수준의 여관은 전부 만원이었다. 여러 해 동안 손님을 맞아본 적이 없다 보니 그는 업계의 상황을 전혀 알지 못했다. 최근 몇 년 동안 저위안이 근무하는 기관의 회의와 왕래는 전부 규격화되어 있어 접대업무를 전문적으로 담당하는 부서가 있었기 때문에 개인적으로 이런 문제에 신경을 쓸 필요가 없었다. 어쩌다 갑자기 자신이 직접 이렇게 많은 친척들의 접대를 맡게 되고 보니 아무래도 어수룩할 수밖에 없었다. 칠월은 무더위의 계절이었다. 이치대로 말하자면 지금이 베이징에서는 가장 혹독한 계절이었다. 무더운 날씨에 땀이 비 오듯 흘러 내렸지만 아들이 대성하기만을 바라는 가장들이라 고생을 마다하지 않고 혹서기를 이용하여 아들을 데리고 여행길에 나서 억지로 여름을 여행 성수기로 만들어놓고 있었다. 다른 건 고사하고, 둘째 외삼촌처럼 이제 막 약간의 재산을 모으기 시작한 가정들이 자비로 여행할 생각을 하는 것을 보면 아무래도 중국인들의 생활수준이 예전에 비해 하늘과 땅 차이로 달라진 것 같았다.

　반시간쯤 지났지만 아무런 성과가 없었다. 시간을 보니 더 이상 머뭇거릴 여유가 없었다. 생각다 못해 아예 3성급 이상 호텔의 객실 상황을 물어보기로 했다. 다행히 중저가 호텔들만 만원이었고 성급으로 분류되는 호텔들은 비교적 여유가 있었다. 시내에서 비교적 가까운 곳을 찾아 가격을 물어보았다. 할인을 받으면 객실 하나에 삼백 위안을 넘지 않았다. 저위안은 마음속으로 재빨리 계산을 해보았다. 일행이 방 세 칸에 네 밤을 묵는다고 가정하고 계산을 해보니 가격이 괜찮은 편이었다. 자신이 충분히 부담할 수 있는 수준이었다. 이렇게 큰 규모의 여행단을 한번 접대하려면 몇 천 위안은 써야 했다. 이 정도면 엄마에게 효도하는 셈 치면 그만이었다.

방을 정한 그는 일행을 이끌고 나와 차를 잡았다. 이번에도 차두 대를 잡아 기사들에게 놓치지 말고 따라가 달라고 하여 싱천(星辰)호텔에 도착했다. 차가 오르막길을 올라 호텔 정문 앞에서 멈추자 벨보이가 다가와 차 문을 열어주었다. 호텔 로비로 들어서니 얼굴 위로 나무와 꽃 사이에서 나는 향기와 함께 시원한 공기가 밀려왔다. 바깥의 뜨거운 세계와는 전혀 다른 천지였다. 저위안은 친척들을 소파에 앉아 기다리게 하고 자신은 카운터로 가서 체크인 수속을 밟았다. 친척들은 그 자리에 멈춰 섰다. 뭔가 난처한 듯한 표정들이었다. 둘째 외삼촌이 다가와 말했다.

"저위안 이게 뭐야? 우린 이렇게 좋은 데 묵을 필요가 없어. 이렇게 좋은데 묵어서 뭐 하겠나."

저위안이 그를 위로하며 말했다.

"그다지 좋은 곳도 아니에요. 보통 수준인 걸요 뭐. 외삼촌 일가족이 처음 베이징에 오셨는데, 아랫사람으로서 최대한 효심을 보여야지요. 마음 놓고 편히 묵으세요."

그가 이렇게 말하는 것은 방값을 자신이 지불할 것임을 밝힘으로써 친척들의 부담을 줄여주려는 것이었다.

체크인 수속을 마친 그는 열쇠를 받아들었다. 일행은 그제야 그의 뒤를 따라 엘리베이터를 타고 15층으로 올라갔다. 각자의 방문 앞으로 가자 저위안은 그들에게 카드키 사용하는 방법을 가르쳐주고 카드키를 꽂아야 전원이 들어온다는 점도 일러주었다. 알려줄 것들을 다 알려준 저위안은 우선 각자 방에 가서 잠시 쉬다가 샤워를 한 다음, 함께 아래층에 내려가서 같이 식사를 하자고 말했다. 둘째 외삼촌이 말했다.

"쉴 필요 없네. 밥도 먹을 필요 없어. 우리는 기차 안에서 이미 충분히 쉬었거든."

저위안이 말했다.

"아침 식사는 무료니까 그래도 좀 드세요. 잠시 후에 밖에 나가 구경하시다가 도중에 시장하시면 안 되거든요."

무료라는 말에 친척들은 더 이상 왈가왈부 실랑이하지 않았다. 저위안은 둘째 외삼촌과 린야오중의 방에서 스스로 차를 한 잔 우려 마셨다. 그제야 아침 일찍부터 잔뜩 긴장했던 마음이 조금 풀리는 것 같았다. 둘째 외삼촌과 린야오중은 이리저리 왔다 갔다 했고 다른 두 방의 여자들은 서로의 방을 마구 들락거리며 객실 안팎의 시설들을 살펴보고 15층 창밖으로 보이는 풍경을 구경하느라 정신이 없었다. 저위안은 그곳에서 집으로 전화를 걸어 아내에게 손님 맞을 준비를 할 필요가 없다고 알렸다. 친척들은 이미 호텔에 투숙했으며 자신은 오늘 그들을 데리고 시내 곳곳을 구경시켜줘야 할 것 같다고 했다. 메이메이는 이미 서재와 손님방, 가정부 방을 정리하면서 둘째 외삼촌 가족 세 사람을 맞을 준비를 마친 상태였지만 이는 전적으로 미간을 찌푸린 채 해낸 일들이었다. 그들이 집에 묵지 않게 됐다는 말을 들은 메이메이는 "이야 ㅡ" 하고 탄성을 내질렀다. 환호하던 그녀는 얼른 손으로 입을 틀어막고는 억지로 지어낸 목소리로 말했다.

"여보, 바깥 활동 너무 많이 하지 말아요. 더위 먹지 않도록 조심하고요."

저위안은 알았다는 말과 함께 전화를 끊었다.

메이메이와의 통화가 끝나고 엄마한테 전화를 걸려 했지만 그럴 필요가 없게 되었다. 엄마가 먼저 전화를 걸어와 둘째 외삼촌 일행이 잘 도착했는지 물었던 것이다. 저위안은 이미 도착해서 호텔에 투숙했는데 세 명이 아니라 여섯 명이라고 설명했다. 엄마도 듣고 놀랐는지 "어머나" 하더니 입을 다물지 못했다. 그러고는 인원 구성에 관해 듣고 나서 한마디 했다.

"틀림없이 그 셋째 며느리가 농간을 부렸을 거야. 집안 곳곳에서 큰소리치면서 제 속셈만 차린다니까. 노인네 부부가 손자만 데리고 베이징에 가면서 자기 딸은 안 데려간다는 애길 듣고는 박탈감을 느껴 모녀가 함께 따라온 게 분명해. 두고 봐라. 틀림없이 여행 내내 돈 한 푼 쓰지 않고 노인 부부한테 얻어먹을 테니까 말이다."

엄마는 잠시 멈췄다가 말을 이었다.

"이상하네. 둘째 며느리는 순박한 사람인데 어쩌다가 함께 휩쓸린 거지? 틀림없이 셋째 댁이 들쑤셨을 거야. 이 집 사람들은 정말 문제가 있다니까."

엄마는 여기까지만 말했다. 조금 후회가 되는 모양이었다. 자기 아들에게 여섯이나 되는 사람들이 폐를 끼치게 되리라고는 생각을 못했는지 몹시 미안해하는 것 같았다. 저위안이 말했다.

"엄마, 너무 걱정 마세요. 일단 오셨으니까 제가 잘 모실게요."

엄마는 그래도 마음을 놓지 못했다.

"괜찮겠니? 집에 가서 마누라에게 바가지 긁히는 것 아니야?"

"괜찮아요. 신경 쓰지 마세요."

엄마는 저위안의 전처에게 큰 호감을 갖고 있었다. 특히 전처가 큰손자를 데려갔을 때는 심장이 뜯겨 나가기라도 한 것 같았다. 그 뒤로도 별일 없을 때마다 그 얘기를 꺼냈다. 그녀는 줄곧 아들이 재혼하여 맞아들인 어린 며느리를 인정하지 않았다. 고집스럽게 이 여우요괴가 아들 집안을 망쳐놓았다고 생각했다. 젊음과 미모에 의지하여 아들을 꼼짝 못하게 만들었다는 것이다. 메이메이도 털털한 성격이다 보니 아주 먼 곳에 있는 시어머니의 비위를 맞추면서 좀 더 가까워질 수 있는 방법을 찾지 못했다. 바로 이런 이유 때문에 저위안은 재혼한 뒤로 부모님들과 어느 정도 감정적으로 소원해지고 말았다. 그는 어떻게든 이런 결손을 메워 보려고 최대한 노력했다. 저위안으로서는 마흔을 넘긴 뒤로 바라는 것이 그리 많지 않았다. 그냥 이렇게 인생의 책임을 다하면서 어른들을 잘 모시고 아이를 잘 키우면서 평화롭게 남은 십몇 년의 직장생활을 잘 마무리하는 것이 그가 바라는 전부였다. 그 역시 마흔 이전에는 여러 가지 일에 의욕이 넘쳤고 마음속으로 직장에서의 승진과 발전의 기회를 노렸었다. 하지만 한 차례 결혼의 실패로 충격을 받았고 다시 지금의 아내와 처음부터 다시 시작된 또 한 차례의 천신만고를 거쳐 집과 자동차를 두루 갖춘

'화이트칼라 계급'의 행복한 생활시스템을 수립한 뒤로는 삶에 대한 모든 열정이 함께 사라져버리고 말았다. 가끔씩 살아온 역정을 뒤돌아보면 일에 대해 품었던 청춘의 이상이 이미 현실에서 꽤 멀리 떨어져 있는 것을 발견할 수 있었다. 남은 것이라고는 전부 집을 사느라 빌린 대출금을 어떻게 갚고 전처가 데려간 아들의 유학비용을 어떻게 마련할 것인지, 메이메이와의 사이에서 다시 아이를 낳을 것인지 말 것인지… 하는 등등의 실질적인 일에 대한 고민뿐이었다. 요컨대 그가 안고 있는 것은 지극히 사소하고 형이하학적인 문제들이었다. 그 스스로도 삶이 이런 모습으로 변하리라고는 상상하지 못했었다. 20년 전 성(省) 대학입시에서 수석으로 중점대학 장학생이 되었을 때만 해도 자부심에 넘쳤고 더 할 수 없이 오만했으며 '우리 베이징대학'이라는 말을 입에 달고 다녔던 전도유망한 청년이 어쩌다 이렇게 한순간에 삶의 재미를 잃은 중년 사내가 되어 버린 것인지 알 수 없었다.

전화를 끊자 여전히 방 안을 어지럽게 맴돌고 있는 조손 두 사람의 모습이 눈에 들어왔다. 아직 옷도 갈아입지 않고 세면도 하지 않은 것 같았다. 둘째 외삼촌은 여전히 헐렁한 조끼 차림이었고 린야오중은 머리가 여전히 엉망진창으로 헝클어져 질서 없이 마구 뻗쳐 있었다. 저위안은 속으로 약간 짜증이 났다. 도대체 그동안 뭘 하고 있었던 건지 알 수 없었다. 둘째 외삼촌이 또다시 방 밖으로 나간 틈을 이용하여 저위안이 린야오중을 불러 말했다.

"야오중아, 할아버지한테 반팔 옷을 가져오셨는지 여쭤봐라. 밖에 나갈 때 조끼만 입는 건 남 보기 좋지 않을 것 같아서 그래."

린야오중은 고개를 끄덕였다. 저위안은 짐짓 아무 생각 없는 듯이 그를 칭찬했다.

"짜식, 입고 있는 티셔츠가 아주 멋지네. 디아도라(Diadora) 제품이지? 이태리 명품 말이야! 머리만 좀 빗으면 옷이랑 훨씬 더 잘 어울리겠다."

린야오중은 얼굴이 빨개지더니 고개를 숙인 채 화장실로 달려가서는 뻗쳐 있던 머리를 물을 칠해 눌러 단정하게 빗고 나왔다. 할아버지가 들어오는 걸 본 그는 노인네에게 어서 옷을 갈아입으라고 소리를 질렀다. 할아버지가 말했다.

"어제 저녁에 갈아입었는데 뭐 하러 또 갈아입어?"

린야오중이 말했다.

"그게 아니네요, 할아버지. 조끼만 입고 호텔 안을 돌아다니는 건 무식한 짓이라고요."

할아버지가 썩 내키지 않는 듯한 어투로 말을 받았다.

"무식한 짓이라고? 이놈이 베이징대학에 들어가기도 전에 이 할애비한테 무식하다고 면박을 주네. 대학에 들어가면 또 무슨 일로 이 할애비를 탓할지 모르겠구나?"

입으로는 이렇게 툴툴대면서도 둘째 외삼촌은 손자의 말에 따라 순순히 검정 보따리 안에서 갈색 티셔츠를 찾아내 갈아입었다.

그들 옆방의 네 여자 손님들은 함께 2층 뷔페식당에 가서 식사를 했다. 여자들도 기차 안에서 하룻밤을 뒹군 옷을 그대로 입고 있었다. 다른 점이 있다면 셋째 형수와 그 집 딸네미만 얼굴에 화장을 했다는 것이다. 얼굴이 창백할 정도로 희었다. 분을 너무 많이 발라 얼굴에 제대로 퍼지지 않은 것 같았다. 식당에 들어가서도 셋째 형수는 여전히 기회를 놓치지 않고 자신의 박학다식을 과시할 욕심에 큰 소리로 이걸 집어라 저걸 담아라 주문하며 법석을 떨었다. 그녀는 음식을 종류별로 잔뜩 집어 접시가 넘치도록 가득 담았다. 그 모습에 저위안은 뭐라 말하기도 머쓱하여 조용히 린야오중을 불렀다. 그러고는 그에게 한 번에 너무 많이 가져갈 필요 없이 먹을 만큼만 그릇에 담고 모자라면 더 가져다 먹는 것이 바람직하다고 모두에게 전하게 했다.

마침내 여행단 전체가 한자리에 둘러앉게 되었다. 식사를 하면서 그들에게 어디를 가고 싶은지, 혹시 특별한 계획이 있는지 물었다. 둘째 외삼촌이 말했다.

"네가 알아서 해. 우리가 여기 온 주요 목적은 베이징대학을 구경하는 것이거든."

셋째 형수가 끼어들었다.

"우리는 톈안문(天安門)도 보고 싶고 장성(長城)에도 가보고 싶어요. 베이징 오리구이도 먹어보고 말이에요."

저위안은 웃기만 하고 대꾸는 하지 않았다. 이어서 며칠이나 묵을 예정이냐고 묻고는 자신이 미리 표를 끊어 놓겠다고 말했다. 친척들은 방금 목적지에 도착하자마자 언제 가는지 묻는 것에 익숙지 않은 듯한 표정이었다. 사람을 쫓아내는 듯한 느낌이 들었을 수도 있었다. 둘째 외삼촌은 죽을 한 숟가락 삼키다 말고 말했다.

"그게 무슨 말이냐! 저위안, 우리도 네가 많이 바쁘다는 걸 알아. 우린 이틀 동안 베이징을 둘러보고 곧 돌아갈 예정이다. 널 번거롭게 하는 일은 없을 거야."

저위안은 둘째 외삼촌이 오해했다는 것을 알고는 재빨리 해명했다.

"지금은 여행 성수기라 일주일 전에는 표를 예매해야 해서 그래요."

둘째 외삼촌이 말했다.

"그럼 네가 알아서 처리해라."

이번에도 또 알아서 처리하게 되었다. 알아서 처리하는 것이 가장 어려웠다. 저위안은 한참이나 계산을 해보았다. 자신의 접대 능력으로는 그들이 나흘 이상 호텔에 묵는 것을 감당할 수 없었다. 더 길어지는 것은 원하지 않을 뿐만 아니라 억울함을 느낄 수도 있었다. 기관에서는 여행비를 항상 공금으로 충당했기 때문에 그는 한 번도 자기 돈을 쓰면서 놀러 다닌 경험이 없었다. 이번은 뜻밖의 경험인 셈이었다.

모두들 배불리 먹고 나서 잠시 생각을 해보니 역시 가까운 곳부터 구경하는 것이 좋을 것 같아 먼저 일행을 데리고 고궁(故宮)과 베이하이(北海)에 가보기로 했다. 일반적으로 이 두 곳이 외지에서 베이징에 오는 사람들이 가장 먼저 구경하고 싶어 하는 첫 번째 경유지였다. 톈안문 앞에는 택시가 서기 불편하기 때문에 그는 아예 사람들을 이끌고 지하철을 타기로 했다. 지하철도 몹시 붐볐다. 표를 산 다음에 일일이 사람 수를 세면서 개찰을 하여 모두가 객차 안에 올라 제대로 편안하게 자리를 잡는 것까지 확인해야 했다. 열차가 서서히 움직이기 시작하면서 갑자기 눈앞이 캄캄했다. 머리 위의 선풍기가 윙윙 소리를 내는 것을 보니 이미 최대 전력을 다 소진한 모양이었다. 불어오는 바람은 뜨듯하기만 했다. 저위안의 정신이 아득해졌다. 중년 특유의 권태감과 피로감이 몰려왔다. 끓는 물 같은 생활과 똑같이 끓는 물 같은 지하철 안에서 그는 늙은 장님이라도 된 것처럼 주위의 모든 것을 보고도 못 본 척하면서 무력하게 어둠 속에서 달리는 열차의 굉음에만 귀를 기울였다.

어떤 사람이 한 도시에서 스무 해를 넘도록 살았다면 눈앞의 모든 것을 보고도 못 본 척할 수 있는 이유가 충분했다. 갓 베이징에 도착했을 때는 그 역시 이렇지 않았다. 당시에는 친척과 친구들이 지나쳐 가듯이 수시로 찾아왔다. 한 달에 이허위안(頤和園)과 위안밍위안(圓明園)을 네 번이나 가야 했고 고궁에는 다섯 번이나 입장해야 했다. 징산(景山)과 베이하이는 여섯 번이나 갔다. 그때마다 내친 김에 왕푸징(王府井)과 시단(西單)을 몇 번이나 돌

있는지 제대로 기억도 나지 않았다. 하지만 항상 열정과 신선함이 넘쳤다! 20여 년이 지나는 동안 이들 고정 관광명승지를 찾는 횟수가 80번이 넘으면서 성스러운 느낌은 거의 사라지고 더이상 아무런 감정도 없게 되었다. 심지어 이들 관광명소가 거론될 때마다 구역질이 나기도 했다. 이허위안의 인공 산과 인공 호수는 더위를 피하기 위해 자주 갈 수 있지만 고궁처럼 풀 한 포기 나지 않는 곳이 가장 구역질나는 곳이었다.

토하더라도 들어가지 않을 수 없었다. 처음 온 친척들에게는 이곳이 베이징에 와서 처음 찾는 명소이기 때문이다. 그들로서는 진수이교(金水橋)를 건너는 것도 처음이고 마오(毛) 주석의 초상화 밑을 지나는 것도 처음이었다. 톈안문에 들어서는 것도 처음이고 온통 붉은색인 고궁에 들어서는 것도 처음이었다. 그는 자신이 처음 고궁에 들어섰을 때의 느낌이 어땠었는지 상상할 수 있을까? 그때 그는 톈안문이 어째서 건축물일 수 있는 걸까 하는 생각을 했었다. 톈안문은 허공에 떠 있는 하나의 성전이자 하늘을 떠다니는 천정(天庭)이지 붉고 붉은 벽돌과 나무로 지어진 건축물이 아니었다. 게다가 그 안에는 고대 황궁이 자리 잡고 있었다. 너무나 건방진 생각이었다!

그날 톈안문 성루에 올라가 안을 들여다볼 때도 셋째 형수는 가장 먼저 탄성을 내질렀다.

"어머나, 맙소사! 여기가 바로 톈안문이로구나!"

그러더니 그녀는 더 이상 말이 없었다. 저위안은 그녀가 무엇을 생각하고 있는지 알 수 없었다. 그는 그녀와 그들의 배경에 대해 별로 아는 바가 없었다. 하지만 어른들이 정신적으로 흥분 상태에 빠져 걸음걸이에도 힘이 넘치고 있다는 건 알 수 있었다. 이에 비해 두 아이의 걸음걸이는 비교적 조용했다. 아이들은 마지못해 힘없이 걸으면서 이리저리 두리번거릴 뿐이었다. 이 두 아이는 1980년 이후에 태어났다. 그들이 글을 배우던 교과서의 제1과는 30년 전 저위안이 배웠던 '마오 주석 만세'나 "나는 베이징 톈안문을 사랑합니다"가 아니었다. 저위안은 처음 학교에 가던 날 선생님이 가르쳐주셨던 문답을 아직도 생생하게 기억하고 있었다. 나는 왜 베이징 톈안문을 사랑하는 걸까? 그곳은 위대한 영도자 마오 주석님께서 처음으로 오성홍기를 높이 들어 올린 곳이기 때문이다.

눈앞에 있는 톈안문이 바로 그 톈안문이었다. 고궁 또한 변함없는 바로 그 고궁이었다. 고궁은 천 년 내내 변하지 않는 자태로 그곳에 '내려앉아' 있었다. '내려앉아(坐落)' 있다고 해야 할까 아니면 '자리 잡고(座落)' 있다고 해야 할까? '내려앉아' 있다고 하는 편이 더 나을 것 같았다. 저위안은 동양과 서양의 여러 궁전들을 두루 돌아본 경험이 있었다. 뻣뻣하게 고개를 쳐들고 발호하는 처마와 높은 첨탑들에 비해 고궁의 건물들은 양반 다리를 하고 편하게 주저앉아 있는 어르신들 같았다. 아니면 호시탐탐 먹이를 노리는 눈빛으로 웅크리고 있는 동방의 수사자 같았다. 그랬다. 한 마리 수사자가 줄곧 웅크리고 앉아 비약을 준비하고 있는 것 같았다.

어쨌든 암사자는 아니었다.

높이 떠서 뜨겁게 내려쬐는 햇볕 때문에 모두들 가슴이 갑갑했다. 그들은 수많은 관광객들과 함께 대신들이 조정에 나가던 대리석 길을 따라 걸었다. 오문(午門)으로 들어서 곤녕궁(坤寧宮)과 건청궁(乾淸宮)을 지났다. 가릴 것이라고는 아무 것도 없는 넓은 길 위에서 더위를 피하느라 모두들 서둘러 놀란 걸음을 옮기듯이 허둥댔다. 칠월의 뜨거운 열기 아래 한백옥(漢白玉) 난간이 일제히 햇빛을 반사하고 있었다. 강렬하게, 자극적으로 모든 것 위로 군림하여 사람들의 가슴을 쿡쿡 찔러댔다. 햇빛이 망령들을 따라다니기라도 하는 것처럼 허공에서 천천히 춤을 추다가 시도 때도 없이 사람들을 비웃었다. 꿇어앉아 봐. 머리를 조아려야지. 너희는 모두 하찮은 신민(臣民)들이잖아!

마음속에 귀신이 들어와 있었다면 하늘에서 들려오는 이 소리를 들을 수도 있었을 것이다. 저위안은 노인들 몇몇이 힘든 걸음을 걸으면서 연신 이마 위의 땀을 훔치는 모습을 바라보고 있었다. 아무런 느낌도 없는 것 같았다. 셋째 형수와 샤오옌의 하이힐이 따각따각 힘들게 대리석 바닥을 울렸다. 한국 여자들처럼 진하게 화장한 얼굴은 이미 햇빛에 벌겋게 그을려 화장품을 적신 땀이 붉은 줄과 흰 줄로 뒤섞여 흘러내리고 있었다. 모녀는 고궁이 왜 이렇게 넓은 거냐고, 왜 반나절을 걸어도 끝이 보이지 않는 거냐고 쉴 새 없이 불평을 늘어놓았다. 열여덟 살 소년 린야오중만 사뭇 진지하고 공손한 태도로 궁전을 하나하나 자세히 살펴보고 있었다. 알 수 없는 수수께끼를 풀기라도 하듯이 완전히 몰입한 모습이었다. 저위안은 어쩐지 이 소년이 조금씩 좋아지기 시작했다.

고궁은 입장료가 오른 데다 햇볕이 전보다 더 뜨거웠는데도 사람들이 전보다 더 많아졌다는 것 외에는 그에게 새로운 인상은 조금도 주지 못했다. 그는 기억을 따라 일행을 인도하여 앞으로 나아갔다. 친척들을 구경시켜 주는 것이 아니라 자신의 옛 기억을 되살려 다시 한 번 여행을 하고 있는 것 같았다. 햇빛 아래서 현기증을 느끼면서 저위안은 영혼이 빠져 나가고 자신은 그림자가 된 것 같은 느낌이었다. 눈가에 맺힌 땀방울이 천천히 흘러내려 눈꺼풀을 가릴 때면 그는 눈앞에 펼쳐진 풍경과 사물을 보는 것이 자신의 오랜 기억을 보는 것 같았다. 전처와 헤어진 뒤로 낯익은 곳에 갈 때마다 저위안의 눈길은 항상 자신이 그녀와 함께 거쳐 갔던 흔적들을 찾았다. 두 사람은 과거에 대학 동기였고 첫사랑의 연인들이었다. 두 사람의 청춘과 꽃다운 시절이 전부 베이징의 초목과 벽돌, 바위에 박혀 있어 절대로 잊을 수가 없었지만 고개를 돌려 되돌아보는 것도 쉽지 않았다.

이 세상에 길을 막는 돌멩이들에 담겨 있는 무게와 분량을 다시 맛보기 위해 걷어차는 사람이 그 말고 또 있을까? 그는 자신이 왜 그러는지 알 수 없었다. 모든 것이 운명과 성격 탓인 것 같았다.

나중에 지금의 아내와 밖에 놀러 나갈 때면 대부분 낯선 곳을 찾아가 즐겼다. 주로 교외 지역의 화이러우(懷柔)나 미윈(密雲), 순이(順義), 핑구(平谷), 먼터우거우(門頭溝) 같은 현을 찾아가 그곳의 레저타운이나 온천, 댐, 경마장 등에서 쉬다가 돌아오곤 했다. 시내의 오래된 명승지들은 전부 상업적인 관광지가 되어 대부분 외지 사람들에게 점령되어 있기 때문이었다.

하지만 당시에는 그들 두 사람도 갓 베이징에 온 외지인이었고 베이징의 모든 것에 대해 범상치 않은 열정과 애정을 갖고 있었다.

이제 이 도시에서 20년 넘게 생활한 이 중년의 사내는 베이징 토박이처럼 혀를 마는 권설음으로 말을 하면서 울분 가득한 심정으로 베이징의 교통상황과 날씨, 황사에 대해 불만을 토로했다. 외지에서 온 농민공들이 너무 많아 치안상황이 불안해지고 현지인들의 생활에 혼란을 야기하는 것도 불만의 대상이었다.

이때 린야오중은 그에게 여러 가지 질문을 하기도 하고 받기도 했다.

"삼촌, 고궁에는 어째서 나무가 없는 거죠?"

그렇다. 왜 나무가 없는 걸까? 황궁 안에는 왜 나무를 심지 않은 걸까?

감수성이 예민한 젊은이들은 약속이라도 한 듯 모두 이런 사실을 발견하게 되는 걸까? 소년에 대한 저위안의 호감이 조금씩 늘어가고 있었다.

고궁의 북문을 통해 밖으로 나온 그는 일행을 이끌고 가까운 음식점에 들어가 식사를 한 다음 곧바로 징산(景山)공원을 찾았다. 무더운 오후인데도 이곳에는 여전히 사람들이 너무 많았다. 저위안은 일행을 이끌고 최대한 나무 그늘이 있는 곳을 찾아 걷다가 숭정(崇禎)황제가 목을 매어 죽었다는 그 구부러진 나무가 어느 것인지 가리켜주고 산꼭대기까지 올라가 베이징의 중축선(中軸線)을 보여주었다. 이 모든 것들이 아주 오랫동안 하지 않았던 일들이었다. 마치 한 세기 만에 해보는 일인 것 같았다. 이처럼 산에 올라가 베이징의 중축선을 조망하는 게임은 그가 학생 때 가장 즐기던 게임이기도 했다. 지금은 가장 즐기는 게임이 교외 먼터우거우에 가서 베이징을 바라보는 것이었다.

이어서 그는 사람들을 데리고 베이하이로 갔다. 호수 한가운데 배들이 움직이는 것을 보고는 딸 샤오옌이 번쩍 정신이 들었는지 곧장 노를 집어 들고 배를 젓기 시작했다. 셋째 형수와 린야오중은 샤오옌과 함께 배를 타고, 저위안은 다리가 편치 않은 세 노인을 데리고 물가에서 기다리기로 했다. 그들이 배에서 내린 것은 오후 다섯 시가 훌쩍 넘어서였다. 저위안은 일행을 이끌고 나와 또 근처 음식점으로 가서 저녁을 먹은 다음, 다시 일행을 호텔로 데려다주었다. 그러고 나서야 피곤한 몸을 이끌고 기차역으로 돌아갔다. 주차장에서 차를 찾은 그는 억지로 정신을 추슬러 차를 몰고 집으로 돌아왔다.

이날 하루의 일정만으로도 그는 완전히 녹초가 되었다. 햇볕을 너무 쐰 것이 주요 원인이었다. 더위에 지치고 그을린 흔적이 온몸에 희미하게 남아 있었다. 가슴이 답답하고 팔도 불에 덴 것처럼 벌겋게 달아올라 몹시 따끔거렸다. 몸이 늙은 것이 분명했다. 나이가 사람을 가리지 않는 것처럼 피부도 사람을 가리지 않았다. 아내 메이메이는 그가 벌겋게 탄 것을 보고서도 동정심을 보이기는커녕, 오히려 고소해하면서 말했다.

"이건 순전히 당신이 사서 하는 고생이에요. 그렇게 많은 인원이면 차라리 여행사를 통해 오게 하면 되잖아요! 뭣 때문에 어머니 말대로 그 사람들을 대접하느라 고생을 해요?"

저위안은 이미 지쳐 숨은 붙어 있지만 기력은 남아 있지 않았다. 소파 위에 누운 그는 아무 소리도 내지 않았다. 그녀와 쟁론을 벌이고 싶지 않았다.

얼굴이 위를 향하게 누워 잠시 쉬려고 하는 차에 엄마에게서 또 상황을 묻는 전화가 걸려왔다. 엄마는 둘째 외삼촌 일가가 하루를 어떻게 보냈는지 물었다. 저위안은 그런대로 괜찮았다고 말하면서 고궁과 베이하이에 갔었다고 설명했다. 엄마는 아직 분이 풀리지 않았는지 참지 못하고 셋째 형수에 대한 험담을 늘어놓았다.

"이 며느리는 하루 종일 아무 것도 안 하면서 남들 귀찮게 할 줄만 알지. 늙은이 내외가 밀가루 가공공장을 열어 수중에 돈 좀 만지게 되니까 어떻게든 그걸 쥐어짜내 자기 손에 넣으려 한다니까."

저위안이 셋째 형수가 무슨 일을 하느냐고 묻자 엄마는 아무 일도 하지 않고 한가하게 놀고 있고, 셋째 조카가 외지로 물건을 실어 나르면서 모녀 둘을 먹여 살리고 있다고 말했다.

"자기도 일을 안 하면서 자식 교육마저 제대로 못 시킨단 말이야. 딸아이는 고등학교도 들어가지 못한 데다 그럴듯한 일자리도 찾지 못했지. 모델이 되겠다고 했다가 또 배우가 될 거라고 하더니 2년째 집에서 놀고 있지 뭐냐."

엄마는 약간 화가 나는 모양이었다.

"네, 그랬군요."

저위안은 되는 대로 몇 마디 받아주다가 전화기를 내려놓았다. 남의 집 일에 별로 흥미가 없는 데다 머릿속이 이미 완전히 지쳐 있었다. 옆에서 두 사람의 통화를 듣고 있던 메이메이가 말했다.

"당신네 집안은 참 복잡하네요!"

저위안이 말을 받았다.

"아니야, 다 어른들 말씀이니까, 그냥 들어주기만 하면 돼."

그러고는 한마디 덧붙였다.

"아니면, 내일 당신도 함께 나가서 동행해보던가. 친척들이 왔는데 모른 척 할 수는 없지 않겠어?"

"난 안 가요. 내일은 스파에 가서 체형관리를 받기로 되어 있어요. 벌써 예약이 되어 있단 말이에요. 당신 일은 당신이 알아서 해결해요."

저위안은 할 말이 없었다. 그냥 입을 다무는 수밖에 없었다. 메이메이 세대의 젊은이들의 '독립'과 자아만 있고 정신적 봉헌은 없다는 사실은 그도 일찌감치 배워서 잘 알고 있었다. 그녀에게 자신의 생각을 권해봤자 헛수고였다. 효과가 있을 리 없었다.

다음 날은 마침 일요일이었다. 그는 둘째 외삼촌 일가를 이끌고 베이징대학에 가서 린야오중의 꿈을 이뤄주기로 마음먹었다. 집을 나서기 전에 먼저 전화를 걸어 모두들 잘 쉬었는지 물어보려 했지만 둘째 외삼촌 방에서는 아무도 전화를 받지 않았다. 다른 두 방에도 전화를 걸었지만 역시 받는 사람이 없었다. 저위안은 왠지 불길한 예감에 서둘러 셋째 형수의 핸드폰으로 전화를 걸었다. 다행히 걸자마자 통화가 되었다. 셋째 형수는 단번에 저위안의 목소리인 걸 알고는 먼저 말했다.

"거 뭐냐, 삼촌, 우리 그 호텔에서 나왔어요. 어젯밤부터 거기서 묵지 않았다고요."

저위안의 가슴이 철렁 내려앉았다.

"그럼 어디서 묵으셨는데요?"

"어젯밤에 호텔로 돌아갔다가 다시 나와 기차역 부근을 돌아다녔어요. 여관을 소개해주는 사람이 있기에 따라가 보았지요. 충원문(崇文門) 근처인데 가격도 훨씬 싸고 해서 아버님이 모두 이쪽으로 데리고 와서 묵게 되었어요."

순간 저위안은 왠지 마음이 불안해지기 시작했다. 혹시 어떤 악덕 업주의 여관에 속아서 들어간 건 아닐까? 그는 더 물어볼 것도 없이 다급하게 말했다.

"어디 가지 마시고 거기서 기다리세요. 제가 곧 그리 갈게요."

말을 마치자마자 그는 재빨리 차에 시동을 걸었다.

다행히 일요일이라 차가 평일의 러시아워만큼 지독하게 막히지는 않았다. 그래도 충원문에 도착한 것은 한 시간이나 지나서였다. 그는 셋째 형수에게 묵고 있는 곳을 구체적으로 설명해달라고 했다. 셋째 형수는 주절주절 한참이나 설명했다. 왼쪽으로 돈 다음에 다시 오른쪽으로 돌면 왼쪽에 전병(煎餅) 가게가 있고 오른쪽에는 자물쇠 수리점과 피임약 파는 가게가 있고… 너절한 좌표들을 잔뜩 늘어놓으면서 정확한 위치는 말하지 못했다. 저위안은 아예 밖으로 나와 대로변에 있는 하더문(哈德門)호텔 앞으로 자신을 데리러 오라고 했다.

저 멀리 셋째 형수가 빠른 걸음으로 달려오는 모습이 보였다. 저위안은 차를 세워놓고 형수를 따라 다시 후퉁(胡同) 안으로 들어갔다. 길가의 번쩍거리는 고층빌딩들과 열기가 하늘을 찌르고 먼지가 풀풀 날리는 상업용 건물 건설현장을 지나 구불구불 좁은 후퉁 깊숙이 들어갔다. 다시 방금 철거되어 미처 정리되지 않은 폐허를 지나고 몸을 옆으로 해야 간신히 통과할 수 있는 아주 좁은 후퉁을 지나서야 마침내 외삼촌 일가가 묵고 있는 허름한 여관을 찾을 수 있었다. 구식 민간주택의 지하실을 개조한 업소인 것 같았다. 문을 열고 안으로 들어서자 동물원에서 나는 고약한 지린내가 얼굴로 덮쳐왔다.

저위안은 정신을 가다듬고 잠시 침침한 공간에 눈을 적응시키고서야 안을 제대로 살펴볼 수 있었다. 방 세 칸짜리 구식 주택을 여관으로 개조하여 방마다 네 개의 2인용 철제 침대를 들여놓은 업소였다. 한 방에 평균 일고여덟 명이 함께 자는 데다 방 안에는 빛이 심각하게 부족했다. 심지어 낮에도 전등을 켜야 했다. 에어컨조차 설치되어 있지 않았고 방마다 구식 선풍기만 한 대씩 요란한 소리를 내며 돌아가고 있었다. 주방은 화장실과 통하는 남녀 공용 욕실로 개조되어 있었다. 극도로 좁은 거실에는 소형 컬러텔레비전 한 대가 놓여 있어 마침 '새로운 베이징, 새로운 올림픽'이라는 제목의 프로와 함께 중국 스포츠 대표단이 다음 달 아테네에서 열리는 올림픽대회에 참가한다는 뉴스가 방영되고 있었다.

순간 저위안은 다른 세상에 와 있는 듯한 느낌이 들었다. 부동산 건설 열기가 비등하고 자고 나면 고층 호텔들이 땅 위로 우뚝 솟아나고 있는 베이징에 이런 곳이 있으리라고는 상상도 하지 못했다. 오래된 후퉁 안 빈민가에 이처럼 시골스런 여관이 남아 있는 것은 숙박비가 싸기 때문이었다. 1인당 침대 하나에 하루 숙박비가 20위안에 불과했다. 여전히 사방에서 손님들이 찾아오는 걸 보면 이런 업소 고유의 가치와 매력이 있는 것이 분명했다.

이 여관에 묵고 있는 사람들은 둘째 외삼촌네 식구들만 빼고 전부 이미 외출하고 없었다. 사람들 몸에서 나는 체취가 뭔가 발효하는 냄새와 뒤섞인 채 통풍이 되지 않아 아직 발산되지 않고 남아 있었다. 여성 객실에 낯선 시골 아낙 두 명만 남아 다 큰 애들과 함께 이리저리 왔다 갔다 돌아다니고 있었다. 소리를 질렀다가 잠잠해졌다 하면서 서둘러 밖으로 나가려고 아이들을 재촉하고 있었다. 저위안이 원망 섞인 목소리로 둘째 외삼촌에게 말했다.

"외삼촌, 굳이 이러실 필요가 있나요? 호텔에 묵는 게 훨씬 편하시잖아요? 어서 저랑 같이 호텔로 돌아가시죠."

둘째 외삼촌은 목에 흰 수건을 두른 채 누런 이를 드러내며 저위안을 향해 활짝 웃어 보였다. 여전히 그 헐렁한 조끼 차림으로 이리저리 돌아다니고 있는 것이 호텔에 있을 때보다 훨씬 자유롭고 편하고 즐거워 보였다.

"이만하면 좋은 것 같지 않니? 어차피 밤에 돌아와 잠만 잘 텐데 어디서 자나 마찬가지지. 베이징에 온 것도 여기저기 둘러보고 싶어서이지 편안한 복을 부리고 싶어서가 아니야. 편하게 지내고 싶다면 집에 자빠져 있는 게 훨씬 낫지."

맞는 말이었다. 저위안은 외삼촌의 말에 일리가 있다는 것을 인정하지 않을 수 없었다. 문득 20여 년 전 처음 베이징에 왔을 때, 친구나 고등학교 동창이 찾아오기라도 하면 잠시 비어 있는 기숙사 침대에서 함께 밤을 보냈던 일이 생각났다. 나중에 그에게 집이 생겨 통자루(筒子樓 : 긴 복도 양쪽으로 방이 이어져 있고 각 방에 한 세대가 사는 병영식 건물)에 살 때도 친척들이 찾아오면 호텔이나 여관에 묵게 할 생각은 하지 않았다. 그럴 만한 경제적 조건이 갖춰져 있지 못했기 때문에 몸을 웅크린 채 집에서 함께 지냈다. 15평방미터 정도 되는 방 한가운데 커튼만 치면 남녀가 함께 잘 수도 있었다. 매트리스는 물론, 소파나 방바닥 등 잠을 잘 수 있는 곳이면 어디서나 누워 잤다. 이런 잠과 휴식의 품질이 어땠을지는 충분히 상상할 수 있을 것이다. 그래도 그때는 그것이 영광이요 자부심이고 즐거움이었다. 어쨌든 여기는 베이징, 위대한 조국의 수도였다. 수천만 인구를 가진 망망한 도시에 출발점과 정착지가 있고, 믿고 기댈 친구나 친척이 있다는 것만으로도 더없이 좋은 일이었다.

저위안도 더 이상 권하지 않았다. 일행을 이끌고 나온 그는 택시를 한 대 잡은 다음, 기사에게 자기 차를 따라 베이징대학 서문으로 와달라고 했다. 주말이라 도시의 서북쪽으로 놀러 나가는 사람들이 무척 많았다. 때문에 차가 막혀 시속 20킬로미터로 거북이걸음을 해야 했다. 이는 러시아워 때 베이징의 도로에서 흔히 볼 수 있는 속도였다. 한 시간이나 힘들게 운전한 끝에 간신히 베이징대학에 도착한 그는 차를 중관춘(中關村) 실리콘 벨리에 세워놓고 사람들을 이끌고 학교 안으로 들어갔다. 교문을 지키던 경비원은 외지에서 온 이들 농민공 일행을 보자 어깨에 힘을 주며 이것저것 따지고 조사하더니 들여보낼 수 없다고 말했다. 저위안이 전에 랑룬위안(朗潤園)에 살았던 교수의 이름을 대며서 대학원시험 응시를 위해 미리 인사를 드리러 온 사람들이라고 설명했다. 경비원은 손가락으로 사람들을 가리키며 "저 사람들이 전부 대학원시험을 보기 위해 교수님을 만나러 온 사람들입니까?"

하고 물었다. 저위안은 속으로 몹시 화가 났지만 입으로는 고분고분 대답하는 수밖에 없었다. 그는 교수님의 부탁으로 가정부를 구해 온 것이라고 둘러댔다. 경비원은 충분히 들볶았다고 생각했는지 뒤에 몇몇 가장이 아이들을 거느리고 들어오는 것을 보고는 저위안 일행을 들여보내주고 황급히 다음 사람들을 괴롭히러 갔다. 저위안이 고개를 돌려보니 셋째 형수 모녀의 얼굴에 화가 난 기색이 역력했다. 방금 그가 '가정부'라고 말한 것이 불만인 모양이었다. 저위안이 애써 마른 웃음을 지으면서 구차하게 해명했다.

"이 경비원들은 사람들 겉모습에 따라 태도가 달라져요. 공연히 트집을 잡기 일쑤지요. 제가 그렇게 말하지 않았더라면 자기가 만족할 때까지 이것저것 끝없이 캐물었을 거예요."

이 말 한마디로 방금 전에 있었던 일은 어물어물 넘어갔다.

교정 안에 우렁찬 매미 울음소리가 가득하고 호수 위에는 하나가득 연꽃이 핀 것을 보고서야 일행은 방금 전의 유쾌하지 않은 기분을 깨끗이 떨어버릴 수 있었다. 담장 하나를 사이에 두고 완전히 다른 세계가 펼쳐져 있었다. 긴 흐름을 이루며 오가는 자동차의 경적 소리가 몇 자밖에 안 되는 담장 밖에서 아득히 멀게 들려왔다. 셋째 형수가 놀란 표정으로 소리쳤다.

"여기가 학교예요? 차라리 공원이라고 하는 게 낫겠네요!"

베이징대학이 큰 것은 교정 때문이 아니었다. 하지만 눈앞에 펼쳐진 교정의 아름다움만으로도 외지에서 온 친척들을 감동시키기에 충분했다. 가슴속에 품은 웅지나 드넓은 시야 같은 추상적 개념들은 만질 수도 없고 볼 수도 없기 때문에 친척들에게 설명해 줄 방법이 없었다. 웨이밍호(未名湖)와 삼각지(三角地), 대강당, 에드거 스노의 무덤, 도서관, 운동장, 사과 과수원, 테니스 코트… 등은 항상 사람들의 눈길을 끄는 시설들이었다. 가는 길 내내 일행은 작은 깃발을 들고 베이징대학을 구경하는 다양한 여행단과 마주쳤다. 산책을 나온 사람들도 적지 않았다. 가장이 아이의 손을 잡고서 동경 가득한 가슴으로 신이 나서 돌아다니는 모습도 눈에 들어왔다.

베이징대학의 경치는 백 년 동안 변함이 없었다. 바뀐 것이라고는 이곳 학생들뿐이었다. 교정 안의 학생들은 영원히 신입생이었다. 웨이밍호 물가에서는 변함없이 손에 책을 든 남녀 학생들이 사랑을 나누고 있었다. 한쪽에는 거리낌 없이 진한 동작을 하는 학생들도 있었다. 테니스 코트에서는 미끈한 다리들이 건강하게 뛰어다니고 있었다. 그 아름다움이 보는 사람들의 가슴을 흔들어놓았다. 도서관 앞 잔디밭에서는 몇몇 고학년 남학생들이 기타를 껴안고 노래를 불렀다. 그들이 부르는 노래는 2004년에 한창 인기를 누렸던 가수 다오랑(刀郞)의 <충동의 징벌>이었다.

그날 밤 술에 취해 너의 손을 잡고서
마음속 억눌렀던 감정만 생각하면서
어지럽게 말도 안 되는 소리들을 늘어놓았지
광란의 표현으로 희미하게 취해버린 눈동자는

너의 표정도 제대로 읽지 못해

그때 네가 어떤 반응을 보였는지 기억나지도 않네…

신장(新疆) 출신 가수 다오랑은 2004년 유행의 아이콘이었다. 베이징대학 사람들은 사회의 정보를 포착하는 데 있어서 누구보다도 민감했다. 실연을 가장하고 있는 이들 젊은 남학생들에게서 저위안은 또 스무 해 전 자신의 옛 그림자를 보았다.… 정신 못 차리고 있는 사이에 청춘의 발자국 소리가 다시금 쿵쿵 거세게 울려왔다. 저 낯익은 숲 속 그늘 아래 모든 길과 황금빛 가득한 낙엽, 도서관과 강의실, 식당, 기숙사로 향하는 작은 오솔길… 곳곳에 그의 꿈같은 어제가 자리하고 있었다. 특히 여학생 기숙사로 향하는 오솔길은 더더욱 그랬다. 여자 친구가 거주했던 309호실 창문 아래 있던 자작나무 두 그루가 갑자기 느낌표처럼 앞으로 튀어 나와 눈앞에서 몽타주처럼 짜깁기되어 펼쳐졌다. 심장박동이 조금씩 빨라지는 것이 느껴지자 그는 자신도 모르게 손을 들어 가슴을 문질렀다. 한참이나 이렇게 멍하니 서 있다가 왠지 보여줘선 안 될 것을 보인 것 같아 서둘러 좌우를 둘러보았지만 자신에게 눈길을 주고 있는 사람은 아무도 없었다. 얼른 정신을 차린 그는 계속해서 일행을 이끌고 앞으로 나아갔다. 자신이 한동안 묵었던 남학생 기숙사 아래에 이르자 그는 린야오중에게 손가락으로 창문 하나를 가리키며 말했다.

"저기가, 307호야. 내가 예전에 쓰던 방이지."

녀석의 가슴속에서 울려 나오는 전율이 그에게 뒤지지 않음을 한눈에 알 수 있었다. 린야오중의 눈빛이 수정처럼 반짝거렸다. 속눈썹이 빠르게 떨리고 가슴이 벌렁거리면서 고개를 들어 307호 창문을 바라보았다. 베이징대학에 대한 가슴 가득한 열정과 숭배의 감정이 오랫동안 억눌려 있다가 마침내 낙하점을 찾았는지 고스란히 저위안의 몸으로 전해졌다. 한참이 지나서야 소년은 긴 탄식을 토해내듯이 말했다.

"삼촌, 삼촌은 어떻게 베이징대학에 들어갔어요?"

어떻게 붙었더라? 순간 저위안의 얼굴에 화려한 일곱 빛깔 광채가 어른거렸다. 그는 그해 성 대입시험에 수석으로 합격했다. 합격자 명단에서 자신의 이름을 확인하고 신이 나서 친척들에게 소식을 전한 다음 스승과 제자가 서로 부둥켜안고 펄쩍펄쩍 뛰며 기뻐하던 광경이 눈에 선했다. 그것은 청춘의 꿈이요 패기였다. 그리고 노력과 분투, 정확한 목표를 향한 행동의 결과였다. 갖가지 요소들이 하나로 결합되어 베이징대학에 들어올 수 있었던 것이다.

밖으로 나와 식사를 하면서 두 아이는 눈에 띄게 말이 줄었다. 뭔가 자극을 받은 것이 분명했다. 린야오중은 얼굴이 발갛게 상기되었고 눈빛도 맑고 조용했다. 정신이 목욕을 한 것 같았다. 샤오옌도 아랫입술을 꽉 깨물며 뭔가 굳은 각오를 하는 것 같았다. 방금 교정에서 민소매 조끼와 칠부 바지 차림에 자신과 같은 또래의 여학생들이 스쳐 지나가자 샤오옌은 한참 동안이나 넋을 놓고 바라보았었다. 여학생들은 얼굴에 진한 화장을 하지도 않았지만 '베이징대학 여학생'이라는 영양크림이 그녀들의 얼굴에 고운 빛깔을 더해주었다. 덕분에 가슴이 탱탱하게 솟아오르면서 속마음을 겉으로 마음껏 드러낼 수 있게 해주는 것 같았다.

셋째 형수는 음식을 씹으면서 감탄을 연발했다.

"우리 야오중이 이 대학에 들어오면 정말로 조상의 은덕에 향을 바치는 일이 되겠군."

이 말에 린야오중은 얼굴이 더 새빨개졌다.

베이징대학 방문은 사람들에게 꽤 큰 즐거움을 주었다. 시간이 아직 넉넉했기 때문에 저위안은 이들에게 이허위안도 구경할 수 있겠다고 말했다. 밖으로 나와 또다시 택시 한 대를 잡아 일행 중 몇 명을 태우고 자신을 따라오게 하고서 곧장 이허위안으로 차를 몰았다. 그리 멀지 않은 길이었지만 끝없이 늘어선 차량 행렬 때문에 한참 동안 바퀴가 굴러가지 못했다. 간신히 주차장 앞에 이르렀지만 이미 '만차' 표지판이 내걸려 있어 안으로 들어갈 수 없었다. 주변 도로에도 차를 세울 수 있는 공간은 전부 다른 차들이 차지하고 있었다. 방법이 없어 일행은 주차장만 한 바퀴 돌고 다시 나와야 했다. 시간을 보니 오후 세 시도 채 되지 않았다. 아직 너무 이른 시각이라 숙소로 돌아가기에는 좀 미안한 마음이 들었다. 생각해보니 위안밍위안은 주차장이 좀 컸던 것 같았다. 이리하여 그는 핸드폰으로 뒤쪽 차량에 타고 있는 셋째 형수에게 전화를 걸어 기사에게 자기 차를 따라오라고 하고는 위안밍위안으로 향했다.

다행히도 위안밍위안은 사람이 비교적 적은 편이었다. 오전에는 비풍이 불더니 오후가 되자 나뭇잎 무늬조차 움직이지 않고 후텁지근하기만 했다. 치춘위안(綺春園)으로 들어가 몇 발짝 걷기도 전에 사람들은 땀을 비처럼 쏟아내기 시작했다. 저위안은 수중에 있던 티슈를 사람들에게 나눠주면서 땀을 닦게 했다. 가지고 있던 것으로는 충분치 않아 길가 작은 매점에서 몇 팩을 더 샀다. 베이징대학에서 막 나온 길이라 치춘위안의 푸른 숲과 호수는 이미 눈에 익어 별 의미가 없었다. 창춘위안(長春園)에는 '세계 원시 토템 조형원'이라는 볼거리가 하나 더 생겨나 있었다. 하지만 한 바퀴 돌면서 아프리카와 아메리카의 모조 나무 조각품 몇 점을 보는데 입장료가 5위안이나 했다. 밖으로 나오자 둘째 외삼촌은 사기를 당했다면서 베이징의 위안밍위안도 사람을 속인다며 툴툴거렸다. 푸하이(福海)의 부용꽃 연못도 원래는 볼 만한 구경거리였다. 온통 부용꽃 천지라 너무나 아름다운 곳이었는데 올해는 꽃의 생장이 좋지 않아 누렇게 시들고 말라죽은 것들 투성이였다. 억지로 살아 있는 꽃들마저 절반은 꺾여 있어 '날마다 끝없는 푸른빛(接天續日無窮碧)'이라는 장관은 구경도 할 수 없었다.

땀은 쉬지 않고 흘러내렸다. 아무리 닦아도 소용이 없었다. 저위안은 노인네들이 더위라도 먹을까 두려워 서둘러 사람들을 이끌고 이 유적지에서 가장 아름답다는 서양식 정원 쪽으로 가서는 다수이파(大水法)의 끊어진 벽 앞에서 사진을 몇 장 찍고 서둘러 되돌아왔다. 날씨가 형편없는데도 가는 길 내내 끊임없이 단체 여행객들과 마주쳤다. 특히 여름 캠프에 참가하고 있는 중학생들이 가장 많았다.

날은 아직 일렀다. 애타게 기다리던 시간일수록 빨리 지나가더니 지금은 왜 이렇게 시계바늘이 느리게 움직이는지 알 수 없었다. 저위안은 저녁에 둘째 외삼촌 일가를 야윈촌(亞運村) 중화민족원 남문에 있는 '야왕(鴨王)' 음식점으로 모시고 가서 정통 베이징 오리구이를 대접할 생각이었다. 베이징 오리구이로 말하자면 그 집 말고 퇀제호(團結湖) 근처에도 괜찮은 집이 있었다. 허핑문(和平門)에 있는 취쥐더(全聚德) 노자호(老字號 : 오랜 전통을 정부가 인정한 업소)는 가격도 비싸고 서비스도 별로라 외국인들에게나 소개할 수 있었다. 셋째 형수가 베이징 오리구이가 먹고 싶다고 했으니 사람들을 한 번쯤 만족시켜줄 필요가 있었다.

그러나 뜻밖에도 셋째 형수는 또 무슨 요술을 부리려는지 전후좌우를 요리조리 둘러보더니 엉뚱한 소리를 했다.

"저기 말이야, 저위안, 여기서 자네 집이 가깝다며? 우리 자네집에 가서 좀 앉았다 나오는 게 어떤가? 이렇게 먼 길을 왔으니 자네 집에 들어가 집사람도 한번 만나봐야지."

이렇게 말하고 나서 눈빛이 변하는 걸 보니 원망이 담겨 있는 것 같았다. 친척들의 풍속에 따르면, 손님이 찾아오면 집으로 초대해서 먹이고 재우고 대접하는 것이 원칙이었다. 하지만 인정이

메마른 대도시에서는 손님이 오면 모든 접대를 공공장소에서 해결하는 것이 상례였다. 주인이 초대하지 않는 한, 손님이 먼저 자발적으로 집에 가보고 싶다고 제안할 수는 없는 일이었다. 하지만 그의 친척들은 이런 관례를 따르지 않았다. 그들은 자신들의 방식으로 문제를 처리했다. 원래 저위안은 이번에도 집이 멀고 교통이 불편하다는 등의 이유를 들어 거절할 수 있었다. 하지만 이번에도 우유부단한 성격이 크게 작용하면서 어영부영 그의 집에 가보고 싶다는 친척들의 요구를 받아들이고 말았다.

원인을 따져 보았지만 그 역시 왜 그랬는지 알 수 없었다. 단지 친척들로서는 그가 자신들을 위해 얼마나 힘들게 고생했는지 그 공을 쉽게 잊어버릴 수 있고 대접하는 과정에서 발생한 사소한 문제로 인해 그에 대해 전체적으로 안 좋은 기억을 가질 수 있다는 것이 우려스러울 뿐이었다. 예컨대 그들을 대접하기 위해 아흔아홉 가지 일을 문제없이 수행했다 하더라도 단 한 가지 요구를 만족시키지 못하면 모든 공로가 물거품이 되고 둥베이로 돌아가서는 다른 친척들에게 이러쿵저러쿵 험담을 하면서 "공씨네 큰아들은 근본을 잊은 데다 쩨쩨하고 의리도 모른다"라고 악평을 늘어놓을지도 모를 일이었다. 그렇게 되면 위아래 할 것 없이 가족들 전체가 그를 안 좋게 생각할 것이 뻔했다. 물론 이미 온갖 풍파를 다 겪은 저위안의 나이에 멀리 떨어져 사는 친척들의 중상모략쯤은 전혀 문제가 되지 않았다. 하지만 엄마는 그런 소문을 개의치 않을 리 없었다.

둘째 외삼촌 일행을 집으로 데려가는 수밖에 달리 방법이 없었다. 또다시 저위안이 앞에서 차를 몰고 뒤에서 택시가 따라가는 방식으로 일행은 그의 집으로 향했다. 그는 먼저 메이메이에게 전화를 걸어 친척들이 집에 가보고 싶어 한다면서 가도 되는지 물었다. 그녀는 친척들이 오면 몹시 불편할 것이라 생각하고는 퉁명스럽게 대답했다.

"그분들이 집에 가보고 싶다면 그러라고 해요. 전 들어가지 않을 테니까요. 지금 미용실에서 얼굴을 다듬고 있고, 끝나면 또 경락치료를 받아야 해요"

저위안이 말했다.

"좋아. 그럼 사람들을 데리고 가서 집 안 구경만 시켜주고 나올게. 그런 다음 적당한 음식점을 잡아 식사를 하자고"

메이메이는 알아서 하라고 말했다. 그러고는 마지막으로 한마디 덧붙였다.

"벽장 맨 아래 칸에 슬리퍼가 준비되어 있으니 모두들 그걸로 갈아 신으라고 하세요. 바닥 더럽히지 않도록 말이에요"

그녀의 말투는 무척이나 쌀쌀맞았다.

전화를 끊고 나자 저위안은 몹시 우울했다. 하지만 여전히 웃는 얼굴로 차 안에 타고 있는 둘째 외삼촌 부부와 얘기를 나눴다. 물가에 위치한 '명인가원(名人家園)'이라는 이름의 빌라에 도착한 것은 저녁 해가 아직 서산에 완전히 기울기 전이었다. 단지 안에는 꽃과 나무가 조화롭게 어우러져 있고 조그만 숲이 요염함을 더해주었다. 하얀 지붕의 아담한 건물들이 한 동 한 동 이어져 있고 단지 정원 안에는 나무로 된 거대한 수차가 돌아가고 있었다. 북유럽의 정취가 물씬 풍겼다. 친척들은 감탄을 멈추지 않았다. 저위안은 그들을 안내하여 건물로 들어선 다음, 복층 빌라 안으로 들어섰다. 그가 집 안의 모든 전등을 켜자 아예 '스르륵—' 하고 막이 오르면서 멋진 연극이 시작되는 것 같았다. 친척들은 눈이 휘둥그레졌다. 마치 무대 한가운데 서 있는 것처럼 놀라움을 금치 못하며 차마 자리에 앉지도 못했다. 크고 넓은 거실과 금속 공예로 화려하게 장식된 계단, 유럽식 벽난로, 한창 유행하고 있는 실내용 관상 수목이 어우러진 가운데 다보격(多寶格) 선반에는 눈길을 사로잡는 공예품들이 잔뜩 진열되어 있었다. … 모든 것이 오늘날 화이트칼라 계층의 유행에 부합하는 것으로서 기본적으로 메이메이의 품격을 잘 나타내고 있었다. 친척들은 연달아 감탄을 토해냈다. 여자 손님들은 셋째 형수의 인도 하에 벌떼처럼 위층으로 올라갔다가 내려가기를 반복하면서 집 안을 구석구석 뒤져댔다. 둘째 외삼촌과 린야오중 두 남자의 표정에는 스스로 억제하고 자중하는 기색이 역력했고 여자 손님들처럼 소리를 지르면서 과상한 작태를 보이지 않았다. 둘째 외삼촌이 말했다.

"우아, 이 녀석, 집이 정말 크구나. 돈이 아주 많이 들었겠어."

저위안이 말했다.

"그렇게 많이 들진 않았어요."

셋째 형수가 이끄는 여자 손님들은 침대에서 저위안 부부의 대형 결혼사진과 계단을 따라 나란히 걸려 있는 다양한 자태의 메이메이의 예술 사진들을 보고는 연신 탄성을 내질렀다.

"멋지네요, 저위안! 마누라가 정말 젊고 예뻐요!"

저위안은 사람들의 칭찬이 듣기 싫진 않았다. 그제야 그는 확실히 깨달았다. 사실 그가 친척들의 요구에 응한 것은 자신의 큰 집과 젊고 예쁜 아내에 대한 칭찬, 그리고 자신의 중산계급 생활에 대한 부러움 섞인 칭송을 듣고 싶어서였다. 그는 그들 앞에서 우월감을 드러내고 싶었다. 사실, 맨 처음 그들을 대접하라는 엄마의 요청을 받아들인 순간부터 그의 잠재의식 속에는 이 시골에서 온 미약한 집단 앞에서 우월감을 드러내고 싶은 욕망이 없지 않았다. 이는 그가 인정하고 싶지 않았던 자신의 일면이었다. 이제야 비로소 그는 갑자기 내면의 진정한 모습을 드러내고 있는 것이었다. 그 나이가 되도록 그는 사람들 앞에서 자신의 우월감을 드러낼 기회가 거의 없었다. 특히 동창들이나 같은 연령대의 사람들 앞에선 더더욱 그랬다. 베이징에는 도처에 높은 관직을 가진 사람들과 돈 많은 사람들이 부지기수였기 때문에 그들 앞에서는 이렇다 할 우월감을 느끼지도 못했었다. 그저 고향의 친척들 앞에서나 그는 베이징대학의 우등생이고 국가기관의 고급공무원으로서 베이징에 살고 있고 차와 주택을 보유하고 있으며, 결혼에 실패한 경력은 있으나 여전히 젊고, 아이를 외국으로 보내 유학을 시키고 있으며, 두 번째 결혼으로 젊고 예쁜 아내를 얻은 성공한 인사였다. 고향 사람들의 눈에는 그가 린야오중의 롤

모델이자 린샤오엔의 삶의 스승이었다. 하지만 베이징 사람들의 눈에는 그의 경력이 너무나 평범하기만 했다. 굳이 가릴 것도 없고 그렇다고 드러낼 만한 것도 없는 보통 공무원에 불과했던 것이다.

어찌 됐든 사람들에게서 칭찬을 들으면 신바람이 나기 마련이었다. 저위안은 여러 사람들을 데리고 내려가 음식점에 가서 식사를 한 다음, 내친 김에 차를 몰고 그들을 시내까지 태워다 주고 나서 한밤중이 되어서야 집으로 돌아왔다. 그들을 데려다주면서 그는 내일은 월요일이라 출근을 해야 하기 때문에 함께 구경을 다닐 수가 없다고 말했다. 둘째 외삼촌이 말했다.

"괜찮아. 우리끼리 다닐 수 있어. 첸먼(前門) 쪽에 관광버스도 있더라고 하루 코스 여행을 하면 돼. 만리장성에 가볼 생각이야."

저위안은 그들에게 조심하라고 당부하면서 특별히 린야오중에게 모두들 흩어지는 일이 없도록 잘 보살피라고 일렀다. 아울러 저녁에 퇴근하고 나면 그들을 찾아가 함께 저녁을 먹겠다고 말했다. 둘째 외삼촌은 식사를 알아서 해결할 수 있다고 했지만 저위안은 그러면 안 된다고, 무슨 일이 있어도 자신을 기다려 함께 식사를 해야 한다고 말했다.

월요일은 출근하여 바쁘게 하루를 보냈다. 저녁이 되자 저위안은 퇴근을 하고 여관으로 외삼촌 일행을 만나러 갔다. 잘 놀았느냐고 묻자 셋째 형수가 재잘재잘 얘기를 늘어놓기 시작했다.

"우리 사기 당했어요. 불법 택시를 타는 바람에 억지로 쇼핑하는 데로만 끌려 다녔다고요. 바다링(八達岭)과 스산링(十三陵)에 가기로 해놓고는 바다링에는 가지도 않고 엉뚱하게 쥐용관(居庸關)으로 데려가더라고요. 스산링은 열세 개 능 가운데 하나만 보고 돌아왔고요. 집단으로 신고할 생각도 했었다니까요."

저위안도 예전에 신문에서 베이징 일일 관광버스 중에 불법업자들로 인한 피해에 관한 기사를 읽은 적이 있었지만 아직도 그러리라고는 생각지 못했다. 상황이 조금도 나아지지 않은 것이었다. 그는 속으로 무척이나 미안했다. 진즉에 이럴 줄 알았으면 소형 버스를 한 대 세내서 관광을 시켜줄 걸 그랬다는 생각이 들었다. 그러다가 이내 그런 생각마저 접어두고 한마디 했다.

"신고 안 하시길 잘하셨어요. 별문제 없이 무사히 돌아오셨으니 됐어요."

말을 마친 그는 일행에게 차표를 내밀었다. 다음 날 저녁 침대칸 기차표였다. 그는 한꺼번에 표를 여섯 장이나 구하느라 어지간히 애를 써야 했다. 여행 성수기라 표를 구하기가 쉽지 않았기 때문이다. 그들이 베이징에 올 때는 침대칸 표를 두 장 밖에 구하지 못해 돌아가면서 잠을 자면서 왔다고 했다.

둘째 외삼촌이 돈을 꺼내 기차표 값을 주려고 했지만 저위안은 조카가 약간의 효심을 발휘할 기회마저 주지 않을 생각이냐고 하면서 한사코 받지 않겠다고 우겼다.

"내일 낮에는 시내 구경을 하시는 게 좋을 것 같아요. 왕푸징이나 시단에 가서 쇼핑도 좀 하시고요. 밤에는 돌아다니면서 구경하느라 피곤하시겠지만 열차 안에서 주무시면 되잖아요. 한숨 푹 주무시고 나면 곧 집에 도착하시게 될 거예요"

셋째 형수는 또 스징산(石景山) 유원지에 가자는 제안을 했고 샤오옌은 '환구가년화(環球嘉年華)'에 가고 싶다고 말했다. 신문에서 그곳이 괜찮다는 기사를 보았다는 것이다. 저위안은 가지 않는 것이 좋을 거라고 말했다. 첫째, 그런 곳들은 전부 인공 유원지라 별 재미도 없을 뿐만 그런 경관은 어딜 가든지 쉽게 찾아볼 수 있고 둘째, 교통이 불편하기 때문에 저녁에 열차 시간에 맞춰 돌아오기 힘들 수도 있기 때문이었다. 차라리 시내를 돌아다니는 것이 안전하다는 게 그의 생각이었다.

당부의 말을 끝내고 저녁식사는 퇀제호에 있는 음식점으로 가서 오리구이를 먹기로 했다. 걱정거리가 하나 줄어든 셈이었다.

저위안의 계획은 하나하나 잘 이루어져 갔다. 저녁식사를 마치고 일행을 숙소까지 배웅한 다음 집에 돌아온 것은 벌써 열한 시가 넘은 시각이었다. 대충 씻고 잠자리에 눕자마자 셋째 형수가 전화를 걸어왔다.

"저위안, 저기 말이에요, 우리 내일 아침 일찍 출발하기로 했어요"

"뭐라고요?"

깜짝 놀란 저위안이 자리에서 벌떡 일어나 앉았다.

셋째 형수가 말했다.

"기차역에서 고향까지 곧장 가는 버스를 발견했어요. 한나절이면 갈 수 있대요. 아버님도 좀 일찍 돌아가고 싶으신 모양이더라고요. 그래서 표를 환불하고 버스표를 샀어요."

저위안이 뭐라고 말할 틈도 없이 둘째 외삼촌이 전화기를 빼앗아 말을 이었다.

"거 뭐냐, 저위안, 우리 때문에 며칠 동안 고생 참 많았다. 봐야 할 것들은 다 본 것 같아. 하루 더 있어 봤자 너한테 폐만 더 끼칠 것 같아서 말이야.…"

저위안은 속으로 여간 짜증이 나는 게 아니었다. 그는 마음속으로 "폐를 끼치고 싶지 않다고? 다 조치해 놓은 것들을 항상 마음대로 바꿔서 엉망진창을 만드는 게 바로 폐를 끼치는 거란 말입니다!"라고 소리쳤다. 하지만 억지로 참으면서 한마디 불평도 입 밖에 내지 않았다. 그저 쓴웃음을 지으면서 둘째 외삼촌에게 한마디 할 뿐이었다.

"하루 종일 앉아서 가야 하잖아요. 게다가 종점에 내려서도 다시 시외버스로 갈아타야 하고요. 외삼촌과 외숙모께서 그 고생을 견뎌내실 수 있으시겠어요?"

"그럼, 괜찮고말고. 견디지 못할 게 뭐가 있겠냐."

"표를 이미 물리셨나요?"

"응… 아니 물린 건 아니고… 우리가 역 앞에 서 있는데 누가 표를 사겠다고 해서 팔았어."

그렇다면 이제 선택의 여지가 없었다. 저위안이 다시 물었다.

"내일 몇 시에 출발하는데요?"

"아침 일곱 시 반에."

저위안이 말했다.

"그럼 이렇게 하시지요. 제가 내일 아침 일찍 배웅하러 갈게요."

"그럴 필요 없어. 오지 않아도 돼. 우린 내일 아침 일찍 광장에 가서 국기 게양식만 구경하고 아침을 간단히 먹은 다음에 곧장 차를 탈 예정이야. 기차역 근처의 길은 우리도 잘 알거든."

저위안은 더 이상 전화로 실랑이를 하고 싶지 않았다.

"이렇게 하지요. 내일 셋째 형수님한테 핸드폰을 아침 일찍 켜 놓으라고 하세요. 제가 전화할 테니까요."

수화기를 내려놓은 저위안은 또다시 머리통을 뭔가로 조이는 듯한 기분이었다. 머릿속이 웅웅거렸다. 답답하고 짜증이 났다. 이런 고통은 전부 그들이 이리저리 계획을 바꾸면서 자신을 번거롭게 한 탓이었다. 메이메이도 옆에서 불만스러운 듯이 불평을 늘어놓았다.

"봐요, 보라고요. 당신네 집안사람들이 어떤 사람들인지 좀 똑똑히 보란 말이에요! 돈 몇 푼 아끼려고 다 쓰러져 가는 여관에 묵다니, 그게 어디 사람이 잘 만한 곳인가요? 난 그동안 꾹 참고 아무 말도 안 했을 뿐이에요. 게다가 자신들이 돈을 내지도 않았는데도 힘들게 차표를 끊어다 주었더니 그걸 남한테 팔아 버리다니! 얼마나 지독한 사람들이에요? 그깟 육칠백 위안 아끼겠다고! 괜찮아요. 그분들은 이번 여행에서 돈도 벌었잖아요. 돈 한 푼 안

쓰고 오히려 벌어서 돌아가다니…"

"입 좀 다물어주면 안 되겠어? 정말 속물 같군!"

저위안은 더 이상 참을 수가 없었다. 자존심이 크게 상한 그가 매섭게 쏘아 붙였다. 그도 자신의 반격이 말이 되지 않는다는 걸 잘 알고 있었지만 이런 식으로 비난을 받고 싶진 않았다. 친척들을 접대하면서 그는 이미 인내의 한계를 넘은 지 오래였다. 그런데도 그들은 항상 자신들 주장만 밀어붙였다. 시골사람들은 돼지 허리 같은 고집으로 뭐든지 자신들 생각대로 다 하면서 남을 전혀 고려하지 않았다. 이것이 메이메이의 자기중심적인 태도와 뭐가 다르단 말인가? 모두들 사회화 정도가 부족한 사람들이었다. 이것으로 됐다. 일찍 돌아가고 싶으면 일찍 돌아가게 해주면 그만이었다. 그렇지 않으면 계속 마음 한구석이 불안할 것이 뻔했다.

이날 밤 그는 제대로 잠을 이루지 못했다. 자명종을 맞춰두었지만 긴장한 탓인지 갈수록 더 잠이 오지 않았다. 침대 위에서 전전반측하는 사이에 새벽 두 시가 넘었지만 여전히 졸린 느낌이 없었다. 그가 자꾸 몸을 뒤척이는 바람에 메이메이도 짜증이 났는지 볼멘소리로 툴툴거렸다. 저위안은 아예 자리에서 일어나 서재로 갔다. 신문을 뒤적여 다음 날 아침 국기 게양 시간을 확인해보니 새벽 5시 11분이었다. 설마 해가 그렇게 일찍 뜬단 말인가? 생각해보니 그는 지난 20여 년 동안 국기게양식을 본 적이 없었다. 베이징에 온 지 얼마 되지 않았을 무렵, 대학에 다닐 때 한

번 가본 것이 전부였다. 동창 몇 명과 아침 일찍 베이징대학을 출발하여 자전거를 타고 갔었다. 그때 딱 한 번뿐이었다. 하지만 그런 의식은 누구나 삶에서 한 번밖에 보지 못하지만 영원히 잊히지도 않는 그런 것이었다.

새벽 4시에 저위안은 옷을 갖춰 입고 집을 나섰다. 조심스럽게 차고에서 차를 빼낸 그는 단지 입구를 빠져나오자마자 요란하게 가속페달을 밟아 빠른 속도로 톈안문 방향으로 달렸다. 새벽 4시 8분의 베이징이었다. 도시 전체가 깊은 잠에 빠져 있었다. 평소에 익숙하던 평평한 길이지만 그 시각에는 차가 보이지 않았고 사람들도 보이지 않았다. 사방이 소리 없이 적막하기만 했다. 희미한 새벽빛 속에서 거리와 건물, 입체교차로의 윤곽이 뚜렷해지기 시작했다. 도로 양쪽의 푸른 나무들의 무성한 가지와 잎들은 조금도 움직이지 않았다. 전부가 한 폭 한 폭의 아름다운 정물화 같았다. 불과 한 시간 만에 베이징이 이처럼 요염한 모습으로 변하고 있었다! 그는 갑자기 신기하고 낯선 느낌에 빠져들었다.

차바퀴가 빠르게 움직이는 동안 그의 시야 속에서 풍경들이 하나하나 선명하게 다가왔다. 다섯 시쯤 그는 차를 사무실 주차장에 세워놓은 다음 재빨리 버스를 타고 광장으로 달려갔다. 국기 게양식이 시작되기까지는 아직 3분 정도의 여유가 있었다. 광장으로 달려간 저위안은 국기 게양대 아래 섰다. 그곳에는 이미 수천 수백의 사람들이 모여 어서 국기가 올라가기를 기다리고 있었다. 저위안은 사방을 두리번거렸다. 고개를 쳐들고 있는 사람들

가운데 어서 둘째 외삼촌 댁 식구들의 모습이 보이기를 기대했다. 하지만 쉽게 찾을 수가 없었다. 그 시각에는 모든 사람들의 차림새와 생김새가 전부 비슷해 보였다. 그 순간에는 모든 사람들이 엄숙한 태도를 취하고 있었다. 수천 명이 모인 광장이 아무 소리도 없이 고요하기만 했다. 사람들 모두 숨을 죽이고 정신을 모은 채 신성한 순간을 기다리고 있었다. 저위안도 걸음을 멈추고 고개를 든 채 그 순간을 기다렸다. 5시 11분, 마침내 그 순간이 찾아왔다. 붉은 해가 솟아올라 만 장의 빛을 뿌리며 천지를 비췄다. 장엄한 '의용군행진곡'이 울려 퍼지는 가운데 새빨간 오성홍기가 서서히 위로 올라갔다. 광장에 모인 사람들 가운데 어른들은 모두 경건한 표정으로 그 모습을 지켜보았고 아이들은 일제히 오른손을 쳐들고 소년선봉대 식으로 경례를 붙였다.

"붉은 해가 처음 솟으니 그 길이 크게 빛나리라. 강물이 생겨 조용히 흘러가다가 거대한 바다로 변하리라. 숨어 있던 용이 연못 위로 솟아오르면 기린은 발톱을 세우고 날아오르리라. 어미 호랑이가 포효하면 모든 짐승들이 두려움에 떨리라. 사나운 매가 날개를 펼쳐 거센 먼지바람을 일으키리라."

이것이 량치차오(梁啓超)가 꿈꾸던 소년 중국이었고 지난 세기 초에 큰 뜻을 품은 인의지사들의 가슴에 가득 차 혈맥을 부풀어 오르게 했던 위대한 상상이었다. 저위안의 마음속에도 그 찬란한 문구가 떠올랐다. 그의 가슴 속에 뜨겁게 자리하고 있던 그 화려한 문장이 2004년의 광장에서 다시 한 번 그의 가슴 속에서 분출되어 눈앞의 진실한 광경으로 재현되고 있었다.

그는 눈의 여광(餘光)으로 친척들을 찾아보았다. 둘째 외삼촌 일가 모두 엄숙한 자세로 서서 펄럭이는 오성홍기를 바라보고 있었다. 불처럼 붉은 해를 바라보고 있었다. 그는 소년 린야오중이 그들 옆에 서서 고개를 든 채 아주 오랫동안 위를 바라보고 있는 모습도 확인했다. 그의 커다란 눈에 눈물방울이 맺혀 있는 것 같았다.

저위안은 그의 눈에서, 그의 눈빛에서, 다시 새롭게 베이징을 바라보는 것 같았다. 그의 마음속 깊은 곳의 베이징, 외지에서 풍운의 뜻을 품고 찾아온 젊은이들이 동경해 마지않는 베이징, 그 친숙한 베이징을 바라보고 있었다. 광장 위로 떠오르는 해가 새롭게 느껴졌다.

굿모닝, 베이징!

그는 마음속으로 가볍게 인사를 건넸다. 자기 자신을 일깨우는 인사였다.

부엌

●

廚房

부엌

　부엌은 여인들의 출발점이자 정박지였다.

　도자기 그릇들이 부엌에서 우아하게 빛을 발했다. 그릇들은 다양한 곡선과 호도(弧度), 그리고 순결한 형상으로 해저물녘 어둠 속에서 가늘고 조밀한 자기 무늬로 반짝거렸다. 담장 벽돌과 땅바닥은 끝없이 평평하게 이어지고 미묘한 연상들이 그 위에 반영되어 순식간에 다시 눈동자의 깊고 그윽한 곳으로 반사된 다음 촉촉하게 젖어들었다. 병목이 가늘고 긴 레드 와인과 블랙 커런트 원액은 항상 때를 놓치지 않고 사람들의 입술을 붉은 빛과 짙은 자줏빛으로 물들이고 호흡마저 편치 않게 했다. 부뚜막 위의 불꽃이 등불 아래서 소리를 내면서 투명에 가까운 쪽빛으로 타올랐다. 고기를 삶는 맛있는 냄새가 국수를 넣은 쇠 냄비 위로 넘실댔다. 피식- 소리와 함께 진한 냄새가 흩어지면서 집 안 가득 하얀 연기가 떠다녔다. 양상추와 미나리는 볶고 나면 연녹색 즙액이 나와 눈이 초록빛으로 물들었고 자미죽(紫米粥 : 푸젠 福建 등지에서 나는 자주색 쌀로 만든 죽)과 옥수수죽도 항상 집 안을 자줏빛과 황금빛으로 넘치게 했다.······

부엌 안에는 색깔과 향기, 맛이 두루 갖춰져 있어 여인들의 긴 일생을 조용히 말해주었다. 여인들은 부엌이 왜 처음부터 음성(陰性)에 속하는지 알지 못했다. 여인들은 이런 문제를 생각해보지도 않았다. 때가 되면 여인들은 과거에 자기 어머니들이 그랬던 것처럼 자연스럽게 부엌으로 들어가곤 했다.

이 여름 저녁 무렵, 갑자기 천둥과 번개가 한꺼번에 몰려 왔다가 물러가자 무더위와 소란함이 바람을 따라 찾아왔다. 대지는 점차 조용해졌다. 새빨간 도시의 석양이 소리 없이 입체교차로 위에서 뜨겁게 타오르고 겹겹이 흩어진 붉은 빛이 신나게 흩날려 떨어지면서 부엌에서 분주하게 돌아치고 있는 즈즈(枝子)라는 이름의 여인을 비춰주었다. 석양에 비친 여인의 아름다운 몸의 윤곽이 마치 금테를 두른 것 같았다. 멀리서 바라보면 몹시 눈이 부셨다. 여인은 손발을 민첩하게 놀리며 더없이 쾌활하게 일에 열중했다. 뭔가를 썰고, 씻고, 삶고, 튀기면서 틈틈이 고개를 들어 서쪽 창밖을 바라보곤 했다. 석양은 그녀와 어떤 묵계가 있기라도 한 듯이 창가의 무성한 백목련 나무 가지를 넘어 그녀를 향해 정이 가득 담긴 그윽한 눈길을 보냈다.

즈즈의 눈빛도 붉은 놀 속에서 부드럽고 촉촉하게 타올랐다.

부엌은 자기 집 부엌이 아니라 어느 남자의 부엌이었다. 여인 즈즈는 자신의 부엌 언어로 남자에게 진실한 사랑을 표현하기 위해 온갖 궁리를 다하고 있었다.

쏘가리 한 마리가 온몸에 가로세로로 무수한 칼질을 당한 뒤에 얇게 썬 마늘과 생강, 가늘게 썬 파가 얹어진 채로 솥에 들어가 뜨거운 김을 뿜으며 익어가고 있었다. 기름기 때문에 물방울이 맺힌 양배추와 연뿌리도 샐러드 소스와 함께 맵시 있게 쟁반 위에 놓여 버무려지기를 기다리고 있었다. 수증기가 스테인리스 뚜껑 틈새로 천천히, 그리고 조금씩 새어 나왔다. 즈즈는 손을 멈추고 느긋하게 한숨을 내쉬고는 고개를 돌려 거실 쪽을 바라보았다. 넓고 밝은 강화유리문을 통해 남자 쑹저(松澤)가 소파 위에 나른한 자세로 앉아 신문으로 얼굴 절반을 가리고 있는 모습이 보였다. 남자는 몸과 손발이 전부 길고 컸다. 티셔츠의 짧은 소매 밖으로 근육질의 튼실한 팔뚝이 드러나 있었다. 청바지 속의 긴 두 다리는 양 옆으로 느슨하게 벌어져 있고 허벅지가 구부러지는 부분은 팽팽하게 눌려 있었다. 허벅지 안쪽의 그 부분은 불룩 튀어나와 꽤나 힘이 있어 보였다. 이상하게도 즈즈의 얼굴이 갑자기 빨개지고 온몸이 억제할 수 없는 행복감에 젖어 들었다. 그녀는 얼른 촉촉한 눈빛을 거둬들이고 황급히 몸을 돌려 창밖 석양을 바라보았다.

반밖에 남지 않은 거대한 석양의 바퀴는 나뭇가지 끝과 철근 콘크리트 건물 사이에서 있는 힘을 다해 버티면서 한 잎, 한 잎 격정적으로 가라앉고 있었다. 즈즈의 얼굴이 한순간에 다시 붉게 물들었다. 온몸이 맹목적인 행복감으로 빛났다.

　나는 저 남자를 사랑해. 사랑한다고

　즈즈는 뭔가에 홀린 듯이 속으로 이렇게 중얼거렸다. 그 순간 그녀의 마음속에는 수줍음이 가득했다.

　즈즈는 '여장부'라 불릴 만큼 자기주장이 강하고 좀처럼 감정에 미혹되는 일이 없는 여자였다. 게다가 그녀의 나이에는 사랑이 그렇게 쉽게 찾아오지 않았다. 젊은 시절 세상의 온갖 풍파에 시달린 그녀의 마음은 일찌감치 손에 박힌 굳은살처럼 두껍고 딱딱해져 모든 것에 대해 시큰둥한 반응을 보였고 가슴으로 뭔가를 느끼는 일이 거의 없었다. 여러 해에 걸쳐 일련의 고난과 시련, 몸부림을 겪으면서 어렸을 때의 연약하고 순종적이며 자기 주관이 부족하여 걸핏하면 눈물을 흘리던 즈즈는 이제 강철처럼 단단해져 비즈니스계에 널리 이름을 날리는 새로운 강자가 되어 있었다.

　신기한 꽃인 그녀는 자신의 사회적 신분과 지위를 무성하고 파릇파릇한 상태에 고정시킨 뒤로, 뜻밖에도 진흙탕에서 자라기를 원치 않고 온실로 돌아가기를 바랐다. 애당초 그녀가 결연히 포기하고 몸 뒤로 내던졌던 집으로 돌아가고 싶어진 것이다.

　왠지 모르게 부엌으로, 집으로 돌아가고 싶었다.

　사업에 성공한 여인은 홀로 잠 못 이루는 외로운 밤마다 자신도 모르게 집이 그리웠다. 저 멀리 있는 집의 부엌이, 부엌 안의 따스하고 불그레한 불빛이 그리웠다.

집 안에 있는 부엌은 지금 그녀가 접대를 위해 밖에서 벌이는 술자리처럼 피곤하거나 허위적이지 않았고 음식 맛이 없지도 않았다. 집 안의 식탁에는 계산기도 없고 억지로 짓는 웃음도, 서로 속고 속이는 거래도 없었다. 은밀하거나 노골적인, 막을 수도 없고 피할 수도 없는 성적 소란이나 그와 유사한 행태도 없었다. 혐오스런 가라오케의 요란한 소음도 없었고 사람의 입맛과 보고 듣는 모든 것에 대한 야만적인 할거와 강간은 더더욱 없었다. 집 안의 부엌은 조용하고 따스하기만 했다. 황혼이 내릴 때면 부엌에서는 커다란 스테인리스 솥에서 뭉게뭉게 뜨거운 김이 피어올랐고, 이어서 살과 마음이 닿는 가족들이 한데 모여 맛있는 식사를 즐겼다.

가족들과 한자리에 둘러 앉아 집 밥을 먹을 수 있다는 것이 얼마나 좋은 일인가! 그야말로 철저한 해방이자 휴식이라 할 수 있었다. 하지만 그녀는 젊고 원기 왕성할 때는 그 맛을 알지 못했다. 이혼하고 멀리 떠나면서 그녀의 머릿속 생각은 아주 간단했다. 지겹다는 생각뿐이었다! 정말 지겨웠다! 그녀는 단조롭고 무미건조한 결혼 생활이 죽도록 지겨웠다. 아무 것도 새로운 것이 없이 무미건조한 부엌이 지겨웠다. 부엌 안의 모든 집기들이 지겨웠다. 솥과 밥그릇, 주걱, 대야, 기름, 소금, 간장, 식초, 이 모든 것들이 이가 갈리도록 증오스러웠다. 부엌에서 하루하루 똑같이 반복되는 무료함과 사소함이 그녀의 정신을 갉아먹고 재능과 감정을 훼손시켰다. 유명 대학 출신 재원인 그녀는 기를 펼 수 없었다. 그래서 그녀는 떠났다. 떠나야만 했다. 어떤 이유로든 떠나야 했다. 그녀는 절대로 평생 부뚜막의 노비가 되고 싶지 않았다. 어쨌든 그녀는 집을 나와야 했고 그윽한 상상 속의 새로운 삶을 향해 달려가야 했다.

정말로 그녀는 뒤를 돌아보지 않았다. 아이와 남편을 버리고 자신을 에워싼 성을 벗어나 멀리 떠났다.

그러나 이제 그녀는 다시 돌아왔다. 이렇게 자발적으로 기꺼이 돌아왔다. 이렇게 조급하게 서둘러, 아무런 망설임도 없이 당당한 모습으로 남자의 부엌으로 들어섰다.

정말 이해할 수 없는 일이었다. 애당초 떠나지 않았다면 다시 돌아오고 싶었을까? 그녀는 그런 생각을 하지 않았다.

지금 그녀는 부엌으로 돌아오고 싶은 마음뿐이었다. 다른 사람들과 함께 쓰는 부엌으로 돌아오고 싶었다. 그녀는 결혼을 했었다. 사랑을 하고 사랑을 받은 적도 있었다. 때문에 독신자와 이미 결혼한 사람이 판이하게 다르다는 것을 잘 알았다. 혼자 사는 집은 집이라 할 수 없고 혼자 쓰는 부엌은 부엌이라 할 수 없었다. 한 사람을 사랑하고 가정을 이루어 공동으로 부엌을 소유하는 것, 이것이 바로 지금 그녀가 갖고 있는 소망이었다. 그녀는 하루에도 수없이 자기 집 부엌에 한가롭게 머물면서, 이것도 만져보고 저것도 건드려 보면서 아무 일 없이 마음껏 부엌의 작은 물건들을 건드려 소리를 내고 싶었다. 그리고 한 끼 식사를 준비하는 시간을 무한히 연장하고 싶었다. 매일 채소시장에 가서 가장 신선한 채소를 골라 사 가지고 와서는 이파리와 줄기를 하나하나 열심히 씻어 다듬고 싶었다. 매끼 식사를 준비하기 전에는 책에 적힌 설명을 참고하여 음식의 영양을 어떻게 맞춰야 하는지 인내심 있게 배우고 연구하고 싶었다. 이렇게 하다 보면 그녀의 마음은 물처럼 가라앉을 것이고, 더 이상 이것이 생명과 시간을 낭비하는 일이라는 생각은 들지 않을 것이었다. 곱고 하얀 손이 채소를 씻는 물에 불어 손가락 끝이 빨갛게 붓고 관절이 거칠어져도 다시는 요란스럽게 원망하지 않을 것이었다. 그녀는 자신의 마음이 물처럼 그렇게 평온하고 공허하기를, 그렇게 평온하고 공허한 부엌에서 세월을 보낼 수 있기를 바랐다. 밖에서 싸우던 일들은 하나도 생각하고 싶지 않았다. 그녀는 한두 명의 식객을 만날 수 있기를, 물론 남편과 아이가 자신이 직접 만든 멋진 음식을 먹으면서 맛있다는 말은 하지 않더라도 그저 고개를 숙인 채 입가에 가득 기름을 묻히면서 열심히 먹어주기를, 그래서 살이 피둥피둥 찌기를 바랐다.

살이 피둥피둥 찐다고? 이 말을 생각하자마자 즈즈는 자신도 모르게 슬그머니 웃음이 나왔다.

그녀는 정말로 더 이상 밖에 나가 일해 돈을 벌고 싶지 않았다. 하루 종일 신경을 팽팽하게 곤두세운 채 오가는 각양각색의 사람들에게 겉으로만 반가운 척하고 싶지 않았다. 왠지 모르지만 그녀는 사람들이 싫었다. 명리(名利)를 추구하는 세계에서 만나는 각양각색의 사람들, 비굴한 사람들과 쩨쩨한 사람들, 교활한 사람들과 마음에 계략을 품은 사람들, 이익을 좇으면서 실질적인 것을 추구하는 사람들을 보고 또 보다 보니 눈이 어지러울 지경이었다. 하루 종일 사람들을 상대하다 보면 금방이라도 정신이 무너질 것 같았다. 그녀는 몸을 돌려 달아나고 싶었다. 사람이 없는 곳으로 도망치고 싶었다. 그리고 부엌이 바로 이런 그녀의 마지막 피난처였다.

부엌이 그녀에게 지금처럼 친밀한 적은 없었다. 그녀가 부엌에 대해 오늘처럼 이렇게 깊은 정을 가져본 적이 없었다.

화로 위의 스테인리스 냄비에서 하늘하늘 뜨거운 수증기가 올라오고 있었다. 즈즈의 상상도 하늘하늘 피어올랐다. 해는 그녀의 아득한 상상 속에서 조금씩 나뭇가지 밑으로 떨어졌다. 그녀의 상상 맨 끝으로 떨어졌다. 팔과 다리가 긴 남자 쑹저는 신문을 다 읽고 나서 몸을 일으켜 나른한 허리를 한번 쭉 펴고는 느릿느릿 부엌으로 들어와 도와줄 일이 없느냐고 물었다. 즈즈는 남자의 관심 어린 물음에 즐거움이 가득한 어투로 황급히 말했다.

"필요 없어요. 괜찮아요."

이날은 이 남자 쑹저의 생일이었다. 그녀는 음식을 만드는 모든 과정을 혼자 도맡아 그에게 자신의 음식 솜씨를 실컷 맛보게 하고 싶었다.

그녀는 왜 자발적으로 이 남자에게 자신의 솜씨를 헌상하려는 것일까? 솜씨를 헌상한 다음에는 또 어떤 일을 할까? 즈즈는 생각하고 싶지 않았다. 그렇게 잔인하게 자신을 고문하고 싶지 않았다. 그녀는 마음속으로 자신의 자존감에 약간의 여지를 남겨두고 싶었다. '뭐든지 되겠지.' 즈즈는 속으로 말했다. 그녀는 자기가 도달하고자 하는 바로 그것이 되기를 바랄 뿐이었다. 지금 그녀는 자신이 이 남자에 대해 지나치게 저자세를 보이고 있다는 생각이 들었다. 심지어 비굴하기까지 했다. 비즈니스계의 별인 그녀에게는 항상 주변에 공을 들이며 따라다니는 남자들이 셀 수 없이 많았다. 이것이 그녀의 일상적인 대인관계였다. 그녀의 콧대는 항상 높이 들려 있었다. 더구나 자칫 낚싯바늘에 걸려 이용을 당하지나 않을까 두려워 남모르게 천배 만배 더 조심했다. 그런 그녀가 지금 이렇게 자발적으로 남자 집을 찾아온 것에 대해서는 그녀 자신에게도 뭐라고 해명하기가 쉽지 않았다.

'상관없어. 될 대로 되라지 뭐! 어차피 왔는데 굳이 힘들여 해명은 해서 뭐 해?'

긴 머리를 늘어뜨린 키 큰 남자 쑹저는 두 손을 벌린 채 즈즈의 주위를 두 바퀴 돌고 나서야 정말 자신이 도울 일이 없다는 걸 알았다. 보아하니 즈즈가 이날 부엌에 들어온 것은 사전에 공들여 준비해둔 일이었다. 독신인 그의 부엌에 모든 것이 제대로 갖춰져 있지 않으리라는 것을 알고는 야채 요리와 고기 요리에 필요한 재료를 전부 직접 외부에서 가져왔다. 조리에 필요한 기름과 식초 같은 양념도 전부 챙겨 왔다. 심지어 앞치마까지 가져왔다. 곱고 부드러운 흰색 면으로 된 앞치마는 허리에 가는 띠가 달려 있고 아래에서 위까지 자잘한 물망초 무늬가 아로새겨져 있었다. 부드러운 앞치마가 몸에 착 달라붙어 그녀의 가는 허리가 선명하게 드러났다. 즈즈는 원래 머리에 앞치마와 한 세트를 이루는 면 모자를 써서 기름 냄새가 나는 것을 피할 작정이었다. 그러나 생각 끝에 모자는 그만두고 머릿결을 몇 번 빗어 올려 물고기 모양 머리핀으로 가볍게 고정해 두었다. 그녀의 까맣고 반질반질한 머릿결이 쑹저의 시선에 들어왔다.

쑹저는 이 아리따운 자태의 여인을 바라보면서 가슴이 몇 번 요동쳤다. 물론 그는 예술가였다. 예술가들은 아름다움 앞에서 심장이 뛰지 않을 수 없었다. 그와 그녀는 줄곧 친한 친구 사이였다. 둘이 서로 친해지게 된 첫 번째 원인은 즈즈가 돈을 내서 그의 개인전을 성공적으로 치러주었기 때문이다. 두 사람의 관계는 협력 관계에서 친한 친구 사이로 발전했다. 하지만 아무리 친하다 해도 감히 그녀에게 자기 집에 와서 생일을 축하해달라는 말은 할 수 없었다. 더구나 그녀가 직접 부엌에 들어가 음식을 한다는 것은 상상도 하기 어려운 일이었다. 이는 너무나 뜻밖의 일이자 그로서는 받아들이기 힘든 정성이었다.

아름다운 여인이 자발적으로 집으로 찾아와 생일을 축하해준다는 것은 정말 아름다운 일이었다. 남자는 내심 불안해하면서 즈즈가 자신의 체면을 너무 세워주는 것 같다고 생각했다. 한편으로는 조금 귀찮고 불편하기도 했다. 저녁 내내 자기 집에서 식사를 한다는 것은 너무나 진부한 일이었다. 예술가들은 항상 기호에 있어서 진부한 것을 떨어내고 신선한 것을 받아들였다. 즈즈가 부엌에 있는 동안에 아가씨 서너 명이 전화를 걸어왔다. 파티에 초대하는 전화였다. 그는 하는 수 없이 부드럽고 나지막한 목소리로 거절했다. 물론 집에서 전통적인 생일상을 받는 것보다는 가라오케 룸이나 파티 살롱에서 서로 껴안고 비벼대는 것이 창조력을 훨씬 더 자극할 수 있었다. 하지만 장기적인 관점에서 볼 때, 그런 소녀 숭배자들과 노는 것보다는 여사장과의 관계를 잘 처리하는 것이 장차 용도가 훨씬 더 클 것이었다. 남자들은 문제를 고려할 때, 가장 실리적인 목적을 먼저 생각하곤 했다. 결국 그는 마음을 접고 집에서 여사장과 친밀한 감정을 나누기로 마음먹었다.

마음이 정해지자 남자는 부엌에 있는 즈즈에게 관심을 집중하게 되었고 점점 바쁜 와중에고 흐트러지지 않는 즈즈의 자태에서 또 다른 정취를 느끼기 시작했다. 즈즈의 동작은 노련하면서도 고요하고 아름다웠다. 수증기가 자욱한 부엌의 향기 속에 한 송이 치자꽃이 핀 것 같았다. 채소를 조리하는 향기 속에 섞여 있는 성숙한 여인의 몸 내음이 쑹저를 비현실적인 생각에 젖어들게 했다. 어디서부터 애기해야 좋을지 모르는 상황에서 그는 한쪽 다리를 다른 쪽 다리에 얹어 중심을 잡고는 부엌 문틀에 몸을 기댄 채 조용히 기회를 기다리면서 바삐 돌아치고 있는 즈즈를 향해 감정 가득한 눈길을 던지고 있었다.

즈즈는 남자의 눈길을 의식하고는 약간 당황했다. 봄바람이 불기도 전에 저절로 봉오리가 터진 복사꽃처럼 숨이 가빴다. 그녀는 귀를 쫑긋 세우고 남자의 거친 숨소리를 들으면서 한편으로는 애써 진정하라고 자신에게 명령을 내렸다. 미친 듯이 뛰는 가슴을 최대한 감추고 정상적인 몸짓을 회복했다. 그녀가 기다리던 것이 바로 이런 남자의 눈빛이 아니었던가? 이제 기다리던 것이 눈앞에 다가왔는데 무엇 때문에 긴장한단 말인가? 이런 생각을 하면서 야채를 써는 그녀의 동작이 일종의 공연 같았다.

부엌은 크지 않았다. 안에서 두 사람이 동시에 운신하는 것이 불가능했다. 두 사람이 함께 움직였다가는 서로 몸의 일부가 닿을 수밖에 없었다. 때문에 두 사람은 각자의 위치에 서서 간간이 짧고 무의미한 대화를 주고받을 뿐이었다. 하지만 몸 안에서는 남모르게 긴장감이 샘솟고 있었다. 이런 긴장은 주로 남자가 여사장의 의도를 알지 못하고 있기 때문에 생겨났다. 쑹저는 이미 여자를 다루는 데에 있어서는 고수라고 할 수 있었지만 단정한 즈즈 앞에서는 감히 저속한 몸짓을 보이지 못했다. 그는 그녀가 자신이 무엇을 해주길 바라는지, 어느 정도까지 해주길 바라는지 전혀 알지 못했다. 그는 그녀가 투자자라는 사실을 한시도 잊은 적이 없었다. 때문에 그는 그녀가 말하는 대로 받아줄 뿐이었다. 한없이 감정을 조정하면서 잠시 우아하고 고상한 모습을 연출해야 했다. 외로운 남녀가 이렇게 단둘이 같은 공간에 있다 보면 진실과 가식이 반반씩 뒤섞인 감정의 조절이 필요했다. 그렇지 않으면 예술가는 너무 비예술적이고 재미없는 모습을 드러내게 되고 만다.

한편 여인 즈즈도 뭘 어떻게 시작해야 할지 생각이 나지 않았다. 그녀도 약간의 분위기가 조성되기를 기대했다. 그리고 가장 좋은 것은 그런 분위기 자체가 그녀에게 물이 도랑으로 이어지는 자연스런 과정을 제공하는 것이었다. 그녀는 사랑을 드러내는 일이 쑹저로부터 시작되기를 기대했다. 하지만 그가 정말로 행동을 시작하면 그녀는 마음이 변해 그를 혐오하고 거부하게 될지도 모를 일이었다. 그가 원래의 자리에 서서 꼼짝도 하지 않는 것을 보고서 그녀의 마음속에서는 실망과 기대가 교차하고 있었다. 그녀가 그에게 반해 그를 경영하게 된 것은 그가 연출하는 그림 속에 야성적인 기질과 활기가 가득 찼기 때문이었다. 나중에 그를 짝사랑하게 된 것도 함께 지내면서 그가 이런 야성적 기질과 활력을 융합시켜 남김없이 발휘함으로써 어떤 자리에서든 원만하고 민첩하게 행동할 줄 아는 사람이라 자신이 생각하는 진정한 예술가의 모습에 부합한다는 것을 깨달았기 때문이었다. 그녀는 자기 주변에 문명에 의해 지나치게 문명화된 쇠약한 사람이 너무 많다고 생각했다. 하지만 그의 그림 속에는 아직 소멸되지 않은 상고 시대 원시 인류의 거친 기질과 신명이 통하는 영적인 기운이 있었다. 그리고 이 모든 것이 그녀가 가슴속에서 간절히 필요로 하는 것이었다.

　여사장의 적극적인 찬조와 경영 덕분에 쑹저는 큰 성과를 내면서 사방에 명성을 날리게 되었다. 그리고 그림으로 사람을 판단하는 그녀는 당연히 그가 그림과 일치하는 사람일 것이라고 생각했다. 때문에 자신의 경영 상대를 사랑하게 된 것이다.

몸이 유지하는 긴장이 결국 두 사람을 견딜 수 없게 만들었다. 즈즈는 남자 쑹저의 눈빛 속에서 이미 등이 땀으로 젖어 있었다. 아무 진전 없이 이렇게 무의미한 대치가 계속되다가는 즈즈의 가는 허리가 아예 끊어져 버릴 것만 같았다. 그녀는 쉴 새 없이 곁눈질로 옆에 있는 남자를 훑었다. 얼굴이 몹시 화끈거리고 몸은 적당한 호도(弧度)로 부드럽게 구부러져 있었다. 그 모든 신체의 변화가 격려와 기대, 망설임을 분명하게 드러내고 있었다. 남자는 자신에게 기대어 오는 부드럽고 연약한 몸을 받아들이면서도 역시 주저하면서 결정을 내리지 못하고 있었다. 그의 몸이 자신도 모르게 한두 번 가볍게 흔들렸지만 결국 아무 것도 하지 못했다.

이렇게 다시 침묵이 이어졌다. 즈즈의 손가락이 대야 안에서 부드럽게 움직이면서 출렁출렁- 가벼운 물소리를 냈다. 짜증이 담겨 있는 소리로 들렸다. 지나친 긴장과 망설임이 마침내 쑹저의 분위기와 흥취를 깨뜨리고 말았다. 그는 "제가 가서 상을 차릴게요."라고 한마디 던지고는 이를 기회로 황급히 부엌에서 나왔다.

그제야 즈즈의 몸도 긴장에서 벗어났다. 그녀는 살며시 팔을 들어 이마에 맺힌 땀을 닦았다. 거실로 간 쑹저는 그릇 부딪치는 소리를 내면서 젓가락과 밥그릇, 술잔을 펼쳐놓았다. 식탁은 임시로 다리가 짧은 다탁이 대신했다. 물론 화가의 거실은 모든 것이 제대로 갖춰져 있지 않았다. 꽃무늬 방석 몇 개가 수공예 페르시아 카펫 위에 여기저기 널려 있고 침대는 바닥에 깐 시몬스 매트리스 하나가 대신하고 있었다. 높이가 정상적인 침대의 절반밖에 되지 않았다. 벽에 바짝 붙어 있는 물소가죽 소파는 더없이 크고 편해 보였다. 화가의 일상적인 활동이 전부 이 소파 위에서 펼쳐지는 것 같았다.

쏭저는 즈즈가 사온 달콤한 생일 케이크를 탁자 한가운데에 놓았다. 불빛 아래서 초콜릿 크림이 달콤한 빛을 냈다. 너무나 유혹적인 모양이었다. 쏭저는 케이크 위의 크림을 뚫어져라 바라보면서 생각에 잠겼지만 자초지종을 생각해낼 수 없었다. 지금까지 그의 또 다른 감정이 완전히 발동하지 못하고 행동이 평소 즈즈를 대할 때의 떠받드는 모습에서 탈피하지 못했다. '또 다른 감정'이란 당연히 그에게 몸을 바치러 온, 예술을 숭배하는 여자 아이들을 만날 때마다 몸 내부에서 작동하던, 끝까지 가지 않으면 안 되는 광기와 야성이었다. 이상하게도 그는 이처럼 야성적 기질이 왕성할 때도 한 번도 끝까지 가본 적이 없었다.

지금 그의 몸에는 이런 느낌이 부족한 것이 분명했다. 어떻게 된 일일까? 도대체 어떻게 된 일이란 말인가? 쏭저는 은근히 자신의 몸이 걱정되었다. 일단 신분과 공리의 개념이 생기자 모든 것이 재미가 없어지고 미약한 육체적 충동마저 쉽게 발생되지 않았다. 쏭저는 앉아서 술병을 따면서 부엌 쪽을 이리저리 두리번거렸다. 부엌 유리문 안에 있는 즈즈는 이미 자신의 그림자가 남자의 눈길을 끌고 있다는 것을 알아채고 있는 것 같았다. 그래서 최대한 남자의 취향에 맞게 느릿느릿 맵시 있게 허리를 숙이고 팔을 움직였다. 빛과 그림자 속에서 즈즈의 매력적인 모습이 부엌의 윤곽과 적절한 조화를 이루었다. "나와 이 부엌은 물과 물고기 같은 사이야! 부엌은 나라는 여자 때문에 생기를 갖게 되는 거지!"라고 말하는 것 같았다.

하지만 쑹저의 눈길 속에서는 시종 깊이를 알 수 없는 허무일 뿐이었다.

해는 이미 완전히 떨어져 있었다. 저녁놀도 아름다운 마지막 자태를 거두고 차차 어둠 속으로 가라앉았다. 밤의 장막이 열리면서 모든 사람과 사물이 한순간에 희미해졌다. 부뚜막에서 오래 작업한 결과물들이 하나둘 식탁 위로 옮겨져 향기를 뿜내며 눈을 어지럽게 했다. 긴장과 기다림으로 한나절을 보낸 쑹저는 몸의 에너지가 완전히 소진되어 있었다. 확실히 영양을 보충할 필요가 있었다. 하지만 굶주림 뒤에 눈에 가득 들어오는 진수성찬을 대하고는 오히려 두렵고 당황스러워 어디서부터 입을 대야 좋을지 몰랐다. 눈을 들어 즈즈를 바라보니 그녀는 완전히 달라진 모습으로 맞은편에 다소곳이 앉아 그윽한 눈빛을 보내고 있었다. 부엌일을 하느라 바삐 돌아쳤던 즈즈는 화장실에 가서 자신의 모습을 새롭게 꾸미는 것을 잊지 않았다. 눈 주위에 세심하게 아이섀도를 칠하자 깊은 정이 가득한 눈빛이 되었다. 입술선도 립 펜슬로 담담하게 칠했다. 볼도 오렌지 빛으로 칠해볼까? 잠시 고민하다가 즈즈는 결국 그만두기로 마음먹었다. 키스를 하게 되는 실질적인 단계로 접어들어 서로 마구 볼을 비비게 된다면 얼굴에 화장품이 번져 꽃밭처럼 되기 십상이기 때문이었다.

얼굴 화장을 마친 즈즈는 핸드백에서 진짜 실크 원피스를 꺼내, 올 때 입었던 흰 깃이 달린 초록색 정장과 바꿔 입었다. 정장은 너무 밋밋하고 딱딱해서 몸을 움직이기가 자유롭지 못했고 사람들과 어울리기에도 편하지 않았다. 반면에 실크 원피스는 질감이 훨씬 부드럽고 몸을 움직이기에도 편했다. 이 모든 것들이 즈즈가 이날 밤의 사랑을 위해 특별히 준비한 것이었다. 조금 번거롭긴 했지만 마음속에 달콤한 동경이 가득한 터라 크게 문제될 것이 없었다.

다시 방에서 나왔을 때, 즈즈는 이미 긴 검정색 비단 원피스 차림이었다. 그녀의 몸에는 정말로 찬탄할 만한 부분이 있었다. 긴 목과 매끄럽게 빛나는 팔이 전부 옷깃과 소매 밖으로 노출되어 있고 불빛을 받아 상아색 광택을 내뿜고 있었다. 노출되지 않은 부분도 실크 원피스 안에서 원초적 신비감을 발산하면서 예술가의 길고 가는 손가락이 조금씩 풀어주기를 기대하고 있었다.

쑹저는 별로 감정이 살아나지 않았지만 그래도 즈즈의 이런 모습에 눈꺼풀이 가볍게 떨렸다. 아름다움을 배가 부르도록 실컷 감상하는 것이 화가인 그의 특기였다. 쑹저는 황급히 놀라움을 표시하면서 과장된 표정으로 한 손으로는 술잔을, 다른 한 손으로는 술병을 허공에 든 채 즈즈에게 찬미의 뜻이 가득 담긴 눈빛을 보내고 있었다. 속으로 "우아, 맙소사! 정말 아름답군요!"라고 중얼거리는 것 같았다.

즈즈는 약간 흥분했지만 부끄러워 겉으로 내색은 하지 못했다. 그저 간단하게 "고마워요."라고 한마디 던졌다. 그러고는 이리저리 두리번거리며 자기가 어디에 앉아야 하는지를 고민했다. 쑹저는 아주 편한 자세로 소파에 앉아 탁자 한쪽을 차지하고 있었다. 즈즈는 자신도 소파에 푹 파묻혀 쑹저 옆에 붙어 있고 싶었다.…… 그러면 훨씬 편할 것 같았다. 즈즈는 얼굴이 새빨개져 그렇게 하면 자신의 지나치게 적극적인 모습을 드러내는 것이 아닌가 하는 생각이 들었다. 그녀는 다시 쑹저를 힐끗 훔쳐보았다. 하지만 쑹저 이 사내는 그녀에게 자기 옆에 와서 앉으라는 눈길조차 주지 않았다. 괘씸했다. 그가 옆자리를 툭툭 두드리며 농담하듯 웃으면서 "여기 자리가 있네요."라고 한마디만 해줬으면 그녀는 자연스럽게 다가가 앉았을 것이다. 하지만 그는 놀라움을 가장하는 것 말고는 어떤 표정도 드러내지 않았다. 하는 수 없이 그녀는 어색한 표정으로 그의 옆자리를 지나 식탁을 사이에 두고 맞은편으로 돌아가 앉았다. 커다란 실망감은 속으로 감췄다. 모든 것이 시작되기 전까지는 자기 신분의 격을 떨어뜨리고 싶지 않기 때문이다.

레드 와인이 목이 긴 와인 잔 속에서 그윽한 분위기를 뿜어냈다. 쑹저는 천정 등과 벽 등, 스탠드를 다 끄고 깜빡이는 촛불 몇 개만 남겨 놓았다. 천정 네 모서리에 감춰진 스피커에서는 부드러운 노래가 흘러나왔다. 비강에서 흘러나오는 노랫소리가 흐느적거리는 색소폰 소리에 섞이고 있었다. 즈즈는 부드러운 자태로 생일 케이크를 여러 조각으로 자른 다음 분홍 장미꽃이 얹혀 있는 한 조각을 그의 접시에 덜어주고 자기 접시에는 연두색 잎새가 얹혀 있는 부분을 덜었다. 축하의 말을 하는 것은 너무나 진부했다. 차라리 술을 마시는 것이 새로운 분위기를 연출하는 데 더 도움이 될 것이었다. 두 사람은 주거니 받거니 하면서 쉴 새 없이 술잔을 부딪쳤다. 취하지 않으면 안 되는 사람들 같았다.

사실 즈즈는 술에 취하고 싶은 마음이 없었다. 그저 술기운을 빌어 좀 더 대담해지고 싶을 뿐이었다. 자신에게 이런 상황을 끝까지 밀고 나갈 수 있는 용기를 불어넣고 싶었던 것이다. 쑹저는 한동안 너무 많은 생각을 할 수가 없었다. 그는 즈즈의 솜씨를 저버리지 않으려 열심히 음식을 집어 먹으면서 간간이 그녀의 음식 솜씨를 칭찬했다. 그런 칭찬은 즈즈의 귓가에 떨어지자마자 귓속으로 스며들어 그녀의 마음을 움직였다. 하지만 즈즈의 젓가락은 좀처럼 움직일 줄 몰랐다. 첫째는 셰프는 원래 자신이 만든 진미를 즐기지 못하기 때문이었고 둘째는 그녀의 마음이 음식에 있지 않았기 때문이다. 즈즈는 술기운에 젖어 촉촉해진 눈으로 맞은편에 앉아 있는 쑹저를 정면으로 바라보고 있었다. 그의 모습에서 고개를 돌릴 수 없는 것처럼 음식을 씹는 그의 얼굴 근육의 움직임까지 세심하게 쳐다보고 있었다. 그가 여인을 찬미할 때 입에서는 연꽃이 쏟아졌고 얼굴 위로는 예술가의 긴 머리가 휘날렸다. 그리고 아래턱의 파란 수염 자국을 바라보면서 즈즈는 불쌍하면서도 사랑스럽다는 느낌이 들었다. 그녀의 두 뺨이 뜨겁게 달아

오르고 눈에서 불꽃이 튈 것 같았다.

즈즈의 마음속에는 원망도 있고 사랑도 있었다. 어쩔 수 없는 무력감으로 어금니에 힘이 들어가기도 했다. 이런 원망과 무력감으로 인해 그녀는 목구멍으로 술을 쏟아 붓는 수밖에 없었다. 그녀는 쑹저가 자신에 대해 어떤 감정을 갖고 있는지 알지 못했다. 어차피 지금까지는 아무런 움직임도 없었다. 그녀는 적어도 그가 춤을 추자고 하거나 뭔가를 제안해야 한다고 생각했다. 이런 자리에서 흔히 사용되는 기교와 수단을 발휘하여 적절한 방식으로 친밀하고 애정이 담긴 신체접촉을 해오기를 기대했다. 하지만 너무 거친 방식은 원치 않았다. 어쨌든 저녁 내내 이렇게 한자리에 예의바르게 고정되어 있을 수는 없는 노릇이었다. 그런데 그는 왜 아무런 제안도 하지 않는 걸까? 설마 여자인 내가 먼저 뭔가 제안해주기를 바라고 있는 걸까?

'저 사람은 날 어떻게 할 생각이지?' 즈즈는 생각했다. '나는 할 일을 다 했어. 더 이상 내 나이의 긍지와 존엄을 벗어나는 일은 할 수 없어.' 그녀는 무작정 기대만 하고 있을 수는 없다고, 만족 없는 기대를 계속 유지할 수는 없다고 생각했다.

즈즈는 계속 혼자 술잔을 기울였다. 눈빛과 자태가 술기운에 촉촉해졌다.

쑹저는 머리를 갸웃거리며 끝도 없이 즈즈에 대한 찬사를 늘어놓다가 잠시 멈추고서야 귀에 자기 목소리만 들린다는 것을, 맞은편에 있는 즈즈는 한마디 반응도 없었다는 것을 깨달았다. 그는 황급히 손을 뻗어 즈즈에게 술을 따라주면서 그 틈을 놓치지 않고 그녀의 얼굴을 훑었다. 즈즈는 자신의 눈빛으로 안간힘을 다해 그물을 짜고 있었다. 그녀의 눈빛이 곧 무너질 것 같았다. 부드럽고 끈적끈적한 눈빛이 그의 몸을 촘촘하게 감싸며 이리저리 움직이고 있었다. 그를 자신의 사랑 속에 가두려는 것 같았다. 그가 다가오기만 하면 절대로 빠져나가지 못하게 할 것 같았다. 쑹저는 마음이 약해지면서 몸이 휘청거렸다. 따르던 술이 잔 밖으로 흘러 내렸다. 한순간 정신이 흐려진 사이에 술 절반이 잔 밖으로 흘러내렸다.

즈즈가 술이 흘러내리는 잔을 들고 일어나 몸을 비틀거리며 말했다.

"자, 우리 오늘 밤을 위해 건배해요!"

"좋아요, 오늘 밤을 위해 건배!"

쑹저가 잔을 내밀기도 전에 즈즈의 잔이 곧장 다가왔다. 흔들흔들 쏟아질 것처럼 그의 술잔에 부딪쳤다. 하지만 목표를 정확히 조준하지 못해 술잔이 곧장 그의 가슴 쪽으로 밀려왔다. 쑹저가 무의식중에 손을 뻗어 막았다. 탁- 하는 소리와 함께 술이 전부 쏟아져 그의 티셔츠와 바지 위로 흘렀다.

당황한 즈즈가 "미안해요, 정말 미안해요."라고 말하자 쑹저는 괜찮다고 하면서 몸을 돌려 닦을 물건을 찾았다. 즈즈가 "제가 할게요, 제가 할게요."라고 말하면서 떨리는 손으로 그를 저지하더니 비틀거리며 천천히 부엌으로 가서 그의 몸에 묻은 술을 닦아

줄 행주와 키친타월을 가져왔다. 부엌에서 곧장 그의 곁으로 달려온 그녀는 소파에 기대 그가 사양할 틈도 없이 얼른 허리를 굽혔다. 그렇게 반쯤 쪼그려 앉은 채로 손을 뻗어 그의 바지를 닦아주었다. 그는 몹시 불편한 자세로 앉아 그녀의 행동을 그대로 다 받아주었다. 이제 그녀는 이미 그와 너무나 가까워져 있었다. 머리칼이 그의 아래턱에 닿았고 몸도 거의 붙어 있었다. 그녀는 이미 그의 몸에서 나는 살 냄새와 술 냄새를 맡고 있었다. 반쯤 혼미해진 머릿속으로 한순간 회의와 황홀감이 스쳐 지나갔다. 이대로 그의 품에 뛰어들어버릴까?

그러나 이렇게 주저하는 사이에 그녀는 자연스럽게 그의 품에 안길 수 있는 기회를 놓치고 말았다. 시간차를 놓친 그녀는 그의 품에 뛰어드는 것이 왠지 낯설고 불편했다. 동작과 동작이 긴밀하게 연결되지 못하고 부정확했다.

'연애는 정말 머리로 해서는 안 되고 오로지 본능에 따라 움직여야 돼.' 그녀는 생각했다. '연애를 할 때 머리는 불필요한 물건이야.' 그녀는 또 생각했다. 이런 생각을 하는 그녀의 마음이 서글픈 상실감으로 가득 찼다. 눈물이 흘러내릴 것만 같았다.

다행히 바로 이때, 따끈따끈한 큰 손이 뻗어와 그녀를 따스하고 자연스럽게 안아주었다. 쏭저는 그녀를 안아주지 않는다는 것은 정말 말이 안 된다고 생각했다. 그는 이렇게 자연스런 동작을 취한 김에 기세를 몰아 그녀의 허리를 안아 자기 몸에 바싹 붙였다. 즈즈는 남자의 힘찬 심장 박동 소리를 들었다. 그녀는 그의 가슴에 머리를 기댄 채 눈을 감았다. 억울한 마음에 두 줄기 눈물이 눈가를 타고 소리 없이 흘러내렸지만 닦을 생각은 없었다. 몸 전체가 흐물흐물해졌다. 정신이 하나도 없고 몸을 조금도 움직일 수 없었다. 남자의 품에 안기게 되자 뼈마디가 전부 한순간에 녹아내리는 것 같았다. 긍지의 갑옷도 전부 해제되었다. 이제 그녀는 남자를 사랑하는 일 한 가지만 생각했다. 그를 사랑한다고 생각했다. 자신이 사랑하는 이 남자와 함께 있으면 그만이라고 생각했다. 그를 사랑하기만 하면 된다고 생각했다.

남자는 뼈가 없이 흐물흐물한 육체를 안자 자신도 빠르게 부풀어 올랐다. 술과 본능이 한데 뒤섞여 뜨겁게 발효되기 시작했다. 그는 자기 가슴에 바짝 기대고 있는 얼굴을 힘껏 치켜들어 재빨리 입술을 가져다댔다. 그의 입술은 그녀의 비단처럼 매끄러운 피부 위 어디에서 멈추지 않았다. 문득 짠맛이 느껴졌다. 살며시 눈을 뜨고 그녀를 조금 뒤로 밀어냈다. 여자는 눈물을 흘리고 있었다. 눈물이 콧마루 양쪽을 타고 흘러내렸다. 그는 갑자기 알 수 없는 감동에 다시 입술을 가져다대고 눈에서부터 조금씩 아래로 미끄러져 내려왔다. 우선 그녀의 눈물을 깨끗이 빨아 마신 다음, 입술을 그녀의 입술에 가져다댔다. 처음에는 아직 약간의 긍지가 남았는지 그녀는 혼미한 중에도 입술을 굳게 다물어 그가 들어올 기회를 주지 않았다. 남자는 상황을 확인하자 수단이 더 노숙해졌다. 키스를 하면서 그녀의 등을 받치던 손으로 쉴 새 없이 애무했다. 그녀의 몸이 그의 손 안에서 금세 한 줌의 물로 변할 것만 같았다. 이미 때가 되었다고 생각한 남자는 그제야 천천히 그녀를 소파 위에 눕힌 다음 촉각으로 가득한 혀를 내밀어 힘껏 탐색을 시작했다. 과연 여인의 뜨겁고 붉은 입술이 조개처럼 열리더니 생각할 겨를도 없이 탐욕스럽게 그의 혀를 빨아들였다.

남자는 즉시 뜨겁게 빨려 들어갔다. 아무리 해도 벗어날 수 없었다. 그제야 그는 그녀가 얼마나 맹렬하게 빨고 있는지 실감했다. 따스하거나 부드럽지 않았다. 오히려 거칠고 필사적인 힘이 느껴졌다. 정말로 그의 생명 전체를 빨아 삼키지 못하는 게 한인 것 같았다. 그라는 나무에 당장이라고 몸을 매달아 죽지 못하는 게 한인 것 같았다. 남자는 참지 못하고 황급히 몸을 살짝 빼내면서 애써 혀를 움직여 혀끝으로만 그녀의 입 안 여기저기를 어루만졌다. 가볍게 살살 어루만지면서 감히 한자리에 멈추지 못했다. 또다시 그녀의 혀에 붙잡히고 싶지 않았다.

이렇게 육체적으로 장난스럽게 그녀를 이끌면서 남자는 속으로 두려운 생각이 들었다. '대단하군. 정말 대단해. 목숨이 아깝지 않은 이 여자가 나를 죽도록 즐기려 하는군.' 쑹저는 이미 무수한 여자들과 이런 게임을 즐겨 본 경험이 있는 터라 키스와 키스의 차이를 잘 알고 있었다. 미세한 차이도 그의 혀끝의 민감한 촉각을 피해가지 못했다. 노는 것도 헤어지는 것도 쉬운 여자들에게는 이런 식의 키스가 없었다. 그런 여자들의 키스는 대단히 경쾌하고 즐거웠다. 잠자리가 물 위를 스치는 것처럼 뭐가 뭔지 모르는 사이에 끝나버렸다. 바람이 수면에 파문을 남기고 사라지는 것 같았다. 통상적으로 키스는 침대로 가기 위한 관문이나 서곡이 된다. 그런 여자들은 지금 이 여자처럼 무겁고 필사적이고 집요할 리가 없었다. 남자가 도망갈까 봐 혀에 매달려 필사적으로 붙잡으려 들지도 않았다. 갑자기 그의 마음이 움직였다. 설마 이 여자가 진심일까? 나에게 진정한 감정을 보이고 있는 걸가? 오늘 그녀가 보여준 모습은 뭔가 잘못된 것 같았다. 그는 그녀가 한 모든 일과 부엌에서의 했던 말들이 그에게 뭔가를 전달하고 있는 것 같았다. 그녀는 그의 부엌의 여주인이 되고 싶어 하고 있었다. 그녀는 이 집 여주인이 될 수 있는 가장 훌륭한 후보자였다.……

이 점을 의식하자 뜨거웠던 남자의 '사기당한' 몸에 찬물이 쏟아졌다. 열기가 한순간에 식어버렸다. 알고 보니 여인은 진심이었다. 그제야 그는 이날 여인이 놀러 온 것이 아니라는 것을 알았다. 그녀는 확실한 목적을 가지고 찾아온 것이었다. 그녀는 결과를 원하고 있었다. 그녀는 분위기만 즐기려는 것이 아니라 실질적인 결과를 함께 즐기려 했다. 그녀의 키스 자세에서 그는 이미 이 점을 체감하고 있었다. 그녀가 부엌에서 했던 말들은 하나 같이 진실한 마음의 궤적을 밝히고 있었다. 이제야 그는 그녀를 해석해낸 것이다.

남자는 갑자기 상실감에 빠졌다. 이런 상실감은 단번에 그의 몸을 가득 채웠고, 때문에 잔뜩 부풀어 올랐던 몸이 너무나 빨리 수그러들고 말았다. 재미가 없었다. 정말 재미가 없었다. 그는 가식적 표정을 받아들이면서도 진실한 감정은 받아들이지 못했다.

부담을 원치 않았기 때문이다. 누구나 공리를 추구하는 이 시대에 누가 스스로에게 짐을 지운단 말인가? 특히 그 같은 예술가들은 어떤 형식의 구속도 받아들이기 어려웠다. 가정의 책임도 좋고 사회적 의무도 좋지만 피할 수 있는 것은 피하고 거절할 수 있는 것은 거절하며 탈피할 수 있는 것은 탈피하는 것이 최선이었다. 쑹저는 그림 판매에 따른 세금도 세무소의 담당 직원이 찾아와 압박을 가한 뒤에야 하는 수 없이 내곤 했다. 그런 그가 사업이 가장 잘 나가고 있는 지금, 그녀를 받아들여 한 여인을 아내로 들일 수 있을까? 그렇게 한다면 그의 자유와 방종은 어떻게 체현될 수 있을까?

여자는 감정적인 동물일 뿐이라 남자보다 이성이 모자란다고 누가 말했던가? 여자는 일단 목표가 생기면 남자들보다 전혀 어리석거나 뒤지지 않았다. 중요한 것은 그녀가 사람을 잘못 선택했다는 것이다. 대상을 잘못 고른 것이었다. 예술가 쑹저는 어떠한 부담도 원치 않고 남을 위해 어떤 책임도 지고 싶지 않았다. 순수하게 즐기는 건 괜찮지만 진지한 건 안 될 일이었다. 그녀는 그에게 의지하고 싶었다. 하지만 그는 절대로 의지되고 싶지 않은 사람이었다. 그는 부담을 원치 않았다. 남자는 여자와 생각이 달랐다. 근본부터 같을 수가 없었다. 거짓 감정이었다면 그는 얼마든지 베풀면서 그 속에서 자유와 안전감, 그리고 행복을 만끽할 수 있었을 것이다. 하지만 화가 쑹저는 자기 자신과 자신의 명예와 이익에 대한 것 말고는 누구에게도 진실한 감정을 나타내지 않았다. 그는 즐기는 건 두렵지 않지만 진지한 것은 두려웠다. 그는 거짓으로 거짓을 대하면서 신나게 즐겼다. 피차 부담도 없고 거리낄 것도 없기 때문이었다. 하지만 거짓을 진실로 대한다면 즐길 방법이 없고 진실을 거짓으로 대한다면 더더욱 재미가 있을 리 없었다.

하지만 그렇다고 냉정한 척 그녀를 거절하면서 이 게임을 갑자기 끝내버릴 수는 없었다. 자신에게 유용한 여성 투자자의 비위를 건드리는 것은 누가 뭐래도 해선 안 될 일이었다. 게다가 그는 일관되게 여자를 좋아하는 것으로 잘 알려져 있었다. 뛰어난 자태를 지닌 여자 앞에서 격이 떨어지는 모습을 보일 수는 없었다. 게다가 아름다운 여인과 조금은 위험한 게임을 벌인다고 해서 나쁠 게 뭐란 말인가? 절벽 근처에서 노는 것이 더 짜릿하고 평소보다 자극이 있었다. 누가 뭐라고 해도 그가 그녀에게 강간을 당해 결혼할 사람도 아니었다.

긴 포옹과 키스가 끝나고 마음과 힘이 지친 여인은 움직임을 멈추고 눈을 떴다. 남자는 여전히 입 안에 그녀의 입술을 머금은 채 그녀를 주시하고 있었다. 두 사람의 얼굴이 너무 가까워 서로의 눈 속에 변형된 모습으로 비췄다. 민망했는지 여인은 황급히 그의 눈길을 피해 고개를 숙이고는 그의 품에 얼굴을 묻었다. 남자는 강아지를 다루듯 그녀의 등과 머리칼을 부드럽게 쓰다듬어 주었다. 그녀도 자연스럽게 온몸으로 그의 품으로 파고들어 주인과 강아지가 하나 된 모습을 보였다. 그녀는 눈을 감은 채 말없이 키스 뒤의 여운을 음미하고 있었다. 마음이 갈 곳을 찾았다고 생각했다. 사랑도 갈 곳이 생긴 것 같았다. 여인 즈즈로서는 이 단계까지 오는 것이 얼마나 힘들었는지 모른다! 하지만 남자인 쑹저에게 과거에 이런 상황이 얼마나 있었는지 따질 여유는 없었다. 남성 예술가로서 그는 주변의 여성 숭배자들과 더할 수 없을 정도로 넘치는 감정의 유희를 즐겼을 것이다.

자신이 그리던 사랑의 기대에 푹 빠져 있는 여인 즈즈는 이런 일들을 마음에 두지도 않았다. 의심 없는 사랑에 빠진 여인은 정말로 대단했다. 여자들의 열정은 불과 같아서 조금만 암시를 주어도 곧장 달려들어 물고 뜯었다. 발정 난 고양이 같았다. 반면에 남자는 침착하게 대응했다. 능숙한 손가락 기교로 그녀의 목적에 대항하면서 이러한 추구에 우회적으로 반응했다. 일단 여자의 목적을 확인하면 남자의 육체는 금세 열정을 잃었지만 또 다른 흥미에 불이 붙었다. 지금 그는 그런 상황 속에 처해 있으면서도 밖에 나와 있는 것처럼 이 한 편의 애정극 공연을 관람하고 있었다. 극 전체를 관장하는 감독이 여배우를 훈련시키고 있는 것 같았다. 그는 이미 그녀의 진실한 사랑을 장난감으로 여기고 있었다. 흥미진진하게 관찰하면서 훈련을 시키고 있는 것이었다. 동시에 그는 자신도 배역으로 참여할 가능성이 크다는 것을 깨달았다!

남자 쑹저는 속으로 무척이나 뿌듯해 했다.

여인은 온갖 아름다움과 교태를 발산하고 있었다. 격정에 빠져 헤어날 줄 몰랐다. 여인의 얼굴에는 이미 큰 불이 일어 그와 자신을 태워 재가 되지 않으면 안 될 것 같았다. 여인은 입으로 레드 와인을 한 모금 머금어 그의 입에 흘려주었다. 여인은 여전히 그의 품에 안긴 채 자홍색 사과(蛇果)를 가로로 잘라 양쪽 테두리를 깨물어 톱니바퀴 자국을 냈다. 그런 다음 두 마리 쥐처럼 둘이 함께 갉아먹다가 마침내 서로 입술이 닿으면 미친 듯이 키스를 하면서 뜨겁게 서로를 핥았다. 여인의 이 모든 장난을 쑹저는 거부하지 않고 다정하게 받아들였다. 하지만 그는 주도적으로 그녀의 몸 아래 부분을 탐색하진 않았다. 그의 손은 옷 위로 그녀의 가슴을 애무하다가 그녀의 가는 허리를 어루만지는 것으로 만족했다. 거기서 손을 멈추고 더 나아가지 않았다. 그녀의 옆으로 높게 트인 치맛자락 속의 내용은 탐색하지 않았다. 정말로 겸허하고 단정한 신사인 것 같았다.

여인은 그가 이러는 것이 무슨 의미인지 알 수 없었다. 그녀는 연이어 여러 차례 도발을 해봤지만 결과를 얻지 못했다. 여자는 그야말로 자신에 대한 마지막 믿음까지 잃어버릴 지경이었다. 자기 매력이 부족했던 걸까? 여자는 초조감으로 막막한 생각을 하게 되었다. 그가 암시만 하면, 요구만 하면, 그녀는 서슴없이 내줄 것이었다. 하나도 남기지 않고 자신의 전부를 내줄 것이었다. 그녀는 이 사랑을 확실하게 체감하고 싶었다. 두 사람의 사랑을 아주 깊이 기념하고 싶었다. 하지만 남자는 그녀에게 좀처럼 만족감을 주지 않았다. 그녀를 더욱더 괴롭고 애타게 했다. 마음이 급한 그녀는 더 적극적이고 더 열광적인 모습을 보였다. 비단의 질감으로 그의 몸을 거세게 휘감아 그의 동작이 풀어지지 못하게 했다. 그 역시 입과 입술로 그녀의 입술을 핥으면서 손으로는 쉴 새 없이 그녀의 몸을 가지고 놀았다. 그러면서 너무도 즐겁게 그녀의 모든 표정의 변화를 관찰했다. 인도 사람이 피리 소리로 뱀을 춤추게 하는 것 같았다.

이렇게 거칠게 움직이고 즐기는 가운데 몇 차례 밀물과 썰물이 지나갔고 두 사람이 느끼지 못하는 사이에 밤이 깊어졌다. 여인이 또 한 번 그의 품속에 몸을 던졌을 때, 그의 공명하는 중저음 구간의 정취에 도취했을 때, 그가 그녀의 귓불을 깨물며 촉촉한 목소리로 속삭이는 소리가 들렸다.

"에구, 이봐요. 벌써 두 시에요. 제가 바래다 드려야겠네요"

여인은 멍한 표정을 지었다. 분명하게 듣지 못한 것 같았다. 그의 목에서 팔을 내리고 고개를 들어 멍하니 그를 바라보았다. 물기가 가득한 그녀의 두 눈에 아득한 표정이 드러났다. 돌아가라고? 그게 뭐지? 왜 돌아가야 하지? 무슨 생각으로 이러는 거지? 나를 쫓아내는 건가?

여인은 한참을 생각했지만 정신을 차릴 수 없었다. 그녀의 자존심과 자신감이 특별한 타격을 입었다. 이게 어떻게 된 일이지? 설마 이게 다란 말인가? 이렇게 끝나 버리는 거야? 이런 태도는 뭘 말하는 거지?

하지만 그녀가 안 간다고 할 수 있을까? 자발적으로 남아서 밤을 보내겠다고 말할 수 있을까? 그럼 그녀는 뭐가 될까?

하지만 남자는 여인의 공허한 마음을 봐주지 않고 곧장 몸을 일으켜 그녀 곁을 떠나 옷장으로 가서는 외투를 꺼냈다. 남자의 동작은 너무나 단호하고 결연하여 어떤 의심이나 상의도 허용하지 않았다. 그녀를 받아들일 수 없다고, 이미 충분히 즐겼으니 계속 즐기고 싶지 않다고 몸으로 말하는 것 같았다. 그는 이미 그녀에게 충분히 책임을 졌다. 인내심을 갖고 그녀와 저녁을 함께해주었다. 게다가 그녀를 어리둥절하게 하긴 했지만 그녀를 가지고 놀다가 버리거나 다른 짓을 한 것은 결코 아니었다.

여인은 눈앞의 모든 상황을 직시했다. 거대한 자존감과 실망감으로 그녀의 가슴이 거칠게 기복했다. 표정이 심하게 일그러졌지만 말은 한마디도 하지 않았다. 하지만 그렇게 짧은 순간에 그녀는 떨리는 눈 밑의 근육을 억제하고 갑자기 얼굴 가득 환한 미소를 지었다. 손가락으로 앞이마에 드리워진 긴 머리를 치켜 올리면서 아무렇지도 않은 듯한 모습을 보였다. 그러고는 대담하고 편안한 목소리로 말했다.

"알았어요. 먼저 그릇과 젓가락부터 정리해드릴게요."

말투로 봐서는 그녀도 연애의 고수인 것 같았다. 이런 상황에서 연극을 하는 것이 너무나 흔한 일인 것 같았다. 순수하게 그의 생일을 위해 생일상을 차려주러 왔고, 끝까지 유종의 미를 거두려는 것 같기도 했다.

남자가 말리기도 전에 여인은 대대적으로 행동을 시작했다. 그녀의 동작은 평소보다 폭이 컸고 억제하기 어려운 과장이 담겨 있었다. 이건 어디에 놓아야 하고 저 접시는 어디에 놓아야 하는지 큰 소리로 물었다. 그녀가 손발을 빠르게 움직인 덕분에 모든 물건들이 제자리를 찾아갔다. 그런 다음 그녀는 화장실에 들어가 키스로 엉망이 된 저녁 화장을 고쳤다. 차분한 표정으로 화장실에서 나온 그녀는 부엌 바닥에 놓인 쓰레기봉투를 집어 들고는 부엌 문가에 멍한 표정으로 서 있는 남자를 향해 조용히 말했다.

"가요."

나뭇잎이 밤바람 속에서 요란하게 흔들렸다. 찬 이슬이 사람들에게 가릴 길 없는 처량함을 안겨주었다. 즈즈는 바람 속에서 자신도 모르게 몸서리를 쳤다. 남자가 그녀의 비위를 맞추려 슬그머니 다가와 어깨를 감싸주었다. 즈즈는 아무 말도 하지 않았다. 그가 하는 대로 내버려두었다. 온몸이 마비되는 것 같았다. 전혀 감각이 없었다. 택시에 탄 두 사람은 뒷자리에 나란히 앉았다. 차가 출발하자 그는 무한히 부드러운 손을 내밀어 그녀를 팔로 감쌌다. 즈즈는 거절하지 않았다. 대응도 하지 않았다. 여전히 마비된 상태로 있었다. 그는 그렇게 의미 없는 포옹을 하고 있었다. 그녀는 모든 것이 무의미해졌다는 것을 깨달았다.

차는 어두운 밤 속을 소리 없이 미끄러져 갔다. 가벼우면서도 묵직하게 미끄러져 갔다. 간간히 앞서 가는 차의 미등에 질식할 것 같은 암홍색 빛줄기가 보였다. '밤은 건조해. 밤에는 조수의 소리가 없어.' 그녀는 생각했다. 아파트 단지 건물 앞에 이르러 여인은 차에서 내렸다. 남자도 따라 내려 가식적으로 그녀를 안

아주고 악수를 했다. 악수를 마치고 다시 몸을 돌려 택시에 탄 남자는 택시와 함께 왔던 길로 되돌아갔다. 여인은 그를 태운 붉은 크라운 택시가 밤의 장막 속으로 조금씩 멀어져 가는 것을 눈으로 배웅했다. '그가 나쁜 사람인 건 아니야.' 그녀는 좋은 쪽으로만 생각하기로 했다. '나름대로 책임감이 있는 사람이었어.' 그 책임감이 마지막으로 자신을 집까지 데려다준 것에 불과할지라도 그녀는 그렇게 생각했다. 그 짧은 시간의 보호와 따스함만으로도 그녀가 평생 그를 그리워하기에 충분했다.

건물 입구 쪽에서 밤바람이 거세게 불어왔다. 여인의 머리칼이 다시 흐트러지면서 긴 머리카락 몇 가닥이 얼굴에 붙어 두 눈을 가렸다. 그녀는 손을 들어 머리카락을 머리 뒤로 넘기다가 무심코 얼굴에 뭔가 축축하게 묻어 있는 것을 느꼈다. 몸을 돌려 복도의 전등을 켠 그녀는 빠른 걸음으로 건물 위로 올라가려 했다. 발을 들려는 순간 커다란 보따리가 그녀의 다리에 걸렸다. 알고 보니 그의 부엌에서 가져온 쓰레기봉투였다. 쓰레기봉투를 지금까지 손에 꼭 쥐고 있었던 것이다.

눈물이, 그제야 그녀의 뺨을 타고 거침없이 흘러내렸다.

사랑을 만나다

遭遇愛情

사랑을 만나다

남자 주인공 다오춘(島村)이 사랑을 만난 날이 늦은 봄날, 가랑비가 보슬보슬 내리던 아름다운 순간이었다고 가정해보자.

처음으로 다오춘의 가슴이 두근거렸던 순간을 메이나(梅那)라는 여자의 전화를 받은 뒤라고 또 가정해보자.

다오춘이라고 불리는 이 남자는 유명 브랜드인 골드라이언 넥타이를 꼼꼼하게 매고 손목시계를 힐끗 쳐다보고는 무심한 표정으로 현관을 나섰다. 늦은 봄이기는 하지만 미풍과 가랑비가 아직도 공기를 아주 차갑게 깎아내고 있었다. 으스스한 한기는 이제 막 푸른 기운이 오르기 시작한 나뭇가지 끝에서 쉬지 않고 경련을 일으켰다. 다오춘은 깃을 세운 바바리코트 속으로 머리를 깊숙이 감추고 테가 두꺼운 크리스탈 선글라스를 콧등에 걸치고 있었다. 영화의 총격전 장면에 나오는 건강한 사내들과 다르지 않은 모습이었다. 하지만 렌즈 뒤에 숨겨져 있는 눈동자에는 감출 수 없는 권태가 선명하게 드러나 있었다. 이 계절에 그는 어떤 것에도 신이 나지 않았다. 모든 것에 대해 흥미를 잃어가고 있었다.

"다오춘 씨, 같이 저녁식사 하러 가실 수 있으세요?"

"메이나 씨가 준비한 자리는 홍문연(鴻門宴 : 손님을 모해할 목적으로 차린 주연)이 아니던가요?"

"그럼 제가 술잔을 떨어뜨리는 게 신호가 되겠군요."

메이나가 가볍게 미소를 지으며 말을 받았다.

"좋아요. 기꺼이 혼자 가도록 하지요."

다오춘은 차 안에 앉아서 방금 전화에서 들었던 메이나의 목소리를 되새기고 있었다. 그녀의 목소리는 무척 낭랑하면서도 부드럽고 귀여웠다. 그렇다고 아양을 떠는 목소리는 아니었다. 다오춘은 속으로 그녀의 음성을 음미하고 있었다. 아양을 떠는 목소리는 대개 직업적인 요구에서 나오는 것이거나 아니면 어떤 공리적인 목적을 위해서 일부러 내는 경우가 대부분이었다. 예컨대 전화교환실의 교환원 아가씨가 그렇다고 할 수 있다. 또 다른 예로 모종의 지시를 받고 사업을 협의하기 위해 나온 용감한 홍보실 아가씨들을 들 수 있다. 이런 아가씨들은 종종 앙탈이나 애교를 통해 상대 남자의 바지 허리통을 먼저 점령한 다음, 다시 그의 지갑을 차지한다. 쥐가 고양이를 놀리면 고양이가 쥐를 잡는 식의 이런 게임에 그는 이미 신물이 나 있었다.

하지만 부드럽고 귀여운 목소리는 전혀 달랐다. 귀여운 목소리는 대개 여성적인 천성에서 나오기 때문에 듣기에도 좋고 품격을 잃지도 않았다. 이 극도로 무료한 데다 음침하게 비까지 오는 날, 전화기에서 들려온 낭랑하고 부드러우면서도 귀여운 목소리가 다오춘의 마음을 가볍게 자극했다. 이처럼 순결하고 아름다운 음색을 지닌 여자들은 대부분 고혹적인 얼굴에 물처럼 부드러운 마음을 지니지 않았던가?

분수에 맞지 않는 생각들이 천천히 뇌리에 떠올랐다가 이내 재빨리 사라져버렸다. 다오춘은 부드러운 차 시트 안으로 가라앉으며 또다시 무심한 표정을 회복하고 있었다. 그는 뭔가 쟁취하려는 듯이 몸을 허락하는 여자들과 어떤 암시를 주면서 자신을 침대에 유혹하는 여인들을 시종 인정할 수가 없었다. 귀가 먹고 눈이 멀어 곧 쾌락의 절정에 빠져들려는 순간을 이용하여 불난 집에 들어가 재물을 약탈하듯이 비즈니스 조건을 제시하는 여자들을 여자로 간주해야 하는지 판단이 서지 않았다. 게다가 그는 자신처럼 성관계를 화장실에 가는 것쯤으로 여기는 사람들의 마음속에 어떻게 진정한 사랑이 싹틀 수 있는지 궁금하기만 했다. 여자에 대한 다오춘의 열정과 관심은 오래전에 돈 때문에 심각하게 훼손된 터였다. 아울러 그의 감정적 심미안도 함께 망가져버렸다. 누구도 그를 이런 상태에서 구해내지 못했고 어떤 영혼도 그에게 진정으로 다가갈 수 없었다. 그 역시 자신의 영혼을 위해 만족을 얻거나 슬픔을 느낄 수 없게 되었다. 하지만 이런 슬픔은 또 아주 빨리 새로운 육체의 쾌감으로 희석되어버렸다.

다오춘은 이번에 선전(深圳) 지역에 파견되어 협의와 상담 업무를 담당하게 된 메이나가 도대체 어떤 여자인지 알 수 없었다. 다오춘에게 다소나마 흥미로웠던 점은 메이나라는 여자가 처음 자신을 만나는 자리를 아주 참신하게 디자인했다는 것이다. 메이나는 전화로 그를 약속 장소에 초대하면서 일부러 자신의 신체적인 특징은 알려주지 않았다. 만나는 시간과 장소 외에는 약속과 관련된 다른 암시를 전혀 허락하지 않았다. 일부러 다오춘의 변별력을 시험하려는 것 같았다. 어쩌면 그녀가 너무 못생겨서 실제로 자신의 얼굴에 대해 말할 만한 것이 없다고 생각한 것인지도 몰랐다. 그렇지 않다면 그녀는 대단한 미인일 가능성이 컸다. 그를 충분히 놀라게 할 만큼 뛰어난 미모를 가지고 있다고 자부하고 있는 것이다. 다오춘은 속으로 몰래 웃었다. 여자의 사소한 재치와 계획이 소기의 목적을 달성할 수 있도록 해주기 위해 그는 일부러 꼬치꼬치 캐묻지 않았다.

　　물론 그는 메이나라는 여자가 전화기를 내려놓자마자 자신을 맞을 준비에 착수하리라고는 생각지 못했다. 그녀는 먼저 촉촉한 콤팩트와 두 가지 색깔의 립스틱 등을 조심스럽게 뱀가죽 핸드백 안에 집어넣었다. 그런 다음 백지에 이날 발생할 수 있는 모든 사건의 세부 사항들을 적기 시작했다. 남자 주인공 다오춘을 이야기의 클라이맥스에서도 가장 생동감 있고 기복이 심한 자리에 배치했다.

　　그 시각 다오춘은 약속장소로 가는 길 내내 극도로 지루한 표정으로 명상에 잠겨 있었다.

처음 얼굴을 대하는 순간, 다오춘은 다행히 상대방을 잘못 알아보지 않았다. 다오춘은 호텔 로비에 삼삼오오 앉아 음료를 마시면서 시간을 보내고 있는 사람들 무리에서 단번에 메이나를 가려냈다. 이 눈부시도록 아름다운 여자가 유리 회전문을 향해 연신 눈길을 던지고 있었기 때문이다.

여자의 아름다움은 그의 상상을 넘어섰다. 붉은 해가 막 동쪽으로 솟아오르는 나이였다. 이제 막 꽃이 피고 익기 시작한 여린 열매였고 숙성을 기다리는 계절이었다. 자잘한 꽃무늬가 가득한 담황색 얇은 모직 치마가 한들거리는 순간, 다오춘의 눈에 한 송이 한 송이 담황색 유혹이 각인되고 있었다. 물처럼 촉촉한 무언가가 눈 속 아주 깊은 곳에서 솟아나와 그 하늘거리는 꽃송이들을 전부 덮어버릴 것만 같았다. 다오춘의 께느른한 피로감은 이내 씻은 듯이 사라지고 마비되어 있던 말초신경들이 사각거리기 시작했다. 개미떼가 기어가기라도 하는 것처럼 간지러운 기분이었다.

여자도 다오춘을 보고는 약간 넋이 나간 것 같았다. 아마 그녀도 다오춘이 일하고 있는 '경성비완(京城痞腕)'이라는 그룹회사에 손가락 하나를 뻗으면서 'Fuck' 따위의 욕을 해대는 저급한 후통의 양아치들만 있는 것이 아니라 간간이 다오춘처럼 잘생기고 우아하며 반듯한 모습을 가진 남자가 있으리라고는 생각지 못했던 것 같았다. 순간의 감정을 제대로 다스리지 못한 그녀는 얼른 자신이 잘 설계해놓은 책략으로 돌아와 가벼운 미소를 지르면서 조심스럽고 격식에 맞는 행동을 보이기 시작했다.

"제가 잘못보지 않았다면 틀림없이 메이나 씨일 것 같군요?"

"다오춘 씨이신가요?"

서로 가벼운 미소를 주고받은 두 사람은 촉촉해진 손으로 의례적인 악수를 나누었다. 서로 상대방 손바닥의 습도를 추측할 수 있었다.

초면의 인사를 나눈 뒤 장면은 금세 호텔의 술자리로 바뀌었다. 몇 마디 나누지 않고도 메이나는 다오춘의 약력을 훤히 알 수 있었다. 다오춘은 입으로는 자신의 이력이 '언급할 만한 것이 못된다'고 말했지만 메이나가 대학을 졸업하고 나서 다니던 회사를 사직하고 사업에 뛰어들었다는 사실을 알게 되자 자신도 정규 대학을 졸업했으며 생산대에 들어갔던 일을 잊을 수 없다는 둥 자기 이력의 디테일을 있는 그대로 털어놓기 시작했다. 평소에 그는 사람들 앞에서 자신의 문화수준을 과시하는 일이 없었다. 주위의 친한 친구들과 사이가 벌어지는 것이 두렵고 겁 많고 무능한 사람이라고 욕을 먹는 것이 두려웠기 때문이다. 공공관계를 담당하는 아가씨들이 문인처럼 유약한 자신의 약점을 움켜쥐고 함부로 공격하는 것도 두려웠다. 하지만 메이나에게는 기꺼이 다털어놓았다. 첫째는 교육 수준이 서로 대등하다는 것을 밝히기 위해서였고 둘째는 일상생활의 경험에 있어서는 자신이 상대방보다 우월하다는 것을 강조하기 위해서였다. 그는 세상의 온갖 풍파를 자신이 더 많이 겪었다고 생각했다. 과연 메이나는 만나자마자 옛 친구를 만난 것처럼 그의 지식청년(문혁 시기에 농촌의 생산대에 들어가 노동을 통한 사상교육을 받았던 중고등학교생 및 대학생 집단) 경력에 부러움과 존경의 뜻을 표했다.

"사장님이 저를 이곳에 파견했을 때, 저는 이 일이 별로 내키지 않았어요. 베이징의 허풍쟁이들에 대해 속으로 겁을 먹고 있었거든요. 다오춘 씨를 만날 수 있었던 건 정말 제 복인 것 같아요."

메이나는 진심에서 우러나온 말을 하고 있었다.

"메이나 씨를 알게 되어 저도 반갑습니다."

다오춘이 말을 받았다.

"저는 '라오싼제(老三届: 문화대혁명 이전인 1964~66년에 중고등학교를 졸업한 사람)'들을 존경해요. 그들은 수많은 역경과 고난을 겪었기 때문에 못할 일이 없지요."

메이나의 진심 어린 말이 다오춘의 마음을 움직였다. 천장에 매달린 샹들리에가 낮게 드리워져 있었다. 주황색 은은한 빛이 메이나와 그녀의 손에 들린 술잔을 감싸주었다. 메이나의 눈빛은 몽롱해지고 술잔은 투명해졌다. 지금까지 그는 여자가 눈을 즐겁게 해줄 수 있다고 믿어 왔다. 하지만 눈을 즐겁게 해주는 여자가 마음도 즐겁게 해줄 수 있는지는 장담하기 어려웠다. 그는 아직도 메이나가 어느 정도의 영혼의 깊이를 지니고 있는 여자인지 분명하게 판단할 수 없었다. 하지만 그녀가 이전에 자신을 찾아와 사업에 관해 상의하던 다른 여자들과 똑같은 목적을 갖고 있다는 사실은 분명했다. 별 큰 차이가 없었지만 그래도 그는 그녀가 다른 여자들과 구별될 수 있기를 기대했다.

이렇게 주저하면서 아무런 결정도 내리지 못한 채 다오춘은 맞은편에 앉아 자신의 눈을 즐겁게 해주는 이 여자를 유심히 바라보았다. 그녀가 능숙하게 음식을 주문하면서 자신을 위해 '홍타산(紅塔山)' 담배 한 갑도 함께 부탁하는 모습을 지켜보고 있었다. 그녀는 담뱃갑 아랫부분을 뜯어 능숙하게 한 개비를 꺼내 코로 냄새를 맡아보았다. 냄새로 담배의 진위를 검사하는 모습에서 남자들의 거친 기질을 읽을 수 있었다.

이런 남성적인 소탈함과 귀엽고 앙증맞은 여성적 신분 사이에는 커다란 괴리가 있었다. 흥미진진한 표정으로 이를 지켜보던 다오춘은 암묵적으로 관중이 되어 이런 연기의 묘미를 감상했다. 수시로 극찬의 눈빛을 보내면서 여자가 연기를 계속할 수 있도록 격려하기도 했다.

"다오춘 씨, 만족하세요?"

메이나가 손가락으로 우아하게 술잔을 받쳐 들고서 맑고 투명한 눈빛으로 다오춘을 응시하며 물었다.

"뭘 말씀하시는 건가요? 이 술과 안주를 말씀하시는 건가요 아니면 사람을 말씀하시는 건가요?"

"둘 다요."

메이나는 여전히 시선을 다오춘에게 고정하고 있었다. 촉촉이 젖은 눈동자는 이미 술기운에 영롱하게 반짝이고 있었다.

"그 질문을 술잔을 깨뜨리려는 신호로 받아들이지요"

다오춘이 웃으면서 대답했다.

"제가 만족스럽다고 하면 메이나 씨는 그 기회를 이용하여 값을 깎아달라고 하시겠지요?"

갑자기 메이나의 얼굴이 무겁게 가라앉았다.

"다오춘 씨가 이런 식으로 흥을 깨리라고는 미처 생각지 못했네요. 그래도 저는 우리가 더 많은 이야기를 나눌 수 있을 거라고 생각했는데 말이에요"

"아, 그래요? 제가 메이나 씨를 실망시켜드렸나 보군요?"

다오춘의 관심이 한층 더 커지기 시작했다. 메이나가 나지막한 목소리로 말을 받았다.

"아니에요. 그냥 조금…… 서글플 뿐이에요. 저는 항상 아주 짧더라도 그런 시간을 가질 수 있기를 바랐거든요. 비즈니스와 일을 다 잊고 온 마음을 다해 어떤 분위기에 빠져들고 싶었어요. 다오춘 씨는 그런 걸 기대해보신 적이 없나요?"

"제가 분위기를 망쳤군요. 정말 미안해요"

"아니에요. 그렇게까지 생각하실 필요는 없어요. 우리 둘 다 족쇄와 수갑을 차고 춤을 추고 있는 셈이니까요. 안 그래요?"

뚫어질 것 같은 메이나의 강렬한 눈빛에 약간 당황한 다오춘은 감히 그녀의 눈길을 받아들이지 못했다. 창밖에는 내리는 둥 마는 둥 스산하게 가랑비가 흩날리고 있었다. 바라보는 사람들의 마음도 빗물처럼 흩어져 모든 것이 산만하고 흐릿했다. 다오춘은 경계심을 잃지 않으려 최대한 정신을 차렸다. 여자와의 이런 대화 방식이 그로서는 처음이라 대답하는데 무척이나 힘이 들었다. 이는 원래 과거에 그가 능숙하게 사용하던 화법이었다. 응접실이나 서재에서 친구들과 모임을 가질 때면 귀에 못이 박이도록 듣고 받아치던 것이었다. 하지만 오늘은 매우 낯설게만 느껴졌다. 여자의 말이 그의 기억을 되살려주자 뜻밖에도 그는 꿈결 같은 황홀경을 맛보았다.

"도대체 우리는 무엇을 좇고 있는 걸까요?"

여자가 말했다. 여자의 고운 두 눈이 흐릿해졌다. 그녀는 중간에 말을 끊지 않고 자신의 이야기를 털어놓기 시작했다. 그녀는 다니던 직장을 그만두고 사업에 뛰어들었다. 부득이하게 이혼을 했고 여러 차례 난관에 부딪쳤다. 간간이 부분적인 성공을 거두기도 했다. 그러는 동안 여러 번 업종을 바꿨다. 이야기는 남방의 유력한 여느 여자들의 경력과 조금도 다르지 않았다. 너무나 진부했다. 하지만 이 이야기는 단둘이 마주 앉은 자리에서 술에 촉촉하게 젖은 여자의 붉은 입술에서 나왔을 뿐만 아니라 충분히 진솔하고 솔직했다. 가리거나 감추는 것이 없었다. 다오춘의 생각이 자신도 모르게 그녀의 이야기에 끌려가고 있었다. 그간의 고생과 감정의 축적도 두 사람의 공통점으로 변해 있었다. 그녀의 솔직함에 호응하기라도 하듯이 그 역시 마음을 열고 자신의 과거를 털어놓기 시작했다. 대화가 순식간에 뜨겁게 고조되고 있었다.

두 사람의 마음은 담황색 기름을 들이붓자 한데 뒤섞이면서 활활 타오르는 노란 불꽃같았다. 메이나의 뺨이 보기 좋은 연지 빛으로 변하는 사이에 다오춘의 얼굴도 점점 하얗고 준수하게 변해 갔다.

두 사람이 전혀 느끼지 못하는 사이에 서너 시간이 흘러갔다. 다오춘은 시간의 흐름에 대해 아무런 감각도 없었다. 메이나는 사업에 관한 이야기는 일체 입에 올리지 않았다. 이곳에 온 목적을 잊어버린 것 같았다. 지기를 만나 술을 마시면 천 잔으로도 모자란다는 말처럼 도취한 여자의 표정과 태도에 다오춘은 어렵사리 지음을 만난 즐거움에 깊이 빠져들었다. 다오춘의 가슴 깊은 곳에 겹겹이 싸여있던 차갑고 냉담한 무언가가 조금씩 무너져 내리고 있었다. 그는 아주 오랫동안 공리적인 목적이 완전히 배제된 상태로, 그것도 아름다운 여자를 상대로 이처럼 맑은 대화를 나눠보지 못했다. 따스한 정이 천천히 그의 혈관 속으로 퍼져가고 있었다.

"제가 지금 일하고 있는 이 음향영상 회사는 그동안 제가 옮긴 다섯 번째 회사예요. 사장님은 이번에 저를 베이징에 보내 다오춘 씨와 영화필름 사업을 상의하게 한 것도 사실은 저를 시험해보기 위해 마련한 출장이지요. 제가 이 밥그릇을 계속 지킬 수 있을지 모르겠네요."

메이나는 손으로 턱을 받치고 눈앞에 있는 술잔을 뚫어지게 쳐다보았다. 멍하고 무력한 표정과 태도가 방금 전의 노련하고 세련된 태도와는 정반대였다.

다오춘의 경계심은 거의 해제된 상태였다. 대신 눈앞에 있는 이 연약한 여인의 평탄치 않은 세월과 숱하게 겪은 고생에 대해 무한한 측은지심을 보이고 있었다.

"다오춘 씨는 이 업계에서 오랫동안 일하셨으니 경험도 아주 풍부하시겠네요. 제가 이 관문을 넘을 수 있도록 많이 도와주시고 절 좀 잘 보살펴주세요."

여자는 종업원을 불러 계산을 하고 몸을 일으켜 밖으로 나가려 하다가 술기운을 못 이겼는지 몸이 한눈에 띄게 휘청거렸다. 다오춘이 재빨리 손을 뻗어 부축해주었다. 여자는 다오춘의 팔에 가볍게 기댄 채 휘청거리면서 밖으로 나왔다. 한 가닥 따스한 온기가 천천히 다오춘의 말초신경을 타고 온몸으로 퍼져 갔다.

광장의 축축한 시멘트 바닥에 주황색 따스한 불빛이 반사되고 있었다. 다오춘의 어색한 몸이 메이나의 환한 열정에 화답하고 있는 것 같았다. 한 발 한 발 축축하게 젖은 발자국이 반복되는 흔적을 남겼다. 메이나가 팔짱을 끼고 있는 다오춘의 왼팔 근육이 천천히 느슨해지면서 섬세하고 부드러운 메이나의 오른팔과 적당히 조여져 자연스런 매듭을 이루었다. 메이나의 팔을 통해 전해져 오는 체온을 느끼면서 다오춘은 마음속으로 깊은 생각에 빠졌다. '이 여자는 무얼 믿고 내가 이토록 오랜 시간을 기꺼이 자신과 함께 보내줄 거라고 자신했던 걸까?'

"저는 가랑비 속을 걷는 게 제일 좋아요."

메이나가 한 손을 허공에 뻗어 있는 듯 없는 듯한 빗방울을 만졌다.

"비는 제게 아름다웠던 모든 것들을 떠올리게 해주거든요."

'그렇군요. 모든 게 다 아름답네요.' 다오춘도 속으로 이렇게 생각했지만 입으로는 아무 말도 하지 않았다. 그가 받은 메이나의 전화와 눈앞에 있는 이 눈부신 여자 메이나, 술잔 속에 있던 그 투명하고 부드러운 액체, 그리고 울먹이는 목소리로 토해낸 그녀의 하소연…… 이 모든 것들이 불가사의할 정도로 아름답기만 했다.

더욱 불가사의한 것은 그의 기분이 반복적으로 메이나라는 여자를 따라 한없이 확장되면서 끌려가고 있다는 것이었다. 그녀가 우울해 하면 그도 우울해졌고 그녀가 기뻐하면 그도 덩달아 기뻤다. 도대체 무엇이 그의 마음을 움직여 메이나와의 그런 묵계를 만드는 것인지 알 수 없었다.

사랑이었다.

다오춘은 아주 오랜만에 경험하는 이런 감정을 사랑이라고 가정했다. 사랑이 찾아오는 것은 정말 불가사의한 일이었다. 때로는 고양이처럼 아무 소리도 내지 않고 조용하게 찾아왔다. 다오춘은 태연하게 메이나의 가느다란 허리를 끌어당기면서 참지 못하고 고개를 돌려 그녀를 자세히 뜯어보았다. 사랑은 이날 밤의 광장 같았다. 광장의 기념비처럼, 기념비에 새겨진 부조처럼 촉촉하고 아름다웠다. 이따금씩 메이나의 머리칼이 바람에 날려 와 다오춘의 얼굴을 가볍게 스쳤다. 다오춘은 마음이 흔들리는 것을 억제할 수 없었다. '도대체 누가 이 메이나라는 여자를 내게 보내준 것일까?'

사랑이 찾아올 때는 항상 일종의 감각의 소통,
그래서 마음을 활짝 열어야 하네……

다오춘은 시적 환각 속으로 점점 더 깊이 빠져들어 갔다.

어떤 격정과 열망에 휩싸여 두 사람은 황금빛 기념관을 지났다. 회백색 광택을 띠는 원기둥을 지나 다시 길게 이어진 붉은 담장을 지나 곧장 메이나가 투숙하고 있는 귀빈루 안으로 들어갔다. 안으로 들어가 메이나가 벽에 달린 전등 스위치를 올려 불을 밝히자 다오춘은 메이나의 경제능력으로 이런 사치스러운 방에 묵을 수 있다는 사실이 믿기지 않았다. 메이나가 그의 의구심을 알아차리기라도 한 듯이 가볍게 웃으며 말했다.

"친구가 대신 예약해 준 거예요. 예전에 제게 마음의 빚을 진 적이 있거든요."

그러고는 "미안해요"라는 한마디를 던지고 몸을 돌려 화장실로 들어갔다. 다오춘은 여전히 의문이 풀리지 않았다. 메이나가 얼마나 대단한 신통력과 능력을 가지고 있기에 누군가 그녀를 위해 이처럼 호화로운 침실을 마련해준 것인지 이해가 되지 않았다. 이제 막 진실한 모습을 보이기 시작한 여자가 눈 깜짝할 사이에 다시 신비한 모습으로 변해버리고 말았다.

바바리코트를 벗고 소파에 자리를 잡고 앉은 다오춘은 기분이 점차 호전되면서 천천히 방 안의 편안하고 따스한 분위기를 느끼기 시작했다. 부드럽고 두터운 커튼이 눈이 보이는 모든 것들을 창밖과 차단시켜주고 있었다. 남은 것이라곤 눈을 가득 채우고 있는 침대와 옅은 분홍색의 불빛뿐이었다. 그 널찍한 시몬스 더블침대는 거리낄 것이 전혀 없다는 듯이 발가벗은 상태로 무한한 마력을 펼치고 있었다. 이는 메이나가 그에게 방으로 들어와 잠깐 쉬어갈 것을 권하는 무언의 함의에 해당하는 것이 아닐까? 다오춘의 몸이 한순간 가벼운 착시를 일으켰다. 메이나의 부드럽고 향기로운 몸이 침대 위에 가볍게 떠 있다가 다오춘의 격정에 맞춰 이리저리 뒤척였다.……

"차를 드시겠어요 아니면 커피를 드릴까요?"

메이나가 잔잔한 미소를 머금고 그의 눈앞에 서 있었다. 깜짝 놀란 다오춘이 황급히 소파에서 몸을 끌어내 옷깃을 여미고 단정한 자세로 앉았다. 침대와 불빛도 재빨리 환상에서 분리되어 각자의 위치로 돌아가서는 보통 가구의 모습을 회복했다. 메이나는 마법을 부리기라고 한 것처럼 연녹색 공단으로 지은 민소매 치파오로 갈아입고 나왔다. 폭포수처럼 긴 머리는 이미 뒤로 말려 올라갔고 치파오의 소매와 옷자락의 트인 부분으로는 그녀의 윤기 있고 순결한 팔과 우아하고 아름다운 두 다리가 생동감 넘치는 모습으로 완전무결하게 드러나 있었다. 다오춘은 이런 모습을 멍하니 바라보면서 감정을 억누르지 못하고 극찬의 눈빛을 쏟아냈다. 이번 사랑은 이미 감출 방법이 없이 다 드러나 버렸다는 생각이 들었다.

"아름답군요. 정말 아름다워요."

다오춘이 혼잣말을 하듯이 말했다.

"고마워요."

메이나는 가볍게 대꾸하고는 느긋하게 다오춘 곁으로 다가와 다탁을 사이에 두고 마주앉았다. 다오춘이 손을 내밀면 닿을 수 있는 거리였지만 또한 영원히 닿지 못할 위치이기도 했다.

다오춘은 마음속에서 거대한 열망이 강렬하게 끓어오르기 시작하자 어쩔 수 없이 행동으로 옮기고 싶었다. 최대한 빨리 메이나의 몸에 다가가고 싶었다. 하지만 그는 애써 자신을 억제하면서 행동이 거칠게 보이지 않게 하려 노력했다. 예전에 다른 여자들을 대할 때 사용했던 게임 같은 기교와 수단들을 메이나처럼 진심으로 흠모하는 여자에게 써먹는 것은 적절하지 않았다. 그는 자신과 메이나의 관계를 사랑이라고 명명했다. 그는 그냥 그렇게 기다렸다. 기다리고 기다렸다. 물이 흐르는 곳에 자연스럽게 도랑이 생기듯이 그렇게 고상한 충격을 기다리고 있었다.

"다오춘 씨……"

메이나가 고개를 돌려 다오춘을 바라보았다. 먼저 입을 연 것이 부끄러운 듯 머뭇거리고 있었다.

"네?"

다오춘이 격려의 눈빛을 건넸다. 조금은 절박한 심정으로 그다음 말을 간절히 기다리고 있었다.

"다오춘 씨, 저…… 그럴 마음이 있으신가요?……

"뭘 말씀하시는 건지?"

"저를 도와주실 마음이 있으시냐고요?……"

"네?"

"제가 이번 영화필름 사업을 성사시킬 수 있도록 필름 가격을 좀 낮춰주실 수 있느냐는 말이에요?"

다오춘은 잠시 아무 말도 하지 않았다. 생각의 흐름을 돌이킬 수가 없었다. 그냥 그녀 혼자 얘기를 계속하도록 내버려두는 수밖에 없을 것 같았다.

"저희는 이 음향영상 회사를 설립한 지 얼마 되지 않아서 그렇게 충분한 자본을 갖고 있지 못해요. 오로지 다오춘 씨 회사의 필름만 믿고 판로를 개척하려는 거예요. 하지만 오퍼시트의 가격이 너무 비싸더군요. 적어도 5만 위안은 깎아주셔야 살 수 있을 것 같아요."

다오춘은 잠시 정신을 차릴 수 없었다. 한 가닥 경각심이 가슴을 파고들었다. 몸도 본능적으로 뻣뻣해졌다.

"메이나 씨, 만 위안 단위로 값을 깎자는 건가요? 차라리 공짜로 필름을 넘겨달라고 하시는 게 나을 것 같군요. 우리 회사의 연기자와 직원들 전체가 2년 넘게 고생한 결과물을 물거품으로 만들 수는 없을 것 같습니다."

"5만 위안이 어렵다고요? 그럼 다오춘 씨는 제 값어치가 얼마나 될 것 같으세요?"

메이나가 눈꼬리를 가볍게 치켜 올렸다. 장난치는 것 같기도 하고 도발하는 것 같기도 했다. 다오춘의 가슴이 쿵쾅쿵쾅 뛰었다. 그 거친 소리에 따라 그가 따져 물었다.

"제가 필름 가격을 낮춰서 메이나 씨에게 판다면 저는 뭘 얻게 되나요?"

"다오춘 씨가 얻고 싶은 게 뭐죠?"

메이나는 전혀 조급해하거나 화를 내지 않았다. 오히려 미소를 지으면서 초롱초롱한 눈빛으로 다오춘에게 바싹 다가가서는 그를 뚫어지게 쳐다보았다.

약한 모습을 보이지 않은 다오춘도 그녀의 눈빛을 받아들여 동시에 그녀를 쳐다보았다. 두 사람의 눈빛이 한동안 팽팽하게 맞물려 있다가 다시 풀렸다. 두 사람은 서로 말을 하지 않아도 상대의 마음을 알겠다는 듯이 웃기 시작했다. 메이나의 풍만한 가슴이 치파오 속에서 가볍게 흔들렸다. 그녀의 웃는 모습이 다오춘의 눈에 내려앉으면서 모든 것이 도전적인 북소리로 변했다. 장난 같은 숨은 뜻은 없었다.

전화벨이 울리자 메이나가 얼른 일어나 전화를 받으러 갔다. 다오춘은 손을 뻗으면 만져질 위치에 있으면서도 하늘 끝에 있는 것 같은 이 연록의 옆모습을 바라보며 생각하고 또 생각했다. 전화의 내용은 누군가 그녀에게 밤참을 먹자고 제안하는 것이었다.

메이나는 지금 친구와 함께 있어 나갈 수 없다고 완곡한 어투로 거절하면서 모임은 잠시 연기하자고 말했다.

다시 자리로 돌아와 앉자마자 또다시 전화가 걸려왔다. 누군가 그녀에게 가라오케에 가자고 했지만 메이나는 오늘 밤 중요한 친구와 함께 있어야 하기 때문에 나갈 수 없다며 또다시 거절했다. 메이나는 특별히 '중요한'이라는 단어에 힘을 주어 말했다.

"제게 뭔가 결과를 주시면 안 되겠어요?"

다시 돌아와 자리에 앉은 메이나가 다오춘에게 물었다.

"저도 결과가 있기를 바랍니다."

다오춘이 의미심장한 표정으로 말했다.

"메이나 씨가 이처럼 후덕하게 저를 친구로 대해주셨는데 저도 친구의 명분을 저버릴 수 없으니 이번만 도와드리도록 하겠습니다. 이렇게 하시지요. 2만 위안을 깎아드리겠습니다. 이것이 마지막 가격입니다. 더 낮추는 건 불가능해요."

"3만이요."

메이나가 틈을 주지 않고 말을 이었다.

다오춘이 메이나를 뚫어져라 쳐다보았다. 순간적으로 메이나의 얼굴선이 결연하고 강인한 모습으로 바뀌었다. 그가 기대했던 기쁨과 감격의 표정은 찾아볼 수 없었다. 다오춘은 어찌할 바를 몰라 당혹스러웠다. 순간적으로 머리가 한 번도 경험하지 못한 백지상태가 되었다. 잠시 후에야 정신이 돌아온 그가 손을 내저으며 말했다.

"좋아요. 3만 위안을 깎는 걸로 하지요. 내일 오전에 저의 집으로 오시면 정식 계약서에 서명해드릴게요. 됐죠. 그럼 전 이만 가보겠습니다."

말을 마치고 몸을 일으킨 다오춘은 바바리코트를 집어 들고 곧장 문 쪽으로 움직이느라 그 순간 메이나의 반응이 어땠는지 살피지 못했다. 그는 자신의 행동과 말이 어떻게 이처럼 절묘하게 변해 맞물렸는지 이해가 가지 않았다. 그저 그 순간에는 그렇게 해야만 할 것 같았다. 그렇게 하지 않으면 더 이상 다른 일을 할 수 없을 것 같았다.

그날 밤 다오춘은 한숨도 자지 못했다. 실의와 낙담으로 전전반측했다. 자신과 이 세상에 대해 확신이 서지 않았다. 고독과 냉담함 속에 빠져 이리저리 떠다니고 있는 것 같았다. 이렇게 시적 정취가 넘치는 아름다운 연가가 자신의 저능아 같은 짝사랑일 뿐이란 말인가? 설마 메이나가 쉽게 마음이 변하는 한 마리 뱀에 불과하단 말인가? 요염하게 웃는 목소리로 찾아와 그를 이용하고 가지고 논 것이란 말인가? 그는 더 이상 이런 생각들을 이어가고 싶지 않았다. 머릿속에서 확실하게 단정할 수 있는 유일한 사실은 메이나에 대한 그의 마음이 진심이라는 것이었다. 적어도 그와 메이나는 서로 막상막하의 상대였다. 하지만 그는 자신이 원하는 것이 이것뿐이 아니라는 것을 잘 알고 있었다. 그가 몸으로 확인하고 싶은 것은 훨씬 더 깊고 심오한 약속이었다.

하지만 그건 또 무엇일까? 우리의 삶 속에 빈번하게 다가오는 그런 것들은 대체 무엇일까? 진실한 마음일까 아니면 허망한 신기루일까?

메이나가 약속대로 계약서를 가지러 집으로 찾아왔을 때, 다오춘은 이미 거실과 침실의 분위기를 조율해놓은 터였다. 메이나는 여전히 생기발랄하고 온화한 모습이었다. 비즈니스의 성공이 어젯밤 그녀에게 숙면을 선사했다는 것을 알 수 있었다. 다오춘은 마음속으로 미세한 통증을 느꼈다.

집 안에 들어선 메이나는 사방을 둘러보았다. 그녀는 집 안의 웅장하고 화려한 장식들에 대해 찬사를 연발하더니 벽 쪽에 나란히 세워져 있는 서가로 걸음을 옮겨 책들을 유심히 훑어보았다. 그녀가 바스락거리며 넘기는 책장에는 다오춘의 청춘시절 요란했던 이상이 담겨 있었지만 지금은 아무런 소리도 내지 못하고 먼지투성이에 묻혀 있었다.

"이분이 부인이로군요? 무척 아름다우시네요."

메이나가 책상 위에 있는 세 식구의 가족사진을 집어 들면서 말했다.

"예전엔 그랬지요."

"어머, 죄송해요."

'어머'라는 감탄사와 함께 메이나의 복잡했던 표정이 순식간에 다시 밝아졌다.

"아드님이 정말 귀엽네요. 다오춘 씨를 꼭 닮았어요."

"그래요? 녀석은 엄마를 따라 가버렸어요."

다오춘은 담담한 어투로 대답하면서 화제를 바꿨다.

"계약서 내용이에요. 우선 한번 읽어보시죠."

계약서를 받아 든 메이나는 소파에 앉아서 이리저리 뒤적거리며 읽어보았다. 다오춘은 메이나 바로 곁에 앉았다. 둘 다 긴 소파에 함께 앉아 있었다. 다탁 같은 귀찮은 장애물들이 없어서인지 메이나가 더 친밀하게 느껴졌다. 곁에 있는 존재였다. 다오춘의 콧김이 메이나의 머리칼 위를 가볍게 스치자 머리카락 몇 가닥이 미세하게 오르내렸다. 그는 메이나가 자신의 눈길을 느끼면서 다소 난처해한다는 것을 깨달았다. 그녀의 눈빛이 종위 위를 이리저리 이동하고 있었다. 손에 든 종이가 천근인 것처럼 불안정한 모습이었다. 다오춘의 몸이 자신도 모르게 달아올라 있었다. 심장도 쿵쿵 거세게 뛰기 시작했다. 이는 아주 오랫동안 경험하지 못한 감정이자 광적인 흥분이었다. 그는 이 사랑이 진실이라는 것을 확인하고 싶었다.

"메이나."

다오춘은 낮은 목소리로 불렀다.

"메이나가 내 마음을 흔들고 있어요."

"그래요?"

메이나는 아무렇지도 않다는 듯이 고개조차 들지 않고 손에 들고 있는 계약서를 읽으면서 말했다.

"네, 그래요. 메이나는 어떤 남자든 마음을 흔들어 놓을 수 있어요. 누구도 메이나의 매력에 저항하지 못할 거예요."

"다오춘 씨도 거부하기 힘든 남자예요."

메이나가 가는 목소리로 말을 받았다.

"아, 그래요?"

이 말을 자신을 허락한다는 신호로 여긴 다오춘은 얼굴이 새빨갛게 달아올랐다. 그는 천천히 메이나의 뜨거운 입술로 다가갔다. 마음속에 계략을 품고 큰 것을 얻기 위해 일부러 놓아주는 것 같은 메이나의 표정에는 더 이상 개의치 않았다.……

띠리링—

때아니게 전화벨이 울려댔다. 다오춘은 감정을 중단해야 했다. 그는 하는 수 없이 가서 수화기를 들었다. 골치 아픈 회사의 인사 문제였다. 다오춘은 간단히 몇 마디 설명을 하고서 서둘러 전화를 끊었다. 그러고는 몸으로 메이나의 시선을 막고 손이 닿는 대로 전화선 플러그를 뽑아버렸다.

자리로 돌아와 보니 메이나는 이미 소파에 단정하게 앉아 있었다. 사람을 천리 밖으로 밀어내는 듯한 강경한 자세였다. 다오춘은 웃으면서 손이 가는 대로 오디오를 켰다. 느린 멜로디의 음악 소리가 빛처럼 어지럽게 떨어져 내려 두 사람의 얼굴과 몸에 닿았다. 빛이 방 안 구석구석을 에워싸는 것 같았다. 메이나의 머리칼 위로 흩뿌려진 빛은 무척이나 부드럽고 윤기가 넘쳤다. 그녀의 머리칼을 한 가닥씩 비벼 따스하게 한 덩어리로 빚어놓은 것 같았다. 메이나의 몸이 음악의 욕조 속에서 나른해졌다. 모난 모습이 더 이상 선명하지 않았다.

"메이나……"

다오춘은 메이나에게로 가까이 다가가 잠꼬대 하듯이 물었다.

"메이나, 이제……만족해요?"

"뭘 말이에요?"

메이나가 천천히 옆으로 얼굴을 돌렸다. 눈빛이 흐릿했다.

"모든 거요"

"그래요. 저는 모든 것에 대해 상당히 만족스러운 편이에요. 이번에는 다오춘 씨에게 큰 빚을 졌네요. 정말 어떻게 감사해야 좋을지 모르겠어요"

"아니, 메이나 씨는 알고 있어요, 알고 있다고요"

다오춘은 메이나의 예쁜 얼굴을 쳐다보았다. 호흡이 가빠졌다.

"어머…… 맞아요"

메이나의 얼굴에 약간 당황한 기색이 스쳤지만 이내 감정을 추스르는 것 같았다. 뭔가가 생각났는지 그녀는 곧바로 들고 있던 핸드백을 열어 그 안에서 두툼한 봉투를 하나 꺼내 다오춘에게 건넸다.

"3천 위안이에요. 약소하나마 다오춘 씨에게 보답하고 싶으니 절대 거절하지 말고 받아주세요"

다오춘의 안면 근육이 갑자기 굳어지더니 이내 급속도로 비틀렸다. 그러고는 이해할 수 없다는 듯이 힐문했다.

"정말로 내가 원하는 것이 이런 것이라고 생각하는 건가요? 정말로 그렇게 생각해요?"

그의 표정에 겁을 먹은 메이나가 눈을 크게 뜨고서 곤혹스러운 표정으로 되물었다.

"뭐가 잘못됐나요? 그럼 다오춘 씨는 무엇을 더 원하시는데요?"

순간 다오춘은 할 말이 없었다. 말문이 막히면서 마음마저 텅 비어버리는 것 같았다. 길게 늘어진 음표가 가볍게 그의 두피 안에 선을 그으며 창백하게 미끄러져 지나가버렸다. 아무런 자국도 남기지 않았다. 공백이었다. 잔뜩 부풀어 오른 채 꽉 막혀버린 공백이었다. 그의 마음이 더 이상 버텨내기 힘들었다.

"다오춘 씨."

여인의 가벼운 목소리가 넋이 나가 있는 그를 현실로 돌아오게 했다.

"별다른 이의가 없으시다면 계약서에 서명 좀 부탁드려요."

"네…… 그러지요."

다오춘은 멍한 표정으로 대답하고는 펜을 손에 들고 한참을 그대로 앉아 있었다. 어째서 모든 것이 이렇게 잔혹하게 갑자기 지나가버리는 건지 알 수 없었다. 그의 펜이 떨어지면 이 여자와의 관계는 완전히 끝나는 것이었다. 사실 처음부터 끝까지 그와 이 여자 사이를 이어준 것은 오로지 이 종이 한 장 뿐이었다. 결혼이나 사랑, 생명 같은 것들은 왜 이렇게 종이처럼 가벼운 것일까?

"다오춘 씨, 뭘 더 망설이고 계신 거죠?"

"더 자세히 읽지 않아도 되나요?"

"제가 아직도 다오춘 씨를 못 믿는 것 같아요?"

메이나가 다시 한 번 우아하게 웃어 보이며 더할 수 없는 매력을 발산했다. 다오춘은 한참이나 마음을 다스리고 메이나를 몇 번 쳐다보고 나서야 계약서에 서명을 했다.

"됐어요. 이제 돌아가서 결과보고만 하시면 되겠네요. 가세요."

다오춘은 몹시 피곤한 표정으로 나가 달라는 손짓을 했다.

혼자 남은 다오춘은 쓸쓸한 방 안에 멍하니 앉아 있었다. 황혼이 조금씩 그를 삼키고 있었다. 전화선 플러그가 뽑혀 있어 그는 잠시 동안 이 세상과 격리될 수 있었다. 시간을 알리는 종소리는 없었지만 그는 속으로 지금쯤 메이나가 탄 비행기가 자기 머리 위를 날고 있을 거라고 생각했다. 비행기가 그 아름다운 여자를 다시 남방의 신흥도시로 데려가고 있었다. 어쩌면 메이나는 벌써 비행기에서 내려 신나게 그녀의 사장에게로 승전보를 알리러 달려가고 있을 지도 모를 일이었다. 다오춘은 어둠 속에서 눈을 뜨고 다시 전화선을 연결한 다음 메이나에게 전화를 걸었다.

"메이나 씨죠?"

"다오춘 씨? 또 무슨 일이세요?"

전화기에서 들리는 메이나라는 그 여자의 목소리는 여전히 상큼했다. 하지만 더 이상 부드럽지는 않았다. 그 순간 다오춘의 마음은 고인 물처럼 차분했다.

"메이나 씨, 비즈니스의 성공을 축하드립니다. 제가 메이나 씨에게 하고 싶은 말은 제가 계약서를 복제하면서 깜빡하고 '발행

권'이라는 단어를 기재하지 않았다는 겁니다. 요컨대 메이나 씨가 구입한 것은 그냥 필름의 복제권이지 발행권이 아니라는 겁니다. 필름이나 테이프를 복제할 권리는 있지만 시장에 가져다 팔거나 배급할 수는 없다는 거지요 그래서 제가 다시 비교적 완전한 계약서를 준비했습니다. 메이나 씨가 모든 것을 처음부터 다시 시작하는 데에 관심이 있으실지는 모르겠지만 말이에요"

한동안 수화기에서는 아무 소리도 나지 않았다. 다오춘은 울고 싶지만 울지 못하는 메이나의 모습을 보고 있는 것 같았다. 그는 소리 없이 웃었다. 몹시도 쓴 웃음이었다.

"게임이 끝났는데 우리 마음에 뭐가 더 남아 있을 수 있겠어요?"

다오춘은 천천히 수화기를 내려놓고 점점 낮게 내려앉는 밤풍경을 따라 또다시 끝없는 허무 속으로 빠져 들어갔다.

늙은 축구팬

●

老球迷

늙은 축구팬

노인네의 목이 원숭이처럼 이리저리 움직였다. 머리도 수시로 한쪽으로 기울었다. 귀는 쫑긋 서 있고 커다랗게 뜨긴 했지만 여전히 흐리기만 한 눈은 웨이터의 입을 주시하고 있었다.

그제야 나는 노인네의 귀가 잘 안 들리기 시작했다는 것을 알게 되었다. 노인네는 머리가 움직이는 방향에 따라 있는 힘을 다해 소리의 근원을 포착하려 애쓰고 있었다.

사실 노인네의 나이는 이제 겨우 예순 하나였다.

"또 어떤 음식을 준비해 드릴까요?"

웨이터가 극도로 공손한 어투로 물었다.

"됐어요. 이 정도면 충분해. 많이 시키면 다 먹지도 못하거든."

노인네가 대답했다. 귀가 안 들리다 보니 목청이 몹시 컸다. 혀 끝에서 터져 나오는 소리가 고삐를 벗은 야생마처럼 유한한 용적의 공간에서 급하게 확대되다가 불규칙적인 형태로 천장과 벽을 울리고 방금 잘 마감된 시멘트석고를 흔들었다. 옆 테이블 손님들이 그를 쳐다보는 눈길이 마치 대로변에서 물건을 파는 노점상들의 모습이나 옛 베이징의 삼륜차 차부가 손님과 말다툼하는 장면을 구경하는 것처럼 애매하고 이상했다. 노마님이 이런 상황을 알아차리고는 옆에서 손을 들어 노인네의 허벅지를 툭 쳤지만 노인네 자신은 이런 상황을 전혀 의식하지 못했다. 내가 말했다.

"고기요리를 좀 더 시키지요. 오늘은 제가 낼게요"

노인네가 말했다.

"됐어, 충분해. 낭비하지 말자고"

노마님도 거들었다.

"필요 없어. 고기는 씹지도 못하는 걸."

이리하여 두부와 채소 요리, 생선, 새우, 마늘을 곁들인 가지요리, 식초에 절인 두부채 등을 주문했다. 맥주도 조금 주문했다.

이 음식점은 월드컵의 열기를 이용하여 며칠 동안만 문을 열게 된 가설 음식점이었다. 아파트 단지 정원에 마련된 이 음식점의 이름은 더우화쫭(豆花莊)이었다. 쓰촨(四川) 음식점이지만 실제로는 쓰촨뿐만 아니라 산둥(山東)과 안휘(安徽), 광둥(廣東) 등 어느 지역 요리든지 전부 팔았다. 제맛을 내는지의 여부는 또 다른 문제였다. 온통 붉은 색으로 칠한 중국식 목조 대문과 조각이 아로새겨진 기둥과 들보가 우아한 분위기를 더해주는 가운데 한쪽에는 치파오(旗袍)를 입은 젊은 아가씨들이 도열하여 손님들을 맞고 있었다. 문 안으로 들어서면 구불구불 길고 좁은 통로가 이어지고, 그

양쪽으로 산처럼 꾸민 바위와 플라스틱 조형물이 가득 늘어서 있었다. 그리고 그 사이사이에 플라스틱 조롱박이 잔뜩 걸려 있어 의도적으로 구불구불하고 그윽한 분위기를 연출하고 있었다. 하지만 실질적인 효과는 전혀 없고 숨을 쉬기 어려울 정도로 후덥지근하기만 했다. 안으로 들어가면 확 트인 홀이 펼쳐졌다. 이곳이 바로 손님들이 식사를 하는 곳으로 거대한 지붕 아래 약 오륙십 개의 테이블이 다닥다닥 붙은 채 나란히 줄지어 있었다. 테이블과 의자 모두 가짜 자단(紫檀) 나무로 되어 있어 몹시 무거웠고 칠의 색깔도 우중충한 것이 억지로 옛날 분위기를 내려는 의도가 뚜렷했다. 쓰촨 음식점들은 하나같이 이런 풍격의 인테리어를 좋아했다. 무조건 큰 걸 좋아하는 것이다. 크되 격식이 없어서 찻집과 식당의 기능을 동시에 갖추고 손님이 일단 안으로 들어서면 수자어(水煮魚 : 쓰촨 요리의 대표적인 음식으로 생선을 고추와 마늘 넣고 함께 끓인 것)와 함께 냄비에 들어가 지글지글 끓게 되어 있다.

부글부글 끓는 수자어처럼 우리의 삶도 부글부글 끓고 있었다.

삶의 쇼는 여기서도 계속 연출되었다. 큰 홀 한가운데서 인도식 페이빙(飛餅) 공연이 진행되고 있었다. 이는 최근 이삼년 동안 베이징의 대형 음식점에서 흔히 볼 수 있는 일종의 유행이었다. 머리에 길쭉한 조리용 모자를 쓴 요리사가 허리에서 칼을 빼어 들었다. 바로 앞에는 식객들의 시선을 한데 모을 수 있는 지점에 커다란 반죽용 판이 높이 설치되어 있었다. 잠시 후 요리사가 반죽된 밀가루 덩이를 하나 집어 이리저리 주물렀다. 빠른 손동작에 밀가루 반죽은 어느새 얇게 펴져 있었다. 밀가루 반죽은 갈수록 더 얇아져 둥글고 얇은 종이 모양이 되었다. 커다란 전병 같았다. 이어서 요리사는 얇아진 반죽을 머리 앞뒤로 돌리다가 재빨리 허공에 던진 다음 다시 떨어지는 순간 재빨리 다시 받아 손으로 가지고 놀았다. 이것이 바로 '페이빙'이라는 이름을 갖게 된 연유다. 요리사는 이제 충분하다고 생각했는지 허공에서 떨어지는 얇은 반죽을 받아 파박- 소리와 함께 추호의 아쉬움도 없이 바로 앞에 있는 나무판 위에 올려놓고는 손에 들고 있던 칼을 잽싸게 휘둘러 몇 개로 자른 다음 화덕에 넣고 1분 정도 구웠다. '페이빙' 쇼는 이렇게 마무리되었다.

"이건 전병을 만드는 게 아니라 무술 묘기를 부리는 것 같구나."

노마님이 말했다.

"이인전(二人轉: 반후 板胡라는 악기 반주에 맞춰 두 사람이 춤을 추며 노래를 주고받는 민간 예술)에 나오는 수건돌리기 같군."

노인네가 말을 받았다.

눈 깜작할 사이에 음식점이 손님들로 가득 찼다. 노인네의 큰 목소리는 사람들이 내뿜는 거대한 소음에 묻혀버렸다. 유월의 저녁 무렵이라 온 가족이 함께 식사하러 나온 사람들이 꽤 많았다. 날이 덥기 때문만이 아니라 집에서 불을 피우기 싫어서, 더 주요하게는 올해의 월드컵이 한 달 동안이나 계속되기 때문이었다.

매일 오후에서 저녁까지 연달아 세 경기가 열리기 때문에 경기 관람 자체가 무척 피곤했다. 가정주부 가운데 축구팬이 있는 집들은 이 달에는 전부 '태평성대'가 되어 취사를 줄이고 저녁 무렵에 온가족을 이끌고 나와 밖에서 식사를 했다. 이렇게 하면 힘이 덜 들뿐만 아니라 새로운 분위기를 맛볼 수 있었다. 여성해방은 말로만 떠들 것이 아니라 지금처럼 실제로 밥을 하지 말아야 했다.

아파트단지 부근에 있는 제법 분위기 있는 음식점들은 집집마다 대만원이었다. 이 쓰촨 음식점도 이런 운세에 맞춰 생겨났다. 사장이 제법 경제적 두뇌를 갖춘 사람인 것 같았다. 적어도 결산을 한 첫 달에도 월드컵이 거행되는 기간만큼은 적자를 보지 않았다.

음식점 내부에는 채광이 별로 좋지 않다 보니 일찌감치 전등을 켰다. 아치형 석고 천장에는 벌집처럼 작은 구멍들이 가득했다. 그 깊숙한 구멍마다 무수한 전등이 박혀 있었다.

"이렇게 전등이 많으면 전력이 많이 낭비되겠네."

"전부 절전형 전구를 사용하고 있다고"

노마님의 걱정에 노인네가 친절하게 설명해주었다.

서빙을 하는 종업원들은 전부 남자들로 하나같이 머리를 단정하게 빗어 넘기고 검정 예복과 흰 와이셔츠 차림에 빨간 나비넥타이를 하고 있었다. 전부 스무 살도 안 된 젊은이들이라 발이 부척 빨랐다. 이들은 한 명이 일고여덟 개의 테이블을 담당하면서 차나 물을 따라주는 일부터 시작해서 주문과 계산까지 전부 도맡아 처리했다. 정신없이 바쁜 와중에서 얼굴에는 하나같이 달콤한 미소를 짓고 있었다.

"남방 출신들인지 전부 키가 작네요."

노마님의 발견이었다.

"쓰촨이나 구이저우에서 온 친구들일 거야."

노인네의 어투는 확신에 차 있었다. 무얼 믿고 이렇게 단정하는 건지 알 수 없었다.

"아직 음식이 안 나오네요. 저녁 경기가 몇 시에 시작하죠?"

"일곱 시 반이니 아직 일러."

노인네는 더 이상 말을 하지 않았다. 눈이 쉴 새 없이 벽에 걸린 텔레비전을 향했다. 벽에는 일정한 거리를 두고 텔레비전이 한 대씩 걸려 있었다. 텔레비전은 2002년 6월에 베이징의 모든 음식점과 술집들이 갖추지 않으면 안 되는 필수품이었다. 이때 CCTV의 스포츠 채널 중개프로인 '월드컵을 사랑해'에서 입담이 좋은 류젠훙(劉劍宏)과 미녀 션빙(沈冰)이 뭔가 얘기를 주고받고 있었다. 지나간 경기에 관해 얘기하고 있는 것 같았다. 남자는 기술을 얘기하고 여자는 성적인 느낌을 얘기하고 있었다.

노인네는 귀를 쫑긋 세우고 경청하고 있었다. 눈도 아주 크게 뜨고서 벽에 걸린 남녀 사회자들의 입을 주시하고 있었다. 청력이 좋지 않은 사람들의 가장 큰 특징은 남들이 얘기하는 걸 들을 때 눈을 크게 뜬다는 것이다. 눈으로 '읽는' 것으로 귀로 '듣는'

것을 대신하기 때문이다. 하지만 노인네의 상태를 꼬치꼬치 캐물을 수도 없었다. 사람은 늙을수록 자존심이 세지기 때문이다.

음식이 나왔다. 다양하고 호화로운 음식들이었다. 영양성분도 충분한 것 같았다. 섬유질이 적고 부드러워 힘들게 씹을 필요가 없는 음식들이었다. 아무리 그렇다 해도 노인들이 음식을 씹는 속도는 상대적으로 느릴 수밖에 없었다. 노인네의 눈은 시종 벽에 걸린 텔레비전에 집중되어 있었다. 음식을 한 젓가락 집어 입에 넣으면 아무 것도 묻거나 듣지 않고 스포츠 프로에서 애기를 주고받는 선빙과 류젠훙만 바라보았다.

"식사할 때는 식사에 전념하라고 내가 몇 번 말했어요? 밥 먹으면서 텔레비전을 보면 소화에 안 좋은 영향을 준단 말이에요"

노마님이 잔소리와 함께 노인네의 접시에 음식을 더 얹어주었다.

노인네는 거들떠보지도 않았다. 아예 듣지 못한 것처럼 텔레비전에 집중하고 있었다.

"이 두부볶음을 집에서 했다면 두부 한 모로 충분했을 거야. 5마오도 안 들 거라고. 그런데 여기선 한 접시에 5위안이나 하다니, 쯧쯧, 정말 말도 안 돼."

노마님은 노련하게 두부볶음의 가격을 비교하고 있었다.

"가지에 기름이 너무 많이 들어갔어. 좀 적게 드세요. 위에서 소화가 잘 안 되면 밤새 부대끼게 된다고요"

노인네는 들은 척 만 척 했다. 두 눈은 여전히 텔레비전 주위를 맴돌고 있었다.

"무슨 애길 하고 있는데 그래요? 에이, 그만 봐요. 내 얘기는 안 듣고…… 다 드셨으면 계산을 해야지 빨리 계산 안하고 뭐 해요? 딸애한테 내라고 하지 말고요. 그 애는 베이징에 혼자 살고 있으니 돈 쓸 데가 많을 것 아니겠어요?"

노마님의 재촉과 설명에 노인네는 돈을 꺼내 고집스럽게 계산을 하겠다고 우겼다. 막 식사를 마친 터라 위가 약간 처지는 것 같아 일부러 길을 에돌아가기로 했다. 주거구역을 따라 한 바퀴 도는 것이었다. 베이징의 여름은 저녁 무렵이 무척 아름다웠다. 저녁놀이 사라지기 직전에 서산에는 은은하게 황금빛 해의 윤곽이 나타나고 연록의 연못에는 물결이 잔잔한 가운데 한 무리 흰 오리 떼가 물 위를 미끄러져 갔다. 넓적한 부리와 날개를 물 깊숙이 담갔다가 부리로 깃털을 쪼는 모습이 마치 잠자기 전에 목욕을 하는 것 같았다. 젊은 엄마들은 유모차에 아기를 태워 석양 아래 한가하게 산책을 하고 어떤 아이는 점박이 개 두 마리를 끌고 풀밭 위를 미끄러지듯 달리고 있었다. 젊은이들이 타는 스케이트 보드 바퀴가 사람들 곁을 나는 듯이 스치고 지나갔다. 사람들은 재빨리 몸을 옮겨 이 무례한 녀석들에게 길을 내주었다. 방금 퇴근한 청소용역회사 여직원들은 회사의 이름이 찍힌 조끼를 그대로 입은 채 낡은 자전거를 타고 가는 길 내내 경종을 울리며 웃고 떠들면서 나무 그늘 밑을 달렸다. 화단에는 나무들이 푸르렀고 연못에서는 분수가 뿜어져 나왔다. 광장의 조각상에는 광택을 한 겹 입힌 듯 석양 속에서 한없이 부드럽고 매끄러웠다.

노인네는 뒷짐을 진 채 혼자서 궁시렁대며 걷고 있고 노마님은 그 뒤를 흔들거리며 따라가고 있었다. 노인네는 몸이 뻣뻣하긴 했지만 뚱뚱하지도 않고 마르지도 않은 체형이었다. 아직은 허리띠가 배꼽 아래로 허리를 표시해주었다. 하지만 걸음걸이는 이미 노인의 걸음이었다. 발이 팔자로 벌어지고 발끝은 바깥을 향해 있지만 다리는 곧게 올라갔다가 곧게 내려왔다. 관절에 탄력이 부족하여 다리를 구부리지 못하는 것 같았다. 노마님은 살이 쪄서 푸짐한 몸으로 몸 전체로 흔들흔들 펭귄처럼 걷고 있었다. 다리로 걷는 것이 아니라 상반신을 흔드는 동력으로 전진하는 것 같았다. 몸을 지탱하는 힘이 부족한 것이 분명했다. 다리에 칼슘이 부족한 조선족 아낙네들 같았다.

동북 지방의 조선족 아낙네들은 젊었을 때부터 길을 걸을 때 몸이 흔들리기 시작한다. 대부분 세상사를 다 겪은 초췌한 모습인 데다 다리가 조금씩 구부러져 있고 무릎이 몸 전체의 무게를 지탱하지 못한다. 평생 조선식 장아찌를 먹고서도 시종 뼈 건강에 필요한 칼슘을 제대로 공급받지 못한 것이다.

하지만 이번 월드컵의 한국 축구팀은 칼슘이 부족하지 않은 것 같았다. 들리는 소문에 의하면 그들은 불고기와 마늘로 충분한 칼슘을 보충한다고 한다. '산소탱크'라는 별명도 여기서 유래한 것 같았다.

노인네와 노마님의 모습은 너무나 빨리 변했다. 불과 몇 년 만에 많이 늙었다. 노인네가 젊었을 때는 제법 잘생긴 꽃미남으로 농구팀의 주전이었다고 한다. 세월이 어떻게 그를 이렇게 만들어 놨는지 알 수 없었다. 노마님도 젊었을 때는 품위 있고 유능한 여성으로 일생을 공산당에 바쳤다. 장기간의 인사와 당무로 인해 그녀는 갱년기가 심각하게 정체되었다. 쉰이 넘어서까지 열정이 식지 않아 길을 걸을 때면 바람을 일으킬 정도였다. 모든 일을 철저하게 처리했고 집 안팎에서 일관되게 완벽을 유지했다. 노마님은 평생 제시간에 퇴근한 적이 없었고 항상 직장을 집으로 여겼다. 집 안에서는 노인네가 가사를 도맡았고 아이들도 돌봤다.

하지만 몇 년 전에 퇴직한 뒤로는 노마님도 한순간에 무너지기 시작했다. 근육과 피부가 탄력을 잃으면서 살이 찌기 시작했고 숨이 차고 울화가 치미는 일이 많아졌다. 다리도 둔해졌고 한 해에 치아가 다섯 개나 빠졌다. 아주 짧은 시간에 잔혹하게 중년에서 노년으로의 빠른 전환을 완성했다. 잘 훈련된 엘리트 당원이 이때부터 집 안에 거주하는 노마님으로 변했고 집에서 딸을 대신해 아이들을 돌봤다. 주식투자를 하고 광장에서 앙가(秧歌) 구경을 하고 한 해에 두 번씩 여행을 했다. 베이징에 오거나 친정인 다롄(大連)에 가는 것이다. 몇 년을 이렇게 보내는 동안 노마님은 몸이 많이 둔해졌고 성격도 부드러워졌다. 이야기를 할 때면 대학공부를 하고 수십 년 동안 당에서 일했던 혁명 간부가 아니라 낙천적이고 만족을 알며 사람들을 너그럽게 대하지만 문화수준은 아주 낮아 집밖에 모르는 할머니 같았다.

노마님이 얼마나 늙었냐고? 이제 겨우 예순이었다.

근처에 있는 몇몇 음식점들이 노천에 식탁과 의자를 놓고 텔레비전도 밖으로 옮겨다 놓았다. 지나가는 식객들을 붙잡아 음식을 즐기면서 월드컵을 보게 하려는 것이었다. 월드컵 덕분에 올해 맥주공장과 구멍가게들의 매출이 가장 많이 뛰었다. 이 무더운 여름에 사람들은 일을 안 했다. 주요 임무가 매일 월드컵 경기를 보는 것이었다. 길을 가다가 아는 사람을 만나 주고받는 얘기는 하나같이 월드컵과 중국 팀, 그리고 축구팬에 관한 것이었다. 축구팬들은 원래 축구에 열광하는 축구팬이 아니라 하루 종일 맥주나 마시면서 즐길 수 있는 충분한 구실을 찾기 위해 축구팬이 된 것 같았다.

"영감이 장인(張引) 같다는 생각 안 들어요?"

노마님이 물었다. 장인은 원래 랴오닝(遼寧) 축구팀의 유명 코치로 팀원들이 그를 '아버지'라고 부를 정도로 명망이 있었다. 노마님은 노인네 뒤에서 걷고 있었지만 눈은 투시력이 있어 훨씬 더 멀리 볼 수 있었다. 뒤따라가면서도 노인네 앞에 펼쳐진 광경을 볼 수 있는 것 같았다.

멋 부리는 걸 좋아하는 노인네는 뒷짐을 지고 걸으면서 저녁 무렵이라 빛이 충분치 않음에도 불구하고 선글라스를 끼고 풍채를 자랑했다. 검붉은 얼굴과 하얀 백발이 얼핏 보면 정말로 장인과 닮은 것 같았다. 노마님의 이런 비유는 무척 재미있었다. 한눈에 노인네가 다른 사람이 아니라 랴오닝 축구팀의 코치 같다고 하는 것으로 보아 그녀의 축구에 대한 조예도 상당한 수준인 것 같았다.

지역마다 물과 흙이 다른 법이었다. 어느 지역이든 남녀가 모이면 다른 지역 사람들에 비해 서로 유사한 점이 더 많았다.

하지만 나는 노인네가 장인처럼 대단한 면을 갖추고 있다고 느껴본 적이 없다. 칫, 얼굴이 까만 게 꼭 흑인 같이 생겨 후대에 물려줄 훌륭한 유전자도 없는 것 같은 양반이 얼굴은 따져 뭘 한단 말인가?

하지만 노마님은 어디서나 자랑스럽게 노인네가 장인을 닮았다고 얘기했다. 노마님의 생각에는 노인네가 외모만 장인을 닮은 것이 아니라 성격도 아주 비슷했다.

내가 동조해주지 않자 노마님은 얘기를 계속하지 않았다.

가는 길에 철망으로 울타리를 친 농구장과 테니스장을 지나게 되었다. 안에는 사람들의 목소리가 요란했다. 즐겁게 웃고 떠드는 소리가 그치질 않았다. 한 무리의 젊은이들이 농구를 하고 있고 중간에 한 사람이 의자에 앉아 손짓을 하면서 임시로 심판을 보고 있었다.

"아빠가 올라가서 심판을 좀 봐주지 그래요?"

내가 노인네에게 말했다. 노인네가 심판을 잘 본다는 걸 알고 있기 때문이다. 노인네는 국가심판 자격증도 갖고 있었다. 몇 급인지는 잊었지만 정식 훈련을 받은 것은 확실했다. 노인네가 그들을 바라보며 말했다.

"어떻게 심판을 보란 말이야? 호루라기도 없는 데다 피곤해 죽겠구먼."

노인네는 내가 농담으로 한 말을 진심으로 받아들이고 있었다. 게다가 호루라기가 없어서 심판을 볼 수 없다고 했다. 도구가 제대로 갖춰져 있지 않으면 심판을 볼 수 없단 말인가? 노인네는 자신이 아마추어였다는 사실을 잊은 모양이었다.

건물 입구에 다다르자 바로 옆 동에 사는 여자 아이 하나가 강아지 두 마리를 끌고 산책을 하러 나왔다. 독일산 그레이트 데인과 누런 털을 가진 미국산 포메라니언이었다. 개 둘이 나오는 걸 보고 노인네가 그 가운데 데인을 가리키며 큰 소리로 말했다.

"이 녀석은 정말 못생겼어. 집 안에서 키우니 얼마나 더럽겠어!"

목소리가 너무 커서 온 세상이 다 들을 것 같았다. 이 말을 들은 여자 아이가 노인네를 향해 눈을 흘기면서 개에게 말했다.

"데인, 가자!"

내가 얼른 앞으로 다가가 노인네에게 말했다.

"그렇게 큰 소리로 개가 못생겼다고 말하면 어떡해요? 개를 키우는 사람들은 모두 개를 자식으로 여긴단 말이에요. 못생겼다고 하면 그 사람들이 좋다고 하겠어요?"

노마님이 서둘러 몇 걸음 따라와 끼어들었다.

"그러지마, 왜 말도 못하게 하는 거니?"

노인네는 못들은 척하고 계속 뒷짐을 진 채 궁시렁 대며 먼저 집으로 올라갔다. 노인네는 평생 개 키우는 걸 싫어했지만 꽃 가꾸는 건 좋아했다. 집 발코니에도 꽃을 심고 항상 꽃에 대해 얘기했다. 노마님은 아들이 없을 운명이라 하루 종일 꽃이나 풀하고만 노는 것이라고 말했다. 평생 딸만 낳을 운명이라는 것이었다.

집에 들어오자마자 노인네는 신발도 갈아 신지 않고 허겁지겁 텔레비전부터 켰다. 오늘 저녁 일곱 시 반에 8강전 가운데 하나인 한국과 이탈리아의 경기가 있었다. 경기가 아직 시작되지 않은 것을 확인한 노인네는 안도의 한숨을 내쉬더니 그제야 거실로 가서 옷을 갈아입고 손을 씻은 다음, 다시 거실 소파 위에 자리를 잡고 앉았다. 이 일련의 동작들이 너무나 빨리 이루어졌다. 노인네가 황급히 움직일 때마다 다탁이 흔들릴 정도였다.

"왜 그렇게 급하세요. 누가 쫓아오기라도 하나요?"

노인네는 대꾸도 하지 않고 자리에 앉아 다탁 위의 경기일정표를 뒤적이더니 당신이 직접 만든 점수표를 펼친 다음 안경과 펜을 준비해놓고 자세를 갖췄다.

내 월드컵 일정표는 벽에 벽걸이 달력과 나란히 붙어 있었다. 뜻밖에도 노인네가 나보다 한 수 위였다. 노인네는 일정표를 가지고 다니면서 경기가 끝날 때마다 점수를 기록했다. 선양에서 베이징으로 올 때 서둘러 집을 나서느라 갈아입을 옷도 제대로 챙기지 못하면서도 이 일정표는 빼놓지 않으셨다.

노인네는 올해 큰 행운이 따를 것이라 확신하면서 축구 복권을 샀다. 자신이 충실한 축구팬인 만큼 십중팔구 당첨될 것이라는 것이 당신의 믿음이었다. 중국 팀에 특별한 관심을 갖기 시작하면서 입으로는 "이기지는 못하더라도 너무 큰 점수로 지지만 않으면 돼. 브라질 팀에게 10대 0으로 지는 일만 없으면 된다고"라고 말했다. 하지만 실제로는 기적이 일어나길 기대했다. 한 골만 넣어도 어느 정도 위안을 얻을 수 있을 것 같았다. 하지만 뜻밖에도 중국 팀은 내리 지기만 했을 뿐만 아니라 한 골도 넣지 못했다. 중국 팀이 이기지 못하고 골을 넣지 못한 것은 괜찮다 해도 같은 아시아 국가인 한국과 일본은 16강에 들어간 것이 문제였다. 이런 사실이 중국인인 노인네의 자존심을 상하게 했다. 노인네는 힘이 빠졌다. 한 경기가 끝날 때마다 탄식이 나왔다. 8강전으로 들어서면서 중국 팀에 대한 관심이 사라지자 마지막 승자가 누구인지를 맞춰 유럽과 미국 여행 티켓을 따내는 일에 기대가 모아졌다.

노마님은 노인네에게 차를 한 잔 우려 준 다음, 바로 옆에 나란히 자리를 잡고 앉았다. 심판의 호루라기 소리와 함께 경기가 시작됐다. 노인네는 당연히 이탈리아 팀을 응원했다. 이탈리아 팀이 이겨야 복권이 당첨되기 때문이다. 게다가 일반적으로 이탈리아 팀이 애송이 한국 팀을 이기리라는 것이 대부분 사람들의 자연스런 예측이었다.

한국은 주최국이라는 이점을 살려 대단한 기세를 보이고 있었다. '붉은 악마'라고 불리는 응원단은 전부 깃발을 들고 나와 경기장을 온통 붉은색으로 물들였다. 사람들의 눈이 어지러울 정도였다.

"왜 경기장을 저렇게 핏빛으로 물들이는 거야? 문화대혁명도 아니고 말이야?"

"저 나라에 무슨 문화대혁명이 있겠어요?"

노마님이 말했다. 노인네는 한국 축구팬들의 열광적인 태도가 못마땅한 것이 분명했다. 물론 노인네의 불만은 한국이 공평한 게임의 법칙을 깨뜨렸기 때문이기도 하지만 중국 팀의 '공한증(恐韓症)'으로 인해 민족적인 감정이 쌓여 있기 때문이었다. 그래서 아무래도 한국 팀이 마음에 들지 않았던 것이다.

눈으로는 경기를 보면서 입도 쉬지 않았다. 노인네는 끊임없이 뭔가를 중얼거렸고 노마님은 간간이 응대를 했다. 나는 두 분의 대화에서 노인네가 하는 말은 전부 실사(實詞)이고 노마님이 하는 말은 전부 허사(虛詞)라는 사실을 발견했다. 예컨대 노인네는 주로 축구의 기술적 용어와 유명 외국 선수들의 이름을 늘어놓는데 비해 노마님은 '그러게', '왜 저러지' 같은 짧은 멘트를 던지는 게 고작이었다. 그러다가 노인네가 뭐라고 물으면 재빨리 대답을 했다.

이럴 때 노인네는 절대적 권위자였고 노마님은 철저한 숭배자였다. 하지만 노마님의 평가가 노인네보다 깊이 있고 정확할 때도 있었다. 노마님은 한국 선수 이민성이 아가씨처럼 곱상하게 생겼다면서 헤딩하는 모습이 마치 중국의 가분수 리웨이펑(李瑋峰) 같다고 말했다. 그녀는 뜻밖에도 리웨이펑의 별명도 알고 있었던 것이다.

"가분수는 발재간이 좋긴 하지만 인터뷰를 너무 좋아하는 게 흠이야."

노인네가 말했다.

"그게 왜 흠이에요? 말 좀 하는 게 어때서요? 인터뷰를 매일 하나요?"

"그는 골을 넣어도 팬이나 조국, 인민에 감사하는 게 아니라 항상 자기 아버지에게만 감사한다니까."

노인네의 말을 노마님이 눈을 흘기며 받았다.

"그게 어째서요? 어려서 아버지를 잃었으니 그럴 때마다 아버지 생각나는 게 당연하지요."

노인네와 노마님이 이런 애기를 주고받는 배경은 작년에 국내 10강 경기에서 승리했을 때 가분수 리웨이펑이 기자들과의 인터뷰에서 했던 말이었다. 작년 10월 선양 우리허(五裏河)경기장에서 열린 주요 경기를 노인네와 노마님은 생생하게 기억하고 있었다. 중국 축구와 축구팬들에게는 대단히 역사적인 경기였다. 44년을 기다려 마침내 결실을 맺는 경기였던 것이다.

물론 그 경기에 참가했던 선수들은 해외로 진출하지도 못했고 지금 열리고 있는 월드컵 경기에도 나오지 못했다.

"하지만 말하는 걸 좋아하는 건 좀 문제가 있어. 차라리 리톄(李鐵)가 났지. 리톄는 속이 깊은 친구야. 저렇게 자신을 과장하지도 않거든."

노인네는 '과장'이라는 단어를 썼다. 리톄에 관한 얘기가 나오자 노마님은 아무 말도 하지 않았다. 선양시 다둥(大東)구 출신인 이 친구는 두 노인이 가장 아끼는 선수이자 공동의 우상이었다. 두 노인은 자비로 리톄의 자서전을 사기도 했다.

경기장의 분위기는 수시로 바뀌었다. 산소탱크 같은 한국 선수들 앞에서 이탈리아 선수들은 늙은 말이 끄는 마차 같았다. 억지로 끌려 다니는 것 같더니 심판도 한국 팀을 돕기 시작했다. 파울 몇 개는 편파 판정이 분명했다. 노인네가 긴장하기 시작했다.

"열세 명이 열한 명을 상대로 싸우니 질 수가 있나?"

노인네의 말은 주심이 편파적이라 한국 팀에게 일방적으로 유리하다는 뜻이었다.

"아니면…… 선수교체를 해야지. 거 피를로인가 뭔가를 빼라고!"

노인네가 다급해 하자 노마님도 덩달아 핏대를 올리며 선수를 교체하라고 소리쳤다. 언제 어떤 선수로 교체해야 하는지를 안다는 것은 진정한 축구팬임을 증명하는 잣대였다!

맙소사! 나는 경탄의 눈빛으로 노마님을 쳐다보며 물었다.

"언제 축구 보는 법을 배우신 거예요?"

"네 아빠가 퇴직한 뒤로 집 안에서 할 일 없이 지낼 때 하루 종일 축구를 봤지. 네 아빠를 따라 보기 시작한 거지. 처음에는 봐도 뭐가 뭔지 모르겠더니 이제는 좀 알겠구나."

"주로 국내 경기를 보세요 아니면 외국 경기를 보세요?"

"국내 경기를 보지. 외국 경기는 잘 몰라. 선수들 이름도 외우기 힘들고 이번 월드컵은 중국 팀이 참가하니까 너나 네 아빠가 뭐라고 하지 않아도 전부 다 보고 있지. 갈수록 더 재미있어지는구나."

"경기장에 가서 보신 적도 있어요?"

"우리허 말이냐? 이런 나이에 그런 데 갈 사람이 어디 있어? 사람들한테 차이고 밟히기만 할 텐데. 집에서 텔레비전을 보는 게 얼마나 편하고 좋은데 그래. 네 아빠가 ≪구보(球報)≫나 ≪축구보≫ 같은 신문도 사다가 하루 종일 한 자도 빼놓지 않고 읽기에 나도 따라 읽곤 하지."

아, 이제 알 것 같았다. 두 분은 프로축구가 출범한 뒤로 텔레비전이 양성해낸 진정한 축구팬들이었다. 축구는 이미 두 분의 정신생활의 한부분이 되어 있었다. 그것도 공동의 정신생활이었다. 이는 정말 대단한 일이었다.

경기장 안에서는 거센 응원가 소리가 기복하고 있었다. 붉은 악마들의 함성도 요란했다. 관중들도 난리였다. 노인네는 이런 모습에 비분강개하면서 여러 가지 표정을 드러냈다.

경기가 끝났다. 한국 팀이 2대 1로 이탈리아 팀을 제압했다. 이번 월드컵에서 가장 놀라운 이변이었다.

페널티를 받은 토디는 아무 문제가 없어 보였다. 노인네가 고개를 가로저으며 탄식을 했다.

"끝났어. 이번 월드컵은 한국이 다 망쳐놨어. 그들이 8강에 들어가리라고 누가 생각이나 했겠어? 전 세계 축구 도박사들이 전부 돈을 잃었을 거야. 도박장 주인만 돈을 벌었겠지. 이렇게 나가다간 한국이 어디까지 올라갈지 모르겠군."

화가 난 노인네는 경기일정표에 점수를 적지 않고 고개를 돌려 내게 물었다.

"축구를 만든다는 것이 어떤 건지 알아? 한국이 바로 축구를 만들고 있는 거라고."

"그럴 리가요. 아무리 그래도 월드컵인데?"

"네가 몰라서 그래. 경기장에서는 이런 일이 비일비재하다고. 지린(吉林) 아오둥(熬東) 팀도 이렇게 이겼지. 선양 우리허에서의 10강 경기가 있기 전에 우즈베키스탄 팀 선수들이 선양의 기녀들한테 기력을 다 빼앗겼던 거야……"

"그만 해요, 아빠. 그렇게 함부로 말하지 마시라고요……"

"함부로 말하는 게 아니야. 중국과 맞붙던 날 우즈베키스탄 선수들이 전부 다리가 후들거리던 것 못 봤어? 전부 국가의 이익을 위한 일이긴 하지만 말이야."

정말 듣도 보도 못한 일이었다. 축구팬들 사이에는 온갖 소문들이 다 떠돌았다. 소설의 소재나 뉴스의 원고가 되기에 충분했다. 하지만 그랬다가 소송을 부를 수도 있었다. 노인네가 말했다.

"축구를 우습게보지 마. 중국에서는 축구가 가장 민주적인 영역이니까. 누굴 욕하고 싶으면 중국 축구를 욕하면 되거든. 너희 작가협회라면 이게 가능한 일이겠니?"

나는 웃었다. 노인네가 그런 이치도 알고 있었다. 보아하니 노인네는 청력은 안 좋아도 마음의 눈은 맑은 것 같았다.

열한 시가 되자 텔레비전의 볼 만한 프로는 다 끝났다. 노인네와 노마님은 시간에 맞춰 하품을 하기 시작했다. 자야 할 시간이었다. 두 분은 아주 규칙적인 노년생활을 하고 있었다.

다음날 아침 여섯 시, 두 분이 잠자리에서 일어났다. 일어나 옷을 입고 세면을 하는 소리가 들렸다. 이어서 문이 움직이더니 도난방지용 벨이 딸랑- 하고 울렸다. 문이 쾅- 하고 닫히면서 두 분이 집을 나섰다. 한 시간쯤 지나 다시 문 여는 소리가 나더니 딸랑- 도난방지 벨이 울렸다. 열쇠구멍에서 열쇠가 돌아가는 소리가 들렸다. 열쇠가 이리저리 몇 번 움직이는가 싶더니 철컥- 하는 소리와 함께 두 분이 들어왔다.

두 분 모두 빈손이 아니었다. 노마님 손에는 채소가 들려 있고 노인네의 손에는 PVC로 된 하수도관이 들려 있었다. 301본드도 한 통 들려 있었다.

잠시 후 부엌에서 맛있는 냄새가 났다. 보글보글 죽이 끓는 소리와 치직- 계란프라이 하는 소리가 들렸다. 냄새가 집 안에 가득 찼다. 더 이상 잠을 잘 수 없게 만드는 냄새였다. 일어나 보니 노인네와 노마님이 아침식사를 다 준비해놓고 있었다. 특별히 파를 넣은 계란전병도 준비되어 있었다. 내가 좋아하는 음식이었다.

"일어났니? 좀 더 자지 그래."

"다 잤어요."

씻고 나서 식사를 했다. 음식은 전부 거실 다탁 위에 차려져 있었다. 만터우와 죽, 장아찌, 계란 등 이번에도 전통적인 아침 음식들이었다. 이런 음식만 먹다 보니 며칠 동안 몸에 힘이 없었다.

"왜 식탁에서 드시지 그랬어요?"

"텔레비전이 없으면 너희 아빠는 식사를 못해서."

노마님이 미안한 듯한 표정으로 말했다. 나는 거실과 침실에만 텔레비전을 설치하면서 식당에도 텔레비전이 필요하다는 생각은 미처 하지 못했다.

내가 우유를 하나 꺼내 전자레인지에 넣고 데운 다음 빵을 두 조각 구웠다.

"그걸 먹고 되겠니? 새가 모이를 먹는 것 같구나."

"너무 많이 먹으면 졸리거나 머리가 어지러워요."

"그것도 좋지 않지. 다이어트 같은 건 하지 마라. 밖에 나와 생활하면 자신을 잘 돌볼 줄 알아야 해."

"걱정 마세요. 배고프지 않아요. 두 분도 매일 우유를 좀 드세요. 칼슘을 보충해야 한다고요."

"네 아빠는 그런 것 느끼해서 별로 안 좋아하셔."

"엄마라도 좀 드세요. 그래야 골다공증을 예방할 수 있다고요."

"네 아빠가 집에서 매일 사골국물을 우려주기 때문에 걱정 없어."

언제부터 그랬는지 노마님은 말을 할 때 항상 주어가 '네 아빠'였다. 노마님 자신은 어디로 간 걸까? 왜 '나'로 시작되는 말이 한마디도 없단 말인가?

아침 식탁에서 노마님은 음식을 먹으면서 연신 뭔가를 중얼거렸다. 양곡과 채소의 가격을 비교하는 것이었다.

"베이징은 계란이 선양에 비해 훨씬 싸구나. 선양에서는 한 근에 2위안 5마오인데 여기선 2위안 3마오야. 채소는 선양보다 비싸더구나. 오이가 2위안 2마오인데 선양에서는 2위안이면 사거든. 이 단지 안에 있는 가게는 단지 밖에 있는 시장보다 물건 값이 비싸. 단지 안에서 1위안 2마오 하는 물건이 밖에 나가면 1위안이면 살 수 있어. 게다가 더 신선하고 말이야. 앞으로는 밖에서 물건을 사도록 해라."

"제가 그럴 시간이 어디 있어요?"

"쌀이 슈퍼에서는 1위안 3마오이지만 시장에서는 1위안 2마오야. 그것도 판진(盤錦 : 랴오닝 최고의 쌀 생산지) 쌀이 말이다. 아주 찰져서 톈진(天津) 쌀보다 훨씬 맛있지."

이번에는 주로 노마님이 얘기를 하고 노인네는 듣기만 했다. 듣는지 마는지 입으로는 음식을 씹으면서 눈길은 여전히 텔레비전에 가 있었다. 아침 뉴스를 보시는 것이었다.

"아빠―"

내가 큰 소리로 불렀지만 노인네는 반응이 없었다.

"부르지 마라. 한번 텔레비전을 보기 시작하면 다른 건 일체 눈에 들어오지 않으셔."

"아빠―"

내가 목소리를 더 높였다.

"응?"

노인네는 고개를 돌려 힐끗 쳐다보았다. 역시 목이 먼저 돌아가고 이어서 소리가 나는 쪽으로 귀를 기울이며 눈을 크게 떴다. 뭔가에 놀란 듯한 모습이었다. 무슨 일이냐고 묻는 것 같았다.

"텔레비전을 너무 많이 보지 마시라고요. 텔레비전을 너무 많이 보면 노인들한테는 치매가 쉽게 온단 말이에요."

"그래도 할 건 다 해. 오늘 아침에도 네 엄마랑 운동을 하고 왔단 말이다."

노마님이 말을 받았다.

"괜찮아. 이미 습관이 된 걸 뭐. 네 아빠는 텔레비전이 없으면 못 사셔."

이 두 마디에 더 이상 할 말이 없었다.

식사를 마치고 내가 설거지를 하려 하자 노마님이 말리면서 가서 책이나 보라고 하셨다. 나는 서재로 들어왔고 노마님은 설거지에 청소까지 다 하셨다. 노인네도 여기저기 고치고 수리하느라 정신이 없었다. 두 분 모두 나를 위해 뭔가 많이 해주고 싶은 모양이었다. 노마님은 평소 위생의 사각지대는 물론, 카펫에 쌓인 먼지까지 깨끗이 청소했다. 노인네는 부엌 배수관을 비롯하여 여기저기 낡거나 망가진 것들을 전부 갈고 고쳤다. 엔지니어였던 노인네는 손재주가 뛰어나 못 하는 일이 없고 못 고치는 것이 없었다. 이것이 평생 노마님으로부터 숭배를 받을 수 있었던 주요

원인 가운데 하나였다.

두 분은 일을 하면서도 입이 쉬지 않았다. 한 마디 두 마디 얘기 주고받으면서 이 방 저 방 옮겨 다니셨다. 서로가 한시도 눈에 보이지 않으면 마음을 놓지 못하는 것 같았다. 줄곧 조용하던 집이 노인네와 노마님의 목소리와 발짝 소리로 가득 찼다. 두 분의 발짝 소리는 발을 편하게 바닥에 디디면서 신발로 바닥을 끄는 소리였다. 그래야 걸을 때 힘이 덜 드는 모양이었다.

두 분이 주고받는 얘기들은 하나같이 실질적인 의미가 없었다. 너무나 당연한 말들인데도 두 분은 무척이나 재미있어 하셨다.

나는 처음에는 이런 소리들이 잘 적응되지 않아 듣고도 못들은 척했고, 참기 어려울 때는 거실로 자리를 피하곤 했다.

거실 창문과 다탁이 깨끗하게 닦여 있었다. 포근한 유월의 오후, 햇볕이 거대한 낙지창(落地窓)처럼 두 노인의 몸을 부드럽게 비춰주고 있었다. 축구 경기가 없는데도 두 분은 거실 소파 위에 한데 붙어 있었다. 한 분은 조간신문에서 증권시황을 보고 있고 한 분은 리모컨으로 텔레비전 채널을 이리저리 바꾸면서 맘에 드는 프로를 고르고 있었다.

"이봐요, 다 봤으면 그 안경 좀 줘 봐요."

노마님의 한마디에 노인네는 얼른 안경을 벗어 건네주었다. 이상하다는 생각에 내가 물었다.

"안경을 함께 쓰시는 것이 가능해요?"

"응, 문제없어. 노안용 안경인데 네 아빠가 선전(深圳)에 갔을 때 사오신 거란다. 늙으면 시력이 약해져 신문의 글자가 잘 안 보이거든."

"그래도 안경인데…… 제가 하나 맞춰드릴게요."

"아니야, 됐어. 난 네 아빠 안경이 잘 맞아. 딱 맞는다고."

내가 못쓰게 할까봐 두려우셨는지 '맞는다'는 부분에 힘을 주어 두 번이나 말했다. 더 이상 억지를 부릴 수 없을 것 같았다.

하지만 이상하다는 생각을 떨칠 수 없었다. 두 분이 학창시절과 연애를 거쳐 지금에 이르기까지 함께 30년을 넘게 함께 있다 보니 자연스럽게 한 몸이 되었던 걸까? 그렇다고 시력까지 같아진단 말인가? 눈이 흐린 정도와 동공 사이의 거리까지 같아진단 말인가?

"아직 목이 아프지? 네 엄마한테 좀 주물러 달라고 하렴."

"많이 좋아졌어요. 이젠 제대로 움직일 수 있어요."

"스스로 조심해야지. 텔레비전 보면서 에어컨을 너무 오래 켜놓은 것 아니야?"

"일부러 그런 게 아니라 세 프로를 연이어 봐야 하다 보니 경추에 문제가 생긴 것 같아요……"

엄마의 따스하고 부드러운 손이 목을 어루만지기 시작하더니 조금씩 힘이 더해지면서 굳어진 신경을 자극했다. 그동안의 긴장과 피로, 불안감이 조금씩 녹아내리는 것 같았다.

경추에 문제가 생겨 잘 움직이지 않게 된 뒤로 '척량골이 부러진 개'라는 속어의 의미를 알 수 있을 것 같았다. 심한 통증 때문에 침대 위에서 몸을 뒤집기도 어려웠다. 머리에서 허리 위까지가 경직되어 감각이 마비되기도 했다. 생활을 제대로 할 수가 없었다. 그래서 황급히 선양에 전화를 걸어 부모님들을 베이징으로 부르게 된 것이었다.

두 분은 중국과 브라질의 경기가 있던 날 오셨다. 기차를 타고 도착하자마자 간신히 중국과 브라질의 후반전 경기를 볼 수 있었지만 헛수고였다. 또 한 번의 패배를 추가했을 뿐이었다.

"말이야…… 평소에 주변에 적당한 사람이 없는지 좀 더 적극적으로 살펴봐. 제때에 가정을 꾸려야 옆에서 잘 보살펴줄 것 아니니. 그래야 머리가 아프다고 멀리 있는 우리를 부르지 않을 게 아니야. 우리는 더 늙으면 몸을 움직이지 못할 것이고, 너를 보살피지도 못할 텐데 어떻게 하니?"

나는 부끄러웠다.

일이 이렇게 흘러가면 안 될 일이었다. 뭔가 잘못 돌아가고 있었다. 내가 옳지 않았다. 내가 두 분을 보살펴야 했다. 지금은 거꾸로 돌아가고 있었다. 이미 먹을 만큼 나이를 먹고서도 나는 여전히 두 분의 마음을 불안하게 만들고 있었다. 결혼한 뒤로 두 분은 이미 나를 출가한 딸, 엎질러진 물, 남의 집 아내로 여기는 데 습관이 되어 있었다. 가족이 있는 성인으로 대하면서 모든 일에 신경을 쓰지 않았다. 그런데 이번 이혼이 밝은 대낮에 나 혼자만 남겨 놓아 밖으로 떠돌게 했다. 나와 두 분의 관계도 변했다. 다시 부모와 의지할 데 없는 딸의 관계로 복원된 것이다.

"네가 아들이라면 우리가 이렇게 걱정하는 일도 없을 거야. 하지만 딸은 사정이 다르단 말이다."

"아이고, 또 시작이군요. 딸이나 아들이나 뭐가 달라요? 전 그냥 우연히 찬바람을 쐰 것뿐이라고요. 다시는 찬바람 쐴 일 없어요."

"됐다. 입만 살아가지고 어서 베이징에 다시 가정을 꾸리도록 해. 아이들을 돌봐줄 할아버지와 할머니가 있지 않니.……"

"어머나, 무슨 말씀을 하시는 거예요? 절 어린애로 아세요? 이 나이가 돼서 시어른들 모시지 않는 게 훨씬 났지요. 게다가 다시 사람을 찾는다고 해서 큰 복이 찾아오는 것도 아니에요. 다시 똑같은 일을 되풀이할 수도 있다고요.……"

"됐다, 됐어. 네 맘대로 하려무나."

노마님이 내 머리를 한 대 가볍게 쳤다. 나와 더 이상 실랑이하지 않겠다는 뜻이었다. 나는 웃으면서 몸을 일으켜 내 방으로 들어왔다. 책상 앞에 앉자 밖에서 노인네가 노마님에게 묻는 소리가 들려왔다.

"제가 누굴 닮은 것 같소? 아주래도 쉬(徐)씨 집안 딸 같지가 않으니 말이야. 쉬씨 집안의 자식들은 하나같이 착실한데 저 애만 왜 저런지 모르겠네."

노마님이 말을 받았다.

"그래요. 쉬씨 집안 딸 같지 않겠지요. 우리 허(赫)씨 집안 딸이라고 합시다. 내가 낳았으니까요. 됐어요?"

나는 웃었다.

부모가 있다는 건 아무래도 좋은 일이었다. 축구팬인 우리 부모님들은 얼마나 행복한 만년을 보내고 있는가! 축구와 주식에 관심을 갖고 양곡과 채소의 가격을 세심하게 비교하면서 함께 딸을 걱정하고 있었다. 두 분을 보면 정말로 법률과 사랑의 결합관계를 믿게 된다. 확실히 깊은 정은 오래 가는 것 같았다.

그런데 왜, 나는 사랑의 상실에 믿음마저 잃고 만 걸까?

한밤중 광장의
마지막 탱고

午夜廣場最後的探戈

한밤중 광장의 마지막 탱고

1

광장의 플로어램프가 창백하게 빛나고 있었다. 한 줄에 전구가 네 개씩 달린 LED등이 땅 위로 한 자쯤 되는 위치의 수풀 속에 몸을 숨기고 지면과 30도 각도로 위를 향해 여러 방향에서 빛을 발산하고 있었다. 불빛은 정확히 쉴 새 없이 돌고 있는 그녀의 흰 두 다리를 비추고 있었다. 그녀의 다리는 희다는 것을 제외하면 그다지 강조할 것이 없었다. 억지로 설명하자면 가늘다는 것이 고작이었다.

물론 비교적 길기도 했다. 베이징 여인들의 일반적인 다리 길이를 훨씬 초과했다. 허벅지 부위에 조각난 천들이 달려 있어 몸을 움직일 때마다 요란하게 펄럭였다. 옛날 가게들이 내걸었던 진부한 깃발 간판 같았다. 이것이 바로 당시에 일시적으로 유행했던 백조치마였다. 아주 짧고 산뜻한 치마는 몸을 돌릴 때마다 밑단이 바람에 살랑살랑 흔들리면서 미끈하고 하얀 두 다리를 돋보이게 해주었다. 치마 안감과 밑단 위로 레이스가 달린 붉은 비단 속바지도 그녀의 아름다움을 더해주었다. 불처럼 새빨간 색이 아니라 은은하게 붉은 빛이었다. 그렇다고 오렌지색에 가까운 것도 아닌 진한 빨강이었다. 일부러 흰 치마에 붉은 레이스를 달아 진한 색정이 돋보이게 한 것 같았다.

주위에서 넋을 놓고 이 모습을 구경하고 있던 농민공들은 애가 탔다. 코피를 토할 것 같았다. 그들은 광장 주변의 풀밭이나 시멘트 바닥에 쪼그리고 앉아 입을 크게 벌리고 거친 숨을 몰아쉬고 있었다. 불을 뿜는 눈동자들이 일제히 그녀의 치마 밑단을 조준하고 있었다. 그녀가 끊임없이 자세를 바꿈에 따라 강렬한 핏빛 시선이 그 뒤를 쫓았다.

일반 군중들은 이런 광경에 콧방귀만 뀌었다. 군중들은 헐렁헐렁한 조끼에 헐렁헐렁한 바지를 입고 와서 춤을 추고 있는 정통 주민들이었다. 그들은 삼삼오오 패를 이루어 께느른한 동작으로 발바닥으로만 '베이징 스핑(北京四平)' 스텝을 밟으면서 비스듬한 눈길과 거만한 태도로 요염하게 춤을 추고 있는 낯선 두 사람을 바라보고 있었다. 군중들은 춤을 추고 있는 그들 두 사람과 멀리 떨어져 일정한 거리를 유지하고 있었다. 희미한 불빛 아래서 두 사람의 춤을 더욱 돋보이게 해주려는 것 같았다.

두 사람은 이런 눈길을 전혀 느끼지 않았다. 아예 관심조차 없는 것 같았다. 그들은 일부러 몸으로 불빛을 찾았고 일부러 자신들의 두 다리와 전신을 불빛에 노출시켰다. 여자는 여전히 빠른 속도로 빙글빙글 돌고 있었다. 사실은 그다지 빠른 것도 아니었다. 단지 선율에 따라 두 다리가 빨리 움직이고 있을 뿐이었다. 선율의 힘으로 치마를 더 많이 벌리려는 것 같았다. 그녀의 파트너, 영원히 몸에 착 달라붙는 검정색 바지만 입을 것 같은 그 남자는 아주 능란하고 날렵하게 그녀의 치마 주위로 손과 다리를 뻗었다가 오므리면서 자유자재로 허리를 움직이고 있었다. 뒤에서 보면 허리와 엉덩이, 다리를 자유자재로 움직이는 것이 꼭 전문 춤 선생 같았다. 그의 라틴 춤사위는 정석에 가까웠다. 몸을 흔들고, 붙이고, 올리고, 꺾는 모든 동작의 폭이 크긴 했지만 디테일이 살아 있었다. 하지만 가까이 가서 보면 그의 얼굴에 주름이 적지 않다는 것을 알 수 있었다. 나이가 마흔에서 쉰 사이인 것 같았다.

여자는 어떨까? 여자도 그다지 젊지는 않은 것 같았다. 불빛 아래서 흰 두 다리를 열심히 움직이고 있고 밤의 어둠이 그녀에게 광채를 더해주고 있긴 하지만 마흔에 가까운 그녀의 피부는 무정하게 노출되고 있었다. 투명한 실크스타킹에 의지하여 느슨해진 다리의 근육을 가리려는 것 같았다. 아니, 그녀는 스타킹을 신지 않았다. 그랬다. 그녀는 맨다리에 맨발이었다. 살색 둥근 코 구두만 신고 있었다. 굽은 그다지 높지 않고 정통 국제 무도용 구두보다 1인치 정도 높은 편이었다. 춤의 수준은 대중 라틴댄스 훈련반을 졸업한 정도였다.

하지만 이런 것들이 무슨 상관이란 말인가? 여자는 그저 백조 치마와 두 다리, 붉은 치마 밑단에 의지하여 격렬하게 봄날의 아름다움을 토해내고 있을 뿐이었다. 꽃가지가 사람들의 눈길을 끄는 것과 마찬가지로 광장의 절대적인 여주인공이 되고 있었다. 물론 남자도 함께 그 빛을 받으며 광장의 첫 번째 파트너가 되고 있었다.

2

광장은 한가한 도시 중년들의 집합소였다. 물론 젊은 사람들은 이곳을 찾지 않았다. 그들이 한가할 때 오락과 레저를 즐기는 곳은 디스코텍이나 바, 가라오케 같은 곳이었다. 그런 곳들은 시끄럽고 비용이 많이 들었다. 돈과 권력을 다 가진 중년들은 안마시술소나 사우나 같은 곳을 선호했다. 아니면 교외의 온천이나 레저호텔을 찾았다. 그럼 어떤 사람들이 이처럼 염가의 노천광장을 찾아오는 것일까? 나이가 들고 수입이 적은 도시 주민들만 하루 종일 광장이라는 개방적인 공간에서 아침 운동을 하고, 카드나 마작을 하고, 춤을 추고, 개를 끌고 나와 산책을 하면서 시간을 보내거나 욕망을 발산했다.

다른 건 다 접어두고 한밤중 광장의 무도장 얘기를 해 보자. 이곳에서의 활동은 매일 밤 여덟 시 정각에 시작되었다. CCTV의 뉴스와 초점인터뷰(베이징 사람들은 시사에 관심이 많기 때문에 이 두 프로는 집집마다 다 본다)가 끝나면 식탁을 정리하고 텔레비전을 끈 다음 시계를 차고 서둘러 문을 나서 곧장 광장 한가운데 불빛이 밝은 곳을 찾아갔다. 그곳에서는 이미 사람들을 흥분시키는 음악소리가 울려 퍼지고 있었다.

아파트 관리사무소에서는 특별히 사람을 보내 전선을 연결하여 무곡을 틀게 했다. 관리소의 대머리 남자가 매일 일찌감치 자전거를 타고 사람들이 춤을 추는 광장 한가운데로 달려왔다. 이곳에는 열여섯 개의 거대한 바로크식 돌기둥이 세워져 있고, 그 위에는 초록색 애드벌룬 몇 개가 떠 있어 러시아정교 건축의 둥근 지붕을 연상시키지만 사실은 그렇지 않았다. 그저 장식에 불과했다. 흰색과 회색 깃털을 가진 비둘기들이 드나들면서 여기저기 하얀 똥을 갈겨놓았다. 기둥 옆에는 한 번에 천여 명을 수용할 수 있는 대형 광장이 조성되어 있었다. 낮에는 비둘기들이 이곳에서 운동을 하고 먹이를 쪼아 먹지만 저녁이 되면 중년 남녀들이 애매한 자세로 손을 잡고 몸을 비벼대며 운동을 하는 오락장소가 되었다.

대머리 관리인은 매번 당직을 서는 작은 건물에서 전선을 늘어뜨려 구식 카세트에 연결했다. 그 건물은 원래 광장에서 비둘기를 키우기 위해 마련한 당직용 간이건물이었다. 매일 저녁 비둘기들이 새장으로 들어가면 비둘기를 키우는 사람들이 깨끗한 물로 광장 시멘트 바닥 위의 비둘기 똥을 깨끗이 청소했다. 물로 깨끗이 청소한 바닥에는 항상 감동적인 숨결이 남아 있었다.

그랬다. 말로는 이곳을 성북의 '경제적용주택' 지역이라고 하지만 이는 최근 베이징의 도시건설에 새로 생겨난 용어로서 사실대로 말하자면 도시 빈민구역에 다름 아니었다. 하지만 단지의 환경은 낙후되지 않아 열 동의 건물을 지을 수 있는 거대한 면적의 광장이 조성되어 있었다. 이를 '가심화원(街心花園)'이라 명명했다. 여기에는 계단식으로 둥그렇고 깊은 노천공연장이 마련되어 있고 주변에 화단과 분수도 조성되어 있었다. 건조한 동절기 동안에는 썰렁하고 황폐하게 변해 고대 로마의 검투경기장 같은 분위기를 자아내면서 얼핏 보면 시각적으로 큰 충격을 주었다. 서쪽 모퉁이에는 작고 빨간 지붕의 비둘기집들이 늘어서 있고 그 뒤로는 이탈리아 철공예로 만든 꽃 창문이 조성되어 있었다. 광장 동쪽 구석에는 완전히 고대 그리스의 풍격을 차용한 분수와 연못, 조각 등이 조성되어 있었다. 시멘트로 된 사냥의 여신 조각상에는 항상 비둘기들이 한꺼번에 똥을 쌌다. 왠지 모르게 비둘기들도 이 조각상 머리 위에 배설하는 것을 좋아했다.

한군데 잔뜩 몰려 있는 이국풍정은 장엄한 기세를 자랑했다. 배치에도 신경을 쓴 흔적이 역력했다. 동시에 각종 화초도 심었지만 뚜렷한 특징이 없이 잡다한 인상을 주었다. 이 광장을 처음 찾는 사람들은 웃으면서 "여기가 19세기 어디쯤 되는 거야?"라고 힐문하곤 했다. 중국 같지도 않으면서 외국 어딘지도 알 수 없다는 뜻이었다.

나중에야 사람들은 이 단지를 헤이룽쟝(黑龍江)의 개발회사가 건설했다는 사실을 알게 되었다. 그들은 헤이룽쟝의 건축 풍격을 그대로 베이징에 옮겨 놓으려 했던 것이다.

그제야 사람들은 "어쩐지!" 하면서 찬탄을 늘어놓았다. 그들은 베이징의 빈민구역을 헤이룽쟝이나 소련으로 만들 작정이었던 것이다. 이 단지에 오면 왠지 하얼빈(哈爾濱)에 온 듯한 느낌이 들었다.

무곡을 트는 일을 담당하고 있는 관리사무소 직원에 관해 얘기하지 않을 수 없다. 그는 구식 흑백 텔레비전만큼이나 큰 카세트 플레이어를 기둥 밑 안전한 위치에 내려놓은 다음, 테이프가 가득 든 가방을 뒤져 하나를 골라 카세트에 끼워 넣고는 춤을 추는 사람들이 몰려오기를 기다렸다. 세계가 이미 디지털 시대로 접어든지 오래인데도 카세트로 음악을 틀고 있는 것이었다. 생각해보면 도시 빈민들에게는 어울리는 일일 수도 있었다. 뭔가 낙후된 느낌을 주기에 충분했다. 곡도 중장년들이 좋아하는 익숙한 것들이었다. 귀란잉(郭蘭英)이나 왕쿤(王昆)의 옛 노래부터 덩리쥔(鄧麗君)과 페이샹(費翔), 마오아민(毛阿敏), 펑리위안(彭立媛)까지 있어야 할 노래는 다 있었다. 전문 무곡을 고를 필요도 없이 음조가 춤에 맞기만 하면 그만이었다.

하지만 젊은이들이 좋아하는 음악은 하나도 없었다. 쑨옌즈(孫燕姿)나 저우제룬(周傑倫), 다오랑(刀郎), 류러잉(劉若英) 등의 노래는 하나도 없었고 왕페이(王菲)나 쑨난(孫楠), 나잉(那英) 같은 가수의 노래도 없었다. 그들의 기억은 송두리째 1980~90년대, 혹은 그 이전인 1950~60년대, 러시아 무곡이 유행하던 시기에 머물러 있었다. 신인 가수들의 새 노래는 알지 못할 뿐만 아니라 귀에 익지도 않았다.

저녁 여덟 시가 되어 음악이 울리기만 하면 사람들이 사방에서 모여들었다. 각자 자신의 파트너를 찾아 발을 구르며 춤에 시동을 걸었다.

얼마나 좋은가! 달빛은 교교하고 대지는 드넓었다. 가는 바람이 불어오는 가운데 천지가 조용하고 평화롭기만 했다. 광장의 감탕나무와 설송(雪松), 거여목, 장미, 박태기나무, 버드나무, 아카시아가 땅의 기운을 받아 한밤중에 다투어 향기를 쏟아내고 있었다. 동식물들의 번식은 무척이나 빨라 2년 만에 가심화원 광장이 온갖 수목으로 가득 찼다. 들리는 바에 의하면 이 광장 밑은 원래 쓰레기 매립지였기 때문에 토질이 매우 비옥하고 지하수도 관개에 적합하다고 했다.

춤을 추러 오는 사람들은 기본적으로 이 단지 인근에 사는 사람들이었다. 그들은 옷차림에 전혀 신경을 쓰지 않았고 동작도 제각각이었다. 남자는 헐렁헐렁한 민소매 상의에 반바지 차림이었고, 심지어 가끔씩 슬리퍼를 끌고 나오기도 했다. 동네 시장에 가는 복장과 구별이 되지 않았다. 여자들도 화장을 하지 않고 민낯에 헐렁헐렁한 옷차림이었다. 심지어 브래지어를 하지 않고 나오는 여자들도 있었다. 완전히 가정주부들의 습관이었다. 말이 춤을 추는 것이지 그냥 걸음을 걷는 것과 크게 다르지 않았다. 차이가 있다면 둘이서 함께 걷는다는 것이었다. 하나같이 남녀가 짝을 이루고 있고 가끔씩 여자 둘이서 짝을 지은 사람들도 있었다. (남자 둘이 짝을 이룬 경우는 없었다.) 서로 손을 맞잡고 아무 생각 없이 팔짱을 끼고서 발로 가볍게 차거나 바닥을 끄는 동작이 계속되는 가운데 암암리에 격류와 정욕이 꿈틀거렸다. 하지만 얼굴 표정은 남자를 남자로 보지 않고 여자를 여자로 보지 않는 것 같았다. 힐끗힐끗 곁눈질을 하는 모습이 과거에 앙가(秧歌)를 하고, 태극권을 하고, 닭 피 주사를 맞고, 홍차 균을 마실 때와 다르지 않았다. 공짜로 하는 집단적인 군중운동이라 해도 그만 안 해도 그만이었고, 밤늦게 나가다 보니 귀찮게 화장을 할 필요도 없었던 것이다.

비둘기 떼가 머리 위에서 요란하게 울어대고 개들은 발밑에서 시끄럽게 짖어댔다. 밤의 장막에 둘러싸인 대도시에서 노동인민들은 신나게 즐거움을 찾았다. 물처럼 단조롭고 오래 가도 질리지 않았다.

3

어느 날 갑자기 광장에 이 요염한 커플이 나타나면서 원래 조용하던 분위기가 깨지고 말았다. 두 사람의 농염한 공연과 쇼맨십이 사람들을 압도해 숨도 쉴 수 없게 만들었다. 불빛 아래 가장 미끄럽고 발이 닿는 느낌이 좋은 위치를 그들이 점령해버렸고 광장 전체의 풍경도 그들이 가로채 버렸다. 사람들은 여전히 음악에 맞춰 춤추는 동작을 유지했지만 마음은 완전히 자신들의 춤에 가 있지 않고 광장 한가운데 있는 커플에게 가 있었다.

어디서 왔을까, 그들은? 알 수 없었다. 왜 온 것일까? 두 사람은 어떤 관계일까? 왜 저런 복장으로 저런 춤을 추고 있는 걸까? 어떤 필요 때문에 저런 정통적인 풍격을 갖추고 있는 걸까? 무슨 의미일까? 수많은 관중들 앞에서 30대 후반에서 40대 중반쯤으로 보이는 여자가 어깨와 등을 다 드러낸 채 허리와 다리, 발을 요란하게 움직이면서 인생의 마지막 단계인 노년에 들어서기 싫다는 듯이 춤을 추고 있었다. 남자는 커다란 엉덩이를 비틀어 허리와 다리의 근육을 흔들어댔다. 텔레비전에 나오는 사교댄스 대회도 아니고 카메라 렌즈가 조명하고 있는 것도 아닌데 저렇게 열심히 춤을 출 이유가 있을까?

특히 여자의 회전은 전혀 거론할 가치가 없었다. 필요하지 않은 잉여의 동작이었다. 그녀는 빙글빙글 도는 것을 무척 좋아하는 것 같았다. 무위의 회전이었다. 예컨대 녹음기에서 흘러나오는 "정말 보고 싶었어요. 당신은 내 꿈속에도 있었어요."라는 가사를 반복하는 것과 같았다. 군인의 아내가 남편을 그리워하는 노래가 이 선율에 이르면 다시 처음으로 돌아가는 것과 다르지 않았다.

365도를 다섯 번 돌면 1800도가 되는 걸까? 아니면 "19**년이여, 그 해 봄날에 한 노인이 중국의 남해안을 한 바퀴 돌았지."라는 노래 가사처럼 정말로 땅에 동그라미를 그리고 있는 걸까? 두 발이 빠르게 움직일 때면 한쪽 발끝이 다른 한쪽 발끝에 닿았다. 머리도 없고 꼬리도 없는 뱀 같았다.

특히 회전할 때마다 그녀의 치마가 들려 올라갔다. 가리는 것 전혀 없이 그 응시하는 얼굴들과 마주했다. 전혀 방비가 없다기 보다는 부끄러움이 없다고 하는 것이 옳았다.

그녀를 향한 시선과 얼굴들의 주인은 단지에서 막노동을 하는 농민공들이었다. 꾀죄죄한 얼굴에 봉두난발을 한 농민공들은 똑똑했다. 그들은 아주 좋은 각도를 골라 일제히 땅바닥에 앉아 있었다. 수풀 속에 플로어 램프가 일정한 고도로 설치되어 있는 위치였다. 아래서 위로 훔쳐보기 딱 좋은 거리였다. 그들은 모두 그렇게 조용하고 차분하게, 자발적으로 질서 있게, 시멘트 바닥에 앉아 모기에게 물리는 것도 잊고 축축한 습기도 잊은 채 무아지경에 빠져 넋을 잃고 있었다. 공작이 날개를 펴듯이 여자가 회전하는 순간만을 기다리고 있었다.

그들은 암공작은 날개를 펴지 못한다는 사실을 알지 못했다. 날개를 펴는 것은 숫공작이었다. 치마 밑으로 붉은 속바지가 드러날 때마다 농민공들의 머릿속이 웅 - 하고 울리면서 피가 용솟음쳤다. 입은 굳게 다물어지고 입가에서는 조금씩 침이 흘렀다. 그렇게 앞만 바라보면서 미동도 하지 않았다.

이렇게 공짜로 팬티를 구경하는 것은 다른 오락 활동, 예컨대 옆에서 파는 불법 성인물 DVD를 사서 보거나 어느 집 아가씨가 목욕하는 모습을 몰래 훔쳐보는 것보다 훨씬 더 유혹적이고 짜릿하면서도 더 안전하고 자유로웠다. 갈수록 더 흥미롭고 상상력을 자극했다.

그녀의 회전이 농민공들에게 속바지를 보여주기 위한 것이었을까? 여러 사람들이 그렇게 생각했다. 노출증과 관음증이 서로 잘 맞아떨어지고 있는 것 같았다. 일반 군중들에게는 농민공들과 춤추는 커플이 적이 못마땅했다.

군중들은 두 사람을 세심하게 관찰하는 데 익숙해졌다. 신분이 분명하지 않은 이 두 사람이 부부인 것 같지는 않았다. 매일 저녁 사람들은 두 사람이 각자 다른 방향에서 자전거를 타고 오는 것을 확인했다. 여자는 이쪽에서 오고 남자는 저쪽에서 와서 합류한 다음 자전거를 기둥 옆에 세워 놓았다. 여자의 자전거는 26형이고 남자의 자전거도 26형이었다. 둘 다 낡은 자전거였다. 자전거 앞에 달린 바구니에는 물이 들어 있었다. 페트병에 든 생수였다. 그리고 얼굴을 닦을 수건도 있었다. 그들은 이곳에서 무대에 오르기 전에 옷을 갈아입는 것이 아니라 둘 다 집에서 옷을 다 차려입고 왔다.

백조 치마를 입은 여자가 낡은 26형 자전거를 타고 덜컹거리며 이곳까지 달려온다는 것은 정말 상상하기 어려운 일이었다. 또한 무용복을 입은 중년의 남자가 커다란 엉덩이로 자전거 안장을 내리누르면서 멀리서 달려온다는 것도 상상하기 쉽지 않았다. 그들이 자전거를 세워둔 곳은 24시간 개방되는 공용주차장 바로 옆이었다. 그곳에는 벤츠와 BMW, 볼보 등 유명 브랜드의 명차들이 다 있었다. 두 사람의 자전거는 당당하게 바로 이 명차들 옆에 세워져 있으면서도 조금도 기가 죽지 않았다. 두 대의 자전거는 머리와 꼬리를 나란히 하여 다정하게 세워져 있었다. 더없이 친근하고 편안하고 즐거운 모습이었다.

지금 그곳에 화려한 불빛이 커지고 밤의 장막이 걷히고 있었다. 음악소리가 울렸다. 그들은 먼저 광장 한가운데 섰다. 환한 얼굴로 남녀는 서로 상대방의 팔에 자신의 팔을 얹고 자세를 잡았다. 완전히 공연을 앞둔 무희들의 모습이었다. 그들이 무대에 오르자마자 사람들의 눈길이 집중되었다. 그들은 춤을 추는 다른 남녀들처럼 허리를 꺾거나 등을 구부리지 않았다. 두 사람은 발바닥이 미끄러지면서 서로 옷깃을 나란히 하여 무대 한가운데로 나아갔다. 이어서 서로 엉덩이와 허리를 받쳐주면서 폭발적인 동작을 펼치기 시작했다. 동작의 폭이 매우 컸다. 몸을 움직이기 시작하자 아무 것도 돌아보지 않고 무아의 경지로 빠져 들어갔다. 이 세상에 그들 두 사람만 남아 있는 것 같았다. 두 사람이 이 노천광장의 왕자와 공주인 것 같았다. 아니, 황제와 황후라고 해야 옳을 것이다. 춤 외에 다른 것은 전혀 보지 못하고 듣지도 못하는 것 같았다. 주위 사람들이 차가운 눈길을 던지고 있고 농민공들이 음탕한 눈빛을 보내고 있었지만, 두 사람은 아무 것도 보지 못하고 듣지도 못하는 것 같았다. 그들은 완전히 자신들의 춤의 세계에 몰입하고 있었다.

두 사람은 자신들의 춤 속에서 세상 사람들을 무시하고 있었다. 거만하게 사람들을 비웃으며 서로를 떠받들고 있었다. 두 사람이 속삭이는 말은 다른 사람들의 귀에 들리지 않고, 두 사람이 서로 주고받는 눈길의 의미를 다른 사람들은 정확히 알 수 없었다. 그들은 몸으로만 대화를 진행했다. 그가 그녀의 몸을 실질적으로 통제했다. 그의 손가락이 혈을 짚듯이 짚는 곳마다 그녀의 몸이 열렸다. 회전할 때에는 그의 왼손이 그녀의 몸을 가볍게 밀었고 오른손이 살며시 받쳐주었다. 그러면 그녀는 그의 손길을 따라 부드럽게 몸을 돌렸다. 이제는 그녀가 그의 손가락을 잡고 있었다. 손 전체가 아니었다. 그의 손가락을 축으로 하여 그녀가 돌기 시작했다. 이런 어지러움 속에서도 그녀는 몸의 방향이 한쪽으로 치우치지 않았다.

그녀의 손가락과 그의 손가락이 서로 잡은 듯 만 듯, 꽉 끼인 듯 풀린 듯, 애매하게 붙었다 떨어지기를 반복했다. 이제 말이 필요 없었다. 춤이 두 사람이 즐거움을 주고받는 언어가 되어 있었다. 두 사람의 엉덩이는 정말 대단하게 볼록 튀어나와 있어 몸을 돌릴 때마다 선정적인 느낌을 주었다. <푸른 도나우강>의 빠른 박자에 맞춰 춤을 출 때는 남자가 여자의 허리를 휘감고 미친 듯이 회전했다. 주위의 불빛이 하나로 이어지면서 아예 지금이 어느 날 밤인지, 올해가 어느 해인지 구분할 수 없었다. 한순간 두 사람은 파도를 능멸하는 자세를 보였다가 하늘을 깔보는 태도를 보였다. 이렇게 둘이 미묘한 어지러움 속으로 빠져들었다.

두 사람 모두 키가 큰 편이었다. 때문에 허리 아래의 지지점은 볼록 튀어나온 배밖에 없었다. (배가 볼록하다는 것은 전문적으로 무용 훈련을 받지 않은 사람의 특징이었다.) 그녀는 그의 마찰과 발기를 느끼고는 얼굴이 빨개졌지만 피하지 않고 오히려 더 용감하게 밀착했다. 동작은 더 은밀했다. 고개를 든 채 떨어졌다가 다시 붙는 동작이 전부 욕망이었다.

그는 겉으로는 잔도를 만드는 척하면서 몰래 진창을 기습했다.

두 사람의 공개적이면서도 은밀한 쾌락의 교류 속에서 춤은 끝까지 진행되고 있었다.

4

습관은 일종의 거대한 힘이었다. 얼마간의 시간이 흐르면서 주위사람들에게는 두 사람의 춤을 구경하는 것이 습관이 되었다. 구경거리가 된다는 것 외에 이 남녀는 누구도 방해하지 않았다. 오히려 찾아오는 관객이 갈수록 많아지면서 늦은 밤 광장의 인기를 독차지했다. 매일 밤 두 사람이 나타나기만 하면 광장의 흥분은 포화상태가 되었다. 농민공들은 갈수록 많아지고 음향을 관리하는 대머리 관리인은 더더욱 직업정신을 발휘했다. 심지어 자발적으로 열심히 잘 아는 무곡을 찾아내 광장의 스텝을 더욱 풍부하게 해 주었다.

야릇한 흥분이 광장 주변을 떠다녔다. 매일 저녁 여덟 시만 되면 사람들은 모두 초조한 마음으로 이 순간이 오기만 기다렸다. 동시에 자신들도 모르게 두 사람을 기다렸다. 스타의 출현을 기다리는 것 같았다. 사람들은 점점 두 사람의 화려한 복장에 익숙해졌고 그들의 춤 자세에 적응하게 되었다. 심지어 두 사람의 춤추는 자태에서 비엔나 신년음악회의 무용 공연을 연상하기도 했다. 너무나 요원하고 화려한 공연이었다. 사람들에게는 애당초 그런 공연을 볼 수 있는 행운이 허락되지 않았다. 다행히 지금은 그들이 있어 사람들에게 무용의 진수를 보여주고 있었다.

사람들은 그들의 춤추는 자태가 다른 사람들보다 확실히 훌륭하다는 점을 인정하지 않을 수 없었다. 전문적인 훈련을 받은 것이 분명했다. 어떤 사람은 남자를 텔레비전에서 보았다고 말했다. 어느 국제 무용경연대회의 심사위원으로 나왔다는 것이다. 두 사람의 관계에 대한 최근의 추측은 무용 교사와 학생이라는 것이었다. 베이징 시내에 최근 유행하고 있는 아마추어 사교라틴댄스 훈련반 같은 데서 만난 사이라고 했다. 물론 남자는 강사이고 여자는 아마추어 학생이었다. 다리에 근육도 별로 없고 발등의 선도 그리 높지 않았다. 춤의 난이도도 그리 높지 않아 중간 정도의 수준에 불과했다. 하지만 대단히 절묘하고 세련되고 아름다웠다. 오성을 갖춘 춤사위가 범상치 않았다. 게다가 그녀의 하얀 피부는 사람들에게는 부러움의 대상이 되었다. 흰 꽃 같기도 하고 크림 같기도 했다. 그 나이가 되도록 그렇게 날씬한 허리를 유지한다는 것은 절대로 쉽지 않은 일이었다. 속바지도 이미 질리도록 보았지만 싫증이 나지 않았다. 심지어 사람들은 백조치마에는 초록색 속바지보다 빨간 속바지가 더 잘 어울린다고 말했다.

사람들은 몰래 두 사람의 춤 솜씨를 따라하기도 했다. 간단한 '베이징 스핑' 스텝만 밟지 않고 가끔씩 두 사람의 아르헨티나 탱고를 따라했다. 하지만 난이도가 너무 높아 따라하기가 쉽지 않았다. 목을 빠르게 비트는 동작을 흉내낼 때는 근육에 무리가 가기도 했고, 다리를 높이 올려야 할 때는 무릎 관절에서 뚜두둑 뭔가 부러지는 소리가 나기도 했다. 사람들은 중년이라고 해서 누구나 탱고를 출 수 있는 것은 아니라는 생각을 하게 되었다. 탱고는 중년 부인들이 잘 훈련을 받아야 할 수 있는 놀이였다. 사람들은 두 커플에게 탄복했다. 조금씩 두 사람을 부러워하면서 점점 멀어지지 않고 오히려 무대 중앙으로 조금씩 가까이 다가가 자발적으로 두 사람에게 접근하기 시작했다.

두 사람은 아무 느낌도 없는 것처럼 자신들만의 좁은 행동반경 안에서 열심히 춤만 췄다. 만삼만사(慢三慢四)와 룸바, 쌈바, 차차차, 아르헨티나 탱고…… 춤의 유형도 갈수록 복잡해져 갔다. 광장은 두 사람이 공개적으로 기량을 뽐내는 무대가 되었다. 그들은 아주 가까이 몸을 접근시켜 등과 어깨를 스치면서 대규모로 엉덩이를 흔들었다. 거칠고 애매한 몸짓이었다. 두 사람은 남들에게 쉽게 관찰되지 않는 시선과 각도에서 서로 애무하고, 가라앉고, 떠다니고, 몰입하고, 투쟁했다. 너무나 자유로웠다. 두 사람은 군중의 찬미와 흠모의 눈길 속에서 갈수록 더욱 더 방약무인으로 비상과 묵계와 연소를 계속하면서 사람들을 홀렸다.

그들의 욕망이 분출하는 육체의 물이 도랑을 이루었다.

밤바람이 스산하게 불었다. 빛이 보이지 않는 풍경이었다. 빛을 보면 죽게 되는 기이한 풍경이었다. 이런 풍경이 사람들을 거느리고 여름을 넘고 있었다. 뜨거운 열기 속으로 걸어 들어가고 있었다.

5

갑자기, 그들은 오지 않았다. 실종되었다. 눈에 보이지 않았다. 음력 칠석날, 갑자기 그들이 사라져버렸다.

광장에서 춤을 추던 두 남녀가 번개가 치듯 사라져 버리자 사람들은 그 이유를 알 수 없었다. 적응이 되지 않았다. 뭔가를 잃어버린 것 같았지만, 또 도대체 무엇을 잃어버렸는지 알 수 없었다. 광장에 온 사람들은 광장 한가운데가 텅 빈 것을 보고 모두들 망연자실한 모습이었다.

올해 음력 칠석은 아주 이상하게 지나갔다. 일찌감치 천지를 뒤덮을 만한 기세의 뉴스들이 신문을 장식하고 있었다. 정협 위원인 후위(呼籲)가 음력 칠석을 중국식 발렌타인데이로 정하려고 한다는 내용도 있었다. 이런 소식은 각 계층으로 전파되었고, 대중들을 대상으로 여론조사가 실시되었다. 단지의 관리사무소는 이 일을 맡아 선거용지를 각 가구마다 발송해 작성하게 했다. 주민들은 웃으면서 말했다. 진짜 웃기는군, 발렌타인데이라니! 칠월 칠석은 견우와 직녀가 오작교에서 만나는 날이고 그건 그 두 사람의 일일 뿐인데, 연인은 무슨 연인이람? 우리 중국에 그런 연인들이 몇 쌍이나 된다고? 설마 다들 나가서 연인을 찾으라는 건 아니겠지?

사람들은 어떤 세력이 상인들의 바람잡이 역할을 하고 있다고 의심했다. 예컨대 장미꽃이나 커플시계, 보석반지를 파는 상인들이 먼저 위원들에게 금품을 제공하고 그들에게 이런 안건을 제안하도록 부탁한 것일 수도 있었다. "우리는 쌍수를 들고 찬성한다." 사람들은 비웃는 어투로 말했다.

연인이고 뭐고 간에 광장에서 춤을 추던 남녀가 사라진 것은 분명한 사실이었다. 두 사람은 한마디 인사도 없이 사라져 버렸다. 그들이 말없이 왔다가 말없이 떠난 것이 뭔가 이치에 맞지 않는 것 같았다. 춤추던 무대가 갑자기 어두워졌다. 사람들의 열기가 사그라졌다. 다들 풀이 죽었다. 바닥을 딛는 스텝이 지리멸렬했다. 과거의 피곤하고 께느른한 질서를 회복한 것 같았다.

하지만 한번 파괴를 경험한 구질서가 원래의 모습을 되찾을 수 있을까?

사람들은 원망할 수도 없었고 허심탄회하게 말을 할 수도 없었다. 사람들은 춤을 추던 이 광장에서 잃어버린 것이 도대체 무엇인지 명확하게 말할 수 없었다. 심지어 시끌벅적한 광경을 보러 오던 농민공들도 오지 않았다. 얼굴도 까맣고 머리가 잡초처럼 뒤엉킨 농민공들은 연신 하품을 해대면서 헐렁한 상의와 헐렁한 바지 차림으로 느릿느릿 걸어 다니는 아줌마, 아저씨들을 몇 번 쳐다보다가 하나같이 아무런 감정도 없이 뭔가 불만족스럽다는 듯이 씩씩거리며 자리를 떴다. 그들을 기다리고 있는 것은 느리고 긴 밤과 끈적끈적하고 무더운 공사현장 가건물 안의 적막이었다.

대머리 관리원이 틀어주던 무곡의 열정도 사라졌다. 그는 아예 무곡도 틀지 않고 대신 소형 영화들을 틀어 주었다. 예컨대 에이즈예방 선전영화나 항일전쟁 승리 60주년을 기념하는 전쟁영화 등이었다. 색이 누렇게 바랜 스크린이 바들바들 떨리면서 복도 기둥 사이에 걸려 있었다. 새까맣게 모여든 사람들이 커다란 부들부채를 흔들면서 앞뒤로 한데 몰려 앉아 아무 생각 없이 관람하고 있었다. 한순간에 시간을 거꾸로 돌려놓아 빈곤하고 낙후했던 1960, 70년대로 돌아간 것 같은 정경이었다. 스크린 위에는 불분명한 영상이 펼쳐졌다. 풀덤불 속에서 날아와 미친 듯이 돌진하는 모기와 나방이 사람들을 견딜 수 없게 만들었다. 이렇게 더운 날에 몸을 움직이지 않으면 중장년의 순하고 달콤한 피는 모기를 위한 맛있는 성찬이 될 것이 분명했다.

남녀가 떠나자 누군가 나서서 그들의 역할을 대신하고 그들의 자리를 차지하려고 시도하기도 했다. 하지만 소용이 없었다. 모든 노력이 수포로 돌아갔다. 예컨대 아주 젊고 큰 눈을 가진 여자 하나가 쿨하고 진한 화장에 굽이 10센티나 되는 하이힐을 신고, 위에는 탱크탑 하나만 걸치고 굵은 주름이 무릎까지 오는 나팔 치마를 입고서 무대에 등장했다. 남자들이 끊임없이 춤을 추라고 권하면 그녀는 오존등 아래서 요염하고 앙증맞은 춤사위를 보여주었다. 그녀는 사라진 남녀의 춤을 따라 하기도 했다. 아무 이유 없이 돌았다. 날이 어두워질 때까지 멋있고 무의미한 회전이 계속되었다. 치맛단이 올라가면서 옥처럼 아름답고 미끈한 두 다리와 속바지가 노출되기도 했다. 순백의 흰 팬티였다.

그녀는 춤을 아주 잘 추었다. 충분히 훌륭했다. 어느 남자의 손에 이끌리든지 그녀는 상대방과 능숙하게 호흡을 맞추었고 잘 어울렸다. 자태도 무척 아름다웠다. 그녀의 치마가 펄럭일 때마다 속바지가 보였다. 그녀의 분홍색 치맛자락은 불빛 아래서 눈을 찌르기라도 할 듯이 자극적이었다.

하지만 어쩔 수 없었다. 아무리 잘 추어도 사라진 남녀가 보여줬던 에너지를 볼 수 없었다. 그녀가 아무리 경박스런 동작으로 교태를 부리고, 나긋나긋한 자세를 취한다 해도 이는 그리 중요한 일이 아니었다. 그럼 뭐가 중요할까? 사람들은 제대로 말하지 못했다. 농민공들도 제대로 말하지 못했다. 하지만 그들은 분명 마음속으로 알고 있었다. 그들은 이미 사라진 남녀가 추던 춤의 풍격을 인정하고 묵인하고 있었다. 고정된 파트너의 응결된 교감과 경박함, 격정, 눈부신 낭만, 핏빛 용솟음, 추파의 암전, 일몰 직전의 찰나적인 빛, 마지막의 넓은 아름다움과 요염함을 그리워하고 있었다.

그들은 그저 일반적인 한 쌍일 뿐이었다. 누구와 짝을 이루어도 마찬가지인 사람들이었다.

서로 마주본다는 것은 가장 아름답고 부러움과 질투의 대상이 되는 감정일 것이다. 하지만 누구나 손을 내밀 수 있다면, 그건 창녀나 마찬가지라 아무 의미도 없게 되고 만다. 농민공들도 잘 알지 못하고 말로 표현할 수도 없었지만 이미 충분히 이해하고 있었다. 그들은 사라진 남녀를 경험한 뒤로 마음속에 가벼움에 대한 하나의 모델을 갖게 되었다. 그들의 입맛은 이미 아주 높은 수준으로 고정되어버렸다. 사라진 남녀가 아니라면 그 누가 온다고 해도 받아들이기 어려웠다.

6

남녀의 실종은 약 이 주일 정도 지속되었다. 이 주일은 너무 길었다. 북방의 여름은 순식간에 지나가 버렸다. 그 시간을 다 합친다 해도 얼마 되지 않을 것이었다.

두 사람이 다시 나타나자 사람들의 온 신경이 '갑자기' 위로

숫구쳤다. 무도장에는 확실히 스타가 꼭 필요했다! 크게는 국가에서 작게는 광장에 이르기까지 모든 공간에는 이끌어 주는 사람이 필요했다. 군대에 지휘관이 필요한 것과 마찬가지였다. 자신들의 매력과 감화력을 십분 발휘하여 격정과 열의로 중생들을 밝게 비춰주는 사람이 필요했다.

농민공들은 신바람이 나서 다시 광장 주변 시멘트 바닥의 수풀 사이로 돌아왔다. 또다시 몸을 플로어램프의 높이로 낮추고 시선을 나란히 하여 자신들이 잘 알고 있는 속바지의 공연을 기대하고 있었다. 오랫동안 적막했던 군중의 기대 역시 무척 간절했다. 그들은 자발적으로 무대 한가운데의 자리를 내어주었다. 가장 매끈한 시멘트 바닥, 가장 밝은 무대 중심을 비워놓고 마음속의 스타가 다시 등장하기를 애타게 기다리고 있었다.

그들이 왔다. 그들이 다시 등장했다. 그들이 다시 손을 들고 발을 구르며 상체를 한껏 뒤로 젖혔다.…… 그런데 어째 손을 들고 발을 구르는 동작과 발을 높이 올리고 상체를 뒤로 젖히는 동작이 전과 같지 않았다.

다시 돌아왔고, 예전과 같은 모습으로 춤을 추었지만, 분명히 뭔가 잘못되어 있었다. 그게 무엇일까? 말하기 어려웠다. 어쨌든 어딘가 예전과는 달라져 있었다.

남녀의 겉모습은 예전과 조금도 달라지지 않았다. 여자는 여전히 녹색 바탕에 흰 꽃무늬가 아로새겨진 세련된 백조치마를 입고 있었고, 남자도 여전히 몸에 착 달라붙는 검정색 무용복을 입고 있었다. 머리칼도 예전처럼 조형제를 발라 한 오라기도 흐트러지지 않게 정리했지만 사람들은 아무래도 두 사람이 전과 같지 않다고 생각했다. 춤을 추고 있긴 했지만 몸의 긴장도는 예전 같지 않았다. 모든 동작과 춤사위가 다소 소홀해진 것 같았고, 속으로 딴생각을 하고 있는 것 같았다. 서로 신체의 비밀을 알게 된 뒤의 무한한 권태감으로 가득 차 있는 것 같았다. 여자는 더 이상 몸이 가볍지 않았고, 남자는 더 이상 팽팽하게 긴장하지 않았다. 여자는 게으르고 나태해져 걸음걸이가 평범했고 회전도 많이 줄었다. 가끔 몸을 돌리긴 해도 억지로 하는 것 같아 보기에 민망했다. 몸이 무거워져 그런대로 봐 줄 수는 있었지만 걸려서 넘어질 것 같아 아슬아슬했다. 남자도 손가락 신호에 따라 밀고 받쳐주는 동작에 힘이 하나도 들어가 있지 않았고, 허리와 엉덩이가 따로 놀았다. 허리와 사타구니의 근육도 대충 움직였고 얼굴과 목을 흔들어야 할 때도 제대로 흔들지 않았다. 우연히 몸이 닿거나 부딪쳤을 때도 그녀는 전혀 전율하거나 흥분하지 않았다. 얼굴에는 무심한 표정만 가득했다. 얼떨결에 빨랫방망이에 부딪친 것 같았다. 열정도 없고 여진도 없는 그녀의 모습은 사람들로 하여금 기력을 잃고 풀이 죽게 만들었다.

그들의 몸은 해일이 지나간 뒤의 지쳐버린 모래사장처럼 온통 상처만 남아 있었다.

특히 여자의 속바지 색깔이 확실히 퇴색되어 있었다. 때문에 거기에서 나오는 기운이 더 이상 사람들을 자극하지 못했다. 농민공들은 수컷의 예민함을 가지고 거기서 혹시 섹스를 마친 뒤에 나는 야릇한 냄새가 풍기기를 기대하는 것 같았다.

겨우 보름 남짓 지났을 뿐인데 어떻게 이렇게 큰 변화가 있을 수 있는 걸까? 보름 사이에 도대체 무슨 일이 벌어졌던 걸까? 비가 두 번 내렸었다. 미수로 끝난 태풍 '마샤'가 지나갔다. 태풍은 육지 가장자리에 바짝 붙어 지나갔고 재빨리 보하이만(渤海灣) 인근 다롄(大連) 해변으로 방향을 틀어 가벼운 피해를 입혔다. 그저 상징적으로 도시에 몇 번의 가랑비를 뿌렸을 뿐이다. 비가 내리고 날이 개자 땅 위의 쑥과 갖가지 풀들이 갑자기 한 치 정도 자라났다. 풀 베는 기계가 요란한 소리를 내며 몇 번 작업을 하고 물러가자 광장 사방에서 향기가 몰려왔다. 푸른 풀냄새는 영원히 변함이 없었다. 하지만 비가 올 때와 비가 오지 않을 때의 느낌은 확연히 달랐다.

설마 사람의 감각이 이렇게 빨리 변하는 걸까? 겨우 보름, 보름이었다. 하지만 이미 등줄기까지 땀에 젖었다. 보름 전의 옷은 이미 성하의 땀으로 젖어 다시 입을 수 없었다. 하는 수 없이 입고 나오면 색이 바라고 주름이 생겨 초라하고 궁상맞아 보였다. 보름 전에 사람들은 지독한 습기로 온몸이 부을 정도로 젖어 있었고 더위를 먹은 것처럼 잔뜩 발효되어 있었다.

보름 뒤의 춤도 보름 전의 춤과 크게 다른 것은 없었다. 단지 흥미가 느껴지지 않을 뿐이었다. 남녀는 마지못해 춤을 추는 것 같았다. 뭔가를 기다리는 것 같기도 했다. 언제 끝날지 모르는 소모와 허비 속에서 뭔가를 기다리면서 어떻게 완결을 지어야 할지 모르는 것 같았다. 두 사람의 몸은 이미 힘이 다 빠진 상태였다. 매 순간 고별을 기다리며 안절부절못하는 것 같았다. 그러면서도 다음 날이면 어김없이 와서 다리와 발을 움직이고 있었다. 관중들도 처음에는 다소 놀랐지만 금세 억지로 움직이는 동작에 적응해버렸다. 이 세상을 살면서 항상 하고 싶은 대로 다 할 수 없어서 춤을 추기 시작했고, 조만간 둘 다 초주검이 되어 어쩔 수 없는 지경에 이르게 될 것이었다. 어쨌든 두 사람은 여전히 존재할 것이고, 여전히 평소처럼 광장으로 춤을 추러 올 것이었다. 그것으로 충분했다.

달라진 것이 있다면 사람들에게 이미 두려움이 없어졌고 숭배의 대상을 잃어버렸다는 것이다. 사람들은 이제 과감하게 남녀와 함께 뒤섞여 광장 한가운데서 춤을 추고 있었다. 사람들은 이미 그들의 춤을 따라할 수 있게 되었고 복잡한 스텝도 어렵지 않게 소화했다. 열정을 상실한 두 사람은 더 이상 광장의 절대적인 주인공이 아니었다.

7

어느덧 계절은 가을로 들어섰다. 이 도시의 가장 아름다운 계절이었다. 서남쪽에서 불어오는 가을바람이 도시의 하늘을 아주 높이 떠받치고 있었고 나무에 달린 나뭇잎들은 반짝반짝 빛이 났다. 눈부신 유쾌함 속으로 미풍이 불어 밤은 더없이 시원했다. 광장에서 춤을 추는 사람들은 이미 울 니트 치마와 두꺼운 외투를 걸치고 있었다. 하지만 사라졌던 남녀는 변함없이 여름 복장을 하고 있었다. 여름 내내 입었던 옷인데 가을 등불 아래서 어떻게 저렇게 얇아 보일까? 얇아 보일 뿐만 아니라 박명하고 박정해 보였다.

9월 중순 중추절에 맞춰 일주일 동안 단지 관리사무소에서는 관례를 깨고 사람들에게 밤까지 광장을 맘껏 사용할 수 있게 해주었다. 밤 열두 시까지 춤을 출 수 있었다. 평소에는 음악소리가 주변 사람들에게 폐를 끼칠 것을 염려하여 관리사무소에서 저녁 열 시까지만 춤을 출 수 있도록 허락했다.

이날은 미풍양속에 따라 대중적이고 즐거운 명절이 되어야 했다. 밤이 되자 광장에는 사람들이 가득 몰려나왔다. 달을 보러 나온 사람도 있었고 개를 산책시키는 사람도 있었다. 저녁 먹은 것을 소화시키러 나온 사람도 있고 춤을 추러 나온 사람도 있었다. 갖가지 이유로 떠들썩한 분위기를 즐기러 나온 사람들로 광장은 하늘이 흔들릴 정도로 시끌벅적했다. 어느 슈퍼에서는 팔다 남은 월병을 사람이 많은 광장으로 가지고 나와 염가에 판매하기도 했다. 개들도 즐거워 왕왕 짖어대고 비둘기들은 놀라서 푸드덕거리며 이리저리 맴돌았다. 달이 구름 속으로 들어가자 광장 하늘 위에 떠 있던 먹구름이 소용돌이치면서 이동했다. 중추절의 달은

'보름보다는 그 다음 날 더 둥글다'는 속담이 있었다. 베이징에서는 이런 이치가 더욱 잘 통했다.

무곡은 여전히 여덟 시 정각에 흘러나오기 시작했다. 군중과 출연자들이 먼저 줄지어 입장했다. 사람들은 전혀 예의를 갖추지 않고 빽빽하게 붐비는 틈을 비집고 들어와 서로 부딪쳤다. 모두들 똑같은 얼굴이었다. 너와 나의 구분이 없이 서로 닮은 얼굴들이 새까맣게 무리를 이루어 자유롭게 몸을 돌리지도 못했다. 때로는 서로 충돌을 피하지 못했고 간혹 사소한 말다툼이 벌어지기도 했다. 이렇게 계속 춤을 추다 보니 광장의 춤꾼들은 우울한 느낌을 피할 수 없었다. 눈길이 끊임없이 오존등이 비추는 광장 중심을 향해 백조치마를 입고 춤을 추는 어느 여자의 흰 다리를 주시했다. 춤을 리드하는 사람이 있어야 광장의 모든 사람들이 등급을 나누어 각자의 춤에 집중할 수 있었다.

하지만 안타깝게도 그럴 사람이 없었다. 광란의 의식을 치르는 이 엄청난 규모의 군중은 오합지졸로 애매하게 뒤섞여 있었다. 매력적인 다리는 어디에서도 찾아볼 수 없었다. 한 시간이 지나 아홉 시 반이 될 때까지 사라졌던 남녀는 오지 않았다. 춤꾼들은 실망을 감추지 못했다. 설마 두 사람이 또 어디론가 사라져버린 건 아니겠지?

다행이었다. 늦긴 했지만 마침내 두 사람이 나타났다. 거의 열 시가 다 되었을 무렵이었다. 일반 출연자들의 달궈진 몸은 이미 타는 듯이 뜨거워져 있었다. 두 사람이 도착하자 군중들의 눈이 반짝였고 몸도 다시 생기를 회복했다. 곧장 춤을 추기 시작하면서 새로운 물결을 일으켰다. 두 사람 역시 광장이 이렇게 포화상태를 이루고 있을 줄은 꿈에도 생각지 못했다. 이런 정경에 전염된 두 사람도 망설이지 않고 자세를 잡고 몸을 비틀면서 사람들 안으로 섞여 들어갔다. 맨 가운데 자리를 차지하는 데는 전혀 양보의 기색이 없었다. 여자는 오늘 처음으로 진한 남색 무용치마로 갈아입고 왔다. 허리를 바싹 조인 옷자락 아래는 온통 금빛 찬란한 반짝이로 장식되어 있었다. 한 바퀴 도는 모습이 황금 속을 날아다니는 것 같았다. 사람들은 너무 눈이 부셔 눈이 멀 것만 같았다! 음악을 틀던 대머리 관리원도 졸고 있다가 갑자기 두 사람이 오는 것을 보고는 영양제를 맞기라도 한 것처럼 원기를 회복하고 격한 흥분 속에서 자동응답기 버튼을 꺼 버리고 곧장 난이도 높은 무곡을 틀었다.

이 얼마나 감동적인 군무의 장면인가! 하늘이 은막이 되고 땅이 무대가 되고 있었다. 두 사람은 조명이 밝은 무대 중앙에서 사람들의 춤을 이끌었다. 나머지 사람들은 원을 그리면서 안쪽에 세 겹, 바깥쪽에 세 겹, 대형을 이루면서 선회했다. 연출자가 미리 잘 설계해 놓았다가 사람들이 광장에 도착하자 즉시 앞뒤가 명확하고 질서정연한 모습으로 군무를 펼치기 시작한 것 같았다. 춤은 만삼만사로 시작되었다. 모든 사람들의 다리와 허리가 욕망으로 가득 찼다. 시원하게 부는 가을바람을 따라 모든 사람들이 춤을 추기 시작하자 숨었던 달도 밝은 모습을 드러냈다. 나뭇가지가 흔들리는 소리와 가을벌레들의 낮은 울음소리도 점점 크게 울려 퍼지기 시작했다.

오늘 저녁 두 사람은 제대로 실력을 발휘했다. 날렵하고 우아한 모습이 맨 처음의 자신들을 되찾은 것 같았다. 두 사람은 항상 깊은 정이 담긴 그윽한 눈빛으로 서로를 응시했다. 춤은 더 이상 말이 필요하지 않았다. 모든 것이 서로의 눈빛으로 표현되었다. 사람들은 그들의 춤 동작에 따라 감동했고 눈빛이 빛났으며 기분이 날아올랐다. 이날의 춤이 두 사람이 광장에서 추는 마지막 춤이라는 사실을 사람들은 알지 못했다. 그들 자신도 알지 못했다.

춤은 차츰 빠른 리듬의 세일러댄스와 스윙, 룸바, 삼바, 재즈, 탱고로 넘어갔다. 두 사람이 가장 잘 추는 춤들로 화려한 기술과 동작들을 선보일 수 있었다. 광장에 남아 있는 사람들 가운데 두 사람의 춤을 따라 출 수 있는 사람은 거의 없었다. 이렇게 넓은 광장이 또다시 두 사람의 무대가 된 것 같았다. 하지만 그들을 에워싸고 구경하는 사람들은 아무런 원망도 하지 않고 기꺼이 가장자리로 물러나 주었다. 오랫동안 이 스타 남녀가 추는 후련하고 통쾌하고 유쾌한 춤을 구경하지 못했기 때문이다. 가장자리에 서서 구경해도 마음속으로는 더없이 흡족했다.

마침내 탱고 음악이 흘러나왔다. 이 순간 여자는 이미 완전히 무아지경에 빠져들어 있었다. 향기에 젖은 그녀의 몸은 모든 세포가 무곡의 가락을 담고 있었다. 더없이 자유분방한 춤이었다. 극도로 흥분한 그녀는 머리를 휘젓고 거친 동작으로 어깨를 흔들고 두 다리를 비비 꼬면서 남자에게 바싹 다가갔다. 여자의 감정에 동화된 남자 역시 발로 스위치를 밟아 꺼 버릴 만큼 흥분한 상태였다. 온몸의 관절이 격렬하게 움직이면서 춤의 리듬에 완전히 녹아들었다. 두 사람은 이미 모든 것을 잊은 몰아의 경지에 이르렀다. 이 모든 것이 아무 말도 하지 않는 사이에 일어났다. 여자가 골반을 과장되게 움직여 그의 아랫배 가까이 붙였다. 어깨를 흔들고 또 흔들면서 가상의 마찰을 일으켰다. 갑자기 대담해진 그녀는 자신을 주체하지 못하고 미친 듯이 왼쪽 발을 바닥에 딛고 오른쪽 발을 허공에 높이 들어 올려 새하얀 허벅지를 드러냈다. 그러고는 그 다리로 남자의 하반신을 휘감았다.

너무나 갑작스럽고 거친 동작이었다! 탱고의 여러 동작들 가운데 가장 난이도가 높은 동작이었다. 텔레비전이나 춤 경연대회의 공연에서만 볼 수 있는 동작이었다. 그런데 어떻게 이 넓은 광장에서, 손에 아무런 무기도 들지 않고 전혀 저항력을 갖추지 않은 서민들 앞에서 이렇게 사실적인 쇼를 할 수 있단 말인가?

광장에 있던 사람들이 일제히 와— 하고 환호성을 내질렀다. 그런 다음 갑자기 조용해졌다. 사람들은 정신을 집중하고 눈을 크게 뜨고서 두 사람의 다음 동작을 기다렸다.

남자도 여자의 움직임에 놀라 아무런 방비 없이 무의식적으로 손을 내밀어 호응했다. 그의 오른손이 여자의 허리 뒤쪽을 받치는 동시에 왼손을 위로 들어 올려 마무리 동작을 마쳤다. 원래는 그녀를 위해 얼른 손을 놓고 서둘러 춤을 마치면 되는 것이었다.

하지만 뜻밖에도 여자는 그대로 손을 떼려 하지 않았다. 상체를 뒤로 젖혀 위를 바라보면서 두 손을 뗀 그녀는 왼쪽 발을 바닥에서 뗀 채 뒤로 곧추세우고 있었다. 전신의 무게가 순식간에 남자의 허리에 감겨있는 허벅지로 몰렸다.

어떻게 이런 일이 벌어졌을까! 어떻게 이런 일이! 아무런 묵계도 없이, 아무런 준비도 없던 남자는 이를 막을 수가 없었다. 놀란 손이 부들부들 떨렸지만 기댈만한 곳이 없었다. 발바닥으로 제대로 디딜 수도 없었다. 눈앞에서 여자가 위를 올려다보면서 그대로 넘겨졌다. 등 전체가 바닥으로 떨어졌다. 무겁고 단단하게 바닥으로 떨어지면서도 여자는 남자의 허벅지를 감고 끝까지 풀지 않았다. 죽어라 감고 있는 바람에 남자의 몸도 함께 따라서 넘어지고 말았다. 쿵— 소리가 났다. 몸 전체가 야무지게 그녀의 몸을 덮쳤다.

얼마나 난처하고 창피한 일인가! 멀쩡한 두 사람이 광장 한가운데 가장 밝은 곳에 무참하게 한데 깔려 있었다. 그래도 괜찮았다. 남자는 아무래도 전문 연기자 출신이라 그런지 바닥에 넘어지자마자 금세 탕— 하고 뛰어올랐다. 사람들이 자세히 보기도 전에 그는 자세를 잡고 아무 일도 없었다는 듯이 행동했다. 그러고는 바닥에 누워 있는 여자에게 손을 내밀었다.

여자도 따라 일어섰지만 몸짓이 무척 힘겨워 보였다. 몸이 정상이 아니라는 걸 한눈에 알 수 있었다. 그녀는 천천히 일어섰다. 먼저 두 다리를 천천히 접어 앉았다. 몹시 아팠는지 이를 꽉 깨물고 삐죽거렸다. 남자가 여자에게 눈짓을 해 보였다. 여자의 아파하는 표정이 금세 사라졌다. 아무렇지도 않은 척했다. 그러고는 남자의 팔에 의지하여 느리지만 안정적으로 몸을 일으켜 세웠다.

두 사람은 아무렇지도 않은 척 서로를 위로하지도 않았다. 남자가 여자의 허리를 감싸 안고 등 뒤에서 그녀를 떠받치는 듯했다. 그러고는 천천히 자전거를 세워둔 광장 기둥 쪽으로 걸어갔다. 서로 기대어 세워져 있는 자전거 옆으로 다가간 두 사람은 열쇠로 자물쇠를 풀고 아무 말도 없이 조용히 퇴장했다.

사람들은 광장을 떠나는 그들에게서 눈길을 떼지 않았다. 수십 개의 눈길이 그들의 등을 배웅했다. 두 사람은 함께 자전거를 끌고 같은 방향으로 갔다. 여자는 천천히 걸었다. 사람들은 확연히 늙어버린 그들의 뒷모습을 보았다! 그들은 젊지 않았다. 사실 사람들은 그들이 젊지 않다는 것을 진즉에 알고 있었다. 하지만 어느 순간, 그들이 한여름의 광장에 청춘의 불꽃을 지펴 우중충한 광장을 열정으로 가득 채웠을 때, 사람들은 그들이 젊지 않다는 사실을 잊어버렸던 것이다.

두 사람의 모습이 점점 멀어져 갔다. 음악소리도 점점 작아졌다. 사람들의 춤도 이어지지 않았다. 흥미를 잃은 사람들은 뿔뿔이 흩어져 돌아갔다. 초저녁의 종소리가 광장에 울려 퍼졌다. 유리구두가 거친 발로, 아름다운 공주가 신데렐라로 돌아가는 순간이었다. 달은 마침내 구름 속에서 빠져나와 한 겹 금속 같은 붉은 빛으로 밝게 빛나면서 대지를 환하게 비춰주었다.

싱린 춘난

杏林春暖

싱린춘난

1

민셩(民生)은 자기 띠에 해당하는 해가 다가오기 전에 베이징 떠돌이 생활을 끝내기로 결정했다. 이번에 또 자기 띠가 돌아오면 스물넷이나 마흔여덟이 아닌 서른여섯이었다. 스물넷은 애송이 나이고 마흔 여덟은 너무 쇠약해지는 나이라 어느 정도 일락서산의 서글픈 느낌을 갖게 했다. 어찌 됐건 정처 없는 떠돌이 생활을 하고 있는 남자에게 서른여섯은 결코 영광스럽고 빛나는 나이가 아니었다. 이미 연령상으로 극한에 이르렀는데 계속 떠돌이 생활을 하다가는 주변 사람들로부터 치욕스런 비웃음을 사게 될 뿐만 아니라 본인에게 인생의 깊은 좌절감을 줄 수도 있었다. 현실을 직시해 보면 오래 전에 함께 베이징에 와서 떠돌이 생활을 시작한 사람들 가운데 대부분이 이미 말을 돌려 고향으로 돌아간 것을 알 수 있었다. 강호의 주인이 여러 번 바뀌었고 이제는 카페나 가라오케에서 시간을 때우는 계층이 이미 20대 초반에서 서른이 되지 않은 어린애들이었다. 그들 사이에 발길을 섞으면서 수염만 길어가던 민성은 얼굴이 쓸쓸한 것이 여간 부자연스러워 보이지 않았다. 그와 같은 나이의 사람들은 이미 얼굴을 뺀질뺀질하게 가꾸는 대신 배만 불룩 튀어나와 발 마사지나 사우나 같은 부패한 성년의 삶을 즐기고 있었다.

나이란 참 재미있는 것이었다. 서른다섯 때만 해도 사람들은 "이제 서른이 넘었군."이라고 말하다가 서른여섯이 되면 "곧 마흔이네."라고 말하기 일쑤다. 사실은 겨우 한 살 차이인데도 산이나 바다를 사이에 둔 것처럼 차이가 벌어진다. 거리에 나붙은 약간의 기술 함량을 요구하는 구인광고에서도 남자의 나이는 서른다섯, 여자는 스물여덟로 제한하고 있다. 마치 이 단계를 넘으면 남자는 자동적으로 별 볼 일 없는 중년으로 편입되어 인간의 주류에 끼지 못하는 쓰레기가 되고 마는 것 같았다. 사실 이 정도로도 나쁘지 않은 셈이다. 고대에 비하면 중년을 소년으로 잘못 보는 것에 다름 아니기 때문이다. 유인원의 청춘기를 대대적으로 연장시킨 것이나 마찬가지인 것이다.

민성의 외모는 제법 괜찮은 편이었다. 얼굴이 깨끗하여 젊어 보이는 데다 수염을 잘 정리하면 준수한 모습이 드러났고 1미터 80센티의 큰 키에 길을 걷는 모습도 활기가 넘쳤다. 때로는 성큼성큼 걷는 모습에 예술가의 분위기가 물씬 묻어났고 박력이 있어 처음 보는 사람들의 눈길을 끌기에 충분했다. 하지만 애석하게도 전문적인 직업적 특성을 결여하고 있고 제대로 된 직업훈련도 받은 바 없기 때문에 구직에 있어서는 항상 열세에 처했다. 잘생긴 얼굴을 돈으로 바꿀 수 있을까? 이는 지역에 따라 다를 것이다. 물론 베이징에서는 불가능한 일이다. 베이징 같은 인산인해의 대도시에는 미남들이 도처에 널렸고 정작 부족한 것은 인재와 제대로 된 인간들이었다. 떠돌이든 토박이든 문제가 되지 않는 남자들에게 가장 중요한 것은 어느 분야에 어떤 능력을 갖고 있느냐 하는 것이었다. 그럴듯하지만 텅 빈 몸 껍데기만 가지고는 별로 쓸 데가 없었다. 고작해야 면접시험에서 약간의 이득을 볼 수 있고, 여기에 더해 여자들의 환심을 살 수 있으며, 어쩌면 있을 수도 있는 성적 만족이 더 강할 뿐이었다. 그 다음으로는 거론할 만한 것이 없었다.

민성은 베이징으로 온 뒤로 여러 가지 직업을 가졌었지만 하나같이 날품팔이나 임시직이었지 제대로 오래 한자리에 붙어 일한 적이 없었다. 그는 원래 자신이 살던 시골의 작은 현에서 제법 괜찮은 직업을 갖고 있었다. 문화관 관원으로 일정한 임금을 받는 자리였다. 고등학교를 졸업하고 대학교에 진학하지 못하게 되자 가족들은 재수를 권했지만 그 다음 해에도 2점이 모자라 낙방하고 말았다. 이 2점의 점수가 그의 운명의 방향을 바꿔놓았다. 엄마는 얼굴 가득 떫은 표정을 지으며 왼쪽 젖꼭지를 물리기라도 한 것처럼 아파했고 아버지는 문가에 앉아 뻐끔뻐끔 담배만 피워

댔다. 얼굴에는 불독처럼 주름이 가득했다.

이 가난한 가정에는 자식이 셋이었다. 첫째인 딸은 머리가 영민하지 못했고 둘째인 아들은 대뇌염 후유증으로 열 살이 훨씬 넘었는데도 종종 바지에 오줌을 쌌다. 다행히 셋째 아들은 남달리 똑똑하고 학교 성적도 남에게 뒤지지 않았지만 어째서 중요한 순간마다 제대로 실력을 발휘하지 못하는 건지 알 수 없었다.

민성도 낙방한 뒤로 삶의 자신감에 커다란 타격을 입었다. 하지만 그는 집으로 돌아가 평생을 농민으로 살고 싶진 않았다. 다행히 민성은 먼 친척의 도움으로 신문 한구석에 발표한 몇 줄짜리 시 덕분에 시인의 신분으로 현 문화관에 들어갈 수 있게 되었다. 그는 먼저 문학관 간행물의 편집자로 일하다가 나중에는 부관장의 자리에까지 오르게 되었다. 그의 부모님들은 또다시 한 줄기 희망을 보는 듯 했다. 그가 좀 더 능력을 발휘하여 문화관 관장에서 현판 주임, 현장 비서 등을 거쳐 곧장 현장과 서기까지 한 걸음 한 걸음 계속 올라갈 수 있기를 기대했다.

하지만 민성이 앞으로 발전해 갈수록 부모들의 이런 희망은 하나하나 물거품이 되고 말았다. 성격이 운명을 결정한다는 속담은 조금도 틀리지 않았다. 시골의 문화 청년으로서 민성은 천성적으로 우울하고 겸손했고, 자기비하감에 젖어 있었다. 농사일은 할 줄 아는 것이 하나도 없었고 몸 전체에 일종의 몽환적 분위기가 서려 있었다. 나중에는 어떻게 된 일인지 모르지만 고등학교 1학년 2학기로 들어서면서 갑자기 미친 듯이 시에 탐닉하게 되었다.

어쩌면 국어 성적이 좋았던 탓인지도 몰랐다. 현성의 간행물에 한두 차례 시를 발표한 뒤로는 자신의 공상적인 태도에 더욱 침잠하면서 수학과 외국어 성적이 심각한 수준으로 떨어졌다. 대학에 진학하지 못한 이유도 바로 여기에 있었다. 나이가 지긋했던 그의 부모는 자신들 같은 가정에서 아무런 문학적 유전자도 없이 어떻게 민셩 같은 우울한 기질의 시인이 배출될 수 있었는지 이해할 수가 없었다. 집안을 망하게 하고 사회적으로도 별로 쓸모가 없다는 것 말고는 그의 상황을 설명할 다른 방법이 없었다.

나중에 베이징의 권위 있는 시 간행물의 편집기자들이 전국적으로 이름이 잘 알려진 몇몇 시인들을 데리고 나타나 지방의 문학재원을 모집하는 과정에서 현지 문학청년들을 위한 강좌를 열게 되었다. 민셩은 자신의 시 원고를 선생님들에게 보여주었다. 그 가운데 머리가 반쯤 벗겨져 나이를 추측할 수 없는 편집자 하나가 말했다.

"자네 시는 재기가 넘치는군. 상상력도 풍부하고 말이야. 필력이 예리하면서도 웅장한 맛이 있어. 열심히 노력하면 더 크게 발전할 수 있을 걸세."

이처럼 공허하고 실제에서 동떨어진 형용사들 때문에 민셩은 아무 소용도 없는 길을 더 멀리 가게 되었다. 민셩은 피가 머리로 숏구쳐 오르는 것을 느끼면서 자아에 대한 인식이 이미 새로운 수준에 도달해 있었다. 그는 '더 큰 발전이 있을 것'이라는 편집자 선생님의 말을 '베이징에 가면 발전할 수 있을 것'이라는 말로 이해했다. 이리하여 그는 원래 다니던 직장에 사직서를 내고 곧장 혈혈단신으로 베이징으로 올라왔다. 베이징에 도착한 그는 먼저 자신을 지나치게 칭찬했던 그 편집자 선생님을 찾아갔다. 편집자 선생님은 이미 그를 알아보지 못했다. 그가 자신이 누구인지 일깨워주자 오히려 놀란 표정으로 말했다.

"사실 시적 정취는 어디에나 있네. 굳이 사직하고 베이징까지 올 필요가 있었을까?"

편집자 선생님의 이런 덕행에 민성은 마음이 침울해졌다. 먹고 입고 자는 기본적인 조건들도 아직 해결되지 않은 상태였다! 고향을 떠나올 때는 편집자 선생님이 자신을 받아주어 베이징에 정착하게 해주리라는 막연한 희망이 가득했기 때문에 수중에 돈도 몇 푼 가지고 있지 않은 터였다. 이제 어떻게 하면 좋단 말인가?

시위를 벗어난 화살은 이미 되돌릴 수 없었다. 일단 떠나온 곳으로 마음대로 되돌아갈 수 있다는 얘기는 어디서도 들을 수 없었다. 눈 딱 감고 앞으로 계속 나아가는 수밖에 없었다! 그는 조금도 후회하지 않았다. 반대로 그의 부모들만 땅을 치며 탄식하고 있었다. 그가 좋은 직장을 걷어차고 맹목적으로 베이징으로 갔다는 소식을 듣고서야 아들을 키운 것이 헛수고였다는 사실을 깨달은 것이다. 엄마는 속병이 생겼고 아버지는 폐부의 주름이 더 깊고 무거워져 하루 종일 마른 한숨이 그치지 않았다.

말하자면 이는 이미 십 년 전의 일이었다.

시인들은 중국 각지에 수많은 군락을 이루고 있었다. 특히 그들은 위대한 조국의 수도 베이징 곳곳에 매복하여 먼지처럼, 꽃가루처럼, 오염된 공기나 오존처럼 강한 생명력을 지닌 채, 모습을 나타냈다가 감추기를 반복하다가 계절이 좋을 때면 자신을 확실하게 드러내곤 했다. 예컨대 양력 4월이면 그들은 베이징 둥청(東城) 파위안사(法源寺)의 정향시회(丁香詩會)에 모여 과거 타고르와 쉬즈모(徐志摩), 린후이인(林徽因) 등이 함께 사진을 찍었던 정향나무 아래서 다정한 포즈로 사진을 찍곤 했다. 수십 년이 지났지만 그 거대한 나무에는 여전히 하얀 꽃이 만발했다. 추분이 지나면 그들은 또 일제히 베이징 서산 다쟈오사(大覺寺)의 단풍시축제에 모여 분분히 떨어져 내리는 낙엽을 밟으면서 술을 마시고 시를 읊었다. 때문에 선사의 맑고 그윽한 분위기는 다 망가져버렸다. 엄청난 수의 사람들이 한데 모여 서로 즐거워하는 모습이 5천년 대국의 전통 시 문화의 두터운 침적을 드러내기에 충분했다. 전국 각지의 지상과 지하에서 영웅호걸들이 몰려나와 한데 모이다 보면 크고 작은 일들이 벌어지기 마련이었다. 기본적으로 시와 관련된 일이 아니라 풍류나 운사(韻事)와 관련된 일이었다. 술을 마시다 싸우거나 패를 갈라 논전을 벌이는 것도 다반사였다. '촌뜨기파'와 '바다거북파'의 논전은 끝이 나지 않았고 명분 때문에 주먹다짐을 하는 상황에 이르기도 했다. 매체의 여기자가 나서서 앞에서 말리고 옆에서 달래보았지만 도무지 이들의 싸움은 끝이 나지 않았고, 결국 언어맞아 깨진 머리통이 각 신문의 오락면을 장식했다. 그러고 나면 앗! 모두들 금세 너그러워진 모습을 보이

기 시작했다! 악수를 하고 부드러운 분위기로 대화했다. 다시 술
잔을 주고받고 어깨를 나란히 하면서 엉덩이를 한데 붙였다. 그
러고는 다시 싸움을 시작했다.

시인들은 서로 마음이 맞으면 가족과 다름없었다. 서로 끌어주
고 도와주면서 일이 이루어지지 않을 것을 걱정하지 않았다. 민
성은 아주 빨리 '촌뜨기파'의 하선조직에 가입하여 어기적어기적
서툰 베이징 떠돌이 생활을 시작했다. 고생이 이만저만이 아니었
고 행복은 상대적으로 너무 빈약했다. 고정된 주거지가 없었고
방세를 못 내기 일쑤였다. 1년에 열두 번이나 이사를 했고 월말에
단 돈 몇 위안이 없어 끼니를 걱정한 적도 있었다.…… 다행히 젊
음에 의지하여 좌절하지 않고 이 모든 고통을 다 버텨냈다. 전체
적으로 볼 때 최근 여러 해 동안 물질은 항상 결핍상태였지만 정
신은 기본적으로 만족스러웠다. 베이징으로 온 뒤로 그는 주로
문화와 관련된 일을 했다. 책을 편집하기도 했고 팔기도 했다. 문
학잡지나 패션잡지에서 일하기도 했지만 주로 고객을 모으는 광
고업무였다. 인터넷 관련 일을 하거나 컴퓨터 소프트웨어를 팔기
도 했다. 중관촌(中關村) 하이룽(海龍)빌딩에서 남의 가게를 지키기
도 했다.…… 하나같이 힘을 쓰긴 하지만 아주 큰 힘이 들지는 않
고, 그 대신 그럴듯하게 돈을 벌지도 못하는 그런 일들이었다. 가
장 의미 있었던 일은 해적판 책 장사였다. 전국을 상대로 도매와
소매를 겸하면서 제법 많은 돈을 벌기도 했었다. 나중에는 단속
이 너무 심해 감옥에 들어갈 수도 있는 범죄의 수준에 이르자 두

려움에 얼른 손을 뗐다.

그가 강호(江湖)를 벗어나기로 결정하기 전에 마지막으로 한 일은 텔레비전 관련 일이었다. 전문적으로 유명 연예인들의 은밀한 사생활로 사람들에게 즐거움을 제공하는 일이었다. 문화와 지혜가 부족하여 국민의 자질을 집단적으로 백치와 정신박약으로 이끄는 오락 프로그램이었다.

텔레비전 방송국에서 그는 복덩어리 메이후이(美惠)를 만나게 되었다. 당시 그의 직무는 프로그램의 연출 보조였고 주요 임무는 의자를 배치하거나 조명을 켜고 이어폰을 조정하는 것이었다. 아울러 감독 대신 신발을 집어주거나 옷을 들어주기도 했다. 그가 맡게 된 프로그램은 성공한 여성으로서 도시의 새로운 귀족이자 48세의 억만장자 부인인 종메이후이(鐘美惠)와의 인터뷰였다. 그녀는 인터넷에서 '10대 보석여왕' 가운데 셋째로 꼽히고 있었다.

높은 숫자로 여인의 나이를 말하는 것은 대단히 견디기 어려운 일이다. 하지만 일단 그 여자의 진정한 모습을 보면 사실은 완전히 달라진다. 대도시의 여인들은 자기관리가 철저하고 위장에 능한 데다 꽃다발과 박수 소리의 자양 덕분에 일반적으로 실제 나이보다 훨씬 젊어 보인다. 오늘은 마흔이었다가 내일은 열여덟이 되기도 한다.

메이후이 같은 유명 연예인들만 그런 것이 아니었다. 민성 같은 도시의 떠돌이들도 얼마든지 그럴 수 있었다. 젊음을 최대한 드러내면 얼굴과 실제 나이가 서로 극단적으로 괴리될 수 있다. 하루 종일 빈둥빈둥 놀면서 가사도 돌보지 않으니 곧 마흔이 되는 나이에도 스물여덟 같아 보였다. 얼굴에서는 광채도 났다. 나이든 홀아비의 피부에서 새어 나오는 기름기가 만드는 빛이었다. 이와 동시에 이런 상태에 잘 어울리지 않는 내분비 탓에 종종 홀아비 냄새가 났다. 남성호르몬의 조절이 순조롭지 못한 탓인지 아니면 매일 샤워하는 것이 습관화되지 않아서인지 알 수 없었다. 어쨌든 오랫동안 혼자 사는 남자들은 몸에서 동물원 사자나 호랑이 우리에서 나는 지린내가 나기 쉽다. 이런 냄새가 싸구려 향수 냄새와 섞이면 더더욱 가까이 다가가기 어렵다.

반면에 일반적으로 기혼 남자들은 가사를 돌봐야 하고 성실하게 몸을 씻기 때문에 위생습관이 좋은 편이다. 게다가 장기적으로 마누라와 같이 자다 보니 서로 호흡의 냄새도 맡게 되고 소변 냄새까지 서로 통하게 된다. 그 결과 내분비에서 충분한 음양의 조화가 발생하여 자웅이 불분명한 열기와 주위의 온갖 세속적인 기운들이 뒤섞이기 때문에 코를 자극하지 않는 무난한 냄새를 풍기게 된다.

이때 민성의 체취는 기름기 속에서 발버둥치고 있었다. 다행히 그는 이 점을 발견하고는 힘이 들더라도 자주 목욕을 하고 파리에서 온 향수를 사용하는 것으로 보완하려 했다. 원래 남방 출신인 그는 자주 몸을 씻는 습관이 있었고, 이런 습관을 북방에서 생활하는 동안에도 변함없이 유지했다. 주거 조건이 아무리 열악해도 매일 더운물로 목욕을 하거나 냉수욕을 했다. 그는 또 해외에 나가 공부하고 돌아온 시인에게서 남성의 체취는 이성을 유혹하는 결정적인 무기라는 사실을 알게 된 뒤로 향수는 가장 유명한 브랜드만 골라서 썼다. 몰래 남들을 흉내 내 가격이 아주 비싼 파리 '구찌' 남성 향수를 몸에 뿌리고 다녔다. 그윽하면서도 담담한 향기 덕분인지 여인들이 그의 신변에 모기떼처럼 잔뜩 몰려들었다.

그는 이런 냄새에 메이후이가 걸려들리라고는 생각지도 못했다. 이치대로 하자면 그녀 같은 성숙한 여인들은 사교의 장에서 무수한 사람들을 경험했기 때문에 쉽게 냄새에 유혹되어 미끼를 물거나 낚시 바늘에 걸리지 않았다.

일단 물고기와 낚시 바늘 혹은 낚시 바늘과 물고기가 서로 만나게 되자 순간적으로 그의 가슴이 주체할 수 없을 정도로 미친 듯이 뛰기 시작했다!

과부가 된 지 오래인 메이후이는 자신보다 스무 살이 더 많은 전남편이 세상을 떠난 뒤로 오히려 더 젊어지고 자유로워졌다. 더 이상 구질구질한 노인 냄새를 맡지 않아도 되고 엄청난 집안의 유산을 관리하면서 간간히 젊은 숭배자들을 만나면서 자양을 보충하고 있었다. 그녀의 얼굴에는 윤기가 자르르해 얼핏 보면 나이가 서른도 안 되어 보였다. 청춘을 아버지처럼 늙은 남자에게 다 보낸 터라 메이후이는 자기보다 나이가 많은 남자에게는 관심이 없었다. 이제는 중장년 남자들의 애호자에서 젊은 오빠들의 충성스런 팬으로 변해 있었다. 눈길도 항상 자기보다 훨씬 어린 남자들만 향했다. 메이후이는 일부 공개적인 자리에서, 예컨대 신문기자들의 인터뷰를 받거나 텔레비전 쇼에 출연하여 아무런 부끄럼도 없이 유명 축구선수나 젊은 미남 배우에 대한 뜨거운 사랑을 털어놓기도 했다. 그럴 때면 사람들은 이 돈 많은 아줌마의 마음이 무척이나 젊다고 감탄하면서 모니터 아래서 그녀의 나이를 추측하곤 했다.

민성도 녹음실의 조명 아래서 메이후이의 가냘프면서도 풍만한 자태와 젊음을 보고는 놀라움을 금치 못했다. 그의 상상 속에서 사업을 하는 미인들은 대부분 온갖 보석으로 치장을 하고 살이 쪄서 피둥피둥하며 목에 주름이 열다섯 개는 되고 손에는 열 개가 넘는 금반지를 끼고 있으며, 한번 웃었다 하면 입 안의 금니가 두 개쯤 드러나는 그런 모습이었다. 하지만 이 돈 많은 아줌마는 남녀평등 교육을 받고 지식의 이기를 갖춘 현대여성이라 여장부에서 나긋나긋한 여인으로 변해 우아한 품격과 성정을 갖추고 있고 꾸민 모습마저도 힐러리나 류샤오칭(劉曉慶 : 중국의 유명 여배우)에 가까웠다. 전혀 생각지 못한 일이었다. 그의 눈에 메이후이는 류샤오칭에 버금가는 미인이었다. 류샤오칭은 여러 해 동안 그의 우상으로서 영원히 늙지도 않고 쓰러지지도 않는 여신에 가까운 존재였다.

물론 그는 메이후이가 자주 출국하면서 얼굴에 엄청난 돈을 쏟아 붓는 여배우들처럼 자신의 얼굴에 거의 학대에 가까울 정도로 공을 들이고 있다는 사실을 알지 못했다. 그녀가 한국에 가서 받은 얼굴성형도 근막현수술(筋膜懸垂術)로 귀뿌리부터 입까지 얼굴의 모든 근육을 늘이고 잡아당겨 남는 부분을 잘라버린 다음 상처를 봉합하여 평평하게 다듬는 시술이었다. 근육의 살점을 덜어낸 얼굴은 훨씬 탱탱해 보였다. 특히 눈꼬리 부분은 항상 위로 올라가 있어 뭔가를 집중해서 응시하는 듯한 느낌을 주었다. 무대 위 청의(青衣 : 경극에서 극 전체를 주도하는 여주인공)의 치켜뜬 눈 같았다. 일반적으로 여자가 이 나이에 이르면 귀밑에 흰머리가 몇 가닥 나고 눈은 세모꼴이 되며 아래턱이 두 겹이 되고 피부가 흐늘흐늘해져 눈꼬리도 가볍게 쳐지는 것이 정상이었다.

하지만 스타나 유명 인사들은 이런 일반적 범주를 초월했다.

첫눈에 반한다. 세상에 정말로 그런 일이 있을 수 있을까?

과연 서른다섯 살의 민성은 중장년 여인이 마음에 들 정도로 성숙하지는 않았다. 그의 눈길과 몸은 여전히 습관적으로 젊고 아름다운 여자들 몸 주위를 맴돌았다.

하지만 너무나 갑자기 어떤 기이한 인연이 억제할 수 없는 자태와 속도로 그의 몸에 부딪쳐 와서는 내친김에 그의 가치관과 심미관에까지 심한 타격을 입히고 말았다. 부유하고 아름다운 여자가 그를 향해 낚싯대를 드리웠다. 낚싯대의 미끼는 간단한 지렁이나 떡밥이 아니었고 침대 위에서의 교성, 매끄러운 하반신과 가느다란 허리도 아니었다. 오히려 서산에 기우는 해와 같은 몸에 금방이라도 떨어져 내릴 것 같은 지방 덩어리와 억만의 재산이었다.

억만의 재산이라!

그가 어떻게 할까? 바늘에 걸릴까 안 걸릴까? 미끼를 물까 안 물까?

2

9월의 미풍이 따스하게 불어오고 있었다. 거리 가득 화려한 색상의 셔츠와 단색의 재킷들이 햇빛 아래서 마구 흔들렸다. 이 해에는 두 달 동안 한여름 더위가 지속됐다. 도시의 모든 사람들이 후텁지근한 공기 안에 산 채로 갇혀 숨쉬기조차도 힘들었다. 입추가 지나서야 사람들은 간신히 사우나 같은 날씨에서 빠져나와 모두들 하늘이 높고 상쾌한 계절에 마음껏 햇빛과 공기의 신선함을 들이마시고 있었다.

민셩은 얼굴에 선글라스를 끼고 등에는 백팩을 메고서 유성처럼 빠르게 걷고 있었다. 줄지은 백양수의 가지를 스치면서 9월의 땡볕 아래를 걷고 있었다. 보아하니 기분이 나쁘지 않은 것 같았다. 요즘 그와 메이후이의 관계는 순조롭게 발전되어 가고 있었다. 남녀관계란 일단 잠자리를 하고 나면 대단히 어렵고 무거울 것 같은 일들이 바람 따라 사라지고 허공을 떠다니는 것 같은 유유한 쾌감만 남았다. 갖가지 징후가 모든 것이 그가 갈망하던 방향으로 발전되어 가고 있음을 말해주고 있었다.

이날은 9월의 마지막 날이었다. 각 부서에서는 반나절만 일을 하고 오후부터 휴가였다. 민성이 속한 부서에서는 국경절 기간의 프로를 사전에 미리 촬영해 놓았고 최종 심사도 전부 통과한 상태였다. 게다가 명절을 위한 상여금도 지급되었으니 연이어 일주일을 푹 쉴 수 있었다. 온통 좋은 일만 펼쳐진 것이다. 그는 하루 푹 자고 나서 어떻게 미친 듯이 놀지 생각해 보기로 했다. 오전에는 출근도장을 찍고 월급을 수령한 다음 사람들에게 인사를 건네고 나서 재빨리 차를 타고 집으로 돌아왔다. 집으로 돌아오는 버스 안에서 문득 길가 작은 병원 간판 하나가 스치고 지나가는 것을 보았다. 그는 차에서 내려 간판을 자세히 살펴보고 싶었다. 다음 정거장에서 내린 민성은 오던 길을 5백 미터 정도 되돌아가 어느 개인병원 앞에 이르렀다.

'싱린춘놘'이라는 남성 전문병원이었다. 민성은 이 병원 안으로 들어가기 전에 완전한 마음의 준비를 갖추지 않았다. 어쩌면 목적이 확실히 정해지지 않은 것일 수도 있었다. 어쨌든 지나가는 길이니 한번 들어가 자세히 알아보고 환경을 살펴보는 것도 나쁘지 않을 것이었다.

병원은 길가 모퉁이에 위치한 작고 하얀 2층 건물이었다. '싱린춘놘'이라는 네 글자가 붉은색 입간판으로 옥상에 세워져 있어 멀리서도 알아볼 수 있었다. 그 아래에는 '남성전문병원'이라는 설명이 하얀 편액에 새겨져 입구 왼쪽 벽에 달려 있었다. 가까이 가서 보지 않으면 보이지 않았다. 병원 입구는 전체적으로 아주 깔끔하고 조용했다. 커다란 홰나무 두 그루의 무성한 가지와 잎이 미풍 속에서 가볍게 흔들리면서 2층의 창문 몇 개를 가리고 있었다. 나무그늘 아래 공터에는 아주 작은 차 몇 대가 세워져 있었다. 주변 환경은 나쁘지 않은 것 같았다. 적어도 국영 병원 앞의 복잡하고 어수선한 모습은 찾아볼 수 없었다. 퉁런(同仁)병원이나 셰허(協和)의원 같은 곳은 애당초 들어가는 것이 불가능했다. 문 앞 접수처의 혼란 정도가 장터에 뒤지지 않았다. 전국의 인민들이 이런 대형 병원에서 진료를 받기 위해 새벽 세 시에도 찾아와 등록을 하지만 베이징 사람들은 오히려 이런 대형 병원을 찾아가 진료를 받는 것을 선호하지 않았다.

이 병원은 전체적인 외관이 사람들에게 편안하고 상서로운 느낌을 주었다. 하지만 사람이 이렇게 적은 걸 보면 혹시 문제가 있는 병원이 아닌지 의심스럽기도 했다.

민성은 조금 망설여졌지만 언젠가 신문에서 이 병원의 광고를 보았던 것이 기억났다. 정책이 개방된 직후 베이징에는 이런 개인병원이 우후죽순처럼 생겨났지만 진료의 품질과 진가는 단정하기 어려웠다.

문을 밀어 열고 안으로 들어가 보니 홀에 있는 창문들은 하나같이 깨끗했고 몇 개 화분에 화초가 무성하게 자라고 있었다. 사람들은 몇 명 되지 않았다. 상담 창구와 접수처는 무척 컸다. 예쁜 간호사들이 간호사 모자를 쓰고 옅은 화장을 한 얼굴에 단정한 자세로 손님을 맞았다. 일본 성인물 사이트에 나오는 간호사들 같다는 생각이 들었다.

이런 생각에 갑자기 민성의 얼굴이 빨개졌다. 인터넷의 독에 뼛속까지 오염된 것 같았다. 미녀들을 볼 때마다 인터넷에서 본 서양 여자들과 일본 간호사가 생각났고 아예 정말로 살아 있는 미녀의 개념은 존재하지 않았다. 그는 재빨리 정신을 가다듬고 고개를 돌리면서 벽과 바닥을 이리저리 살펴보았다. 벽 한쪽에 커다란 광고판이 달려 있었다.

본 의원에서는 남성 비뇨기 계통의 질병과 불임, 무정자증, 전립선, 조루, 양기부족, 성기능장애, 과소음경, 발기불능…… 등의 증상을 치료합니다. 미국에서 직수입된 슈퍼 남성강장제를 사용하여 30일을 한 주기로 꾸준히 치료하면 음경이 5~8밀리 확장됩니다.……

그가 신문광고에서 본 내용과 대동소이했다. 심지어 벽에 걸린 전문의의 사진도 다르지 않았다.

점심시간이라 접수처에는 손님이 두 명밖에 없었지만 이상하게도 둘 다 남자가 아니라 나이 지긋한 부녀자들이었다. 후퉁에 거주하는 보통 아줌마들 같았다. 민성은 이 병원이 도대체 무슨 병을 진료하는 곳인지 의심이 들기 시작했다. 이런 광경을 바라보면서 민성은 도로 나가야 할지 남아서 진료를 해야 할지 생각을 정하지 못하고 있었다. 예쁘고 젊은 간호사 하나가 그를 보고 먼저 다가와 인사를 건넸다.

"안녕하세요? 어떤 진료를 받으러 오셨나요?"

간호사는 속눈썹을 깜빡거리며 달콤한 목소리로 말했다. 머리에 얹은 삼각형 기와 모양의 하얀 간호사 모자가 그녀의 여리고 흰 피부와 잘 어울리면서 애니메이션 같다는 인상을 주었다. 그녀가 가까이 다가올수록 성인물 사이트의 포르노 영상이 더 생각났다. 민성이 자세히 보니 신문 광고의 커다란 사진에 등장했던 바로 그 아가씨였다. 그녀는 손에 약병을 들고 얼굴에는 달콤한 미소를 짓고 있었다. 앵두 같은 입술로는 "행복한 성(性)을 원하신다면 싱린으로 오세요."라고 말하고 있었다.

그녀가 실제 모습으로 눈앞에 서 있는 것을 보자 평소에 여자들 앞에서 자신 있던 입이 갑자기 어눌해져 뭐라고 말을 해야 할지 몰라 "그냥 어떤 곳인지 좀 알아보려고 왔어요."라고 간단히 말했다.

안내를 맡은 아가씨는 어떤 환자라도 쉽게 놓아주는 법이 없었다. 그녀는 친절이 넘쳤다. 남자들의 마음을 잘 알고 있는지, 몇 가지 묻지도 않고 말했다.

"진료는 안 하셔도 돼요. 우선 우리 후(胡) 원장님께 안내해드릴 테니까 상담을 받아보세요. 원장님은 이 병원 주임의사로 환자분께 큰 도움을 드릴 거예요."

그러고는 손을 내리고 일본이나 한국의 부녀자들만 할 수 있는 배꼽인사를 했다. 민성은 발을 뺄 수가 없었다. 순순히 아가씨를 따라 위층으로 올라가는 수밖에 없었다. 유괴범에게 잡히기라도

한 것처럼 자유롭지 못했다.

2층으로 올라가자 '내과'라는 팻말이 붙은 방이 몇 개 있고 몇몇 아줌마 아저씨들이 장의자에 앉아 진료 순서를 기다리면서 감기나 가슴통증 따위의 증상을 얘기하고 있었다. 알고 보니 이 병원은 남성 전문 진료만 하는 것이 아니라 무슨 물건이든 다 팔고 있는 것 같았다. 민성은 갑자기 기분이 침울해졌다.

젊은 간호사는 그를 데리고 3층으로 올라가 '원장실'이라는 팻말이 달린 방 문 앞에서 잠시 기다리게 했다. 그녀는 안으로 들어갔다가 금세 다시 나와서는 원장이 기다리고 있으니 어서 들어가 보라고 말했다.

민성은 원장이 직접 진료를 해준다는 말인가 하는 의구심을 안고 안으로 들어갔다. 햇빛이 쏟아져 들어오고 있어 잠시 사람의 모습을 정확히 볼 수 없었다. 자세히 살펴보니 창문 쪽에 커다란 책상이 있고 그 위에 각종 의학서적과 진료파일이 놓여 있었다. 책상 옆에는 흰 모자와 흰 가운 차림에 두꺼운 검정 테 안경을 쓴 중년 남자가 앉아 있었다. 가까이 다가가 보니 남자는 비쩍 마른 체형에 피부가 무척 검은 편이었다. 보아하니 나이는 쉰 중반에서 예순쯤 되는 것 같았다. 방금 들어오면서 벽에 붙은 사진에서 그의 모습을 본 것 같았다.

민성은 원장 맞은편에 있는 의자에 앉았다. 후 원장은 뭔가를 쓰느라 바쁜 척하면서 일부러 고개도 들지 않은 채 물었다.

"어디가 안 좋으세요?"

이처럼 고개도 들지 않고 묻는 태도는 상대에게 자신이 더없이 바쁜 사람이라는 것을 알리면서 일종의 위압감으로 작용했다. 민성은 잠시 머뭇거리다가 포피가 너무 긴 것 같아 결혼하기 전에 검사를 받아보고 싶어서 왔다고 대답했다. 원장은 여전히 고개를 들지 않고 말했다.

"아, 네. 그럼 바지를 풀어보세요. 한번 보지요"

민성은 자신이 무시당하고 있다는 생각을 하면서도 하는 수 없이 엉거주춤 일어나 바지의 지퍼를 내렸다. 원장은 잠시 하던 일을 멈추고 안경테 너머로 눈을 내리깔면서 말했다.

"좀 더 내려 보세요"

민성은 대단히 부자연스럽게 청바지를 내리고 약간 서기 시작한 물건을 그대로 다 드러냈다. 그제야 원장은 고무장갑을 끼고는 민성에게 가까이 오라고 하여 손으로 그곳을 만졌다. 위아래로 몇 번 당겨보고는 장갑을 벗으면서 말했다.

"하셔야겠네요. 상태를 봐서는 당장 해야 할 것 같습니다. 늦을수록 더 힘들어지고 부부생활에 영향을 미칠 수 있습니다. 부인의 자궁경부염이나 자궁경부 궤양, 심지어 자궁경부암을 유발할 수도 있지요"

민성은 청바지 지퍼를 올리면서 안이 좀 얼얼하다는 느낌이 들었다. 의사가 누른 부위에 힘이 없는 것 같았다. 이 나이가 되도록 중요한 물건을 남이 만진 건 이번이 처음이라 기분이 야릇했다. 그는 메이후이도 처음 침대 위에서 운우지정을 나누고 나서 비슷한 말을 했던 것이 기억났다. 의사의 말과 비슷한 내용이었다. 사실 그녀는 입에서 나오는 대로 생각 없이 내뱉은 것이었지만 민성의 귀에는 큰 자극으로 다가와 마음에 각인되었다. 그가 침대 위에서 힘을 쓰는 강도는 줄어들지 않았지만 메이후이의 이 말은 어느 정도 심리적 압박을 조성했다. 이전에 그와 즐거운 시간을 가졌던 젊은 아가씨들은 절정의 순간에 이르면 하나같이 비명과 신음소리를 토해내면서 "오빠, 정말 대단해요. 나 죽을 것 같아."라고 말해 그를 욕망의 신으로 띄워놓았다. 남자들은 대부분 자신의 허벅지 사이에 있는 그 물건을 무척 중시했다. 특히 어떤 관문에 들어서게 되는 중요한 순간에는 특별히 더 민감했다. 좋은 평가나 칭찬을 들으면 부드럽게 드리블을 해 들어가지만 조금이라도 귀에 거슬리는 말을 들으면 자아의식에 엄청난 타격을 입었다. 이때부터는 한번 넘어져 다시 일어서지 못하는 것처럼 병이 될 수도 있었다.

하지만 종메이후이는 이런 문제에 크게 개의치 않았다. 그녀는 재산을 믿고 호기를 부리는 스타일이라 침대 위에서도 기분에 몸을 맡기면서 생각나는 대로 몇 마디 할 뿐, 크게 신경 쓰는 일이 없었다. 그녀는 원래 대학에서 의학을 전공했고 지금 하고 있는 사업도 의약품 수출입이라 인체의 기관과 구조에 대해 해부학적 민감함을 갖고 있었다. 손가락으로 애무하는 동작도 인체의 골격을 어루만지거나 실험실에서 해부된 청개구리를 만지는 것 같아 누가 길고 누가 짧은지 손만 대면 금세 알았다. 게다가 민성의 긴 포피가 상대방 여자의 몸 깊은 부위에 상해를 유발할 수 있다는 말도 기탄없이 해댔다. 이를 민성이 어떻게 그냥 넘길 수 있었을까?

의사는 민성이 아무 말도 하지 않는 것을 보고는 양념을 더해 한마디 덧붙였다.

"여자 스타들이 자궁경부암 때문에 세상을 떠난 걸 못 보셨나요? 왜 그랬겠어요? 다 이렇게 해서 병이 생긴 겁니다. 전부 남자들이 무책임하게 상처를 입힌 탓이에요."

민성이 머뭇거리며 입을 열었다.

"그런 얘긴 나중에 하기로 하고 우선 제 물건에 어떤 문제가 있는지 말씀해 주시지요."

의사가 말했다.

"선생의 물건은 쉽게 암을 유발할 수 있습니다. 포피가 지나치게 길어 그 안에 세균이 장기적으로 번식하고 있다가 자신도 모르는 사이에 염증을 유발하게 되고 결국 암으로 발전하게 되는 겁니다. 여자들에게 자궁경부암이 발생하는 것과 같은 원리지요. 게다가 나이가 서른이 넘으면 비교적 빨리 발전하지만 본인은 자각하지 못하게 됩니다. 조기에 발견해서 조기에 치료해야 하지요. 아프리카 국가들이나 이스라엘은 우리보다 훨씬 앞서가는 편이라 사내아이가 태어나면 곧장 할례를 한다는 얘기 못 들어보셨나요? 그것이 바로 사전에 안 좋은 증상의 싹을 잘라 나중에 생길 수 있는 화를 사전에 방지하는 것이지요. 우리나라에서는 전통적으로 신체발부(身體髮膚)는 부모로부터 받은 것이라 하여 몸에 손도 대지 못하게 하지만 사실 이는 대단히 비과학적인 태도입니다. 얼마나 많은 남녀들이 이런 잘못된 생각 때문에 목숨을 잃는지 모르실 겁니다.……"

의사의 과장은 계속되었다. 무한히 과장하면서 지치는 기색도 없이 자신의 의학지식을 팔았다. 민성은 벌써 지루함을 느끼기 시작했지만 은근히 겁도 났다. 맞은편에 앉아 있는 의사는 전혀 호감이 가지 않았다. 당장 일어나 자리를 뜨고 싶었다.

민성의 얼굴에서 지루해하는 기색을 발견한 의사는 곧장 화제를 바꿔 진지하게 처치방법을 추천하기 시작했다.

"오늘 정말 잘 오셨습니다. 마침 사람들도 적거든요. 평소에는 사람이 많아 진료를 하려면 먼저 예약을 해야 해요. 선생님의 이 병은 처치가 아주 간단합니다. 아주 작은 수술이에요. 저희는 가장 선진화된 레이저 진료기를 갖추고 있어서 통증도 없고 피도 나지 않습니다. 20분이면 다 끝나지요. 입원하실 필요도 없고 수술이 끝나면 곧장 댁으로 돌아가실 수 있습니다. 대략 일주일이면 완치될 겁니다."

의사는 말수를 줄이면서 민성이 아직도 주저하고 있는 것을 보고는 보다 적극적인 미끼를 쓰기로 했다.

"지금은 명절이라 저희 병원에서는 우대 행사를 실시하고 있습니다. 수술비를 50퍼센트 할인해드리고 있지요. 특진 등록비를 포함해서 3백 위안이면 됩니다. 중요한 것은 지금이 수술하기에 딱 좋은 시기라는 겁니다. 장기 휴가가 끝나면 정상적으로 출근할 수 있어 업무에 지장도 주지 않으니까요. 평일이라면 휴가를 내야 하기 때문에 업무에 영향을 줄 수 있고 주위 사람들이 수술 사실을 다 알게 될 겁니다. 아주 골치 아픈 일이지요."

의사는 환자의 급소를 정확히 조준했다. 그가 맨 마지막으로 한 말이 민성의 마음을 움직였다. 7일 후면 아무 일 없었던 것처럼 정상으로 돌아오고 이 사실을 아무도 모르게 되니 지금 수술을 받는 것도 나쁘지 않을 것 같았다.

민성은 속으로 계산을 해보았다. 돈 3백 위안에 20분의 시간, 그리고 일주일 동안의 보양이면 한 번의 수고로 문제를 영원히 해결할 수 있는 것이었다. 모든 조건이 지금 자신이 수용할 수 있는 범위 안에 있었다. 마침 장기 휴일이라 집에서 편히 몸을 보살필 수 있었다. 혹시 메이후이가 물으면 고향에 다녀온다고 하면 그만이었다. 국경절이 지나 메이후이를 다시 만날 때는 이미 완벽한 웅성을 갖추게 되니 침대 위에서 엎치락뒤치락하는 대전을 서너 합 치러도 승부를 가리기 어려울 것이었다. 메이후이는 더 이상 이 문제로 잔소리를 하지 않을 테니 그로서는 심리적으로 더 좋을 수 없는 일이었다.

애기는 끝났다. 고작해야 남는 가죽을 잘라버리는 것이 아니던가? 자르면 자르는 거지!

생각이 정해지자 그는 의사에게 수술신청서를 제출하고 먼저 아래층으로 내려가 수납을 했다. 그런 다음 다시 올라와 수술 준비를 했다. 수술실은 바로 이 진료실 안에 있었다. 레이저 절단기가 벽 쪽에 설치되어 있고 거대한 기계식 병상 하나가 창가 쪽에 놓여 있었다. 일반 가정에서 쓰는 1인용 침대와 별 차이가 없었다. 후 원장이 직접 집도하려는지 마스크를 쓰고 장갑을 꼈다. 그런 다음 민성에게 침대에 올라가 누운 다음 바지를 반쯤 내려 수술할 부위를 노출시키라고 했다. 민성은 의사가 지시하는 대로 따랐다. 9월의 대기에 물건이 적나라하게 노출되었다. 무력하고 쓸쓸했다. 간호사 모자를 쓴 아가씨가 수술도구가 담긴 팔레트를 들고 들어와 후 원장을 보조하면서 민성의 물건을 내려다보았다. 민성은 난감하여 그녀와 눈길을 마주치지 못했다. 오히려 간호사는 아무렇지도 않다는 듯이 편하게 그의 몸을 내려다보았다.

의사가 알코올에 적신 솜으로 수술 부위 주변을 이리저리 문질렀다. 시원한 느낌이 들었다. 자신의 이 부품과 관련하여 민성은 화장실과 침대 위에서의 기능과 지식만 알았지 유지와 보수에 관한 의학상식은 전혀 갖고 있지 않았다. 그러다 보니 대책 없이 의사의 지시에 따르는 수밖에 없었다. 그는 다리를 꼬고 머리를 한쪽으로 기울인 채 반쯤 걷혀 있는 커튼 사이로 창밖을 내다보았다. 햇살이 눈부셨다. 늙은 홰나무 잎새들이 반짝이고 가지 끝에서 재잘대는 작은 새들은 이리저리 즐겁게 뛰어다녔다. 도로 위를 달리는 자동차 엔진소리가 밀려왔다가 밀려갔다…… 모든 것들이 9월의 활기찬 삶을 보여주고 있는데 자기 혼자만 수술대 위에 누워 유린당하고 있었다.

민성은 막막하고 무력한 데다 몹시 답답하기까지 했다. 이게 어디 수술을 받는 모습이란 말인가? 민성이 영화나 텔레비전에서 본 수술실은 완전히 밀폐되고 그림자 하나 없는 라이트 아래 환자는 두려움에 잔뜩 긴장하고 있고 의사와 간호사들도 칼과 메스를 들고 장엄한 표정을 하고 있었다. 하지만 지금 그는 온통 투명한 공간에 있었다. 자신이 세낸 방에 누워 있는 것과 다르지 않았다.

차가운 알코올 솜이 몸을 스치는 동안 민성은 그래도 나쁘지 않다고 생각했다. 정말 간단할 것 같았다. 사전에 심장기능 검사나 약물반응 검사, 혈액응고 검사도 없었다. 언젠가 형제처럼 지내는 친구가 공립의료원에서 치질을 제거할 때 따라갔던 일이 떠올랐다. 대형 병원이라 수속이 몹시 번거로웠고 사전에 다양한 신체검사를 한 뒤에야 수술대 위에 올랐다. 정말 신문광고에서 말한 것처럼 불필요한 피부를 절개하는 수술은 '통증도 없고 피도 나지 않으며 시간도 20분밖에 걸리지 않고 수술이 끝나자마자 집으로 돌아갈 수 있을' 정도로 간단한 걸까?

더 생각할 겨를도 없이 의사는 소독을 끝내고 국부마취를 시작했다. 주사바늘이 민감한 부위를 거침없이 뚫고 들어왔다. 통증을 이기지 못한 민성이 이를 앙다물고 말했다.

"통증이 없다고 하지 않았나요?"

의사가 말했다.

"숨을 들이마시고 이를 꽉 깨무세요. 금방 끝납니다."

주사바늘은 한 번만 찌르는 것도 아니었다. 거의 입술까지 악물고 나서 얼마 있지 않아 서서히 마취제 기운이 올라오면서 감각이 없어졌다. 상반신과 다리가 연결되지 않았다. 그 부분은 이미 그의 몸이 아닌 것 같았다. 머리도 약간 어지러웠다. 마취제가 혈관을 타고 뇌까지 전달되면 모든 부분의 감각이 둔해질 것만 같았다. 의사는 그 부분에 둥그렇게 금을 긋고 잘라내야 할 부위를 사정없이 잡아당겼다. 그러고는 녹색으로 금을 그은 부분을 거침없이 잘라내기 시작했다. 대략 서너 번 칼질을 하는 것 같았다. 모터가 달린 전동 레이저 칼이 윙윙- 요란하게 돌아가는 소리가 들렸다.

의사는 잘라낸 포피를 그에게 보여준 다음 팔레트 위에 버렸다. 그러면서 한마디 던졌다.

"보세요. 아주 길지요? 제때에 잘라내지 않았으면 어떡할 뻔했어요?"

의사는 상처에 붕대를 감고 반창고를 붙인 다음 마무리 처치를 해주고는 일어나도 된다고 말했다. 민성은 어렵사리 침대에서 몸을 일으켜 천천히 발로 땅을 짚고 바지를 올려보았다. 의사는 가급적 바지의 허리를 헐렁헐렁하게 조이고 집으로 돌아가면 상처 부위를 완전히 노출시켜 사물에 마찰되지 않게 하라고 일렀다. 민성은 여전히 안정적으로 서 있을 수 없었다. 마취제 기운이 완전히 사라지지 않은 것 같았다. 그는 허리띠 구멍을 두 개 건너뛰어 청바지를 헐렁헐렁하게 입었다. 의사는 책상에 머리를 파묻고 처방전을 작성하고 있었다. 민성이 물었다.

"이걸로 끝난 겁니까?"

의사가 말했다.

"소염제를 처방해 드리겠습니다. 정맥주사를 사흘 연속으로 맞아야 합니다. 염증이 사라지면 상처는 저절로 아물 겁니다."

민성은 짜증이 났다. 수술만 하면 곧장 움직일 수 있다고 하지 않았던가? 정맥주사는 또 뭐란 말인가? 의사는 휘갈겨 쓴 처방전을 민성에게 건넸다. 민성이 받아 보니 온통 구불구불한 외국어라 알아볼 수가 없었다. 사람이 알아보지 못하게 쓴 천서(天書) 같았다. 무슨 약을 처방했느냐고 묻자 의사는 세팔로스파린(Cephalosporins) 류의 소염제라고 하면서 우선 수납부터 하고 오라고 일렀다. 가격이 무려 650위안이나 됐다.

"뭐가 이렇게 비싸요? 이게 정맥주사 1일분 가격입니까 3일분 가격입니까?"

의사는 1일분이라고 말했다. 다음 날, 그 다음 날도 같은 액수의 돈을 내야 한다는 것이었다. 민성이 뜨악한 표정으로 물었다.

"주사를 안 맞으면 안 되나요?"

의사는 솔직하게 얘기했다.

"소염제를 맞지 않으면 어떻게 되겠어요? 아무리 작은 수술이라 해도 수술은 수술입니다. 몸에 칼을 대서 살을 잘라냈잖아요. 곧장 소염제를 맞지 않았다가 감염이 일어나 염증이 발생하면 어떻게 하시려고요? 생명이 위험해질 수도 있단 말입니다."

의사의 말은 무시무시했다. 처음에 미끼를 던질 때 하던 말과 전혀 딴판이었다. 여기서 정맥주사를 맞지 않으면 당장이라도 죽을 것 같았다. 민성이 화가 나서 말했다.

"이렇게 복잡한 과정을 왜 자세히 설명해주지 않은 겁니까?"

의사는 태연하게 말을 받았다.

"수술 뒤에 소염제를 처방하는 건 아주 간단한 의학상식입니다. 저희는 환자를 책임지기 위해 이처럼 철저히 처방하는 겁니다. 물론 선생께서 우리의 건의를 받아들이지 않고 댁에 돌아가 알아서 처치하셔도 됩니다. 그럴 경우 문제가 생겨도 저희는 책임질 수 없습니다."

그제야 민성은 자신이 속임수에 걸려들었다는 것을 깨달았다. 이는 요즘 민간 병원들이 주로 쓰는 수법이었다. 광고에서는 수술비를 할인해준다고 하고 진료과정에서도 장난처럼 아주 유쾌하게 설명한 다음 수술이 끝나면 환자가 모든 것을 자기 맘대로 할 수 없다는 점을 노려 수술 후의 치료와 약값에서 폭리를 취하는 것이다. 치료 효과에 관계없이 환자들은 거액의 돈을 꼬박꼬박 갖다 바쳐야 하는 것이다.

일이 이쯤 되자 민성은 자신이 당했다는 것을 인정하는 수밖에 없었다. 그가 뭘 어떻게 할 수 있겠는가? 신문광고를 너무 쉽게 믿은 것이 탈이었다. 공공의료를 이용하지 않고 의료보험에 가입하지 않았으며 의학상식을 갖추지 않은 것이 잘못이었다. 중요한 것은 그가 제 발로 찾아와 이 골치 아픈 수술을 했다는 것이다.

속임수에 당해 손해를 보는 것도 당연한 일이었다.

이제 와서 후회해도 소용없었다. 빨리 이 난관을 벗어나기 위해서는 진통과 소염이 필요했다. 민성은 하반신이 아직 마비되어 있었고 걸음도 제대로 걸을 수 없었다. 아래층으로 내려가 정맥주사를 신청하고 주머니를 털어 간호사에게 건네는 수밖에 없었다. 간호사는 그를 또 다른 처치실로 데려가 침대에 눕힌 다음 병에 든 수액을 한 방울 한 방울 그의 손등 정맥혈관에 주입했다. 누워서 위에 걸린 수액 병을 유심히 살펴보니 내용물은 세팔로스포린과 포도당, 생리식염수가 전부였다. 예전에 감기에 걸려 고열에 시달릴 때도 소염제를 맞은 적이 있지만 한 번에 백 위안밖에 들지 않았다. 그런데 이 집은 하루에 650위안으로, 사흘이면 수액값만 2천 위안이 넘었다. 강도나 다름없었다. 민성은 하반신이 마비되었는데도 앞으로 갖다 바쳐야 할 돈 때문인지 머리는 이상할 정도로 맑았다. 사건의 전후관계가 가슴을 때렸다.

내가 이렇게 하는 것이 누굴 위해서인가? 메이후이를 위해서인가 아니면 나 자신을 위해서인가? 도대체 이럴 만한 가치가 있는 걸까?

하지만 전혀 쓸데없는 일은 아니었다. 서로가 즐거운 시간을 갖는 것이 마음으로 원하는 일이긴 하지만 봉헌이 우선이었다. 그렇다면 그가 자기보다 열 살이나 위인 여자 메이후이에게 무엇으로 봉헌할 수 있을까?

민성은 처음에 자신이 젊고 우세하다고 생각하여 메이후이 앞에서 어깨에 힘을 주고 완전히 주인행세를 할 수 있었다. 그러나 한 차례 교전을 치른 뒤로는 그게 아니라는 걸 깨달았다. 메이후이가 앞에 나타나기만 하면 민성은 기가 죽었다.

젊은 여자애들과 놀 때의 그 의기양양하던 기세와 자신감은 어디로 사라진 것인지 그 자신도 이해가 되지 않았다. 당시에는 그가 침대 위에서 조금만 실력을 발휘해도 젊은 아가씨들이 쾌감에 젖은 작은 새처럼 격한 신음을 토해냈었다. 그런데도 그는 그 여자들을 전부 내쳤었다. 그 가운데 누구 하나라도 달라붙을까봐 두려웠다.

하지만 종메이후이는 매번 침대 위에서 그에게 만족스런 대우를 받고 나서도 께느른한 자세로 말도 한마디 건네지 않은 채 등을 보이며 돌아누워서는 단잠에 빠져들었다. 잠에서 깨어 손을 뻗다가 옆에 그가 있는 것을 발견하면 "아직 안 갔어?" 하고 맥빠지는 질문을 던지곤 했다.

이런 질문에 민성은 크게 상심했고 자존심도 상했다. 일을 끝내자마자 얼른 자리를 피해 그녀가 편히 잠을 자도록 내버려두거나 가서 다른 일을 했어야 했다. 그녀는 자신과의 황홀했던 순간을 전혀 음미할 생각이 없는 것 같았다. 이게 뭐지? 한밤의 견우와 직녀였나?

민성은 화가 났지만 겉으로 내색하지는 않았다. 그는 자신이 갑이고 주도적인 위치에 있어야 한다고 생각했다. 처음에는 그녀가 먼저 자신을 쫓아다녔는데 젊은 독신인 자신이 어쩌다 나이도 많고 결혼 경험도 있는 이 여자에게 수동적인 위치로 전락한 것인지 알 수 없었다.

처음에는 서로 대등한 위치에서 서로를 즐겼었다. 새로운 자극을 추구했던 것이다. 속으로 자기보다 나이가 많은 사람으로 상대를 바꿔보면 어떨까 하는 생각도 했었다. 메이후이는 정반대였다. 미끼를 물 때는 공을 들이면서 빈번하게 약속을 잡아 자신의 매력을 드러내려 했다. 5성급 호텔의 레드와인과 촛불을 밝히는 저녁 만찬에서 시솽반나(西雙版納)로의 호화여행과 옷, 선물, 비자카드까지…… 전부 그의 급소를 겨눴었다. 이런 것들로 한 젊은 남자의 허영심을 포로로 잡았던 것이다. 또 다른 각도에서 말하자면 젊은 남자 앞에서 나이 많은 여자의 자신감 없는 모습을 증명하는 것이기도 했다. 재력이 그녀의 손상된 개인매력을 채워주는 셈이었다. 매번 젊은 남자들을 유혹할 때마다 그녀가 사용하는 유일한 기술은 거침없이 돈을 쓰는 것이었다.

물론 민셩은 이런 사실을 모르고 있었다. 부잣집 여자에게 넘어간 것이 이번이 처음이기 때문에 별생각 없이 쉽게 투항하고 말았던 것이다. 예전에 젊은 아가씨들과 놀 때는 감정과 분위기를 즐기면서 외로움을 해소했지만 지금은 완전히 상황이 달랐다. 종메이후이가 그를 완전히 낯설고 변형된 형식 안으로 데리고 들어가 더할 수 없는 흥분과 신기함을 경험하게 해 주었다. 시를 쓰는 사람은 일반적으로 형식을 중시하기 때문에 형식의 함정에 빠지기 쉽다. 메이후이는 이 점을 공략하여 민셩에게 더더욱 공을 들었다. 그녀의 눈에 민성은 포로로 잡혔던 다른 어떤 남자들보다 강해 보였기 때문이다.

민성은 외모가 준수하고 십년 전부터 베이징에서의 화려한 생활에 오염된 터라 이미 외성인(外省人)의 촌티는 찾아볼 수 없었다. 과거에는 머리를 길러 말총머리를 하고 영화감독 조끼를 입고 다녔지만 지금은 새로운 유행에 따라 머리에 두건을 쓰고 있어 모델의 코디네이터 아니면 고급 재봉사처럼 보였다. 예술가 기질과 패션 감각이 돋보였다. 그는 다소 창백하고 우울한 표정이었지만 키가 크고 피부가 탄탄한 것이 그녀가 좋아하는 스타일이었다. 그의 직업으로 말하자면 명함에 당당하게 **티비 기자, 감독이라고 명기되어 있고 빨간 방송국 로고도 인쇄되어 있어 오락기자나 텔레비전 프로듀서 같은 인상을 풍겼다. 당시로서는 가장 잘나가는 직업이었다. 그를 데리고 다니면 비즈니스를 하는 사람들 앞에서도 그다지 꿀릴 것이 없었다. 잘 훈련시키기만 하면 자신의 파트너로도 손색이 없을 것 같았다. 그녀처럼 나이가 든 여성 명사들은 비즈니스 업무가 꽉 짜여 있어 다른 일들이 끼어들 틈이 없지만 개인생활에서만큼은 비교적 융통성과 자유가 보장되어 있었다.

애석하게도 일단 사람을 손에 장악하자 얼마 지나지 않아 금세 싫증을 내는 안 좋은 버릇이 재발하고 말았다. 대도시의 포스트모던 화이트칼라 여성인 그녀는 무수한 사람들을 만나 식사를 하고 고르고 헤어지기를 반복했다. 이런 반복이 그녀의 능력을 증명해주었다. 그런 여성들에게 처음부터 끝까지 일관된 정조와 순결을 기대하는 것은 불가능한 일이었다. 한 나무에 매달려 있는 것은 무능함의 증명일 뿐만 아니라 아예 당위성이 없는 일이었다. 베이징이라는 포스트모던 동양의 오래된 대도시에서는 수많은 전통 관념들이 흔들리거나 한데 뒤섞이고 있었다.

메이후이는 민성의 몸에서 방송국에 대한 호기심을 떨어버린 뒤로 방송인들에 대한 호기심도 함께 사라져 버렸다. 과거에 화가나 감독, 대학교수, 해외유학생, IT전문가 등에 흥미를 느껴 유혹했다가 차 버린 과정과 다르지 않았다. 시간이 오래 지나면서 방송인 민성에 대한 싫증과 혐오감은 갈수록 커져 갔다. 이는 민성의 카리스마가 떨어진 것과는 관계없는 일이었다. 민성의 포피 길이와는 더더욱 관련이 없었다. 침대 위에서의 테크닉이 누가 좋고 나쁜지는 여자들에게는 큰 문제가 되지 않았다. 메이후이가 민성에 대해 싫증을 느끼게 된 이유를 굳이 찾아야 한다면 순전히 오래된 것을 싫어하고 새로운 것을 좋아하는 메이후이 자신의 변덕스런 성정 때문이라고 할 수 있었다. 남자를 갈아치우는 데 있어서 메이후이는 능력과 조건과 흥미를 두루 다 갖추고 있었다. 일단 새 것을 좋아하고 낡은 것을 싫어하는 성정이 관성이 되면 제동을 걸 방법이 없었다. 어떤 불가항력이 나타나지 않는 한 멈출 수가 없었다. 다른 배경이나 약속이 없는 단순한 섹스는 오래 지속되기 어려웠다. 일단 마음속으로 신선감과 신뢰감, 숭배감을 잃으면 지겨워질 수밖에 없고, 새로운 목표물을 향해 눈을 돌리는 것이 당연한 일이었다.

이것이 바로 자유의 역설이다.

민성은 어떨까? 이때 그는 오히려 그녀에게 매달리고 그녀의 팔을 붙잡으려는 속셈을 갖고 있었다. 여기에는 어느 정도 만회의 의미도 담겨 있었다. 자신이 여자 앞에서 수동적이고 존중받지 못하는 것은 처음부터 그런 것이 아니었다. 전에는 항상 그가 남들을 버렸지 누군가 그에게 싫증을 낸다는 것은 있을 수 없는 일이었다. 게다가 오래 함께 지내다 보니 메이후이의 경제적 능력도 암암리에 그의 마음을 움직였다. 그는 마음속으로 계산을 하기 시작했고 그녀와 영원히 함께해야겠다는 생각을 갖게 되었다. 그녀를 이용하여 자신의 떠돌이 생활을 청산하고 싶었다.

즉흥적으로 죽이 맞았던 남녀가 이제는 자신들이 처음 가졌던 마음과 전혀 다른 방향으로 가고 있었다.

메이후이가 그를 내치는 것은 쉽지만 그가 그녀에게 달라붙는 것은 어려운 일이었다. 그는 무얼 믿고 있는 걸까? 그녀보다 젊고 침대 위 기술이 뛰어나다는 것 외에 그의 우세가 어디에 있단 말인가?

침대 위에서 강하다는 것도 그가 스스로 인정하는 것으로 과거에 자신의 몸에 눌려 비명과 신음을 쏟아내던 어린애들의 과장된 실증일 뿐이었다. 소녀들의 과장된 표현에 그의 자신감이 백배로 확장된 것일 수도 있었다. 게다가 이제는 침대 위에서 강하다는 것과 관련하여 의학을 아는 메이후이에 의해 생리기구의 단점이 드러나고 말았으니 그가 어떻게 마음의 평정을 찾을 수 있겠는가?

그녀 앞에서 자신이 저자세를 취하게 되는 것은 자기 마음속에 암암리에 추구하는 바가 있기 때문이라는 것을 그도 잘 알고 있었다. 인간이라는 존재는 속을 알 수 없었다. 일단 추구하는 바가 생기면 자신도 모르게 몸을 낮추게 된다. 납작 엎드려 목적을 위해 수단을 가리지 않는 것이다. 성공을 위해선 한층 더 상대의 마음에 들어야 했다. 그는 자신의 몸을 고치는 것으로 이 역정을 시작하려 했던 것이다.

수액 병의 약물이 한 방울 한 방을 그의 몸 안으로 들어갔다. 상처의 통증이 민성의 몸 안에서 깨어나기 시작했다. 눈을 떠 보니 해는 이미 서쪽으로 기울기 시작했고 창밖의 오래된 홰나무 잎은 짙은 초록으로 그늘을 만들고 있었다. 민성은 꿈속에서 일곱 빛깔의 거대한 뱀이 자신의 몸을 휘감는 광경을 보았다. 거대한 뱀의 비늘은 유리기와 색깔을 하고 있어 햇빛 아래서 극도로 강한 빛으로 눈을 찔렀다. 그는 몹시 고통스러웠다. 머릿속에서 바늘이 몸부림을 치는 것 같았다. 극심한 고통으로 다급하게 소리를 지르며 잠에서 깼다.

깨어 보니 자신이 여전히 침대 위에 누워 있었다. 손등에는 아직 주사바늘이 꽂혀 있고 병에는 아직 수액이 절반쯤 남아 있었다. 마취가 풀리면서 상처가 아파오기 시작했고 하체는 상당히 부어 있었다. 통증이 상처뿐 아니라 가슴까지 파고드는 것 같았다. 가슴 깊숙한 곳 어딘가가 아파오기 시작했다. 다급한 마음에 소리를 질러 간호사를 불러보았다. 아무런 대답도 들리지 않았다. 간병을 맡은 간호사는 어디로 갔는지 알 수 없었다. 그는 하는 수 없이 구부정하게 몸을 일으켜 왼손으로 수액 병을 높이 든 채 문을 나서 화장실을 찾았다. 복도는 조용하기만 했다. 사람들 모두 휴가를 즐기러 일찌감치 떠나버린 것 같았다. 민성은 비참한 마음을 금할 수 없었다. 한 걸음 한 걸음 힘들게 복도 끝에 있는 화장실로 들어간 그는 사방을 더듬어 수액 병을 걸 만한 곳을 찾았다. 저 높은 곳에 알몸을 드러낸 난방용 파이프에 수액 병을 걸고 한 손으로 바지춤을 풀었다. 그곳은 몹시 부어 있어 아팠다. 배뇨 시스템이 막혀 있는지 몹시 불편했다. 한참을 서 있은 뒤에야 간신히 몇 방울 소변을 보았다. 몹시 찜찜하고 견디기 어려웠다.

어쩔 수 없었다. 바지춤을 올리고 다리를 빼낸 다음 수액 병을 높이 든 채 또다시 걸음을 옮겨야 했다. 마침내 당직을 서는 간호사가 복도에 모습을 드러냈다. 그녀의 머리에는 여전히 앙증맞은 흰색 간호사 모자가 얹혀 있었다. 민성은 더 이상 일본 포르노의 간호사 분위기를 느낄 수 없었다. 눈에 보이는 것은 독사 같은 요정 사기꾼뿐이었다.

간호사가 서둘러 그의 손에서 수액 병을 건네받은 다음 그를 부축하여 병실로 데려다주었다. 민성의 의식은 완전히 맑아져 있었지만 통증이 대규모로 몰려와 몸을 가눌 수가 없었다. 체면을 생각할 겨를도 없이 그는 여러 가지로 자세를 바꿨다. 엎드렸다

누웠다 다리를 오므렸다 옆으로 눕기를 반복하면서 통증을 줄이려 몸부림을 쳤다. 붓기와 요의가 수시로 몸을 덮쳐왔다. 정말로 견디기 어려운 고통이었다. 다시 화장실에 가고 싶었지만 복도 맨 끝에 있는 화장실은 병실에서의 거리가 수십 미터에 달했고 수액 병을 높이 들 수도 없었다. 방광이 부풀어 올라 금방이라도 참지 못하고 싸 버릴 것만 같았다. 옆에 변기나 소변 통이 없는 것이 한스러웠다. 결국 간호사에게 수시로 요의를 느끼는데 해결할 방법이 없는지 물어보는 수밖에 없었다.

보아하니 간호사는 아직 스무 살도 채 안 된 것 같았다. 외지 억양이 강하고 두 뺨에 홍조가 있는 것으로 보아 농촌에서 온 지 얼마 안 되는 아가씨인 것 같았다. 간호사 아가씨는 민성이 전전 반측하면서 수시로 자세를 바꾸는 것을 보고는 넉살좋게 웃음을 보이며 마취제 후유증이니 너무 걱정하지 말라고 말했다. 조금만 참으면 통증이 가라앉는다는 것이었다.

민성은 하나마나한 말인 줄 알면서도 적이 위안이 되었다. 그녀가 이런 환자들을 자주 돌보고 있으리라는 생각이 들어 더 이상 묻지 않고 생각을 다른 곳으로 돌릴 요량으로 신문이나 잡지를 좀 가져다달라고 했다. 잠시 후 배에서 꼬르륵 소리가 나기 시작했다. 생각해 보니 아침 이후로 지금까지 먹은 것이 아무 것도 없었다. 통증이 배고픔을 완전히 덮어버린 것이었다. 간호사가 물을 한 컵 가져다주자 그는 얼른 받아 벌컥벌컥 들이켰다. 또 뭔가 잘못된 것 같았다. 물을 마시면 또 화장실에 가야 하니 아무래도 일단 참았다가 집에 가서 해결하는 것이 나을 것 같다는 생각이 들었다.

간신히 수액을 다 주입하고 나니 이미 오후 세 시가 넘었다. 병원 안은 완전한 적막이었다. 사람 그림자 하나 보이지 않았다. 마귀들의 소굴 같았다. 민성은 어서 그곳을 빠져나가고 싶었다. 어떻게 들어왔는지 생각도 잘 나지 않았다. 게다가 멀쩡한 살을 잘라냈으니 이보다 더 황당한 일이 없었다! 귀신에 씌인 게 분명했다.

간신히 밖으로 나온 그는 집으로 가기 위해 택시를 잡아탔다. 엉덩이가 바닥에 닿는 순간 또 한 차례 극심한 통증이 몰려왔다. 그는 서둘러 차 안에 몸을 던진 다음 척추로 등을 받치고 상처 부위를 들어 올려 허공에 뜨게 했다. 이를 악물고 불편한 자세를 꾹 참으면서 집으로 돌아와 보니 이마에 땀방울이 송글송글 맺혀 있었다.

집이라고 해봤자 시산환(西三環) 근처에 임대한 방 두 칸짜리 작은 셋집이었다. 50평방미터밖에 안 되는 좁은 공간을 둘이서 공동으로 임대하여 살면서 비용을 절반씩 나누어 부담했는데 나중에 룸메이트가 이사가 버리고 자신도 방을 빼지 않은 상태였다. 다른 룸메이트를 들이지도 않아 임대료를 고스란히 혼자 부담하고 있었다. 이는 메이후이와의 왕래 때문이기도 했다. 혼자 살면 아무래도 행동이 자유로웠다. 최근에는 깔끔하게 정리도 했다. 메이후이가 시도 때도 없이 들이닥칠 때 그래도 깔끔한 모습을 보여야 체면이 서기 때문이었다. 적어도 자신의 구질구질한 모습이 들통나선 안 될 일이었다. 메이후이는 정말로 두 번이나 이런 짓을 했었다. 아무런 예고도 없이 갑자기 들어와 자기 멋대로 행동하면서 부끄러움도 없이 치마를 벗어던졌다. 그런 다음 독신자의 꾀죄죄한 침대 위에 누워 이리저리 뒹굴었다. 새로운 자극을 기대한 행동이었다. 하지만 대부분 두 사람은 메이후이의 호화 별장에서 밀회를 갖곤 했다.

민성은 고통을 참으면서 집에 들어오자마자 손과 얼굴을 씻은 다음 옷을 갈아입었다. 품이 넉넉하고 헐렁헐렁한 옷을 찾아 입었다. 이어서 냉장고를 열어보니 텅 비어 있었다. 먹을 만한 것이 하나도 없었다. 그는 애당초 이런 수술을 하게 되리라고는 생각지도 못했기 때문에 필요한 준비를 전혀 해놓지 않았다. 순간 그는 혼자 사는 사람의 비애를 절감했다. 병이 나서 혼자 생활을 지탱할 수 없게 되면 모든 일이 불편하고 제대로 돌아갈 수 없는 법이었다. 다행인 것은 그가 큰 병을 앓고 있는 것이 아니라는 점이었다.

원망할 곳이 한 군데도 없었다. 간신히 컵라면 하나를 찾아낸 그는 얼른 물을 끓여 재빨리 해치웠다. 배를 채우고 나니 마음이 좀 가벼워졌다. 침대에 누워 시간을 보니 어느새 저녁 무렵이었다. 창밖을 내다보니 이미 집집마다 불이 켜지고 있었고 저녁 식사를 준비하는 냄새가 코를 자극했다. 민성은 정신을 가다듬고 세속적인 생활의 침습을 떨어내 서글픈 정서에 빠지지 않으려 애썼다.

그 다음에는 뭘 해야 할까? 상처를 돌보는 것 말고 또 뭘 할 수 있을까? 그는 무고하게 자신을 망가뜨리고 말았다. 아! 후회해도 이미 소용없는 일이었다. 그는 자신이 줄곧 강하고 건장했으며 병이라고는 앓아본 적이 없다고 생각했다. 이번에도 쉽게 넘어갈 수 있을 것이라 판단한 그는 별로 긴장하지 않았다. 오늘밤을 넘기고 몸에 별 이상이 없으면 내일부터는 수액을 맞지 않고 소염제나 사먹을 작정이었다. 염증이 저절로 사라지면 상처도 아물 것이었다. 평소에 감기가 걸려 열이 나도 약을 좀 먹으면 금세 가라앉곤 했다.

생각해보니 수중에 어떤 약도 준비되어 있지 않았다. 소염제는 커녕 진통제도 없었다. 아무래도 지금이라도 약간의 약을 갖춰두는 것이 좋을 것 같았다. 한밤중에 통증이 심해질 경우 응급조치를 할 수 있어야 하기 때문이었다. 방금 병원에서 비싼 약값에 혀를 내둘렀었다. 650위안이라는 엄청난 수액 값이 그의 뼛속에 사무쳤다. 그 자리에서 화를 내면서 따지지 않았을 뿐이다. 의사는 그에게 약을 처방하려 했지만 그가 말렸다. 집에 있다고 말했다. 그 병원은 다시 가고 싶지 않았다. 손해 보고 속임수에 당하는 것도 한 번이면 족했다. 또다시 주사를 맞거나 수액 치료를 받아야 한다면 아파트 단지에 있는 병원을 찾아가 해결하면 그만이었다.

생각이 여기까지 미치자 그는 다시 옷을 갈아입고 통증을 참으면서 16층에서 엘리베이터를 타고 먼저 단지 안에 있는 병원을 찾아갔다. 병원 안내데스크에는 이미 모두 퇴근했는지 사람이 없었다. 물어볼 방법이 없었다. 다행히 약방에서는 각종 소염제와 진통제를 팔고 있었다. 그는 소독용 분말 소염제를 사면서 속으로 별 차이 없을 거라고 말했다. 그러고는 다시 바지에 똥 싼 사람처럼 게걸음으로 옆에 있는 슈퍼마켓에 들어가 먹을 것을 잔뜩 샀다. 밖에 나오지 않고도 일주일을 충분히 먹을 수 있는 분량이었다. 휴가를 앞두고 있어서 그런지 슈퍼마켓에는 장을 보러 나온 사람들로 북적였다. 마치 공짜로 물건을 받으러 나온 사람들 같았다. 그는 카트를 몰고 긴 줄을 기다려 계산을 했다. 이마에 땀이 흐르더니 이내 옷까지 땀으로 흠뻑 젖었다.

전부 몸이 허해 흐른 땀이었다.

간신히 집으로 돌아온 그는 크고 작은 음식물 봉지를 바닥에 던져놓고 나서야 안도감에 젖었다. 그는 가난한 농촌의 장남 출신이라 음식물에 대해 특별한 의존과 친밀감을 나타냈다. 먹고 마실 것이 있고 목마르거나 배고프지만 않으면 작은 목숨으로 살아도 무방했다. 비상사태에서 인간은 완전히 동물의 상태로 돌아갈 수 있는 것 같았다. 민성은 갑자기 그런 자신이 서글퍼졌다.

다시 옷을 갈아입고 약을 먹고 나니 마음이 차분히 가라앉았다. 그러자 쉴 새 없이 전화가 오기 시작했다. 전부 휴가를 맞아 한잔하자는 전화였다. 민성은 바쁜 일이 있다는 거짓 핑계로 전부 거절했다. 전화할 때의 말투를 아무 일 없는 것처럼 씩씩하게 연출하는 것도 잊지 않았다. 전화를 끊고 나서는 마음속으로 또

다시 세상으로부터 버려지고 거부되는 듯한 비애감을 느꼈다. 한 시간쯤 지나 진통제가 효과를 나타내기 시작했다. 민성은 핸드폰을 끄고 텔레비전에서 10·1 국경절을 축하하는 쇼 프로의 노랫소리 속에서 서서히 잠에 빠져들기 시작했다.

잠이 들기 직전에 평소에 친한 몇몇 친구들에게 전화를 하던 것이 생각났다. 메이후이는 전화도 걸어오지 않고 있었다. 최근에는 그녀가 전화로 그를 귀찮게 하는 일이 현저하게 줄어들었다. 민성은 이런 사실에 매우 민감했다. 어쩌면 일이 바빠서 그에게 신경 쓸 겨를이 없는 것일 수도 있었다. 그러다가 스스로 참지 못하고 언제든지 갑자기 행차할 수도 있었다. 그녀가 찾아오지 않으면 다른 곳에 가서 즐거움을 찾으면 그만이었다. 민성은 좋은 쪽으로만 생각하기로 했다. 여자들에게는 어느 정도 감정의 기복이 있다는 것을 모르지 않았다.

다음 날은 조국의 생일을 경축하는 날이었지만 민성은 자신의 셋방 안에 잔뜩 위축되어 있었다. 아랫도리의 가지 같이 생긴 물건을 내려다보니 무력하고 무능하기만 했다. 그는 이것이 정상적인 수술반응이겠거니 했다. 매번 감기에 걸려 열이 나거나 편도선이 부을 때도 약을 먹거나 주사를 맞고 하루 이틀 지나면 궤양이 생기곤 했다. 의사는 이런 것들이 다 백혈구와 세균이 전투를 벌여 전사한 시체들이라고 말했다. 그 다음 날 병원에 가서 치료하면 된다는 것이었다. 민성은 자신감을 갖고 약을 먹고 소독을 하는 방식으로 아랫부분의 통증을 해결하기로 했다. 하지만 통증과 염증 때문에 누군가에게 전화를 걸고 싶은 마음은 생기지 않았다. 자신의 이러한 행위의 원인에 대한 규명도 잊었다. 그저 통증을 줄이면서 긴 하루를 무사히 보내고 싶을 뿐이었다.

병은 산처럼 밀려왔다가 실처럼 물러가는 법이다. 셋째 날, 염증은 사라지지 않고 오히려 더 심해졌다. 상처 부위에 고름이 생기기 시작했고 몸에 간헐적으로 열도 났다. 그는 어느 병원을 찾아가는 것이 좋을지 고민하다가 생각을 너무 많이 하는 시인 특유의 실수를 범하고 말았다. 연휴기간이라 정규 병원들은 전부 문을 닫았을 것이 뻔했다. 어느 병원이든지 찾아가 급진을 한다 해도 당직 간호사가 그의 몸 상태를 이해할 수 있을지 장담할 수 없었다. 제대로 진료를 하려면 긴 휴가가 끝나기를 기다려야 했다. 이런저런 생각에 그는 진료를 포기하고 자기 힘으로 병마를 이겨내기로 마음먹었다. 그는 침대 위에서 다리를 꼰 채로 식사를 했다. 이불 안에서는 발열로 인해 갑자기 더워졌다 갑자기 추워지면서 온몸이 떨리기도 했다. 진통제가 약효를 발휘하면 다시 온몸에 식은땀이 났다. 몸이 너무 허해져 휘청거렸다. 정말로 참기 어려울 정도로 열이 날 때는 친구들을 불러 진료를 할 수 있도록 도움을 청하고 싶다가도 가장 좋은 것은 아무도 이 일을 모르는 것이라는 결론을 내렸다. 별로 빛나는 일이 아니라 남들이 알아봤자 좋을 것이 없었다. 이 일의 영향을 최소한으로 통제하는 것이 바람직했다.

열 때문에 정신이 혼미해져 낮인지 밤인지 분간할 수 없었다.

바로 이때 핸드폰이 울렸다. 메이후이에게서 온 전화였다. 받았다 끊기도 뭐해 아예 받지 않기로 했다. 말도 하고 싶지 않았고 이럴 때 그녀를 만나고 싶지도 않았다.

메이후이 이 여자는 문제가 한둘이 아니었다. 독단이 습관이 되어 있는데다 바쁠 때 찾으면 아예 거들떠보지도 않았다. 하지만 남이 그녀를 거절하는 것은 용납하지 않았다. 자신이 불을 내는 것만 허용하고 남이 불을 붙이는 것은 허용하지 않았다. 아주 높은 곳에서 지독하게 패도를 행사하고 있었다. 민성이 전화를 받지 않자 그녀는 더더욱 화가 났다. 거의 미칠 지경이었다. 배터리가 한 칸만 남을 때까지 계속 민성에게 전화를 해댔다. 그는 이 고약한 여자가 화가 났다 하면 절대로 전화를 거절해서는 안 된다는 걸 잘 알고 있었다. 받는 수밖에 없었다. 미친 듯이 질책을 해대리라는 것은 이미 예상한 일이었다. 그녀의 질책을 다 들어준 다음 민성은 애써 정신을 차리고서 둘러댔다.

"아, 저 고향에 왔어요. 출발하기 전에 너무 경황이 없어서 얘길 못했네요……"

메이후이가 말했다.

"정말 고향에 간 거야? 날 피하는 건 아니겠지?"

"그럴 리가요. 정말 고향에 왔어요. 집에 갑자기 일이 생겨서요. 며칠 있다가 돌아올 거예요……"

당황하다 보니 실수를 하고 말았다. 메이후이는 이런 실수를 놓치지 않았다.

"돌아온다고? 도대체 지금 어디야? 위치를 말하라고. 내가 당장 갈 테니까."

민성은 자신의 멍청함을 한탄했다. 지금 베이징에 있는 것이 아니라면 "며칠 있다가 돌아갈 거예요"라고 말했어야 했다. 그런데 '돌아올' 거라고 말해버린 것이다. 이곳에 있다는 것을 확인해준 꼴이었다. 아무리 열이 난다 해도 '가는' 것과 '오는' 것을 구분하지 못한단 말인가? 민성이 말했다.

"저…… 진짜 일이 있어서 이틀 동안은 아무 것도 못해요. 이틀 뒤에 제가 갈게요."

메이후이가 강경한 어투로 말을 받았다.

"올 필요 없어. 지금 내가 갈 테니까. 도대체 그 불편한 일이 어떤 건지 봐야겠어. 그러니까 어서 말해. 지금 어디야?"

피할 수 없다는 걸 잘 아는 민성이 힘없이 대답했다.

"알았어요. 사실은 집에 있어요. 병이 나서 열이 너무 심해요. 그래서 그랬어요……"

그가 말을 마치기도 전에 전화가 끊어졌다. 그의 설명도 다 듣지 않은 것이다. 그는 답답한 표정으로 손에 들려 있는 전화기를 바라보았다. 얼마 후 메이후이가 들이닥칠 것이 분명했다. 그녀는 항상 그렇게 어미 호랑이 기질을 발휘했다. 전화기를 내려놓자 오히려 큰 짐을 던 것처럼 홀가분한 기분이었다. 어차피 속여 넘길 수 없는 일이라면 정면 돌파가 상책이었다.

그는 가벼운 몸으로 침대에서 내려와 간단히 상처 부위를 소독

했다. 그런 다음 창문을 열어 방 안의 냄새를 없앴다. 세면을 하다가 문득 메이후이의 이런 악습이 사실은 전부 자신이 잘못 길들여 놓은 결과라는 생각이 들었다. 그녀는 자신이 그를 보살피고 있는 만큼 그 앞에서 모든 걸 함부로 해도 된다고 생각했다. 그리고 그 역시 그녀 앞에서 항상 비굴한 모습으로 비위를 맞추면서 그녀의 나쁜 기질을 확대시킨 것이었다.

어쨌든 이런 국면이 당장 바뀌는 것은 불가능했다.

잠시 후 과연 메이후이가 차를 몰고 달려왔다. 민성은 병든 몸을 일으켜 두 다리를 꼰 채로 문을 열어주었다. 메이후이가 그의 모습을 보고는 놀라서 소리쳤다.

"아니, 어쩌다 이 꼴이 된 거야! 꼭 마귀소굴에 있는 귀신같네!"

민성은 감히 그녀에게 다가가지 못하고 멀찌감치 피했다. 그러고는 그녀를 자리에 앉게 하여 그간의 사정을 설명했다. 얘기를 듣고 난 그녀는 다짜고짜 그를 침대에 눕게 하고는 상처를 보려고 했다. 민성은 처음에는 안 된다고 우기면서 바지를 풀지 않았다. 메이후이가 그냥 놔둘 리 없었다. 당장 그를 밀어 침대에 눕힌 다음 붕대를 풀었다. 형편없이 부어 있는 그의 물건을 보자마자 그녀는 울음을 터뜨리고 말았다.

"어쩌다 이 모양이 된 거야!"

민성은 말을 할 줄 알았다. 극단적으로 비굴해도 상관없었다. 멍청한 표정으로 그녀를 바라보면서 그가 입을 열었다.

"자기를 위해서 그랬어요."

이 한마디에 메이후이는 민성을 부둥켜안고 엉엉 소리 내어 울었다. 어린 여자아이 같았다. 그녀의 울음이 효과가 있었는지 민성은 두 다리 사이의 통증이 많이 가라앉은 걸 느꼈다. 메이후이가 우는 모습을 보는 것은 이번이 처음이었다. 게다가 자신을 위해 우는 것이었다. 그녀의 마음속에도 그가 있었다는 것을 증명하는 일이었다. 그렇다면 칼에 난자당한다 해도 무방했다.

이런 생각에 그의 얼굴에도 눈물이 흘러내렸다. 억울함과 통증, 애교와 감동이 한데 뒤섞인 악어의 눈물이었다.

메이후이는 울고 있긴 했지만 표정은 여전히 변하지 않은 상태였다. 억지로 눈물을 짜내고 있는 것 같았다. 민성도 멍청한 표정으로 울고 있는 것을 보고는 그녀가 눈물을 훔치며 말했다.

"가! 어서 병원에 가자고!"

3

피로 맹세한 일편단심이 천지를 움직였다.

메이후이는 또 민성을 데리고 정규 대형병원을 찾아갔다. 입원과 상처의 이물질 제거, 소염, 치료가 이어졌다. 상처 부위를 다시 수술해 절개 부위가 가지런하지 않고 봉합이 울퉁불퉁한 곳을 다시 절개하고 봉합했다. 수술을 새로 다시 하는 것이나 마찬가지였다.

병원에 입원해 있는 며칠 동안 메이후이는 매일 와서 그의 시중을 들었다. 사업은 잠시 직원들에게 맡겨두고 그녀는 전화로 지시만 했다. 민성은 일인실에 입원했고 특별 간호사도 고용했다. 그는 감격하지 않을 수 없었다. 돈만 있으면 못 할 것이 없었다. 예전에는 이런 고급 병실에는 특별한 사람만 들어갈 수 있었는데 지금은 돈만 있으면 누구나 들어갈 수 있었다. 생각해보면 개인 병원의 의료비용이 부담돼 의사 지시대로 제때에 수액을 맞지 않았다가 하마터면 보잘 것 없는 목숨마저 잃을 뻔하지 않았던가!

민성은 이번에는 감히 배짱을 부리지 못하고 의사의 지시를 철저히 따랐다. 제때에 소독을 하고 약을 먹었으며 매일 하의를 탈의하고 다리를 벌린 채 침대에 기대 수건으로 대충 한 바퀴 감아 상처에 바람이 잘 통하도록 하는 등 치료에 마음을 다했다.

이때의 메이후이는 그의 아내로 보일 정도로 다정하고 여성스러웠다. 그녀는 민성을 세심하게 돌봤다. 작은 목소리로 속삭이며 살뜰히 보살폈다. 사과를 깎아 먹여주기도 하고 집에서 일하는 사람을 시켜 끓여온 국을 한 입 한 입 떠 넣어주기도 했다. 사실 이럴 필요는 없었다. 그가 다친 것은 아래 입이지 위에 있는 입이 아니었다. 하지만 메이후이는 피곤한 줄도 모르고 신바람이 나서 병원을 오가며 그를 돌봤다. 여인의 천성적인 측은지심에서 나온 행태인지도 몰랐다. 약자를 보면 모성의 한 단면이 표현되기 마련이고, 여기에는 항상 커다란 연민이 담겨 있었다.

연민을 따라 사랑이 10월의 가을바람을 타고 세차게 밀려왔다! 민성의 이번 행동은 그야말로 사랑을 위해 헌신하는 동화 속 이야기 같았다. 그녀는 감동했다. 자신이 우연히 던진 말 한마디를 마음에 새기고 이를 위해 자기 몸에 칼까지 댔던 것이다. 그가 정말로 일편단심을 보이고 있는 것 같았다! 이런 사람, 이런 사랑을 어디 가서 찾을 수 있을까? 정말로 보기 드문 일이었다! 그가 자신을 위해 이렇게까지 하는데 자신이 그를 위해 무엇을 하든 너무나 당연한 것이었다.

민성은 다리를 벌리고 앉아 느긋하게 창밖에 먼지가 이는 모습을 바라보았다. 가을이 깊어지면서 병원 안의 온갖 나뭇잎들이 차례로 물들었다. 진한 오렌지빛부터 구릿빛까지 색채가 다양하고 대비도 선명했다. 사람들을 도취시키기에 충분했다. 가을날의 새소리와 꽃향기는 골수 깊은 곳에 스며들어 실의와 감상을 자아냈다. 민성은 뭔가를 생각할 필요도 없고 걱정할 필요도 없었다. 매일 먹고, 자고 일어나 약을 먹고 소독하는 일만 생각했다. 이는 그의 일생에서 가장 태평한 호시절이었다.

이번에는 그의 수술부위가 제대로 아물었다. 보름이 지나자 완전히 치유되었다. 다시 한 달이 지나자 뛰어난 기술로 메이후이의 입에서 음탕한 신음소리가 터져 나오게 했다. 붉은 커튼 안에서 수없이 죽었다 깨어나기를 반복하는 즐거움을 안겨주었다.

그녀는 그와 결혼하기로 결심했다.

제아무리 영리한 여자라 해도 일단 '사랑'에 손발이 마비되면 지혜도 흐려지고 머릿속이 진공 상태가 되는 법이었다. 간혹 지능지수가 제로가 되기도 했다. 이는 암컷의 내분비와 관련이 있었다. 수컷의 호르몬은 이런 실수를 하는 경우가 없다. 남자들은 결정적인 순간에 명철보신(明哲保身)할 줄 알았다. 연인뿐 아니라 아내와 아이까지 모두 내던지고 홀로 유아독존할 수 있었다. 이는 공맹지도(孔孟之道)의 영광스런 전통이기도 했다.

결혼은 아주 중요한 일이었다. 특히 다이아몬드 급의 부잣집 마나님에게는 한 가지 행동이 천하를 놀라게 할 수도 있었다. 밀회나 불륜 또는 기둥서방을 두고 아이를 낳는 것 등은 법률적 효력을 지닐 뿐만 아니라 재산 분할까지도 가능한 혼인과는 차원이 다른 일이었다. 물론 현재 두 사람은 자유로운 신분이라 불륜이라 할 수 없었고, 나이 차이가 의론을 야기할 수 있다는 것 외에는 모든 것이 이치에 맞고 순조로웠다.

메이후이의 가족, 즉 골치 아픈 일곱 명의 고모들과 여덟 명의 이모들은 그녀가 자신보다 열 살이나 어린데다 일정한 직업도 없는 사내와 부부가 되려 한다는 사실에 처음부터 심각한 의심과 적의를 드러냈다. 그녀가 그를 **티비의 기자라고 소개했음에도 불구하고 가족 중의 누군가는, 정확하게 말해서 그녀의 전남편 가족 중의 누군가는 비밀리에 뒷조사를 진행했고, 그 결과 그가 어느 예능 프로그램 제작팀의 계약직 노동자에 불과하다는 사실을 알아냈다. 꽃미남인 그가 영화감독 조끼를 입고 카메라를 어깨에 메고서 머리에는 두건을 썼음에도 불구하고 그들은 여전히 보수적인 시각으로 그를 진정한 예술가가 아닌 출세를 위해 상경한 시골 촌뜨기로 간주했다.

그들의 가족기업은 의약보건용품 수출입을 전문으로 하는 기업으로서 고인이 된 그녀의 전남편이 개혁개방 초기에 창업 첫 수익금을 투자하고 나중에 다시 그녀의 지원을 받아 지속적으로 발전시켜 왔다. 그녀도 대학에서 의약을 전공하고 졸업 즈음에 참여한 실습에서 마침 전남편 수하에 소속되어 자연스럽게 그의 두 번째 아내가 되었다. 전남편의 집안은 베이징 토박이로 일가족 가운데 출세한 사람은 그 한 사람뿐이었다. 전남편이 손을 놓은 뒤에 한 차례 재산분할 과정이 있었지만, 당시에는 첫째, 시댁 사람들이 사리판단에 어두웠고 둘째, 장성하여 기업을 승계할 만한 자녀가 없었다. 아들은 이제 겨우 다섯 살밖에 안 된 미성년자였기 때문에 다들 옛정을 생각하여 유산을 분명하게 처리하지 못하고, 재산이 분명하게 분할되지 않았다. 단지 전남편의 오랜 동료와 자녀들에게 일부를 나눠주고 남은 부분은 모두 그녀가 처리했다. 그녀는 또 전남편의 가족들이 회사에서 일할 수 있도록 받아들이고 배려했다.

이번에 그녀가 재혼의 결심을 굳혔다는 이야기를 듣자마자 온갖 갈등이 발생했다. 물론 대부분이 재산과 관련된 것들이었다. 시댁 식구들은 막을 방법이 없을 것 같다는 판단에 회사의 주식이나 채권 등 자산을 다시 한 번 분할하고 청산할 것을 요구했다. 그들 집안에도 조카가 성인이 되어 대학을 졸업했고 경영에 대한 어느 정도의 이해도 갖추고 있어 독립적으로 그녀를 상대로 법률적 정리를 진행할 능력이 있었다.

재산이 많은 사람들의 가정에서는 늦든 이르든 재산문제가 발생하지 않을 수 없었다.

온갖 저항도 그와 결혼하려는 그녀의 확신을 막지 못했다. 그의 강철 같은 일편단심에 그녀의 마음이 완전히 기울었다. 그는 그녀를 위해 목숨을 버렸고 그녀는 또 그의 목숨을 만회해 주었다. 두 사람의 사랑은 그야말로 목숨으로 목숨을 보상한 사랑이라고 할 수 있었다. 두 목숨의 상쇄가 두 사람의 사랑을 증명하기에 충분했다. 그녀는 그의 진실을 완전히 믿었다. 그의 머릿속에는 온통 예술이라 경제도 모르고 재산도 몰랐다. 이 부분에 있어서 그는 말 그대로 바보였기 때문에 그녀에게 뭔가를 욕심낼 리가 없었다. 요즘 세상에 이렇게 단순하고 고지식한 남자는 보기 드물었다. 때문에 그녀는 적이 마음을 놓았다.

메이후이는 가족들의 반대에 개의치 않고 의연하고 결연하게 살을 베는 고통을 참으면서 그들의 요구를 일일이 만족시켜 주었다. 전남편의 가족들과 재산을 철저하게 자신의 이름에서 완전히 갈라낸 것이었다.

이번 분할로 가을과 겨울이 확실하게 갈라졌다. 회사의 원기에 커다란 손상을 입히는 분할이었다. 이는 몸의 어느 중요한 부위를 잘라내는 것과 마찬가지라 진통과 염증을 동반할 수밖에 없었다.

이 사이에 민성은 자신의 역할을 십분 발휘했다. 위엄 있는 태도로 남편 겸 경호원, 기사, 하인, 코디네이터, 메이크업 아티스트, 영양관리사, 부부관계 조절사의 기능을 수행하면서 항상 메이후이 곁에 동행했다. 최선을 다해 직책을 수행하고 보호함으로써 그녀가 정신적 부담에서 해방되도록 도와주었다. 메이후이는 이런 사랑을 바탕으로 내분비계통 깊은 곳에서 달콤한 행복을 느꼈고 기력이 크게 보충되었다. 덕분에 전남편 가족들을 상대할 때에도 시종 강경한 태도로 대담하고 결단력 있게 행동했다. 우유부단한 모습은 조금도 보이지 않았다. 몇 차례의 우여곡절을 겪으면서 잘려 나간 회사의 상처도 빠르게 치유되었고, 사업은 다시 평소대로 운행되기 시작했다.

민성의 마음속에도 방법이 있었다. 법률이나 경제, 계약 등과 관련된 큰일은 알지도 못했고 나서서 도울 수도 없었다. 하지만 자질구레한 일들을 보조하고 시중드는 일은 쉽게 할 수 있었고, 제법 전문가 같은 티도 낼 수 있었다. 게다가 메이후이를 잘 보필하기만 하면 빛나는 장래가 기다리고 있다는 사실을 그도 잘 알고 있었다.

그날은 이미 멀지 않은 곳에 있었다. 때문에 그는 큰일을 위해 기꺼이 수모를 견디기로 했다.

　가족 간의 재산 분배가 마무리되고 두 사람이 혼인신고가 다가와 법률문서를 작성할 때가 되어서야 메이후이는 민성이 정말로 정규 방송국 직원이 아니라 **티비의 계약직 직원이라는 사실을 알게 되었다. 전남편의 가족 중에 누군가가 이 문제를 제기했을 때, 그녀는 버럭 화를 냈었다. 민성의 자해 행위에 감동한 터라 본능적으로 시댁 식구들이 일부러 민성의 이미지를 훼손시켜 두 사람의 결합을 방해하려고 모함하는 것이라고 생각했었다.

　이제 그것이 확실한 사실임을 알게 됐지만 때는 이미 늦은 터였다. 받아들일 수 있든 없든 그녀는 받아들여야만 했다. 물론 그녀는 그가 견실한 직업을 가진 사람이기를, 적어도 방송국의 정규 직원이기를 바랐다. 그랬다면 마음이 훨씬 가벼웠을 것이다. 하지만 사실 이는 상당히 진부하고 구시대적인 생각이었다. 티비 프로에 출현하는 수많은 스타와 유명 배우들도 모두 계약직이지 않은가? 그녀는 이렇게 자신을 타일렀다. 그에게 확실한 직업이 없다는 것이 그리 중요한 일도 아니었다. 설사 어느 날 실업자가 된다 하더라도 자신이 얼마든지 부양할 수 있었다. 하지만 이따금 '그가 수염을 기른 유명 감독들 또는 기괴한 목소리를 가진 유명 방송진행자들 가운데 하나였다면 참 좋았을 텐데!' 하는 생각이 스칠 때면 정말 참기 어려웠다. 어쩌면 유명 인사는 유명 인사와 결혼하는 것이 더 바람직한 일인지도 몰랐다.

　결혼식은 베이징 호텔에서 치러졌다. 원래는 인민대회당에서 치르고 싶었지만 그 신성한 전당은 이미 일반인들에게 개방된 지 오래라 사람들의 무한한 동경의 대상이 되어 있었다. 수많은 사람들이 그곳에서 자신을 위한 행사(콘서트든 결혼식이든)를 진행하는 것을 영광으로 여겼다. 대관료나 의상, 무대장식 비용 등은 메이후이에게 전혀 문제가 되지 않았다. 스페이스셔틀을 타고 우주를 여행하는 일에 흥미를 느꼈다면 얼마든지 다녀올 수도 있었을 것이다. 하지만 지금 그녀는 오로지 지구 위에서의 유희에만 흥미를 느끼고 있었다. 두 사람의 결혼식이 예정된 3월은 국가의 대사가 많은 시기인데다 모든 사람들이 대회당 안의 의사당을 선호했기 때문에 도저히 대여가 불가능했다. 하는 수 없이 두 사람은 차선책으로 베이징 호텔을 선택했다.

결혼식은 대단히 성대하고 장엄하게 연출되었다. 사회 각계각층의 명사들도 초청되었다. 비즈니스계 인사도 있었고 예술계 인사도 있었다. 특별히 상당수의 현지 매체들도 초대했다. 결혼식 사회자는 **티비의 유명 진행자로 평소에는 제약이 많아 무대에 모습을 드러내는 경우가 거의 없고 특별한 경우에만 카메오 형식으로 한 번 출연하는 정도였다. 게다가 출연료가 보통 2만 내지 5만 위안에 달했다. 혼례의 증인은 공상련(工商聯)의 덕망 있는 전임 부주석이 맡았다. 결혼식 중간에 공연단에서 두 명의 남녀 스타가수를 초청해 현장에서 노래를 하게 했다. 곡목도 메이후이가 직접 세심하게 고른 것들이었다. 요즘 유행하는 사랑노래는 고르지 않았다. 그런 노래들은 듣기에는 좋지만 하나같이 실연의 감정을 장황하게 늘어놓고 있어 결혼식의 의미를 깨버리기 십상이었다. 가수들은 이 시대 사람들에게 익숙한 옛날 노래를 불렀다. 기본적으로는 변함없는 충정과 지조를 노래하고 그런 의지를 격려하는 내용의 곡들로 <오솔길>이나 <산사나무>, <금북과 은북>, <나는 우즈산과 완취안허를 사랑하네(我愛五指山我愛萬泉河)> 등이었다. 특히 "나는 이 좁고 긴 오솔길을 따라 내 님을 따라 전쟁터로 나아가리라……"라는 대목을 부를 때는 남녀를 불문하고 자리에 앉은 사람들 모두 진한 감개에 젖었다. 일제히 입을 벌리고 있는 모습이 무대 위 가수의 노래를 따라하는 것 같았다. 전체적으로 결혼식이 아니라 친목회나 콘서트 같은 분위기였고 호화로운 겉치레는 일부러 누군가를 상대로 시위를 하고 있는 것 같았다.

그게 누구일까? 알 수 없었다. 형체 없는 적들이 늘 주위의 공기 속에 숨어 있어 언제든 튀어나와 살육을 자행하고 소란을 피울 것만 같았다. 메이후이는 사전에 수준 높은 프로 보안요원들을 잔뜩 고용하여 결혼식 전체의 안전을 책임지게 했다. 이들은 사법경찰 부대의 훈련을 거친 뛰어난 무술실력자들로서 범인 체포나 격투 솜씨가 탁월했다. 누구든 걸리기만 하면 모래주머니처럼 납작하게 밟아줄 수 있었다. 메이후이는 이들에게 신분이 불분명하고 수상한 사람이 식장에 들어오지 못하도록 철저히 경계하라고 신신당부했다.

그녀는 전남편 가족들이 찾아와 소란을 피울 것에 대비했다.

자신에게 차인 전 애인들이 부러움과 질투심에 원한을 품고 장례식에나 쓰이는 만장기(挽幛旗) 따위를 보내는 소란이 발생할지도 몰랐다. 이런 일들은 부자들의 커뮤니티 안에 종종 발생하곤 했다. 어느 IT업계 사장의 세 번째 결혼 피로연에 갑자기 장의사의 운구차가 달려온 적이 있었다. 누군가 전화를 해서 이곳에 시신이 있다고 말했다는 것이다. 한순간에 성대한 결혼식에 참석한 귀빈들의 얼굴이 일그러지고 안색이 변했다. 이 일로 인해 결혼식을 망쳤고 신부의 모친은 심장발작을 일으켰다. 곧바로 경찰에 신고했지만 끝내 전화의 발원지는 밝혀내지 못했다. 나이가 쉰이 넘은 사장에게는 짐작이 가는 바가 있었다. 그는 자신보다 열두 살 어린 두 번째 부인이 분한 마음에 못된 장난을 친 것이 분명하다고 생각했다. 이혼할 때 이미 최대한 재산을 분할해 주었고 그녀와 딸이 평생 먹고 살 걱정이 없을 정도로 해주면서 원만하게 사태를 마무리 지었지만 여자들의 마음은 아이 같아서 언제든지 변덕을 부릴 수 있었다. 두 번째 부인은 자신은 버림을 받았는데 남편이 자기보다 서른 살이 어리고 갓 대학을 졸업한 아가씨를 만나 결혼한다는 사실에 모욕감을 느꼈던 것이다. 결국 그녀는 전남편의 결혼식에 악의적인 장난으로 화풀이를 하지 않고서는 마음이 편할 수 없었다. 전남편인 IT업체 사장은 벙어리 냉가슴 앓듯이 아무 말도 할 수 없었다.

다행히 대대적으로 결혼 사실을 알리지 않은 덕분에 오지 말아야 할 사람들은 대부분 모두 오지 않았다. 초대에 응해 참석한 가족들 중에 메이후이의 친정 식구로는 여동생과 오빠가 와서 가족을 대표했다. 어찌됐건 한배에서 난 친남매들이라 그녀가 누구와 결혼하든 친남매의 신분으로도 바꿀 수 없는 일인바에야 참석하여 자리를 빛내주는 것이 더 바람직한 일이었다. 민성의 가족은 단 한 명도 참석하지 않았다. 그의 부모들은 이 결혼을 망신으로 규정했다. 민성의 부모는 셋째 아들이 베이징에서 출세를 하지 못했을 뿐 아니라 돈 많은 여자의 정부가 되어 작은엄마뻘 되는 며느리를 데려오게 될 줄은 꿈에도 생각지 못했다! 아들의 이런 추락에 가족들은 마을에서 얼굴을 들 수가 없었다. 소박한 노부부는 자신들의 불행을 슬퍼할 수밖에 없었다. 화가 났지만 다툴 수도 없었다. 그저 멀리 떨어진 고향에서 입을 굳게 다물어 더 이상 이런 소식이 고향 사람들에게 알려지거나 퍼지지 않도록 애썼다.

　민성은 적이 섭섭했다. 어찌됐건 가족의 축복이 없는 결혼은 유감스러울 수밖에 없었다. 하지만 그는 생각을 고쳐먹었다. '됐어. 오기 싫으면 그만두라지. 왔다 해도 촌스러워서 남들 앞에 내세울 처지도 못 되잖아.' 민성 측에서는 마지막까지 사방을 떠돌아다니며 빌어먹고 있는 베이퍄오(北漂 : 주민등록도 없이 출세와 성공을 위해 베이징에 떠돌이로 거주하는 사람들) 시우(詩友) 몇 명만 참석해 한 테이블에 모여 있었다. 그는 사전에 그들에게 축의금은 가져오지 않아도 좋으니 제발 옷차림만이라도 예의를 좀 갖춰 자신의 체면을 세워달라고 부탁했다. 그렇게만 해주면 따로 거마

비까지 챙겨주겠다고 했다. 그의 부탁에 가난한 친구들이 오지 않을 리가 없었다. 공짜로 먹고 마시는 일이라면 지옥이라도 갈 친구들이었다.

메이후이만 식장 안팎으로 바쁘게 돌아치면서 햇빛 가득한 얼굴로 바람처럼 움직였다. 그녀 혼자만의 결혼식인 것 같았다. 무대 위의 발레리나처럼 발끝을 들고 종종걸음을 치는 그녀의 모습은 자신에게 아직 청춘의 걸음걸이와 유연성이 남아 있다는 것을 과시하고 싶어 안달이 난 것 같았다. 남자 주인공 민성 역시 발레의 남자 주인공처럼 순전히 그녀를 돋보이게 하는 존재일 뿐이었다. 그가 옆에서 받쳐주고 붙잡아 들고, 옆으로 들어 공중으로 내던지면 그녀는 까닭 없이 우쭐했다. 메이후이가 서양식 웨딩드레스를 입고 있을 때, 그는 흰색 양복을 맞춰 입었고 잠시 후 예식이 끝나고 주연(酒宴)이 시작되면서 메이후이가 붉은색 치파오로 갈아입고 나와 술을 권할 때는 꽃무늬가 수놓인 붉은색 당장(唐裝)을 맞춰 입었다. 손님을 배웅할 때 메이후이가 다시 사파이어색 실크 주름치마로 갈아입자, 그 역시 연두색의 루이비통 캐주얼 차림으로 갈아입었다. 한 쌍의 부부이긴 하지만 메이후이의 태도나 기질을 보면 민성은 아무래도 옆에서 시중드는 몸종 같았다.

민성은 보디가드나 바람잡이가 된 것처럼 메이후이의 뒤를 졸졸 따라다녔지만 속으로는 여전히 의기양양했다. 사방에서 찾아온 손님을 대할 때는 웃음을 자제하고 애써 진중함을 보이는 그의 얼굴에서 그의 속마음을 읽을 수 있었다. '그런 눈으로 보지 말아요. 이 여자는 이제 내 거란 말이에요. 형씨들, 난 남다른 능력이 있어서 그녀를 차지한 겁니다. 앞으로 그녀가 소유한 모든 것은 이제 내가 관리하게 될 거란 말입니다.'

5

두 사람의 결혼식은 그해의 미담으로 신문 가십란에 톱기사로 실리고 SNS에도 수십만 개의 메시지가 달렸다. 결혼식은 비즈니스계와 예술계, 시단을 떠들썩하게 달구면서 현지 일반인들의 입에도 한참이나 오르내렸다. 두 사람에 관한 소문이 다양한 통로와 판본으로 끊임없이 재생산되어 식탁과 술집으로 유통되었고, 식후에 차를 마시며 한담을 나누는 자리에도 몇 달이 넘도록 사라지지 않고 남아 있었다.

신문에 실린 톱기사의 내용은 대충 이랬다.

"돈 많은 중년 여자와 시인, 연상연하 커플의 연애가 시대의 유행을 선도하다."

보통 사람들은 기둥서방인 민성의 물건이 대단할 것이라는 결론을 내렸다.

보통 사람들이 만들어내는 풍문 중에는 돈 많은 중년 여자가 집에서 젊은 남자에게 성적 학대를 하면서 하루 종일 옷도 못 입게 하고 벌거벗은 상태에서 그녀가 수시로 시키는 일을 하게 한다는 내용도 들어 있었다.

사람들은 고대와 현대를 망라하여 『금병매』나 『육보단(肉蒲團)』 같은 연정소설에서 얻은 상상력을 모두 동원해 두 사람에게 누명을 씌웠다.

이런 소문을 두 사람이 들었을 수도 있고 듣지 못했을 수도 있었다. 대개 이런 풍속교화의 한담은 당사자들이 맨 마지막에 알게 되는 법이었다. 두 사람은 남들이 뭐라고 하든 전혀 신경 쓰지 않는 것 같았다. 굳이 해명하려 들지도 않았다. 사람들 앞에서 언제나 그림자처럼 붙어 다니며 일부러 손을 잡고 허리를 감싸는 등 갖가지 행복하고 달콤한 모습을 연출했다. 하지만 아무리 해도 야합의 느낌을 피할 수 없었다. 마치 현대무용 공연 같았다. 이 연배 사람들이 마땅히 따라야 할 유가의 도리와도 맞지 않았다.

처음에 사람들은 둘이 공공장소에서 끈적끈적하게 달라붙어 있는 것을 볼 때마다 몹시 못마땅해 하며 원숭이 쇼를 보듯이 멀리 떨어져 감상하고는 뒤에서 손가락질을 했다. 하지만 젊은 처녀가 돈 많고 나이든 남자와 팔짱을 끼는 상황에 대해서는 이미 습관이 되어 당연한 것으로 여기며 보고도 못 본 척했다. 지금 그들의 눈에 보이는 것은 큰 누나뻘 되는 돈 많은 중년 여자가 어린 동생을 팔로 휘감고 있는 모습이었다. 너무나 뜻밖이고 고정된 심미안을 뒤집는 일이었다. 때문에 당장은 받아들이기 어려웠지만 시간이 좀 더 지나면 두 사람이 서로 팔짱을 끼고 허리를 휘감은 채 공공연한 자리에 나타난다 해도 사람들도 더 이상 뭐라 하지 않게 될 것이고, 점점 적응하다가 결국에는 관심을 갖지 않게 될 것이다. 사람들의 입에는 또 다른 유명인사에 관한 애기가 오르내릴 것이다.

사람들이 남들의 특이한 애정행각에 대해 이러쿵저러쿵 떠드는 것에도 뉴스로서의 시효가 있었다. 일정한 시간이 지나면 어떤 화제도 자연히 신선함을 잃게 마련이었다. 이어서 더 새롭고 신선한 일이 터져 사람들의 입을 맴돌게 될 것이었다.

사람들의 눈이 익숙해짐에 따라 두 사람도 연기에 신물이 났을 것이다. 어느 정도 시간이 흐르자 두 사람의 연기는 기본적으로 대중의 시선에서 사라졌다. 다시 예전의 생활로 돌아가 각자 할 일을 하는 것이다. 연애와 사소한 일상생활은 별개의 일이었다. 삶은 결국 연기에 의지하여 살아지는 것이 아니었다. 삶은 사소하고 현실적인 것이라 각자 인생의 육체와 영혼의 편안함을 추구하면 그만이었다.

메이후이처럼 나이 든 중년 여자들에 대한 사람들의 악랄한 표현은 '일어나면 바람을 맞고, 앉으면 흙을 먹는 것'처럼 여성호르몬의 항진으로 인해 자연스럽게 늑대나 호랑이처럼 향락을 탐하고, 아무리 해도 만족하지 못한다는 것이었다. 민성도 처음에는 그렇게 생각했었다. 그러나 자신이 아직은 젊고 혈기왕성한 데다 몸에 칼을 대서 더욱 완벽한 몸을 만들긴 했지만, 이렇게 메이후이 옆에서 계속 시중만 들고 있다가 오랜 세월이 흘러 갑자기 어느 날부터 몸이 말을 듣지 않고 제대로 시중을 들지 못하면 되면 어떻게 해야 하나 하는 생각도 떨칠 수 없었다.

나중에 그는 이것이 전혀 쓸데없는 걱정이라는 사실을 깨달았다. 민간의 그런 표현은 순전히 여자를 모욕하는 일이었다. 어쩌면 공자를 신봉하는 사람들이 지어낸 이야기인지도 몰랐다. 유가의 전통을 포기할 때는 가장 먼저 여자들이 나서서 열심히 공맹의 도리에 비판을 가했었다. 실제로 여자들은 너무나 오랫동안 모욕과 박해를 당했다! 돈 많은 중년 여자 종메이후이도 보통 여자와 다를 바가 없었다. 이런 상황에서는 여자나 남자나 아무런 차이가 없었다. 남녀 모두 뜨거운 신혼기간이 지나면 잠자리를 갖는 횟수도 줄어들고 각자 할 일에 더 집중하게 된다. 사업가는 사업에 매진하고 빈둥대는 사람은 또 할 일 없이 노는 것이다. 메이후이는 이리저리 바쁘게 뛰어다닐 때는 열흘이고 보름이고 그를 찾지 않았다. 이런 냉대에 부딪칠 때마다 민성은 회재불우(懷才不遇)의 심정이었다. 이럴 줄 알았더라면 몸에 칼을 대지 말 것을 하는 생각도 들었다.

정반대의 생각이 들기도 했다. 몸에 칼을 대지 않았다면 지금처럼 여유롭고 안락한 생활이 불가능했을 것이라는 생각이었다.

정작 불능에 대한 남자의 두려움과 그로 인한 콤플렉스는 점차 만족감에 의해 해소되었다.

그녀가 바빠도 끼어들어 도울 수 없는 상황이다 보니 그는 아예 손을 떼고 전혀 관여하지 않기로 했다. 방송국 일까지 그만둔 터라 그는 완전히 실업자가 된 기분이었다. 그는 이리저리 뛰어다니는 것도 싫었고 어디를 가나 '종메이후이의 남편'으로 소개되는 것도 못마땅했다. 그녀의 이름 뒤에는 어김없이 따라 다니는 설명이 있었다.

"종메이후이, 바로 그 여자, 인터넷이 선정한 최고의 억만장자…… 아! 우먼파워 3위에 오른 그……."

이런 말들이 그에게는 몹시 귀에 거슬렸다. 사람들이 '돈 많은 중년 여자' 대신 '우먼파워'라는 표현을 쓰는 것만 해도 이미 그의 체면을 상당히 세워주는 것이었다. 하지만 민성은 그것이 기쁘거나 고맙게 느껴지지도 않았다. 그는 자신의 이름을 잃어버린 것 같았다. 물론 처음부터 그는 이름이 없는 하찮은 사람에 불과했다. 길거리에서 굶어죽는다 해도 보름이 되도록 시체를 찾아갈 사람 하나 나타나지 않았을 것이다. 그러나 이때는 이름을 잃는다는 것이 오히려 새로운 이름을 부여받는다는 의미였다. 어느 남자에게든 아내의 이름에 붙어 거기에 종속된다는 것은 유쾌한 일이 아니었다. 게다가 '기둥서방'이라는 칭호는 절대로 자랑스러울 수 없었다. 주변에서 들리는 말이 귀에 거슬렸던 그는 아예 아무데도 가지 않고 집에 들어앉아 옷을 주면 입고 밥을 주면 먹을 뿐이었다. 집에서는 두 명의 가정부가 시중을 들었고 메이후이와 전남편 사이에서 난 아들은 기숙학교에 보냈기 때문에 서로 마주칠 일이 없었다. 민성은 집 안에서 자유롭게 지냈다. 결혼한 뒤부터는 생활이 신선놀음이었다.

오래 전부터 그가 갈망하던 것이 바로 이런 생활이었다. 방세 낼 돈이 없어서 걱정하거나 불안해할 필요도 없고 집주인에게 쫓겨나 급하게 이사해야 하는 난처함도 없었다. 만원 버스를 타고 직장에 출근하여 상사의 눈치를 볼 필요도 없었다. 책을 내려다 사기당하고 책을 팔아서 돈 갚고 하루 종일 거지처럼 몇 푼 되지 않는 돈을 버느라 고생할 일도 없었다. 그는 의식주 걱정 없이 하고 싶은 일을 할 수 있는 날이 오기를 갈망했다. 한번은 방세를 계속 미루다가 집주인에게 쫓겨나 삼륜차를 빌려 간단한 짐과 책을 싣고 시청구(西城區)에서 하이덴구(海澱區)까지 도시를 절반 돌아다닌 적이 있었다. 오후가 되자마자 길바닥에 나서 붉은 해가 서쪽으로 기울 때까지, 그리고 다시 한밤중이 될 때까지 걷고 또 걸었는데도 자신을 하룻밤 재워줄 곳을 찾지 못했던 적도 있었다.

그는 지치고 배고프고 졸렸다. 페달을 밟는 두 다리가 뻣뻣해져 구부려지지 않았다. 어디든 잠시 몸을 눕히고 쉴 수 있었으면 좋겠다는 생각뿐이었다. 베이징 교외의 어슴푸레한 밤하늘을 보며 그는 슬픈 탄식을 멈출 수 없었다. '이렇게 거대한 도시 베이징에 내 책상 하나 놓을 공간이 없단 말인가?! 나중에 큰돈을 벌게 되면 아무 일도 하지 않고 매일 누워만 있어야지!'

……그 시절에 그는 돈을 벌기 위해 사방으로 뛰어다니며 일을 했다. 남들에게 무시당하고 사기를 당할 때마다 주먹으로 가슴을 치고 발을 동동 구르면서 독하게 다짐했다. '기다려라. 기다려라,

이놈들아. 나중에 큰돈을 벌어 반드시 내 손으로 문화 회사를 차리고 말 테다.…… 반드시 내 손으로 출판사를 차리고 말 테다.…… 반드시 내 손으로 영화와 방송회사를 차리고 말 테다.…… 반드시 높은 빌딩을 짓고 말 테다.…… 반드시…… 반드시…….'

하지만 그의 이러한 다짐들은 안락한 생활을 쟁취한 뒤로 전부 물거품이 되고 말았다. 이제 그는 매일 누워만 있을 수 있는 조건을 갖추었고 실제로 매일 누워만 있었다. 이제 문화회사를 설립하고 어떤 영화나 방송 관련 업무를 대행할 수 있는 조건도 갖췄지만 그냥 놀면서 아무것도 하려 하지 않았다. 생존경쟁의 스트레스가 사라지고 추구하는 목표가 사라지자 하루 종일 유유자적하며 누워만 지내느라 몸은 생기를 잃어버렸고 삶의 의지도 퇴색해버렸다. 지방이 쌓이고 고지혈증이 생겼다. 오래 누워 있어 허리가 아프고 견디기 힘들어지면 일어나 앉아 인터넷을 하거나 신문을 뒤적였다. 때로는 강아지를 상대로 장난을 치기도 했다. 나머지 시간은 별로 하는 일 없이 무의미하게 허비했다. 여기저기 메이후이를 수행하여 사교 모임에 참석하기도 했다. 메이후이는 새로운 장난감을 얻은 아이처럼 그를 사람들에게 자랑하기 좋아했다. 어디를 가든지 그를 동반하고 싶어했다. 술자리는 물론, 비즈니스 장소나 골프 모임, 경마장 나들이…… 등등 신흥 귀족들이 출몰하는 곳이면 어디든지 그를 데리고 가서 얼굴을 내밀었다. 그럴 때마다 자신이 아끼는 강아지를 끌고 나온 것처럼 신이 났다.

민성은 술을 마시고 식사를 하면서 비즈니스를 논하는 이런 모임에 관심이 없었지만 억지로 동행해야 했다. 깃에 하얗고 빳빳하게 풀을 먹인 흰 셔츠 차림을 하고 한자리에 꼿꼿하게 앉아 모임이 끝날 때까지 사람들에게 웃음을 지어 보이면서 메이후이의 체면을 세워줘야 했다. 속으로는 사람들이 뒤에서 손가락질하고 있는 것이 분명하다는 것을 그도 모르지 않았다. '저기 좀 봐! 저 친구가 바로 베이징 최고의 기둥서방이라고!' 하지만 그는 여전히 허리를 꼿꼿이 세우고 조금도 불안하지 않은 척 고개를 끄덕였다. 미소 띤 얼굴로 사람들을 눈을 똑바로 쳐다보면서 애써 도량이 넓은 척했다. 레저에 있어서는 발달한 소뇌와 균형 잡힌 신체의 장점을 십분 발휘했다. 비용이 많이 드는 고급 게임이나 경기를 한 번 배우면 곧바로 터득했다. 골프 스윙 동작은 아주 시원했고 경마장 트랙에서 말을 달릴 때는 일부러 힘껏 고삐를 당겨 말이 멈추기 전에 앞발을 들고 울음소리를 토해내게 했다. 이처럼 말 등에서 징기스칸 같은 모습을 연출함으로써 수많은 신흥 부호들의 관심과 감탄을 유도했다! 이럴 때 그를 바라보는 메이후이의 눈빛은 무척이나 촉촉했다. 아끼는 물건에 대한 감탄과 자부심, 그리고 만족감이었다.

　온갖 레저와 오락을 지겹도록 즐기고 말 등에서의 연출도 전부 보여주고 나자 그는 또다시 메이후이를 따라 외출하는 일에 흥미를 잃고 말았다. 메이후이가 그를 데리고 외출하려 할 때마다 갖가지 핑계를 대며 거절했다. 아직 만족할 만큼 즐기지 못한 메이후이는 자연히 원망이 터져 나올 수밖에 없었다. 자신은 하루 종일 가족들을 부양하느라 땅에 발도 못 붙이고 녹초가 될 정도로 힘들게 일하는데 그는 옆에서 빈둥거리면서 조금도 도와주지 않는다고 툴툴댔다. 민성은 한 귀로 듣고 한 귀로 흘려버렸다. 짐짓 모른 척하며 침대 위에서의 피스톤 운동 시간을 늘리고 힘을 약간 더하는 방법으로 자신에 대한 메이후이의 가벼운 원망을 날려버렸다.

두 사람은 또 새로운 날들을 이렇게 평온하고 화목하게 보낼 수 있었다.

일 년도 되지 않아 민성의 도시 유랑자 기질이 재발했다. 유흥업소에 드나들기 시작하더니 다른 여자들과 노는 일이 결국 궤도를 넘어서고 말았다. 그는 원래 야성적인 사람이었다. 30년이 넘도록 아무런 구속 없이 세상을 떠돌면서 먹고 살았다. 들개나 들고양이처럼 쓰레기더미 속에서도 음식물을 찾아낼 수 있을 정도로 억세고 강인하게 생존하고 성장했다. 일단 우리 안에 갇히자 처음에는 의식주를 위해 마지못해 본연의 성질을 참아가며 모욕적인 시혜를 받아들였다. 그러나 위험과 신선함이 사라지자 더이상 버티지 못하고 과거의 굴욕과 곤경, 위험을 전부 잊어버린 채 다시 바깥세상을 동경하고 그리워하기 시작한 것이다.

반면에 메이후이는 필경 전통적인 관념을 가진 여자라 일단 결혼을 한 뒤로는 생각을 다잡고 더 이상 외도를 하지 않았다. 민성과의 결혼을 위해 그녀가 지불한 대가는 너무나 컸다. 전남편 가족과 결별하면서 그들에게 떼어준 엄청난 액수의 돈과 주식은 고스란히 그녀가 피땀 흘린 결과였다. 민성이라는 새로운 사람을 받아들이기 위해 그녀는 그런 엄청난 희생을 감수했던 것이다. 때문에 그녀의 마음속에서는 희망과 소중함이 교차했다. 죽은 남편 가족들의 몰인정한 모습이 원망스러웠지만 가시덤불을 헤치고 얻어낸 새로운 가정과 결혼이 소중했던 것이다.

하지만 이를 민성이 이해할 수 있을까? 물론 그렇지 못했다. 사람은 결국 자신일 수밖에 없었다. 다른 그 누구도 될 수 없었다. 그녀의 모든 감정과 욕망을 다른 사람이 이해하고 함께 나눈다는 것은 불가능한 일이었다. 행복은 여럿이 함께 누리고 나눌 수 있지만 고통은 오로지 그녀 자신만이 이해할 수 있었다. 혼자 묵묵히 참고 견뎌야 했다! 민성은 또 그녀를 얼마나 생각해줄 수 있을까? 민성은 이번 결혼에 돈 한 푼 들이지 않았다. 포경수술로 쓸모없는 살을 조금 잘라낸 다음, 그녀를 손에 넣기 위해 머리를 조금 썼을 뿐이다. 때문에 득실을 따지는 그의 느낌은 메이후이와 천양지차로 달랐다.

이번에 그가 데리고 논 여주인공은 샤오예즈(小葉子)였다. 메이후이와 동행했던 파티에서 만난 여자로 다른 부동산 사업가의 여자 친구였다. 샤오예즈는 보헤미안풍의 작은 꽃무늬 원피스 차림에 크리스찬 디올 가방을 들고서 뽐내듯이 걸었다. 매끄럽고 부드러운 팔을 부동산 갑부의 팔에 살짝 얹어놓고 있었다. 두 사람의 몸집이나 나이 차이를 보면 한눈에 정상적인 관계가 아니라는 것을 알 수 있었다. 방으로 들어가 손에 든 물건들을 내려놓은 사람들은 와인을 한 잔씩 들고 대화상대를 찾기 시작했다. 처음 이런 자리에 온 샤오예즈는 아는 사람이 거의 없었다. 무료하고 소외된 기분을 느끼며 애교 띤 눈초리로 주위를 더듬던 그녀는 이내 사람들 속에서 젊은 민성에게 눈길을 주기 시작했다.

이런 장소에서는 민성의 기질과 용모가 특별히 두드러졌다. 군계일학이었다. 그는 배가 불룩하게 나온 사장들처럼 흐리멍덩한 눈에 피로에 지쳐 딸기코가 되어 있지도 않았고 얼굴이 누렇게 뜨거나 눈이 충혈되지도 않았다. 민성은 하루 종일 혼자 한가로이 지내면서 휴양을 한 덕분인지 눈의 흰자위와 검은자위가 분명했다. 계란 흰자위 안에 검은 진주가 싸여 있는 것 같았다. 사람들 사이에 섞여 있는 그의 모습은 빼어나게 아름다웠다. 게다가 소심한 성격 때문에 부끄러움과 어색함, 우울함 등의 복잡한 표정을 숨기고 있었다. 이따금 이런 표정들이 드러나면 비즈니스맨이나 사장이 아니라 무대 위에서 공연하는 경극의 주인공이나 동성애의 여주인공 같았다.

이미 배가 나온 갑부 사장의 팔짱을 끼고 있는 샤오예즈의 눈에 돈 많은 젊은 사장들은 눈에 들어오지 않는 것은 너무나 당연한 일이었다. 하지만 꽃미남인 민성에게는 첫눈에 반하지 않을 수 없었다. 물극필반(物極必反)이었다. 때가 되면 반드시 필요한 것을 찾게 되는 법이었다. 샤오예즈는 민성의 내력을 알지 못했지만 본능적으로 그가 사업을 하는 사람은 아닐 거라고 생각했다.

어쩌면 분위기를 돋우기 위해 초대된 배우나 매체의 연예 담당 기자쯤 될 거라고 추측하면서 자신의 빼어난 미모에 의지하여 그를 향해 계속 추파를 던지고 있었다. 마침 민셩도 술잔을 들고 여전히 무료하고 불편해하던 터라 눈언저리로 추파를 던지를 샤오예즈를 발견하고는 그대로 받아주었다. 몇 차례 모임에서 두 사람은 이미 서로를 마음에 두고 있었다. 솔직하고 대담한 성격의 샤오예즈가 먼저 가까이 다가왔다. 두 사람은 한 차례 인사를 나눈 뒤로 자연스럽게 마음이 통했다. 말도 몇 마디 주고받지 않은 상태에서 두 사람은 서로를 장악했다. 남자는 공연히 갑부 사장의 행동을 방해했고 여자는 나이 든 억만장자 여자의 빈틈을 파고들다.

지화(地火)는 땅 밑에서 운행하기 때문에 겉으로 드러나지 않으면서도 맹렬하고 뜨겁게 타오를 수 있었다. 스무 살을 갓 넘은 나이에 애교가 넘치고 요염하고 달콤한 말솜씨를 지닌 외국어대학 3학년 학생인 샤오예즈는 민셩의 혼을 쏙 빼놓기에 충분했다. 전에 그녀 또래의 아가씨들을 만나보지 않은 것은 아니지만 이번에는 상황이 달랐다. 민셩은 이미 자유의 몸이 아니었기 때문에 두 사람의 행동에는 배신과 비밀의 맛이 더했다. 민셩은 무료함과 답답함을 전부 샤오예즈의 몸에 분출했다. 두 사람이 함께 있을 때의 목숨을 건 듯한 감정을 설명하기에는 영혼이 녹아내린다는 말로도 부족했다. 종메이후이와 관계를 맺은 뒤로 민셩은 어쩔 수 없이 고통을 참고 모욕을 견뎌야 했다. 이처럼 한 줌도 안 되는 가는 허리와 작고 매끄러운 몸집, 신선한 유방의 향기를 누려 본 것이 너무 오래 전 일이었다. 젊은 여자 특유의 맑고 깨끗한 기운 덕분에 그의 허리 사이에 달린 장총이 진정으로 봄날의 왕성한 혈기와 실력을 발휘할 수 있었다. 1년이라는 시간은 총과 탄약이 서로 맞물리기에 가장 좋은 세월이었다. 조준과 사격, 발사, 연발이 모두 자유롭고 힘 있게 이루어졌다. 총구를 이리저리 움직여 발사하면 샤오예즈는 마구 비명을 지르며 꽃가지가 떨렸다. 민성 자신도 덩달아 혼이 구천에 들어서는 것처럼 비명을 질러댔다.

이에 비해 메이후이의 느슨한 육체와 요란한 태도는 입에 올릴 가치도 없었다. 심지어 구역질과 혐오감을 불러일으키기도 했다. 그는 그녀의 환심을 사기 위해 그녀의 몸 위에서 있는 힘을 다 소진했고 항상 불법적인 착취를 당한 느낌이었다.

불장난을 하는 두 사람은 서로가 의지하는 상대의 신분을 알게 된 후, 처음에는 무척 신중한 태도를 보이며 사람들 앞에서나 아무도 보지 않는 곳에서나 항상 언행을 조심했다. 그 다음에는 어찌 된 일인지 민성이 샤오예즈에게서 과거에 누렸던 자유로운 야합의 향기를 느끼게 되었다. 젊은 여자들에게 숭배의 대상이 되어 언제 어디서든지 우위에 있던 시절의 쾌감과 미묘함을 다시 경험하게 되었다. 몇 차례 몰래 정을 통하고 신중하게 계산을 해 본 민성은 어느 갑자기 메이후이에게 사실을 밝히면서 용기를 내서 이혼을 제기했다. 더불어 사전에 미리 작성한 합의서를 꺼내 메이후이 앞에 내밀었다. 그녀의 서명과 함께 재산분할도 요구했다.

마침내 지화가 지표에서 연소하기 시작했다.

버럭 화를 낼 줄 알았던 메이후이는 뜻밖에도 아주 차분한 반응을 보였다. 모든 것을 다 알고 있었다는 듯이 담담하게 말했다.

"그래. 당신을 놔줄게. 가도 돼. 하지만 내 돈은 한 푼도 가져갈 생각 하지 마."

"내 몫도 있어요. 부부 공동재산이니까요."

그녀가 흥 - 하고 콧방귀를 뀌었다.

"남의 재산 가로채고 싶거든 먼저 혼인법부터 제대로 공부하고 와. 그러고도 문화인이라고 할 수 있겠어?"

말을 마친 메이후이는 소매를 뿌리치며 나가버렸다. 그는 할 말이 없었다. 무안해진 그는 재빨리 가서 책을 뒤져보았다.

혼인법은 최고인민법원의 해석을 근거로 했다. 사전에 약속하지 않았을 경우 일부 재산은 부부 공동재산의 분할범위에 속하지 않았다. 예컨대 개인의 혼전 재산과 4년이 경과하지 않은 생활 기물, 8년이 경과하지 않은 부동산은 부부 공동재산에 속하지 않았다.

당황한 그는 자신이 너무 경솔했음을 인정했다. 지금 당장 이혼한다면 정말로 한 푼도 가져갈 수 없었다. 이대로 나가면 다시 빈털터리 신세로 돌아가는 수밖에 없었다. '나는 왜 항상 이렇게 멍청한 걸까?' 그는 자신의 입을 찢어버리고 싶었다.

얼마 후 그는 샤오예즈를 찾아가 물었다.

"4년 내지 8년만 기다려줄 수 있겠어?"

샤오예즈가 말했다.

"쳇!"

샤오예즈는 이가 갈릴 정도로 그가 원망스러웠다. 그가 이혼을 거론한 것은 순전히 개인적인 행동으로 사전에 샤오예즈와 아무런 상의도 없었다. 진상이 드러나면 샤오예즈의 스폰서 역시 기댈 벽이 될 수 없었다. 그녀 역시 서둘러 짐을 정리해 빠져나갈 방도를 찾아야 했다.

그제야 민성은 자신의 행동이 일방적인 감정의 소치였다는 것을 깨달았다. 혼자 귀신에 홀린 것이었다. 일이 이렇게 된 이상 민성은 양자택일을 해야 했다. 빈털터리로 나와 다시 떠돌이가 되거나 아니면 고개를 숙이고 들어가 잘못을 빌고 목숨을 부지하는 것이었다. 그렇게 8년의 형기를 채우면 다시 자립을 도모할 수도 있을 것이었다.

선택할 수 있는 경우의 수가 많지 않은 상태에서 민성은 본능적으로 자신에게 가장 유리한 길을 택했다. 그는 지금의 부귀와 안락을 포기할 수 없었다. 대장부는 굽힐 줄도 알고 펼 줄도 알아야 하는 법이었다. 잘못을 인정하는 것도 어려울 것이 없었다. 문제는 그가 잘못을 인정한다 해서 메이후이가 용서하고 받아줄 것인가 하는 것이다.

민성은 한동안 집 잃은 개처럼 가슴이 두근거렸다. 하루도 버티지 못할 것처럼 불안했다.

사태의 진상이 어떻게 샤오예즈가 의지하고 있는 갑부의 귀에 들어갔는지 알 수 없었다. 필경 이런 일은 영원히 숨길 수 없는 법이었다. 갑부가 불같이 화를 낸 것은 샤오예즈 때문이 아니었다. 이런 여자는 도처에 널려있어 손만 뻗으면 얼마든지 주울 수 있었다. 갑부가 분개한 것은 민성이 감히 분수도 모르고 자신의 존엄을 침범했기 때문이었다. 격노한 그는 사람들을 보내 그를 손봐줄 작정이었다. 적어도 어떻게든 교훈을 주어야 했다. 메이후이의 체면을 고려한 그는 서둘러 행동으로 옮기지 않고 사선에 암시를 주었다. 두 집안이 줄곧 돈독한 협력관계를 유지해 온 만큼 돈과 여자, 복수 사이에서 나름대로 균형을 찾아야 했다.

메이후이는 갑부가 분노를 털어놓으면서 하소연하자 우선 자세를 낮추고 반복해서 사과를 한 다음, 장탄식을 하면서 자신도 피해자임을 밝혔다.

두 부자는 서로가 가엾게 여겨졌다.

그들은 조건을 상의하기 시작했다. 결국 메이후이는 자기 회사의 피를 뽑아 상대방 회사의 조직에 힘을 보태는 방법으로 분쟁을 진압하고 민성의 생명을 온전히 지켜냈다. 두 사람은 이번 추문을 바람결에 흘려보내고 뱃속에서 가둬버림으로써 다시는 언급하지 않기로 약속했다.

민성은 메이후이가 전남편 가족과의 두 차례에 걸친 재산분할 분쟁을 겪으면서 이미 강철처럼 단단해져 있다는 사실을 알지 못했다. 민성과 혼인신고를 하면서 그녀는 개인명의의 재산을 전부 효과적으로 지배할 수 있도록 형식을 전환하는 등 단단히 방비를 해두었다. 심지어 일부 재산은 자신의 조카와 외손녀 명의로 해두었다. 그녀에게는 혼인관계가 혈연관계보다 믿을 만한 것이 못 됐다. 이는 삶이 그녀에게 가져다 준 비애였다. 아니면 괴롭고 쓰린 경험들을 통해 성숙한 결과인지도 몰랐다.

어쨌든 민성이 아무리 발버둥쳐도 그녀의 재산을 분할할 수 없었다.

방비는 방비 이상이 될 수 없었다. 방비는 사건의 발생을 최대한 피하기 위한 조치였다. 그녀는 민성이 어느 날 자신을 배신할 것이라는 상상은 하고 싶지 않았었다. 아무 걱정 없이 둘이 백년해로할 수 있기를 바랐다. 하지만 배신행위가 발생했다. 그것도 결혼한 지 1년도 채 되지 않아 너무나 빨리 찾아왔다. 그녀는 결혼 자체가 민성이 오래 전부터 계략을 꾸민 결과라고 생각했다. 혼전에 이미 재산분할을 계획했던 것이라고 의심할 이유가 충분했다. 그녀가 상심했을까? 상심하지 않았다면 거짓말일 것이다. 민성의 변심과 그의 후안무치한 재산 요구는 그녀의 마음을 너무나 아프게 했다. 다행히 상심의 정도는 예상보다 심하지 않았다. 그녀는 이미 두 차례나 엄청난 마음의 상처를 경험한 터였다. 상처를 입고 딱지가 앉으면 상당한 내성이 생기기 마련이었다. 민성이 다시 그 자리를 칼로 긋는다 해도 그는 마음이 약하기 때문에 모질고 잔인하게 칼질을 하지는 못할 것이었다.

그녀는 갑부가 그를 손보려 했다는 사실과 자신이 사태를 수습한 결과를 민성에게 알려주었다. 민성은 이에 대해 감격하거나 참회하는 태도를 보이기는커녕 오히려 목을 꼿꼿이 세우고 강경한 어투로 말을 받았다.

"해볼 테면 해보라고 해요! 내가 저지른 일이니 죽이든 능지처참을 하든 맘대로 하라고 해요!"

입은 강경했지만 실제로는 다리를 부들부들 떨고 있었다. 떨리는 다리는 멈출 줄 몰랐다.

뻔뻔하고 주제를 모르는 그의 항변을 들으면서 메이후이는 이가 갈리도록 그가 원망스러웠다. 발로 몇 번이고 걷어차야 분이 풀릴 것 같았다. 메이후이는 그가 겉으로는 강한 척 해도 속은 나약하기 그지없다는 것을 누구보다 잘 알고 있었다. 그의 속마음이 어떤지도 잘 알고 있었다. 그녀는 그를 당장 쫓아낼 자격도 있고 이유도 충분했다. 하지만 메이후이는 결국 그를 용서했다.

메이후이가 그를 용서한 가장 중요한 이유는 자신의 임신사실을 알았기 때문이었다. 이는 갱년기에 처한 그녀에게 마지막 복음(福音)이었다. 초고령 임산부라 출산 과정에서 상당한 생명의 위험을 감수해야 했지만, 그래도 그녀는 아이를 낳기로 마음먹었다.

아이에게 생부를 갖게 해주기 위해 메이후이는 타협을 택했다. 이를 악물고 민성을 너그럽게 용서하기로 한 것이다. 과거의 잘못은 일체 묻지 않기로 했다. 한 아이의 부모가 되는 그 순간부터 두 사람의 새로운 생활이 시작될 것이었다.

민성이 일으킨 이혼소동은 흐지부지 끝이 났다.

화를 자초한 샤오예즈 역시 갑부의 강요에 의해 베이징에 머물지 못하게 되었다. 자칫하면 졸업장마저 받지 못할 뻔했다. 나중에 들은 얘기에 의하면 어느 미국인을 따라 혼자 외국으로 건너갔다고 했다.

종메이후이는 나이 쉰이 넘어 딸을 하나 낳았다. 그녀는 진귀한 보물을 얻게 되자 자신에 대한 자신감도 한층 커졌다. 이제 그녀에게는 아들도 있고 딸도 있었다. 아들이 대학에 들어간 뒤에 딸을 하나 더 낳았으니 그야말로 세상에서 가장 행복한 여인이라고 할 수 있었다. 딸은 빼어난 외모를 갖고 있었고 초고령 임산부가 낳은 아기임에도 불구하고 아무런 질병이나 장애가 없었다. 오히려 똑똑하고 영리한 것이 두 사람의 장점을 두루 물려받은 것 같았다. 딸을 얻은 메이후이는 민성을 얻었을 때보다 더 기쁘고 자랑스러웠다. 그녀의 모든 관심이 아이에게 집중되었다. 한없는 기쁨과 행복감에 젖어 있었다.

하지만 아이의 아버지인 민성은 의기소침했다. 아이의 출생을 위해 그가 임신을 한 것도 아니고 아기가 그의 배에서 나온 것도 아니다 보니 그에게는 실질적인 행복감이나 감동이 느껴지지 않았다. 이 집안의 모든 행복감은 메이후이 한 사람에게 집중되었다. 그는 그저 메이후이를 돋보이게 해주는 존재로서 그 행복의 언저리를 이해할 수 있을 뿐이었다. 이제는 아무런 쓸모도 없는 방망이가 되고 말았다. 아이가 태어난 뒤로 메이후이는 그를 필요로 하지 않았다. 갱년기가 끝날 즈음이라 정력도 좋지 않은 데다 아이를 키우고 젖을 먹이느라 부부 사이의 요구는 사라진지 오래였다. 민성은 집안의 장식품이 된 것 같았다. 있어도 그만 없어도 그만인 존재였다. 메이후이가 부부관계를 개선시키기 위해 최선을 다해 방법을 찾았지만 민성은 여전히 우울함에서 벗어나지 못했다. 집안에서의 서열도 심각하게 추락했다. 딸보다 뒤인 것은 물론이요, 산후도우미나 가정부, 요리사, 운전기사보다도 뒤였다. 이 집에 있는 모든 사람이 그보다 쓸모 있고 없어서는 안 될 존재이고, 오로지 그 혼자만 쓸모없는 존재인 것 같았다.

'좋아. 쓸모가 없는 것도 나쁘지 않아.' 그는 속으로 자신을 저주했다. '어차피 나는 쓸모없는 인간이니까 때가 되면 마음 편하게 떠나주지.' 한 차례의 교훈을 통해 그는 훨씬 신중해져 있었다. 다음에는 사전에 계획을 잘 세우고 참을성 있게 만 8년을 견뎌낸 뒤에 이혼을 제기하여 반드시 재산의 절반을 쟁취해야겠다고 마음먹었다.

그는 속으로 생각했다. '8년이 지나도 나이가 마흔 너덧 정도밖에 안 되니 큰돈을 벌어 남자의 황금시대를 맞이할 수 있을 거야. 수중에 돈이 있으면 젊은 아가씨들을 품에 안는 일은 식은 죽 먹기지. 하지만 그때가 되면 그녀는 몇 살이지? 벌써 쉰 예닐곱이면 완전히 할머니인데, 그때 가서 그녀가 날 어떻게 할 수 있겠어? 더 이상은 붙잡지 못할 것이고 산 채로 죽이지도 못하겠지.'

아이가 생기면 세월이 빨리 흐르는 법이다. 두 사람의 딸은 어느새 초등학교 1학년이 되었다.

메이후이의 사업은 안정적이었고 포브스 부호 순위에도 이름을 올렸다. 이미 지천명의 나이를 넘긴 그녀는 여전히 왕성한 에너지로 국내외 비즈니스와 협상, 매체와의 접촉으로 분주하게 뛰어다니며 아름답고 눈부신 모습을 보여주었다. 조금도 늙어 보이지 않았다. 아이가 태어나고 만 한 달이 되었을 즈음, 메이후이가 비즈니스를 구실로 한국을 방문하여 안면 근막 조형수술과 복부 지방흡입수술을 받았다는 사실을 그는 알지 못했다. 수술은 대단히 성공적이었다. 베이징으로 돌아왔을 때는 수술의 상처가 완전히 아물어 전과 다름없이 깨끗했다. 안면근육의 8분의 1 정도가 움직이지 않아 몇 가지 표정을 잃긴 했지만 전체적인 모습은 다시 30대로 돌아간 것 같았다. 사람들은 뒤에서 젊은 남자의 정기를 받았기 때문이라고 수군거렸다.

그는 어땠을까? 그는 더 이상 몸에 칼을 댈 수도 없었고 피부의 일부를 절개할 수도 없었다. 비장의 무기가 사라지자 나이말고는 그녀를 압박하고 회유할 무기가 하나도 없었다. 하지만 이제 와서 나이가 무슨 의미가 있단 말인가? 그녀도 수술을 통해 얼굴은 그와 거의 비슷한 수준으로 젊어져 있었다. 두 사람이 함께 서면 잘 어울리는 부부의 모습이 되었다. 심지어 그가 그녀보다 더 초췌하고 나이든 것처럼 보일 때도 있었다.

그의 체력과 정력은 빠르게 나빠지기 시작했다. 심지어 활기는 메이후이보다 못했다. 정신이 산만하고 열정도 부족했다. 머리를 전혀 쓰지 않다 보니 원래 지니고 있던 젊은 사람의 기지와 민첩함은 전부 사라져 버리고 안락한 생활에 포동포동 살만 쪄서 전형적인 중년의 뚱보가 되고 말았다. 베이징에 그처럼 피부가 하얀 뚱보는 얼마든지 있었다. 아마도 이는 현지의 수질과 알칼리성 토양과 무관하지 않은 것 같았다. 중년 남자는 자칫 조심하지 않으면 갓 쪄낸 찜통 안의 만터우(饅頭)처럼 푹신푹신하고 통통한 몸집 때문에 후덕해 보일 수 있었다. 하지만 민성은 편안하게 사육되다 보니 자신의 능력을 발휘할 줄도 몰랐고, 일을 하지 않아 현실감각도 없었다. 사람 자체가 완전한 맹탕이었다. 그의 뒤룩뒤룩한 지방 안에는 문인정객의 기민함이나 중후함, 예지 따위는 찾아볼 수 없었고 시인 예술가의 호탕함과 대범함도 없었다. 비즈니스맨의 변화와 교활함은 더더욱 결여되어 있었다. 하루 종일 무위도식하며 아무 일도 하지 않아 어리석고 우둔한 모습만 남아 있었다. 그의 중요 무기였던 총마저도 점차 쪼그라들어 쓸모가 없게 되었다. 돈과 사회적 지위야말로 남자의 양기를 북돋우는 진정한 강장제였다. 포경수술만으로는 한계가 있다는 사실을 알았어야 했다.

샤오예즈와의 연애가 실패한 뒤로 민성은 다시는 도를 넘는 행동을 하지 못했다. 그의 취미는 아이돌보기와 폭음이었다. 그는 메이후이가 과거의 잘못을 따지지 않고 다시 받아들여준 데 대해 고마움과 동시에 더 많은 두려움을 느꼈다. 평범한 집안의 여자들이 이런 일에 부딪칠 경우, 울고불고 난리를 치거나 온갖 욕을 퍼부으며 싸우려고 덤볐을 것이다. 하지만 이런 반응과 행동은 조금도 두렵지 않았다. 보통 여자들의 정상적인 반응으로서, 결국 남편을 되돌려 계속 부부생활을 유지하는 것이 목적이기 때문이다. 하지만 메이후이의 이런 아량과 차분함은 오히려 왠지 모르게 민성을 두렵게 만들었다. 메이후이는 평범한 여자가 아니었다. 사업을 키우고 큰 기업을 운영하는 여자는 이미 여자가 아니었다. 대단한 결단력과 잔인함을 갖춰야 이런 일이 가능했다. 선량한 보통 여자가 사회적으로 성공하는 것은 상상하기 어려운 일이었다. 메이후이의 냉정함은 그에게 두려움을 갖게 했다. 그녀가 하는 말에는 행간의 의미가 담겨 있었다. 그를 혼내주기 위한 무서운 음모가 감춰져 있는지도 모를 일이었다. 그는 항상 이 음모가 드러나는 시기를 예감하고 있었다.

그가 친척들을 방문하기 위해 고향으로 가려는 차에 마침 태양 흑점이 폭발하여 전 세계적으로 비행기 사고가 빈번하게 발생했다. 메이후이가 호의로 그를 타일렀다.

"괜찮을 거야. 걱정 말고 비행기 타요"

집에서 그를 위한 거액의 생명보험도 들어주었다. 그는 식은땀을 흘리며 속으로 생각했다. '죽으면 보험이 무슨 소용이야?' 한참 동안 속뜻을 따져보니, 이는 자신에게 던지는 경고나 마찬가지였다. 밖에 나가 조심하지 않고 경거망동하다가는 언제든지 뜻밖의 사고로 보잘 것 없는 목숨이 날아갈 수 있다는 뜻이었다. 자신이 어떻게 죽게 되는지 모를 뿐만 아니라 원귀가 되어서는 두 모녀에게 엄청난 이익을 가져다줄 수 있었다.

민성은 아무 말도 할 수 없었다. 단지 울분을 참으면서 딸에게 모든 희망을 걸 뿐이었다. 딸을 잘 구슬려 호신부로 삼으면 메이후이가 딸을 생각해서라도 자신에게 악랄한 수를 쓰지는 못할 것이라는 생각에서였다.

세월은 그렇게 덧없이 흘렀다. 그는 속으로 날을 세고 또 세었다. 마침내 만 8년을 잘 견뎌내고 다시 정신을 차리고 용기를 낸 그는 몇 차례의 수술로 예쁜 눈을 갖게 된 노부인의 곁을 떠나기로 결심했다. 이번에는 총기를 발휘하여 먼저 변호사를 찾아가 관련 법률에 관한 자문을 구했다. 변호사가 말했다.

"선생께서 말씀하시는 혼인법 규정은 진즉에 변경되었습니다. 그건 1993년의 사법해석이지요. 2001년에 새로 제정된 혼인법에서는 이런 견해를 부정하고 있습니다. 새로운 사법해석에서는 부부의 공동재산을 부부가 혼인유효 기간에 일방 또는 쌍방이 법률에 따라 취득함으로써 부부 쌍방이 소유권을 공유하는 재산으로 규정하고 있거든요."

"그렇다면 이혼할 때 재산분할을 위해 8년이고 4년이고 기다릴 필요가 전혀 없었던 말인가요?"

"그렇습니다. 두 사람이 혼인한 이후에 소유하게 된 재산은 전부 공동재산으로 봐야하기 때문에 이혼할 때 균등하게 분할됩니다. 다만 사전에 약속한 경우는 예외지요."

민성은 밖으로 나와 하늘을 올려다보며 속으로 울부짖었다!

'8년을 기다렸단 말이야! 그토록 힘들게 기다렸는데 법률이 개정되다니, 이게 말이 되는 소리야?'

법률은 얼마든지 개정되어 마음에 일정한 궤도가 없으면서도 항상 모든 것을 당연한 것으로 여기는 사람들의 마음속에 커다란 비탄을 남길 수 있었다.

개 씹할 축구

狗日的足球

개 씹할 축구

마라도나가 왔다!

류잉(柳鶯)의 심장이 쉬지 않고 뛰었다. 신문을 든 손이 자제할 수 없을 정도로 떨렸다. 마라도나, 마라도나, 정말 그 마라도나란 말인가? 정말 그녀가 지고무상으로 숭배하고 있고 머리가 온통 양털처럼 곱슬곱슬한(가운데 일부분은 노랗게 염색되어 있었다.), 키는 작지만 다리가 튼실하고 발끝에 항상 사람들의 눈길이 모이며 패스는 영원히 정확하고 그라운드에 나가 뛰기 시작하면 바람이 휘몰아치고 번개가 번쩍거리며 드리블은 초인적으로 거칠고 결정적인 기회를 놓치고 헛발질을 하는 일이 단 한 번도 없는 그 고수머리 사자 같은 축구의 거성 마라도나란 말인가?

류잉은 정신을 가다듬고 신문에 게재된 여섯 장의 커다란 컬러 사진을 자세히 살펴보았다. 맞았다. 틀림없는 아르헨티나의 마라도나였다. 마라도나는 7월 25일에 아르헨티나 푸가 청년팀을 이끌고 베이징을 방문하여 궈안(國安)팀과 한 차례 경기를 치를 예정이라고 했다. 그럴 리가? 그럴 리가 없어. 이게 어떻게 가능한 일이란 말인가? 류잉은 혼란한 마음으로 이 우상의 거친 얼굴에서 눈길을 거둬들였다. 마음속에서는 계속 덜컹거리는 소리가 났다. 세계 최고의 축구 스타 마라도나가 어떻게 축구가 별로 발달하지도 않은 동양의 이 도시를 찾아올 수 있단 말인가?

학교에 남아 교편을 잡은 지 얼마 되지 않은 젊은 교사 류잉은 이 갑자기 찾아온 행복에 완전히 사로잡히고 말았다. 그 순간 그녀는 발밑의 대지가 허공에 떠 있는 듯한 느낌이었다. 그녀의 눈에서 주위의 거리 풍경도 가볍게 흔들리고 있었다. 대로 위를 오가는 사람들의 모습은 뱀이나 쥐 같았다. 혹은 굴에서 나온 개미들이 이사를 하는 것 같았다. 바삐 움직이는 모습이 마치 거대한 지진의 징조에 놀란 탕산(唐山)의 모습이었다. 불시에 불이 들어와 반짝이는 백열광이 그녀의 눈꺼풀 안에서 명멸하는 바람에 더 이상 아무것도 뚜렷하게 볼 수 없었다. 류잉은 신문지를 품안으로 바짝 가져다 대고는 서 있기도 어려운 걸음으로 흐느적거리면서 비틀비틀 집 안으로 들어갔다. 땀에 젖은 7월의 끈적끈적한 열풍이 그녀의 얼굴과 등으로 불어오자 온통 황금빛 해바라기 잔무늬가 가득한 민소매 원피스가 등에 찰싹 달라붙었다. 하지만 명상에 빠져있던 류잉은 잔뜩 부풀어 오른 열기구 위에 심장이 매달려 서서히 위로 솟아오르고 있었다. 알 수 없는 갈망과 동경이 수

반되었다. 마라도나가 2백만 달러가 넘는 출장비 때문에 온 것이 아니라 오로지 그만을 바라보는 멀리 이름도 알지 못하는 동양의 여성 숭배자 류잉 때문에 먼 길을 마다하지 않고 중국에 왔고, 또 온 김에 중국의 인민축구 해방 사업을 지지하고 있는 것 같았다. 류잉은 도로 턱을 향해 걷는 내내 실없는 웃음을 웃었다. 걷는 모습이 술에 취한 것 같았다. 얼굴에는 잠시 후에 뜨겁게 사랑하는 연인의 품에 뛰어들어 온몸이 으스러지고 가루가 되어 죽는다 해도 조금도 아깝지 않을 것 같은 촉촉한 표정이 가득했다. 자기 집 문 앞을 한참 지나쳤는데도 그녀는 전혀 알아채지 못했다.

　마라도나를 통해 정식으로 입문하기 전까지 류잉은 축구에 대해 한 번도 흥미를 가져본 적이 없었다. 그녀는 축구팬이 아니었을 뿐만 아니라 반대로 전형적인 여성 '축구 맹인'이라 할 수 있었다. 축구에 대해서는 아무런 감응이 없었고 텔레비전에서 공을 차는 광경만 봐도 짜증이 나서 리모컨을 쥐고 탁탁- 스파크가 일도록 연신 채널을 돌려댔다. 특히 도저히 봐줄 수 없는 것은 삼삼오오 텔레비전 앞에 둘러앉아 중계방송을 보는 남자들이었다. 그들은 무리를 지어 가장 우아하지 않은 자세로 뒤엉켜 앉은 채 축구경기를 보았다. 옆에는 맥주를 박스째 쌓아놓기도 했다. 노인네 같은 내의를 배꼽 위로 한참을 걷어 올리고 눈알에는 취기가 오른 채 입으로는 게처럼 맥주 거품을 토해내면서 손가락으로는 발가락 사이를 후비대기도 했다. 이들은 텔레비전 안에서 이리저리 내달리는 선수들에 대해 수군대느라 정신이 없었다. 종종 상소리를 내뱉기도 했다. 얼굴은 온통 새빨개져 혀끝에서는 남근숭배와 관련된 단어들이 끊임없이 맴돌았다. 새떼의 입이 동시에 더럽게 오염되는 것 같았다. 류잉은 옆에서 듣고 있자니 구역질이 날 것만 같았다. 남자들이 이렇게 집단적으로 열광하는 것이 도대체 무엇 때문인지 알 수 없었다.

한두 번은 그녀도 앉아서 구경을 해보려도 시도했었다. 이른바 '잔디구장의 격전'이니 '힘과 미의 결합체'니 하는 것들이 만들어 내는 즐거움을 체험해보고 싶었다. 하지만 그녀가 눈에 끝까지 힘을 주고 바라보아도 20여 명의 작은 사람들이 죽을힘을 다해 가죽 공 하나를 쫓아다니며 몇 인치밖에 안 되는 텔레비전 틀 안에서 끊임없이 이리 뛰고 저리 뛰고 하는 것 말고는 아무 것도 보이지 않았다. 다시 고개를 돌려 경기를 구경하는 남자들의 모습을 훑어보았다. 남자들은 여전히 팔을 걷고 소매를 걷어 올리면서 "슛! 슛을 해야지!" 하고 소리치면서 대단히 활기차게 대결에 몰두하고 있었다. 류잉은 한순간 정신을 차릴 수 없었다. 멍청한 표정으로 자신의 봉황 눈을 크게 떠봤지만 다른 사람들은 도대체 텔레비전 안에서 무얼 보고 그렇게 좋아하는 건지, 자신은 어째서 그 사람들처럼 열광하지 못하는 건지 알 수가 없었다. 그 무엇이 그녀의 법안(法眼)을 가려 남들과 함께 즐기지 못하게 하는 건지 알 수가 없었다.

마라도나. 마라도나. 그나마 마라도나가 그녀를 축구에 눈을 뜨게 만들어 주었다.

1990년 월드컵 축구 경기가 벌어지던 그때, 그녀는 마침 지금의 남편, 당시에는 '약혼자'였던 양강(楊剛)과 재미없는 연애를 하고 있었다. 천지를 놀라게 하고 귀신을 울게 할 만한, 사회적 지명도가 아주 높은 한 남자와의 혼외정사의 좌절에서 아직 헤어나오지 못하고 있을 때였다. 그녀의 청춘과 열정은 그에 의해 만신창이가 되어 버렸다. 꿈과 현실, 삶과 죽음의 경계를 오가는 사이에 오랫동안 그녀에 대해 압박 수비를 해오던 동창생 양강이 상대팀 수비수를 제치는 고도의 기교를 이용하여 이제 막 그녀를 붙잡은 상태였다. 그런 다음 그녀가 정신을 못 차리고 풀백수비의 허점을 드러내는 순간을 이용하여 과감하게 드리블해 들어가 골문으로 쇄도하여 무참하게 그녀의 페널티 에어리어를 돌파했다. 일이 벌어진 뒤에야 경험을 정리해본 류잉은 자신의 이번 수비 실패가 절대로 있을 수 없는 일이라는 것을 뼈저리게 깨달았지만, 어디까지나 이미 공격해 들어온 공을 거꾸로 토해낼 수는 없는 법이었다. 두 사람은 이렇게 주거니 받거니 밑도 끝도 없는 공방을 벌였다. 더 큰 것을 위해 일부러 놓아주거나 맺고 끊는 맛이 없이 흐지부지한 태도로 드리블을 하는 것이 서로에게는 계륵임에도 불구하고 약간의 위로가 되었다. 요컨대 없는 것보다는 나았다. 이렇게 순식간에 수비수 셋을 제쳤다가 한 번 물러서기 시작하면 한없이 밀려나고 슛을 해야 할 때 슛 대신 패스를 하는 사이에 결혼이라는 바닥을 알 수 없는 골문에 조금씩 다가가고 있었다.

월드컵 축구 경기는 이런 배경 하에서 때마침 성대하게 개막되었다.

이미 수많은 사랑의 드리블에 의해 많은 고통을 겪어 몹시 지치고 피곤했던 약혼자 양강은 이제 몸과 마음을 다해 텔레비전 안에 펼쳐지는 경기에 몰두하고 있었다. 고체로 된 알코올 흥분제를 먹어 갑상선기능 항진증에서 벗어나지 못하고 있는 것 같았다. 류잉은 그제야 잠시 상대방의 페인트 킥과 감아 차기, 오버헤드 킥의 무료함에서 벗어나게 되었다. 양강은 며칠 동안 텔레비전을 껴안고 밤이 깊도록 중계방송에 빠져 있었다. 모든 경기를 거의 하나도 놓치지 않았다. 한밤중에도 집에 있지 않고 친구 집으로 달려가 여럿이 한데 모여 축구를 보거나 아니면 편집부 남자 동료들을 자기 집으로 데려와 텔레비전 속의 골 싸움에 단체로 뛰어들고 있었다. 두 사람이 살고 있는 기숙사식 건물의 미혼 가정집은 그야말로 무료 상영관이 되었고, 사람이 많다 보니 늦게 오기라도 하면 앉을 자리가 없었다. 집 안의 분위기도 양강이 현장의 분위기가 나도록 다양한 장식과 배치를 해놓은 터였다. 스폰서 회사들의 광고판만 세워져 있지 않았을 뿐, 다른 것들은 경기장과 별 차이 없이 완벽하게 구비되어 있었다. 경기 일정은 침대머리맡에 붙어 있었고 그릇을 놓는 선반과 냉장고 위에는 양강이 직접 제작한 스타들의 누적점수 순위차트가 붙어 있었다. 그 위에는 빨간 펜으로 여러 차례 수시로 고친 흔적도 남아 있었다. 사방의 벽은 더 가관이었다. 원래 류잉이 걸어놓았던 풍경화와 패션모델 사진, 애니메이션 인형, 목조 펜던트 등은 양강이 전부 어디론가 치워버리고 그 자리를 한결같이 검게 그을린 피부에 검정색 트렁크를 입은 남자들로 채워놓았다. 사진들은 모든 포즈와 동작을 망라하고 있었다. 슛을 날리는 동작도 있고 플라잉킥 동작도 있었다. 태클을 걸거나 몸싸움을 벌이는 자세도 있고 드리블을 하거나 얼굴을 들고 하늘을 쳐다보는 포즈도 있었다. 류잉은 매일 눈만 뜨면 부득이하게 온 벽을 가득 채우고 있는 커다란 머리와 거친 허벅지들을 마주하는 수밖에 없었다. 뚜껑이 열릴 정도로 화가 난 류잉은 그 빌어먹을 축구 스타들을 모조리 벽에서 뜯어내 불태워버리겠다고 고함을 질러댔다.

그 소리를 듣자마자 양강이 황급히 달려와 그다지 길지도 않은 두 팔을 벌려 재빨리 벽면을 막아서면서 말했다.

"자기야, 제발 부탁이야, 응 자기야, 제발 내 체면 좀 살려줘. 축구광 노릇이 그리 쉬운 줄 알아? 엄숙하고 진지하게 폼만 조금 잡는 모습을 어떻게 다른 사람한테 보여줄 수 있겠어?"

류잉이 말을 받았다.

"나 참! 알고 보니 자기가 축구광인 것도 결국은 남들에게 과시하기 위한 거였군? 안 돼! 늦기 전에 전부 떼어내. 제발 매일 밤 악몽 좀 꾸지 않게 해달란 말이야."

양강은 두 손을 앞으로 모아 합장을 하면서 고양이 우는 소리로 싹싹 빌었다.

"며칠만, 며칠만인데도 안 되겠어? 월드컵이 끝나면 곧바로 떼어낼 거야. 즉시 뗀다고."

류잉은 진실인지 거짓인지 모를 그의 불쌍한 모습을 보면서 더 이상 실랑이를 하기 싫어 한 번만 그의 타협을 받아주기로 마음먹었다.

이번에는 더 가관이었다. 그의 계획에 따라 두 사람의 기숙사 식 건물을 찾아오는 독신 남자들의 수가 훨씬 더 많아졌다. 게다가 이미 마누라를 얻은 사람들도 자정 전까지 자기 집에서 여자의 비위를 맞춰주다가 열두 시를 알리는 종소리와 함께 별빛을 타고 달빛을 머리에 이고서 아주 멀리서 자전거를 몰고 류잉의 집으로 찾아왔다. 류잉은 축구를 즐기는 이 사람들이 이렇게 성실하고 부지런한 걸 보면서 마음속으로 뭔가 다른 꿍꿍이가 있는 게 아닌가 하는 생각이 들었다. 양강은 자신의 축구광 전우들을 위해 자리를 다 정리해놓고 기다리고 있었다. 일찌감치 맥주도 준비해 놓고 바닥에 벽돌을 쌓아 한 사람씩 앉을 수 있도록 자리를 마련해두었다. 사람들은 양강의 실내 장식이 뛰어나다며 연신 칭찬을 늘어놓았다. 가식적으로 그의 마르고 약한 샌님 같은 새 가슴을 주먹으로 가볍게 치면서 같은 부류끼리 서로에 대한 인정을 표시하기도 했다. 그 순간 양강은 만족스런 표정으로 부드러운 초식동물의 송곳니를 드러내며 바보처럼 웃어댔다.

시차 때문에 서양에서 열리는 경기가 동양의 중국에 생중계 되는 시각은 대개 이미 자정이 넘은 뒤였다. 하지만 이것도 막 집에 돌아온 축구광 약혼자 양강을 막지는 못했다. 이럴 때면 류잉의 눈에 양강은 정말로 한밤중에 시끄럽게 울어대는 고양이 같아 보였다. 파란 흰자위에 희미하게 쪽빛을 뿜어내는 눈동자와 팔이 다 드러나는 티셔츠에 짧은 반바지를 입고 앉은뱅이 의자에 쭈그리고 앉아있는 모습이(소파는 너무 훌륭한 자리라 손님들에게 내주었다) 표준형 축구광 같았다. 그는 맥주를 한 모금 들이켜고 나서 땅콩을 한 알 집은 다음 감정이 북받치는 표정을 지으면서 목에서는 고양이가 발정기가 되었을 때 내는 낮은 울음소리를 냈다. 그가 부른 패거리들도 하나같이 짐승처럼 이상한 소리를 내면서 환호작약했다. 맥주병과 재떨이가 바닥에 아무렇게나 나뒹구는 모습이 꼭 고양이들이 무책임하게 남의 집 창턱을 오르는 것 같았다. 이런 상황에서 미혼이라 아직 동거를 해서는 안 되는 류잉은 하는 수 없이 단정하게 옷을 갖춰 입고 앉아 텔레비전 안과 밖에서 남성미를 과시하는 생물들이 머리로 벽을 부수기라도 하려는 듯이 이리저리 날뛰는 모습을 지켜봐야 했다. 그들이 흥분하다가 자신이 정성스레 마련한 작은 집을 고양이 밥그릇처럼 망가뜨리지나 않을까 걱정하면서 속으로만 씩씩거리면서 바라보고 있어야 했다. 류잉이 기가 막혀 하는 것은 이것뿐만이 아니었다. 그녀는 정말이지 그 염병할 축구경기를 보는 것이 이렇게까지 난리법석을 떨 만한 일인지 알 수가 없었다. 특히 양강은 침대에서 이미 힘이 다 빠진 상태라 바나나킥도 제대로 찰 수 없는 사람인데 이 순간만 되면 또 어디에서 헤딩슛이라도 할 것 같은 정력이 나오는지 신기하기만 했다.

류잉은 경기장에 가는 것을 피할 뿐만 아니라 방관자로서 까닭 없는 분노를 품곤 했지만 겉으로는 내색을 하지 않은 채 차분히 생각을 해보았다. 대로변을 걷다 보면 길가의 작은 술집마다 남자들이 한데 모여 축구경기를 보는 장면이 떠올랐다. 회사의 남자 동료들이 출근하자마자 미친 듯이 어젯밤의 축구경기에 관해 왈가왈부 떠드는 모습도 눈에 선했다. 나이 많은 사람이나 젊은이나 할 것 없이 국장에서 부처장에 이르기까지, 학과 주임에서 조교 실습생에 이르기까지 모든 남자들이 축구용어 속에서 하나가 되고 한 덩어리로 똘똘 뭉치는 상황이 떠올랐다. 또다시 눈앞에 정신을 집중하고 입에 거품을 무는 젊은 남자들을 보고 있자니 축구라는 것이 원래 남자들 세계의 언어였다는 사실을 확실히 깨닫게 되었다. 사람들 사이의 장벽이 높아가는 시대에 남자들은 이 놀이에 의존하여 서로 이야기를 나누며 소통하고 있었다. 함께 먼 옛날 수렵시대에 사냥감을 쫓고, 여자들을 쫓고, 천지간의 모든 만물을 쫓던 민첩하고 용맹하며 휘황찬란했던 일들을 회상하고 추억하고 있었다. 어떤 남자에게 이런 언어가 결여되어 있다면 눈을 감은 채 완전히 소외되어 몇 시간 동안은 다른 사람들과 그 언어로 이야기하지 못할 것이고, 결국 남성 집단에서 쫓겨나고 말 것이다. 그야말로 남자가 될 자격을 잃게 되고 멀쩡하게 남들의 무시와 비웃음의 대상이 되는 것이다. 그리고 보면 양강 같은 샌님이 필사적으로 이런 대열에 합류하려고 애쓰는 것은 너무나 당연한 일이었다. 류잉의 약혼자 양강처럼 억지로 부드럽고 환한 미소를 짓고 있는 샌님들은 사실 얼굴에 남자 집단에서 소외될 것을 걱정하는 마음속 두려움이 그대로 드러나 있었다.

정말 가련한 가치가 아닐 수 없었다!

류잉의 눈길이 또다시 커튼을 통해 창밖을 향했다. 창밖으로 보이는 모든 집들에 불이 켜져 있었다. 온 세상, 아니, 남자가 있는 거의 모든 가정이 형광등을 환히 밝히고 있었다. 온통 기이한 유혹이었다. 축구는 원래 남자들에게는 현세의 등불이었다! 그 발끝에서 거세게 타오르는 야성의 불길이 문명에 지친 그들의 현재 생활을 환하게 비춰주고 있는 것이었다. 어쩌면 그들의 막막한 미래를 일깨워주고 있는 것인지도 몰랐다.

류잉은 이미 양강과 축구광 손님들에게 모질게 화를 낼 수 없었다. 사는 게 정말 쉽지 않고 충분히 비참한 남자들이 작은 가죽공 하나를 통해 선조의 젠더를 복습하고 있다는 생각이 들었다. 게다가 남자들 대부분은 직접 공을 들고 나서서 뛰어볼 수 있는 가능성마저도 없이 그저 십만팔천 리나 떨어진 작은 공간에서 몇 인치짜리 정방형 텔레비전 앞에 둥그렇게 모여 앉아 작은 유리덮개를 통해 집단적 회고와 그리움에 젖을 뿐이었다. 아, 너무나 불쌍했다! 그런 그들에게 그녀가 또 무슨 말을 할 수 있겠는가? 게다가 며칠만 너그러이 봐주고 먼저 학교 독신자 기숙사로 돌아가 한바탕 휩쓸고 지나갈 축구를 피했다가 나중에 다시 얘기하면 될 일이었다. 필경 4년에 한 번 찾아오는 축제인 만큼, 더 이상 강경하게 막는다 해도 소용이 없을 것 같았다. 차라리 며칠 잘 참고 넘기는 것이 상책이었다.

　류잉은 갈아입을 옷을 몇 점 챙겨가지고 조용히 일어나 약혼자의 작은 집을 나왔다. 학교 기숙사로 돌아가 조용히 피해 있을 작정이었다. 하지만 그녀가 전혀 생각지 못했던 일이 발생했다. 룸메이트인 젊은 여교사 샤오리(邵麗)도 진정한 가짜 축구팬이었던 것이다! 샤오리는 어디서 났는지 고장이 나서 흑백으로만 나오는 컬러텔레비전 한 대를 가져왔다. 완전한 흑백은 아니었지만 이상하게도 컬러는 전혀 나오지 않았다. 하지만 모니터 앞에 앉으면 부러울 것이 없었다. 물론 가장 중요하고 가장 화가 나는 일은 샤오리가 열애 중인 남자친구를 데려다 함께 축구경기를 본다는 것이었다. 두 사람은 깔깔거리면서 손과 입을 가만히 두지 않았고 수시로 몰래 공동의 동작과 언어를 찾아 주고받았다. 그럴 때면 류잉은 경기장 상공에 매달려 있는 등처럼 보지 말아야 할 사소한 것들까지 전부 알게 되어 난처하기 그지없었다.

　이번에 류잉은 먼저 자기 자신의 멍청함에 화가 났다. 그녀는 속으로 남자들이 집단으로 난리법석을 떨면서 축구광을 자처하는 것은 그렇다 치고, 수컷 부류의 우두머리들이 하나같이 축구의 골수분자인 것도 못마땅한데 여자들까지 축구광으로 변해버리는 것은 또 무슨 조화인지 알다가도 모르겠다는 생각이 들었다. 반바지 차림으로 이리저리 떼를 지어 마구 돌아다니는 수염 덥수룩한 남자들에게 볼 만한 것이 뭐가 있단 말인가? 쟈오종샹(趙忠祥)의 ≪동물세계≫나 쥐핑(鞠萍) 언니의 ≪동화극장≫보다 더 볼 만한 게 뭐가 있단 말인가? 《나는 우리 집이 좋아요(我愛我家)》 같은 공허한 농담과 수다로 가득 찬 멜로드라마도 축구장에서 뛰어 다니다 골을 넣는 단조로운 동작보다는 훨씬 볼거리가 풍부했다. 샤오리 애는 또 도대체 어떻게 된 일인가? 연애를 하기 전까지는 축구에 전혀 관심이 없던 아이가 아니던가!

정말로 또다시 훼방꾼이 되고 싶지 않았던 류잉은 하는 수 없이 풀이 죽은 채 '돌아오라 소렌토'처럼 난장판이 되어 버린 자신의 작은 소굴로 되돌아와야 했다. 온통 남자 손님들로 가득한 상황에서 여주인인 그녀가 오히려 외부인처럼 보였다. 서 있을 자리도 없고 앉을 자리도 없이 천덕꾸러기처럼 말도 못하고 소파 한쪽 구석에 몸을 웅크리고 있는 그녀는 텔레비전에는 눈길도 돌리지 않고 졸린 눈을 감았다. 귓가에는 텔레비전에서 흘러나오는 축구장의 호각소리만 희미하게 들려왔고 코로는 같은 공간에 있는 한 무리의 남자들이 극도로 흥분하여 쏟아내고 있는 콧김과 땀내, 역한 발 냄새를 맡고 있었다. 입으로는 환각상태로 이끄는 메케한 니코틴 연기가 사정없이 들어오고 있었다. 그녀는 반복되는 축구의 다양한 킥과 패스, 숏 동작 속에서 관객의 슬픈 마음으로 경기장 안팎에서 벌어지고 있는 사람들의 그 단호하면서 히스테릭한 광란과 축전을 고통스럽게 견디고 있었다.

다행히도 양강은 갑상선 항진증 때문인지 가끔씩 자기 아내의 모습을 훔쳐보았다. 류잉이 고통스러워하는 모습을 본 양강은 몹시 미안해하며 환심을 사려는 듯이 발소리도 나지 않게 살금살금

가까이 다가가 그녀의 자세를 편하게 바로잡아 주었다. 평소 같았으면 아내를 품에 끌어안고 달랬겠지만 지금은 외부 사람들의 눈에 거슬릴까 두려워 감히 친밀함을 드러내지도 못했다. 그는 낮은 목소리로 그녀의 기분을 물으면서 가볍게 얼굴을 토닥여주었다. 그러고는 유혹의 느낌이 가득한 어투로 말했다.

"자지 마. 자지 말라고. 이렇게 자다가는 감기에 걸린단 말이야. 얼른 눈 뜨고 마라도나 좀 봐. 마라도나가 나온단 말이야!"

"마돈나는 무슨 얼어 죽을 마돈나야?"

류잉은 몸을 몇 번 비틀면서 귀찮은 표정으로 실눈을 뜨고 힘없이 텔레비전 모니터를 쳐다보았다. 그녀는 양강이 말한 사람이 가수 마돈나인 줄로 잘못 알고 있었다. 축구장의 휴식시간을 이용하여 멍청한 미국 여자를 불러내 마음껏 "나는 처녀야. 나는 처녀야." 하면서 좀 모자란 듯한 노래를 부르게 하려는 것인 줄로 알았다. 하지만 마돈나는 없었다. 모니터에는 여전히 스무 명이 넘는 사내들이 이리저리 뛰어다니고 있었다. 류잉은 양강이 자신의 쪽잠을 방해한 것에 몹시 화가 났지만, 남들 앞에서 아이를 때리기 어려운 것처럼 손님과 친구들 앞에서 약혼자에게 화를 낼 수가 없었다. 실망한 그녀는 하는 수 없이 다시 눈을 감고 고개를 건들거리며 졸기 시작했다. 양강이 조급한 마음에 또다시 그녀의 얼굴을 가볍게 토닥거리며 말했다.

"마누라, 얼른 눈 좀 떠봐. 마라도나야. 백넘버 10번, 미드필드 엔진. 세계 정상급 축구 선수란 말이야. 안 보면 평생 후회할걸!"

양강은 류잉이 축구경기를 볼 줄 모르는 것에 대해 다소 체면이 서지 않았다. 류잉은 어렴풋이 그가 자신을 '마누라'라고 부르는 소리를 들었다. 귓속이 신선해지는 느낌이었다. 그가 사람들 뒤에서 항상 '자기야'라고 불렀던 것이 생각났다. 그런데 지금은 축구의 힘으로 축구광 형제들 앞에서 뜻밖에도 그가 자신을 '마누라'라고 부르는 것이었다. 이는 일종의 허세였다. 판권소유자가 저작권 위반자를 추궁할 수 없다고 주장하는 대단히 뻔뻔하고 후안무치한 행동에 다름 아니었다. 류잉은 축구라는 것이 사람들을 아주 대담하게 만들고 있다는 생각이 들었다. 그가 더 이상 피할 방법이 없도록 치근덕거리자 그녀는 하는 수 없이 다시 눈을 뜨고 초점이 흐려진 눈빛을 휘청거리며 텔레비전 모니터로 향했다. 자욱한 니코틴 연기의 장애물을 뚫고 또다시 이리저리 뛰어다니는 스무 명 남짓의 파란 유니폼을 입은 난쟁이들 사이에서 류잉은 마침내 희미하게나마 커다란 등 번호 '10'을 구분해냈다. 이어서 이 유니폼을 입은 사람의 실루엣을 어렴풋하게 확인했다. 땅딸막하고 둥그스름한 형체였다. 류잉은 속으로 생각했다. 에휴! 어쩌면 사람이 저렇게 작을 수 있는 거지!

류잉의 첫 번째 인상은 이 사람이 너무 작다는 것이었다. 외모로만 보아서는 절대로 축구 선수로 여겨지지 않았다. 오히려 바벨에 눌려 체구가 단단해진 역도 선수 같았다. 장신의 건장한 축구선수들에 둘러싸여 볼을 빼앗는 상황에서 이 사람은 그야말로 군학일계였다. 이렇게 귀엽고 작고 허약한 모습은 곳곳에서 모욕을 당하다가 단 한 번의 공격에도 쓰러질 것만 같았다. 류잉은 여성적인 측은지심으로 잠재의식 속에서 이 10번을 걱정하기 시작했다.

아니나 다를까 몸집이 큰 선수들이 기회를 놓치지 않고 그에게 달려들어 태클을 하고, 다리를 뻗고, 발로 차고, 또 태클을 걸고, 밀치다가 잡아당기곤 했다. 퍼덕. 바닥에 넘어진 이 사내는 사지를 짚고 있는 모습이 거북이 같았지만 갑자기 두 팔을 짚고 일어나서는 드리블을 하면서 맹렬하게 앞을 향해 달려갔다. 하지만 몇 걸음 못 가서 또 철퍼덕 하고 자빠졌다. 이번에는 완전히 넘어지지 않고 앞구르기를 하면서 금세 일어났다. 발밑에 공이 없는데도 계속 앞을 향해 달려갔다. 사방에 건장한 사내들이 협곡이나 담장처럼 빽빽이 둘러싸 가로막는 상황에서도 이 작은 체구의 마라도나는 공처럼 차이고, 밀리고, 걸리며 계속 앞을 향해 달려갔다. 류잉의 마음이 그에게 매달리기 시작했다. 잠기운은 완전히 사라지고 약자에 대한 연민으로 인해 특별한 마음으로 그를 바라보게 되었다. 10번을 뚫어져라 주시하게 되었다. 씩씩거리던 마라도나가 또다시 태클에 걸려 넘어졌다. 정말로 호되게 넘어졌다. 마라도나의 근육과 피부가 땅에 닿는 순간의 거친 마찰음이 텔레비전 유리 모니터 밖에 있는 그녀의 귀에까지 들렸다. 한순간에 류잉의 가슴이 내려앉았다. 자신의 몸 어딘가의 살과 피부가 땅바닥에 부딪친 것처럼 아파왔다. 괴롭힘을 당하는 약자와의 교감이 이루어지는 것 같았다. 또다시 곧바로 몸을 굴려 일어난 마라도나는 다리를 들고 민첩하게 발 아래로 볼을 컨트롤하면서 드리블을 시작했다. 퍼덕. 또다시 가로로 뻗어 온 굵은 다리에 걸려 넘어졌다. 지익. 피부와 땅바닥이 마찰하는 소리가 귀를 찌르며 전해져 왔다.

이게 어디 볼을 차는 것인가! 이건 그저 인류의 거칠고 난폭한 본성을 공공연하게 합법화는 만행에 지나지 않았다! 화가 난 류잉은 머리 위로 주먹을 들어 올려 미친 듯이 휘두르며 소리쳤다.

"이건 야만이야! 야만이라고!"

주변의 남자들이 일제히 고개를 돌려 그녀를 쳐다보았다. 하지만 그 순간 그녀는 주위에 신경을 쓸 겨를이 없었다. 마음이 완전히 마라도나에게 가 있었다. 마라도나가 다른 선수의 발에 걸려 넘어질 때마다 그녀는 자신도 모르게 "아이고!" 하고 비명을 내질렀다. 경기가 끝날 때까지 그녀는 이렇게 쉴 새 없이 비명을 지르면서 가슴 아파 했다. 목이 쉬도록 약자를 위해 불공평함을 호소했다.

이번 한 경기에만 다 합쳐서 130번이나 걸려 넘어진 마라도나는 마침내 동양의 여성 축구맹인 류잉의 마음을 얻게 되었다. 류잉은 뚫어져라 모니터를 응시한 결과 마라도나가 씩씩대면서 끊임없이 걸려 넘어졌다가 일어설 때마다 그만의 특유한 방식이 있다는 것을 알게 되었다. 마라도나는 두 번이나 걸려 넘어지는 사이의 0.5초밖에 안 되는 틈을 이용하여 눈이 달리기라도 한 것 같은 자신의 발가락을 뻗어 공을 한 치의 오차도 없이 정확하게 '바람의 아들' 카니자의 금발 머리 위로 전달했다. 그녀는 이 공이 완벽하게 브라질의 심장을 관통하는 모습을 지켜보았다. 류잉도 축구장에서 배꼽이 다 드러난 옷차림으로 흥분을 못 이겨 손톱을 물어뜯고 있는 아름다운 브라질 축구팬들처럼 눈을 동그랗게 뜨고 어리둥절한 표정으로 텔레비전 모니터를 응시하고 있었다. 그러다가 모두가 간절히 기다리던 골이 터지자 우아 큰 소리를 지르면서 죽어라고 발을 구르고 박수를 쳤다.

이것이 바로 축구의 맛이었다!

류잉은 감격하고 있었다. 축구에 감격한 것이 아니라 마라도나에게 감격한 것이다. 마라도나라는 아르헨티나의 키 작은 사내가 축구라는 오락을 통해 사람들에게 카리스마와 우상의 풍모가 무엇인지 확실하게 보여주고 있었다. 그녀는 이렇게 축구를 좋아하게 되었다. 아니, 축구를 좋아하게 된 것이 아니라 축구라는 스포츠 형식을 통해 축구장에서 볼을 차는 마라도나를 좋아하게 되었다. 그녀는 축구의 전술과 기술, 갖가지 용어에 대해서는 지금까지 하나도 알지 못했지만 이것이 그녀가 마라도나를 좋아하고 숭배하는 데는 아무런 장애도 되지 않았다. 그저 마라도나가 경기장을 종횡무진 뛰어다닐 때마다 그녀의 눈도 열심히 그 뒤를 쫓기만 하면 그만이었다. 그녀는 축구장에서 종일 능욕을 당하는 나약하고 무능한 그의 모습을 좋아했고, 수모를 당해도 화를 내지 않고 재빨리 후다닥 일어나 다시 뛰는 그의 고집을 좋아했다. 바닥에 넘어져 큰 대 자로 자빠져 있는 거북이 같은 그의 모습을 좋아했고, 미드필드에서 분노의 포효를 하는 사자처럼 맹렬하고 민첩하게 움직이는 모습을 좋아했다. 그의 생동감 넘치는 허벅지를 좋아했고 손보다 더 잘 운용할 수 있는 그의 커다란 발바닥과 가는 털이 촘촘히 난 커다란 눈, 스페인 후예의 혼혈인 피부…… 등을 좋아했다.

사람이 좋으면 그 집 지붕에 앉은 까마귀도 좋아하게 된다고, 류잉은 마라도나를 자신의 삶이 흔들릴 정도로 좋아했다. 그날 이후로 그녀는 마라도나가 나오는 모든 축구경기를 다 보았고, 그에 관한 크고 작은 소식들은 반드시 찾아서 읽었다. 우상의 개인 생활의 사소한 부분까지 류잉의 마음속에 깊이 새겨졌다. 마라도나가 기자를 총으로 쐈다. 마라도나가 마약을 했다. 마라도나가 아내를 때렸다. 마라도나가 경기에 출전 정지의 처벌을 받았다. 마라도나가 생면부지의 사생아를 부인했다. 마라도나가 축구계 은퇴를 표명했다. 마라도나가 또다시 축구계에 작별을 고했다…… 마라도나는 정말 조악한 인간이었고 저속한 심리를 지닌 인물이었다. 그런 것이 아니라면 그의 배후에 막강한 싱크탱크가 있어 마치 작가처럼 고의로 끊임없이 정교한 이야기를 각종 매체에 기사화하여 스스로 영원히 세계 축구계의 주선율이자 중심화제가 되려는 것인지도 몰랐다. 진심으로 열렬히 마라도나를 좋아하게 된 여성 독자이자 관중이며 열성 팬인 류잉에게는 마라도나의 이 모든 결점들도 그의 독특한 특징으로 받아들여졌다. 오히려 더더욱 그에게 매료된 그녀는 넋을 잃은 채 안절부절 못하고 그를 끝까지 숭배했다.

이게 도대체 어떻게 된 일일까? 류잉은 자신의 행동을 분명하게 규정할 수 없게 되자 남몰래 샤오리를 찾아가 의견을 주고받았다. 샤오리는 당장 축구 관련 서적을 집어 들고는 펠레와 프란트 베켄바우어에서 미셸 플라티니와 마테우스, 호마리우, 밀란의 오렌지 삼총사, 이탈리아의 삼각편대까지, 그리고 '433'이니 '532'니 하는 전술대형까지, 자신이 외우고 있는 모든 지식을 늘어놓았다. 류잉이 놀라움을 그치 못하며 물었다.

"샤오리, 너 정말 이 정도로 축구를 좋아했던 거야?"

샤오리가 목을 죽 빼면서 짜증 섞인 어투로 말을 받았다.

"쳇! 누가 이런 빌어먹을 놀이를 좋아한데!"

그녀의 뜻밖의 대답에 하마터면 말문이 막혀 죽을 뻔했던 류잉은 눈을 커다랗게 뜨고 몹시 의아한 표정으로 샤오리의 이마를 짚으면서 말했다.

"샤오리, 너 왜 그래, 샤오리? 어디 불편한 것 아냐?"

샤오리가 그녀의 손을 뿌리치면서 말했다.

"아니야, 난 괜찮아. 우리 그분을 위해 공감대를 형성해야 하기 때문에 그러는 것뿐이야……"

류잉이 말했다.

"이게 바로 너희들의 공통 언어 아니야?"

"어쩔 수 없어서 그러는 것뿐이야. 그가 축구 마니아 패거리를 거느리고 있거든. 내가 두어 마디라도 대화에 끼어들지 않으면 완전히 찬밥 신세가 된다니까. 내가 이런 노력을 하는 건 전부 그에게 맞추기 위해서야."

"응. 그렇군."

류잉이 고개를 끄덕였다.

"뭐가 그렇다는 거야?"

이번에는 샤오리가 류잉에게 캐묻기 시작했다.

"너도 최근에 축구 잡지를 옆에 끼고 열심히 들여다보던데, 너도 이제 축구광이 된 거야?"

"아니야. 내가 무슨 축구광이라고? 나, 나는 …… 그냥 마라도나가 좋아서 그러는 것뿐이야."

샤오리가 재빨리 말을 받았다.

"그래, 맞아! 나도 축구스타들의 외모가 좋아서 축구를 보는 거야. 그들이 달리기 시작하면 진동하는 허벅지 근육부터 본다니까. 꼭 ≪동물세계≫에 나오는 표범이 영양을 쫓는 것 같지 않아?"

흥분한 류잉이 맞장구를 쳤다.

"맞아, 비슷해, 정말 비슷해! 나도 그들이 달리기 시작할 때의 허벅지 근육이 정말 마음에 든다니까. 세차게 움직이는 모습이 정말 에너지와 건강미가 넘친다니까!"

지음을 얻은 샤오리는 얼굴에 즐거운 기색이 가득했다.

"어머, 우리 둘이 같은 생각을 하고 있었네. 평소에 이런 생각을 다른 사람한테 말하기가 창피했거든. 얘, 우리가 국제축구연맹에 건의해서 축구 선수들의 복장을 '비키니'로 바꿔 경기장에서 몸을 조금이라도 더 노출하게 하면 어떨까?"

류잉이 피식 웃으면서 말했다.

"별 이상한 생각을 다하네. 그건 완전 깡패 같은 발상이야."

샤오리가 말을 받았다.

"어머나, 얘 좀 봐. 이거야말로 정말 불공평한 규칙이야. 남자들에겐 여자의 몸을 구경할 수 있는 기회가 너무 많다고. 하이힐을 신고 워킹하는 것이나 비키니 차림으로 거의 벌거벗은 채 춤을 추는 게 다 남자들의 눈을 위한 거잖아. 거꾸로 우리 여자들이 남자들의 몸을 보면서 즐기면 안 되는 거냐고? 전 세계에서 축구를 어떻게 즐기는지 보라고. 이게 다 누가 정한 규칙이지?"

류잉이 말했다.

"그건…… 나도 생각해 본 적이 없어. 난 그냥 보기 좋은 떡이 먹기 좋다는 말만 들었지, 거무튀튀하고 투박하게 생긴 것도 먹을 수 있다는 말은 들어본 적이 없거든."

"지금 네 말대로라면 우리가 왜 축구를 보는 건지 더 알 수가 없게 된단 말이야."

류잉은 머리가 어지러웠다. 한순간 아무 것도 알 수 없었다. 그녀와 샤오리 같은 여자들이 축구를 보는 것이 순수하게 심미를 추구하는 것인지 아니면 남신(男神) 숭배의 또 다른 형태인지, 여자가 남자의 노력을 '추구하는' 것인지, 그것도 아니라면 남성집단의 노력에 '참여하려고' 시도하는 것인지 판단이 잘 서지 않았다. 아무래도 상관이 없었다. 그들이 하는 축구가 도대체 어떤 스포츠인지 따질 필요도 없었다. 어쨌든 그녀는 철저히 축구를 하는 마라도나를 좋아하게 되었고, 마라도나를 통해 축구를 좋아하게 되었다.

하지만 그녀가 맨 처음에 마라도나를 좋아하게 된 것이 사실은 연민 때문이었다는 사실을 아무도 알지 못했다.

이때부터 그녀는 축구장에서 상대 선수의 발밑으로 태클을 거는 것을 허울 좋게 '삽'이라고 부른다는 것도 알게 되었다. 태클이 공식적으로 '삽'으로 통했던 것이다. 축구장에서의 거칠고 사납고 악랄한 모든 행위들이 떳떳한 이름으로 명명되고 있었다.

지금 "마라도나가 왔다"라는 타이틀의 기사가 게재된 신문을 들고 집을 향해 가고 있는 류잉은 다른 것에는 전혀 신경 쓸 겨를이 없었다. 공중에 유동하는 화끈거리는 산소 분자의 충돌 속에서 그녀는 이미 흐릿하게나마 우상숭배의 환락이 눈앞에 다가와 있음을 체감하고 있었다.

베이징의 야간 경기장은 축구팬들이 배불리 먹고 난 뒤에 말썽이 생기기에 영원히 좋은 장소였다. 마라도나가 이끄는 아르헨티나 보카주니어스팀과 베이징 궈안(國安)팀의 경기는 저녁 여덟 시 반에 진행될 예정이었다. 류잉은 마음속 흥분을 이기지 못하고 다섯 시 반에 양강을 끌고 쉐위안로(學院路)에 있는 집을 출발했다. 최근 며칠 동안 매일 신문에 등장하는 추적보도를 섭렵한 류잉은 마라도나가 베이징에 왔다는 소식이 거짓인 것은 아닌지, 마라도나가 갑자기 생각을 바꿔 오지 않은 건 아닌지, 혹시 또 가짜 대역을 파견한 것은 아닌지 온갖 걱정을 다 하고 있었다. 축구 경기 입장권을 사고 나서도 그녀는 여전히 불안하기만 했다. 눈으로 본 것만을 믿는 그녀는 남들보다 앞서 직접 보고 쾌감을 느끼기 위해 서둘러 경기장으로 가야 했다. 그녀의 손에 끌려온 남편 양강은 경기관람에 대해 그녀만큼 열정이 크진 않았다. 이미 세계적인 축구 스타의 명단을 막힘없이 줄줄 외울 정도인 양강이지만, 특정 스타 선수에 대해 마음속에서 우러나는 특별한 애착을 보이고 있진 않았다. 다른 사람들과 특정 선수에 대해 이야기할 때면 그는 언제라도 끼어들어 몇 마디 할 수는 있었지만 그때그때 기분에 따라 달랐다. 그에 비하면 류잉은 비교적 지조가 있는 편이었다. 그녀는 처음부터 끝까지 변함이 없었다. 일단 한 선수를 좋아했다 하며 끝까지 좋아했고 중간에 흔들리는 법이 없었다.

택시 잡기가 쉽지 않았다. 기사들은 노동자 체육관으로 가자는 말만 들어도 고개를 가로저으며 못 간다고 말했다. 오늘 저녁 마라도나가 오기 때문에 여섯 시부터 란냐오(藍鳥)빌딩 부근의 경계가 삼엄하고 차량들의 좌회전이 허락되지 않는다고 했다. 류잉은 오히려 신선한 느낌이었다. 마라도나의 방문이 여느 국가 원수의 방문보다 성대하고 두 시간 전부터 경계를 하다니, 정말 놀라운 일이었다. 간신히 설득해서 산타나 택시 한 대를 세울 수 있었다. 몇 십 위안이나 되는 차비에 약간 속이 쓰리긴 했지만, 다시 생각해보니 한 장의 400위안짜리 입장권도 샀고 모든 축구팬들이 소지하는 소형 나팔과 V자형 빅토리 손 모형, 망원경, 생수, 작은 깃발, 머리에 두를 헝겊 띠…… 등을 두 사람 분이나 다 사서 갖췄는데 그깟 차비 몇 푼에 마음을 써서 되겠는가! 뜻이 있는 곳에는 출혈이 많을수록 애정이 더 깊기 마련이고 더 오래 기억되는 법이었다!

한 가지 약간 아쉬운 점이 있다면 류잉이 오전에 축구경기 전문 매장에 가서 V자형 손 모형 풍선을 사면서 색깔을 잘못 골랐다는 것이었다. 그녀는 매대에 진열된 빨주노초파남보의 화려한 물건들 가운데 반나절을 골라 평소 좋아하는 빨강색과 파란색 두 개를 샀다. 대형 손 모형 풍선을 집으로 가져갔더니 퇴근하여 돌아온 양강이 보고는 큰 소리로 그녀를 불러 말했다.

"축구 경기장에 가서 몰매 맞고 싶은 거야?"

류잉은 무슨 말인지 잘 이해가 가지 않았다.

"왜? 뭐가 어때서?"

양강이 말했다.

"빨간색과 파란색을 사면 어떻게 해? 일부러 약을 올리려는 의도로 밖에 보이지 않는단 말이야. 궈안팀의 길상색은 초록색이고 파란색은 아르헨티나의 상징색이라고! 이런 상식조차 모르면서 축구팬이라고 할 수 있겠어?"

이 말에 류잉은 울분을 터뜨렸다.

"시끄러워! 말 함부로 하지 마. 마라도나를 보러가는 게 아니라면 내가 왜 그 먼 데까지 이런 장난감을 사러 갔겠어? 마라도나가 그 팀과 경기를 하지 않는다면 내가 귀안이고 뭐고 알게 뭐야?"

양강도 화가 나서 말문이 막힐 지경이었다.

"가져가. 가져가라고! 주머니에 넣고 바람도 빼. 절대 함부로 꺼내지 말라고."

두 사람은 먼저 또 다른 축구팬 친구 추이웨이(崔巍)의 집으로 가서 망원경을 빌렸다. 추이웨이 집에는 러시아에서 사온 구소련의 고배율 군용 망원경이 있었다. 그는 두 사람이 축구 경기를 보러 간다는 소식에 자발적으로 망원경을 빌려주겠다고 나섰다. 추이웨이가 망원경을 양강의 손에 쥐어주면서 비아냥거렸다.

"너네들 돈 있다고 뻐기는 거야 뭐야? 800위안을 내고 마라도나를 보겠다고?! 텔레비전에서 중계방송으로 보는 게 훨씬 더 선명할 거야. 클로즈업도 되고 말이야."

양강은 억지웃음을 띠면서 말을 받았다.

"흐흐, 이게 다 저 여자가 엉망으로 준비를 한 덕분이야. 가지 않으면 큰일 날 판이라고."

류잉은 겉으로는 입을 다물고 있었지만 속으로는 강하게 항변하고 있었다. '쳇! 텔레비전으로 중계방송을 보라고? 텔레비전으로 경기를 보는 게 무슨 축구팬이야? 웃기고 있네. 폼만 잡으면서! 양강도 겉만 번지르르한 가짜 축구팬인 게 분명해.'

아직 여섯 시도 안 됐는데 노동자 체육관 앞은 이미 인산인해를 이루고 있었다. 축구경기를 보러 온 사람들이 장사진을 이루고 있고 경찰이 앞뒤에서 소리를 지르며 북적대고 있었다. 작은 나팔이 빠앙- 빠앙- 울리고 오색종이테이프가 온 하늘을 뒤덮었다. 흥분한 사람들의 고함소리와 장사꾼들의 물건 파는 소리가 시끄럽게 뒤섞여 엄청난 혼잡을 이루었다. 시골마을에서 대형 사회주의의 집회가 열리고 있는 것 같았다. 놀라움과 감격이 교차하는 감정으로 류잉이 말했다.

"이렇게 많은 사람들이 전부 마라도나를 보러 온 거야? 정말 상상도 못한 일이야! 클린턴이 왔다 해도 이렇진 않았을 거야."

양강이 말했다.

"바보! 클린턴이 온다고? 클린턴이 왔다면 적어도 축포 스물한 발이 고작이었을 거라고 누가 그걸 보러 몇 백 위안 주고 오겠어? 어디 아픈 거 아냐?"

"그럼 마라도나가 오면 왜 사람들의 이목이 집중되는 건데?"

"마라도나? 마라도나는 축구문화를 대표하는 세계 정상급 선수잖아. 하지만 클린턴은 누구냐? 일국의 대통령일 뿐이지. 이런 이치도 모르면서 이렇게 요란하게 준비를 해가지고 마라도나를 보러오다니. 정말 창피하다, 창피해."

이렇게 말하면서 양강이 고개를 가로 젓자 류잉이 그를 세차게 밀치면서 말했다.

"가. 내 옆에서 잔소리 좀 그만하고 당장 꺼지라고."

두 사람은 말을 주거니 받거니 하면서 앞으로 걸어갔다. 몇 걸음 가다가 끈덕지게 달라붙어 물건을 파는 노점상들에게 막혀버렸다. 커다란 마라도나 포스터는 마라도나가 앉아 있는 모습과 서 있는 모습, 달리고 있는 모습, 어린 여자 아이 두 명을 껴안고 있는 모습 등 다양했다. 급히 인쇄한 탓인지 착색이 불분명하여 기괴하기까지 했다. 마라도나 반지와 마라도나 유니폼, 마라도나 반바지, 마라도나 축구화…… 도 있었다. 마라도나, 마라도나! 마라도나의 몸에 팔만한 것이 도대체 몇 개나 되는 건지 알 수 없었다.

흥분한 류잉은 노점상들 앞을 떠나지 못하고 마라도나와 관련된 물건들을 미친 듯이 사들였다. 얼마 지나지 않아 그녀는 두 팔에 온갖 기념품을 하나 가득 안고서 얼굴이 벌겋게 상기된 채 폴짝거리며 양강 앞으로 다가와 한껏 자랑을 해댔다.

≪베이징 청년주간≫의 겉표지는 이를 드러내고 입을 일그러뜨린 채 가슴과 배를 쑥 내밀고 있는 마라도나의 사진이 장식하고 있었다. 잔뜩 거드름을 피우면서 웃는 얼굴로 내달리는 모습이었다. 파란색과 흰색 줄무늬가 인쇄되어 있는 아르헨티나 팀 유니폼 왼쪽 어깨 위에는 검정 바탕에 붉은 글자와 검정 바탕에 파란 글자로 "이성 안마를 단속한 뒤로 중국자동차 시장을 빼앗고 있다."라고 쓴 티를 두르고 오른쪽 어깨에는 검정색 바탕의 흰 글자를 "마라도나가 왔다!"라고 쓴 띠를 두르고 있었다.

≪해내와 해외≫ 잡지 겉표지에는 마라도나가 웃으면서 손짓을 하는 모습이 자리하고 있었다. 머리 위로는 푸른 하늘이 빛나고 있고 그 위에 붉은 글자로 "오늘 중국의 토황제가 온다. 마라

도나 폭풍.”이라는 카피가 찍혀 있었다. 부드러운 천으로 만든 그의 검정색 레저신발 아래로는 두 줄의 파랗고 하얀 글자로 “세계 여행 열풍 속의 탁류. 일본 태자비 인공수정을 수락하다.”라는 뉴스가 박혀 있었다. ≪당신을 위한 신문≫은 일면 전체에 마라도나 관련 보도를 싣고 있었다. 파란색 유니폼을 입은 마라도나가 하늘을 떠받치고 우뚝 서서 눈을 크게 뜨고 입을 벌린 모습이 눈에 띄었다. 가슴 부분에는 돋보이는 보라색 특수 활자로 “축구왕인가 부랑자인가?”라는 문구가 쓰여 있고 왼쪽 귓가에는 “세기말의 마지막 축구 괴물 디에고 마라도나.”라는 문구가 커다란 초록색 글자로 쓰여 있었다.

정말 짜릿했다! 류잉은 이미 완전히 흥분되어 있었다. 얼마나 많은 일반 백성들이 광란을 표출하고 싶어 했는지, 단조롭고 답답한 일상을 향해 얼마나 소리를 지르고 싶어 했는지 모른다! 폭발의 핑계와 구실을 찾는 것은 어렵지 않았다! 이 순간 류잉은 광란의 거센 조수에 뛰어들고 싶었다. 요란한 대합창의 긴장 속으로 빠져들고 싶은 마음이 간절했다. 그녀는 연신 화장실을 들락거렸다. 연달아 세 번이나 다녀온 뒤에야 알 수 없는 격동에 휩싸인 채 양강의 손을 잡아끌고 티켓 번호에 따라 경기장 입구를 찾아 들어갔다. 신이 나서 안으로 들어가려는 순간, 문을 지키고 있던 사내가 류잉이 손에 들고 있는 생수병을 보고는 멀리서 고함을 쳐댔다.

“이봐요, 거기. 물을 휴대할 수 없어요! 거기 당신 말이에요! 어라, 그냥 들어가려고 하네. 이봐요. 내 말 안 들려요?"

그러면서 사내는 갑자기 류잉이 입고 있는 치마의 멜빵을 잡아당겼다. 깜짝 놀란 류잉이 본능적으로 뒤로 물러나 몸을 피하면서 소리쳤다.

"지금 뭐하는 거예요?!"

문을 지키는 중년 사내가 다시 말했다.

"물을 가지고 들어가면 안 된다고 했는데, 못 들었어요?"

그가 잡아끈 데 대해 잔뜩 화가 나 있던 류잉은 자신도 모르게 목청을 높였다.

"누가 그런 말을 했다고 그래요? 물을 가져갈 수 없다는 말이 어디 쓰여 있는데요?"

사내가 노련한 베이징 토박이 억양으로 되받아쳤다.

"축구경기를 관람할 때는 연질 포장 재료의 음료를 가지고 입장할 수 없어요. 알겠어요?"

류잉은 무시하는 듯한 태도로 사내를 위아래로 훑으며 말했다.

"모르겠는데요."

"모르겠으면 티켓 뒤에 인쇄된 설명을 보라고요."

흥분한 류잉은 티켓을 뒤집어 사내의 면전에 들이대며 말했다.

"잘 봐요. 어디에 그런 말이 쓰여 있어요?"

티켓 뒷면에는 확실히 그런 말이 쓰여 있지 않았다. 하지만 사내는 여전히 물러서지 않고 고집을 부렸다.

"흥! 그래서 어쩔 건데? 축구경기를 본 적이나 있어?"

옆에 있던 양강이 재빨리 나서서 대신 말했다.

"본 적 없어요. 본 적 없다고요. 우리 둘은 오늘이 처음이에요."

막무가내인 사내는 이 틈을 이용하여 궁지를 모면하려 했다.

"본 적 없다고요? 본 적이 없으면 좀 배워요. 일단 나가요. 밖에서 이걸 처리하고 나서 다시 들어가라고요."

"다음부터는 주의사항을 정확하게 써 주세요."

양강은 작은 목소리로 중얼거리면서 류잉을 데리고 문밖으로 나왔다. 류잉은 홍- 하고 콧방귀를 뀌었다. 속으로 울화가 솟구쳤다. 어째서 모든 것이 시작도 하기 전부터 마음에 거슬리는 건지 알 수 없었다. 씩씩거리며 밖으로 나온 그녀는 아직 따지도 않은 커다란 생수병 하나를 나무 밑에 버리고는 빈손으로 다시 돌아왔다. 맞은편 두 번째 문에는 안전검사원 제복을 입은 경비원이 매서운 눈을 굴리고 있었다. 얼굴에 화장품을 번지르르하게 바른 마흔 살 남짓의 여자가 류잉의 몸과 소지품을 검색했다. 여자는 자잘한 꽃무늬가 아로새겨진 멜빵 치마를 이리저리 살피면서 뭔가 중얼대더니 그녀에게 뱀가죽 핸드백을 열게 하여 그 안에 전자 막대기처럼 생긴 검정색 물건을 거칠게 쑤셔 넣어 몇 차례 힘껏 휘저었다. 류잉의 자존심이 한차례 경련을 일으켰지만 그녀는 이를 악물고 억지로 참았다. 여자는 그걸로 만족하지 않았는지 또다시 다섯 손가락을 핸드백 속으로 넣어 몇 번이고 뒤적거리고 헤집은 끝에 장미색 웨사이(羽西, Yue Sai) 립스틱을 꺼내 이리저리 돌리고 만지작거리다가 제자리에 던져 넣었다. 그걸로

성이 안 찼는지 여자는 다시 손을 집어넣어 두 가지 색으로 구성된 웨사이 콤팩트를 꺼내 열고 코밑에 가져가 냄새를 맡아보고는 탁 - 하고 제자리에 내던지면서 귀찮은 듯한 표정을 지었다. 이렇게 일분만 더 지났더라면 류잉의 인내심이 한계에 다다랐을 것이다. 더 이상 시간을 끌면서 통과시키지 않는다면 무슨 짓을 하게 될지 그녀 자신도 보장할 수 없었다.

어째서 축구 경기장 가까이에 올수록 남자들은 거칠고 우악스러워지고 여자들은 변태가 되는 건지 알 수 없었다. 류잉은 몸 안에서 뭔가가 소용돌이치면서 쏟아져 나올 것만 같았다. 더 이상 참지 않고 안에 잔뜩 눌려 있는 것들을 밖으로 분출하고 싶었다. 고함을 치고, 욕을 하고, 그들을 상대로 싸움을 벌이고 싶었다. 이성적인 속박에서 벗어나 자신의 사지를 움직여 행동으로 보이고 싶었다. 누군가를 해치고 싶었다. 그 순간 그녀의 혈관 안을 흐르고 있는 피는 이미 중추신경의 통제를 받지 않고 완전히 자유의 명령을 따르고 있었다. 완벽하게 축구장에서 방사되고 있는 '자장'에 통제되고 있었다. 거대한 해방의 '자장'이 모든 사람들의 행위를 통제하면서 오랫동안 자신들을 감금하고 구속했던 문명에 대항하게 했다.

류잉과 양강이 자리를 찾아 사방을 철통같이 둘러싸고 있는 경비원들의 포위망 속에서 엉덩이를 주황색 의자 위에 내려놓는 순간, 마라도나고 뭐고, 모든 것이 두 사람의 사유와 의식 너머로 사라져 버렸다. 무엇보다도 분명한 것은 자신이 발산하고 싶었던 욕망이 이제 온몸에서 증발해버렸다는 것이었다. 1996년 7월 25일 여름 저녁, 노동자 체육관 상공으로 점점 모여들기 시작한 열기 속에 커다란 수소폭탄 같은 정보가 반짝반짝 떠다니고 있었다. 폭발이었다. 오랫동안 갈망했던 우상숭배의식은 이미 절박함에 의해 욕망을 발산하고 싶은 충동으로 대체되었다. 이 순간 마라도나는 그저 의식의 단초이자 배경화면일 뿐이었다. 모든 사람들이 직접 표현하고 체험하고 싶은 움직임이 경기장의 백열등을 불안하게 흔들었다. 멀리 바라보니 사람들로 빽빽하게 채워진 관람석은 이미 한 시간 전부터 이런 욕망을 시도하려는 흥분된 사람들로 가득했다. 600위안에서부터 80위안까지 고가와 저가의 기복이 서로 달랐다. 고개를 숙여 내려다보니 마라도나가 자신의 보카주니어스팀을 이끌고 나와 허리를 구부리고 패스를 주고받으면서 준비운동을 하고 있었다. 류잉은 황급히 고배율 군용 망원경을 들고 그를 조준했다. 그러고는 렌즈에 밀착된 어여쁜 봉안으로 자신의 마음을 전했다. 기대하지 말자. 하느님은 쉽게 속세로 내려올 수 없는 존재고 우상도 원래는 가까이 끌어다 볼 수 없는 존재야. 작가가 저작활동을 할 때에만 작가라고 불릴 수 있는 것처럼 축구 스타 역시 공을 다루고 있을 때에만 멋지게 보이는 거야. 공이 없으면 아무리 만져도 친근하게 느껴지지 않는 남편과 별반 다를 게 없지. 그저 위에 마비된 채로 머물러 있을 뿐이야.

지위가 높은 사람이 나와 치사를 하는 장면을 텔레비전 방송국에서 나와 취재를 했다. 이어서 젊은 아가씨들이 꽃다발을 건네는 등 중국특색의 사회주의 개막식과 함께 축하공연이 끝나자, 삐익– 하고 심판의 호각 소리가 울리면서 스무 명 남짓한 남자들이 경기장 위를 누비기 시작했다. 누가 누구인지 자세히 살필 틈도 없이 삐익– 하는 호각 소리와 함께 아르헨티나 팀이 먼저 골을 넣었다. 대형 액정화면에 1:0이라는 스코어가 표기되었다.

경기장이 숙연해졌다. 모두들 잠시 넋을 잃었다. 약 3, 4초 동안의 적막에 이어 관람석에서 소란이 일기 시작했다. 혼란 속에서 분명하지 않은 소리들이 퍼져 나갔다. 이어서 기류가 서로 부딪치면서 점차 한곳으로 모였다. 물결이 일면서 타액의 거품이 마구 튀었다. 더없이 분명하고, 더없이 거침없고, 더없이 혼탁했다. 더없이 저속하고 악랄했다. 한마디로 요약하자면, 개**(여자의 성기)였다!

류잉은 정신이 얼떨떨했다! 멍청해져버렸다! 그녀는 아무런 반응도 하지 못했다. 너무 빠른 아르헨티나 팀의 골에 반응하지 못했다. 축구장 상공에 점점 떠다니는 그 한마디에 대해 반응하지 못했다. 이 한마디는 더없이 열렬하고, 더없이 통쾌하고, 더없이 생동적이고, 더없이 즐거웠다. 모든 사람들의 입에서 이구동성으로 이 단어가 쏟아지기 시작했다. 개**! 개**! 류잉의 가슴이 갑자기 멎어버렸다. 갑자기 대중들에 의해 옷이 벗겨져 알몸으로 벌벌 떨고 있는 것 같았다. 어떻게 된 일이지? 이게 대체 무슨 일이야? 지금 저 사람들은 소리를 지르고 있는데…… 뭐라고 소리를 지르는 거지?! 설마 정말로 욕을, 그 개**…… 라는 욕을 하고 있는 건가?!

순간 류잉은 자신의 눈보다 귀를 더 믿지 못했다. 무슨 뜻이지? 사람들이 어떻게 이럴 수 있지? 어떻게 이런…… 말을 입 밖으로 내뱉을 수 있는 거지? 일상생활에서 이런 상스러운 소리를 들어보지 않은 것은 아니었다. 도처에 학식이 짧고 교양이 부족한 사람들은 널려 있고, 심지어 그녀가 속해 있는 엘리트의 세계에도 그런 사람이 비일비재했다. 남편인 양강이 무심결에 화를 내면서 불평을 할 때도 진화가 덜 된 인류의 꼬리뼈가 수시로 그의 엉덩이 뒤로 모습을 드러내곤 했다. 그녀는 빈번하게 일어나는 이런 일들을 저항 없이 받아들였고 이미 무감각해져 있었다. 하지만 한순간에 수만 명이 모인 공개적인 장소에서, 수만 명의 사람들이 내뱉은 상스러운 욕이 산을 밀어버리고 바다를 뒤집어엎을 듯한 위력의 함성이 되어 여성의 젠더를 폄하하고 있는 상황이 좀처럼 믿어지지가 않았다. 같은 욕을 동일하게 큰 소리로 내뱉으면서 미친 듯이 여성을 억눌러 납작하게 만들어버리는 작태를 도저히 믿을 수가 없었다. 류잉은 부끄러움에 얼굴이 새빨개졌다. 이유 없이 모욕당한 그녀의 여성으로서의 자존심이 수치와 분노에 부들부들 떨었다. 피할 곳도 없고 숨을 곳도 없었다. 무얼 어떻게 해야 좋을지 알 수 없었다. 뜻밖에 날아와 고막을 더럽히는 소리 속에서 그녀는 입을 크게 벌린 채 멍한 표정으로 미미하고 무력한 존재가 되어 꼼짝 않고 서 있었다.

그 뒤에 이어진 축구 경기는 더 이상 그녀가 기대했던 경기가 아니었다. 마라도나 역시 축구의 변질된 맛 때문에 그녀의 마음 속에서 영웅의 본색을 상실했다. 게다가 마라도나는 수백만 달러를 받고 멀리서 초청되어 온 선수라 궈안팀 선수 누구도 감히 함부로 태클을 걸지 못했다. 그저 그의 엉덩이를 감싼 채 뒤에서 맴돌면서 요란하게 떠들어대기만 했다. 코치를 따라 체력 훈련을 하고 있는 것 같았다. 마라도나가 멍청이 같이 쓰러지는 모습도 구경할 수 없었다. 660부터 800위안까지의 값비싼 표를 사가지고 입장한 관중들은 제값을 하는 경기를 갈망했고, 마라도나가 멋진 슛을 날려주기를 기대했다. 하지만 마라도나는 흥분하지 않았고 움직임도 나태하기만 했다. 건성으로 적당히 경기에 임하고 있었다. 어서 빨리 경기를 마치고 싶어 하는 것 같았다. 힘과 아름다움의 각축은 온갖 상업적인 계산속으로 사라져버리고 없었다. 90분 경기 내내 여기저기서 상대방을 자극하는 야유와 욕설이 끊이지 않았다. 상스러운 소리, 게다가 여성을 폄하하는 욕설은 여름철 숲속의 매미울음 소리처럼 한 나무에서 찌르르- 하고 울려 퍼지자 곧장 숲 전체로 퍼져 나갔다. 무수한 매미들이 동시에 호응하여 따라 울어댔다.

류잉은 비탄에 빠졌다. 깊은 슬픔에 빠진 그녀는 말도 할 수 없고 생각도 할 수 없었다. 귀가 한 번, 또 한 번 심각하게 오염되고 훼손되었고 목구멍에서는 말이 나오지 않았다. 그녀는 두 발을 한데 모으고 최대한 몸을 구부려 자신의 잔무늬 원피스 속으로 움츠러들었다. 이렇게라도 하여 거칠고 무서운 저속함으로부터 숨고 싶었다. 천지를 뒤엎는 관중들의 합창 같은 함성 속에서 그녀는 자신의 불만과 거부의 뜻을 표출할 수 없었다. 그랬다가 는 남자들에게 둘러싸여 혐오스러운 반역자가 될 것이고, 여자들 사이에서도 환영받지 못하는 이방인이 되고 말 것이었다. 그녀는 앞줄에 앉아 있는 두 젊은 아가씨를 내려다보았다. 얼굴에 홍조 를 띤 채 사람들과 함께 흥분하거나 경기를 보지는 않고 고개를 숙이고서 비행기를 접고 종잇조각을 찢어대고 있었다. 경기장에 서 대규모로 '개**'라는 욕설이 쏟아지자 아가씨들은 자리에서 일어나 깡충깡충 뛰면서 종이비행기를 날리고 여기저기 마구 종 잇조각을 날려댔다. 류잉의 비애는 더욱 깊어져 뼈에 사무쳤다.

모든 남자와 여자들이 이미 이 단어를 인정하고 있었다. 여자 의 신체를 폄훼하는 귀에 담기 어려운 말이 끊임없이 여자를 공 격하고, 동시에 남자들을 비천하게 만들고 있었다. 듣고 있자니 몇 만 명의 사람들이 사전에 모의를 하고 리허설까지 마친 것 같 았다. 사실 그들에게는 사전 모의나 리허설이 필요치 않았다. 그 들은 옛날부터 이미 이렇게 해왔었다. 남녀의 구별이 있었던 그 날부터 그렇게 해왔었다. 류잉의 뒷머리가 고통스럽게 꿈틀거렸 다. 숨이 막히고 피가 맺힐 정도로 목이 부었다. 또 한 차례 욕설 의 조수가 밀려오자 그녀는 더 참지 못하고 치마 속에서 몸을 일 으켰다. 용감하게 일어나 입을 크게 벌리고 자신의 목소리를 내 보려고 시도했다.

하지만, 그러지 못했다. 그녀가 용기를 내서 자신의 분노를 표출하고 남자들의 모욕에 대한 반격을 시도하려던 순간, 처음부터 이 세상에는 그녀가 사용할 수 있는 언어가 없었다는 사실을 깨닫게 되었다. 없었다. 그녀가 여성인 자신을 지키고 자신의 분노를 쏟아낼 수 있는 언어는 애당초 존재하지 않았다. 모든 언어는 남자들이 제2의 성(性)을 공격하고 모욕하기 위해 발명해낸 것들이었다. 모든 언어가 남성들에 의해 독점되고 있는 것이었다. 그들은 이처럼 여성의 젠더를 악의적으로 폄하하고 모욕하면서도 여성들에게는 분노할 때 입을 열어 쏟아낼 수 있는 언어를 주지 않았다. 왜 그랬을까? 도대체 왜 그런 걸까?!

류잉은 힘없이 자리에 주저앉았다. 심장이 맹렬하게 경련을 일으키고 있었다. 비통함을 표현하거나 분노를 토해낼 방법이 없었다. 그녀의 뒷머리에 경련이 일었고 안면 근육도 흉하게 일그러졌다. 문득 그녀는 예전에 류헝(劉恒)이라는 작가가 썼던 『개 씹할 양식』이라는 제목의 소설이 떠올랐다. 개가 씹할. 이 말은 그녀가 유일하게 알고 있는 여성과 관련이 없는 상욕이었다. 개 씹할 양식. 개 씹할 축구. 개 씹할 귀안. 개 씹할 마라도나. 그녀는 속으로 조용히 중얼거려보았다. 하지만 여전히 입은 다물고 있었다. '개 씹할'이라는 단어에 음경에 대한 나르시시즘과 찬양이 가득 담겨 있다면 개 등허리의 어느 부위는 태양숭배와 관련이 있을 수 있었다.

류잉은 철저히 절망했다. 아르헨티나가 2:1로 경기를 끝내기 직전에 다시 한 번 천지를 뒤덮을 기세로 광란의 욕설이 쏟아졌다. 그녀는 몰래 굴욕적인 눈물을 삼켰다. 말로 표현할 수 없는 슬픔을 안고 눈을 꼭 감고 비통하고 처절한 자세로 가슴에 걸고 있던 작은 나팔을 불어댔다.

빠앙—

귀청이 떨어질 것 같은 나팔 소리는 관중들이 한꺼번에 쏟아내는 소음 속에서 유난히 미약했지만 또 유난히 꿋꿋했다. 그녀는 그저 이 미약함과 꿋꿋함으로 자신의 아름답고 부드러운 시각과 청각을 감춰버리고 싶었다. 이유 없이 상처받은 자신의 젠더를 애써 복원하고 있었다. 빠아앙—

날카롭고 예리한 그녀의 나팔 소리가 경기장의 광란을 멈췄다. 주연을 베풀고 환호하던 도철(饕餮: 전설에 나오는 흉악하고 식탐이 있는 괴수)이 곡을 마치자 모두들 흩어져 돌아갔다. 그녀는 그 자리에 우두커니 앉아서 여전히 나팔을 불었다. 쉬지 않고 나팔을 불면서 자신의 고독한 울분과 답답함을 털어놓았다. 그녀는 자신의 반항의 힘이 조금씩 소모되고 있는 것을 느꼈다. 광대하고 허무한 남권의 철옹성에 의해 거의 소진되어 가고 있음을 느꼈다. 귀청이 떨어질 것 같은 외침 속에서 그녀는 자신의 목소리가 찢어지고, 피부가 찢어지고, 치마가 찢어지고, 젠더가 찢어지고, 마지막으로 상냥하고 감성적인 마음마저 찢어지는 소리를 들었다.

대사

遭遇大師

대사

　마오위스(毛雨絲)와 대사는 복숭아꽃이 찬란하게 핀 아름다운 봄날에 우연히 만났다.

　마오위스가 살고 있는 이 지역은 봄이 언제나 느릿느릿 늦게 찾아왔다. 베이징성(北京城)의 다른 지역, 예컨대 즈진성(紫禁城) 안이나 얼환(二環), 싼환(三環) 안쪽 지역에서는 봄꽃 나무들이 한 그루 한 그루 하늘 높이 떠 있는 밝은 햇빛 아래 이미 여러 차례 소란을 피운 뒤였다. 복숭아꽃이 지고 나면 배꽃이 피고 작약이 빛을 잃으면 모란이 아름다움을 뽐냈다. 그러나 마오위스가 있는 이곳은 개나리가 피고 난 뒤에 몇 그루 분홍색 개복숭아만 꽃을 피웠을 뿐이다. 이곳은 떠들썩한 도시 중심과 멀리 떨어져 있고, 그 옛날 자희태후(慈禧太后)가 더위를 피해 여름을 보내던 곳과 가까웠다. 발원지를 알 수 없는 굽이진 강물이 세차게 흘러와 유유히, 그리고 가볍게 메마른 모래흙을 가르며 힘없이 발길 닿는 대로 구름을 따라 먼 곳으로 흘러갔다. 강 양쪽에는 어느 왕조시기에 심어졌는지 모를 나무들이 가득했다. 무성한 나무들은 대부분 침엽수들이고 간혹 나이 많은 수양버들과 아카시아 몇 그루가 섞여 있었다. 키 작은 감탕나무나 때찔레, 데이지, 두견화 같은 꽃들은 현대인의 작품임이 분명한 것 같았다. 역사성이 결여된 세속적 아름다움을 보이고 있기 때문이다. 침엽수림은 영원히 번민을 모르는 듯이 푸르기만 했다. 제철 맞은 꽃들도 허둥대거나 게으르지 않게 활짝 피어 있었다. 성안에 있는 같은 종류의 꽃들처럼 초봄부터 앞다투어 벌과 나비를 유혹하려 들지 않았다. 모든 생물의 리듬이 이곳에 오면 저절로 느려지고 근심도 욕심도 없는 자유로운 상태가 되는 것 같았다.

이렇게 오랜 세월이 흐르는 곳에서는 대사도 자연히 멀리 잇닿아 있는 산들만 못했다. 하늘과 땅이 맞닿은 곳에 보일 듯 말 듯 모습을 드러내면서 간간이 구름이 흩어지는 곳에 첩첩이 몰려 있는 산봉우리들이 옆으로 이어져 새로운 공제선을 이루고 있었다. 각양각색의 대사들은 평소에는 모두 절기를 감추고 몸을 숨긴 채 눈에 띄지 않는 침엽식물 아래 숨어 있다. 이럴 때 그들의 능력은 모두 소매 속에 감춰져 있어 범인의 눈으로는 알아보기 어렵다. 중요한 순간에 일단 대사들이 능력을 발휘하기 시작하면 상황은 말로 설명하기 어려워진다.

마오위스와 대사는 해자(垓字) 옆, 무수한 술잔이 어지럽게 오가는 호화로운 만찬회장에서 처음 만났다.

마오위스는 평소에 각종 경로를 통해 대사에 관한 이야기를 들은 바 있었다. 다양한 유형과 특징을 지닌 여러 대사들에 관한 이야기였다. 대사들은 간혹 세간의 신기한 일을 다루는 대중매체에 모습을 드러내기도 하고 매혹적인 거리의 풍문에 등장하기도 했다. 그녀는 '대사'라는 것이 믿으면 있고 안 믿으면 없는 공기나 귀신같은 존재라고 생각했다. 하지만 두 다리로 직립보행을 하는 '사람'이라는 동물이 자신이 대사가 되는 것을 볼 때까지 산다는 것은 흔한 일이 아니다. 그리고 '대사'라는 칭호는 종종 사후에 결정되어 따라다니게 되는 것이다. 누군가 살아서 자신이 대사가 되는 것을 보았다면 그건 필시 대낮에 귀신을 본 것이리라. 이미 산 채로 화석이나 문물이 된 것이 아니면 '식물인간'처럼 자유자재로 몸이 분할되는 강시로 변한 것일 수도 있었다.

대사는 그저 상상 속에만 존재할 뿐이다. 대사는 우리의 영혼이 기탁하는 곳에 있는 지도 모른다.

그런데 뜻밖에도 대사가 서른이나 마흔쯤 된 원숭이나 호랑이 같은 장년의 모습으로 강가의 호텔이라는 다분히 세속적인 장소에 모습을 드러냈다.

대사가 곧 가라오케의 디럭스 룸으로 들어설 예정이었다.

해자 주변의 성급 호텔 안에는 대사만 천천히 늦게 도착하느라 아직 모습을 드러내지 않아 줄곧 자리가 비어 있는 것을 제외하면, 나머지 손님들은 진즉에 다 도착해 있었다. 사람들은 로비의 가죽 소파에 앉아 간단한 인사말을 주고받고 나서, 종업원이 가져다준 차를 입에 대지도 않은 채 떼거리로 일어나 연회장의 룸으로 이동했다. 한참이나 인사를 나누고 나서야 마오위스는 오늘 연회에 참석한 사람들이 모두들 서로 잘 모르는 사이라는 사실을 알게 되었다. 그들이 유일하게 알고 있고 공통적으로 알아보는 사람은 오늘 연회의 주최자이자 이미 지천명의 나이에 이른 시주(施主) 멍창쥔(孟嘗君 : 중국 전국 시대의 정치가로서 3천 명의 식객을 거느렸던 전국 사군자 가운데 하나인 맹상군과 동명이다.) 선배였다. 맹창쥔은 주최자로서 식사를 할 때도 대학자의 풍모를 보였고 술을 마실 때도 범인들과 달랐다. 손에 받아든 명함들을 살펴보니 과연 오늘 모인 인사들은 신분이 하나같이 대단했다. 머리가 조금 길고 옷차림에 크게 신경을 쓰지 않은 사람들은 화가나 작가, 시인들이었다. 그들은 하나같이 가슴을 약간 앞으로 내밀고 리드미컬한 어조와 의기양양한 태도로 말을 했다. 명함을 주지도 않고 출국 전에 맞춘 것 같은 양복을 제대로 차려입고 두 손을 가지런히 모은 채 가슴과 배를 약간 앞으로 내민 몇몇 명사들의 신분은 잠시 묵인하기로 했다. 그들은 전에 부성장을 지내다가 물러난 전국인민대회 대표나 정국급(正局級) 부경리(副經理)를 지내다가 물러난 전국 정협 위원, 성급 모범근로자였다가 지금은 퇴직하여 재창업에 성공한 전국 정협 위원 등이었다.

마오위스는 정말 대단한 자리라는 생각이 들었다! 이렇게 사회적으로 명망이 높은 인사들이 한자리에 모인 데다 자리를 비워두고 기다리는 명성이 자자한 대사까지 있으니 오늘 이곳 강변 호텔로서는 엄청난 영광이 아닐 수 없었다.

　마오위스는 이제야 기분이 조금씩 풀어지기 시작했다.

　멍창쥔 선배에게서 대사가 연회에 왕림한다는 얘기를 듣기 전까지 그녀는 멍창쥔이 마련한 이번 연회가 마음에 들지 않았고 별로 흥미를 느끼지도 못했다. 유명 신문의 새내기 기자인 마오위스는 몸집은 크지 않지만 성질은 대단했다. 지나간 시대의 반역적 흐름을 대표하던 젊은 영웅들이 다시 태어나 대중매체를 교란하는 기자가 되기라도 한 것처럼 요란하게 허풍을 떨면서 사회의 각 분야를 종횡으로 흔들고 있었다. 그들은 갖가지 광고를 '본지보도' 기사로 실어주기를 원하는 기관이나 업체를 도와주고 다양한 대접을 받았다. 대접이 마음에 안 들면 곧바로 못마땅한 표정을 지으면서 직업의 장점을 이용하여 어느 업체든 얼마든지 기사로 매장시켜버릴 수 있다고 공갈을 쳐댔다. 한 분야를 독점하고 있는 그들을 누구도 감히 어떻게 할 수 없었다. 마오위스는 이런 집단 안에서 성장해서 그런지 아직 젊고 문화적 신분을 벗어난 것은 아니지만, 겉모습과 달리 자기주장이 무척 강한 편이었다. 기자신분증 하나만 믿고 하루 종일 회의나 연회장을 돌아다니면서 촌지를 받아 챙기는 일이 오래 되다 보니 성질이 나이를 훨씬 초과해 있었다. 하지만 그녀는 자신의 이런 모습을 자각하지 못했고 주변에 그녀의 그런 행태를 일깨워 주는 친구도 없었다. 그녀를 초대한 사람들은 모두 그녀를 필요로 하는 사람들이었기 때문에 좋은 말로 치켜세우면서 비위를 건드리지나 않을까 두려워했다. 감히 심기를 거스르는 말 한마디 하는 사람은 아무도 없었다.

마오위스는 대중매체가 비정상적으로 발달한 이 시대에 스스로 자신을 소외시켜 오만하게 세상에서 빛나고 있지만 자신이 결국 누구인지는 전혀 알지 못했다.

어젯밤에 멍창쥔 선배에게서 초대 전화를 받았을 때, 마오위스는 막 잠이 들어 비몽사몽 하던 터였다. 이런 한밤중의 갑작스런 방해에도 그녀는 늘 어쩔 수 없다는 듯이 최선을 다해 응대했다. 누가 그녀를 이처럼 정보의 촌각을 다투는 특수한 직업에 종사하게 하여 언제 어디서나 사람들의 연락에 응대하게 만든 것인지 알 수 없었다. 한밤중이라 그런지 수화기를 들자 멍창쥔 선배의 핸드폰에서는 목이 심하게 잠긴 목소리가 들려 왔다.

"여보세요, 마오마오(毛毛), 자고 있었던 건 아니지?"

마오위스는 목소리를 듣자마자 오랫동안 자신을 지켜보면서 우정을 나눈 절친한 친구임을 알고는 반신반의하면서 자다 깬 목소리로 말했다.

"멍창쥔 오빠, 새벽 한 시에 혼자 사는 여자 집에 전화하는 건 좀 심한 민폐가 아닌가요?"

핸드폰에서 들려오는 멍창쥔의 목소리에 끈적끈적한 기운이 더욱 진해졌다. 음란물 해적판을 더빙하는 것처럼 목젖 뒷부분의 저음 공명구간으로 공기를 내보냈다.

"어? 허허. 마오위스 대기자님, 이렇게 늙은 선배에게 무슨 행동능력이 있겠어? 이 오빠는 그냥 네가 보고 싶어서 식사나 한 번 같이 할까 하고 전화한 거야."

마오위스가 크크- 웃으며 말을 받았다.

"어머나, 멍창쥔 오빠, 집안에 신경 쓰고 처리할 일이 하나가 아니실 텐데 어떻게 저까지 생각해주실 시간이 있으셨나요? 게다가 오빠네 텔레비전 모니터 불빛은 날이 밝을 때까지 꺼질 줄 모른다고 하던데……"

멍창쥔은 전화기 너머로 장난기를 섞어가며 웃었다.

"와우, 하하, 와하하하, 마오마오, 이 귀여운 녀석, 이 오라버니를 놀리다니. 농담이 아니라 정말로 식사에 초대하는 거야."

마오위스는 침대에서 몸을 뒤집으며 전화기에 대고 아양을 떨어댔다.

"어머나, 멍창쥔 오빠, 밥을 사주시겠다고요? 저 너무 놀라게 하지 마세요! 지난번에 오빠한테 우편갑어탕(牛鞭甲魚湯 : 소의 생식기와 자라를 주재료로 만든 국물요리)을 얻어먹고는 집에 와서 코피를 흘렸다니까요. 그런 음식들은 우리처럼 가난한 사람들에게는 어울리지 않아요. 오빠나 실컷 드세요."

"아이구, 이런."

멍창쥔이 놀란 척하며 말을 받았다.

"나 좀 보게. 사람들을 잘 대접할 생각만 했지 남녀가 유별하다는 걸 생각하지 못했군. 아니야, 이번에는 오빠가 속죄하는 뜻으로 특별히 널 위해 오계백봉탕(烏鷄白鳳湯 : 오골계와 백봉버섯을

주재료로 한 약선요리)과 소양퇴황기(小羊腿黃芪 : 황기를 넣고 찐 양
새끼 요리)를……"

"오빠, 우선 오빠 몸부터 챙기세요. 음악소리랑 남녀가 뒤섞여
떠드는 소리가 다 들리거든요"

과연 멍창쥔의 핸드폰에서 들려오는 통화음은 몹시 시끄러웠
다. 가라오케 룸 안의 야릇한 살냄새가 전해지는 것 같아 듣고 있
기가 힘들었다. 전화기로 한참을 웃고 떠들고 나니 귀가 아파왔
다. 잠시 후 멍창쥔이 다시 말했다.

"정말이야 마오마오, 내일 저녁에 시간 있어? 이 오빠가 진심
으로 식사에 초대하고 싶어서 그러니 받아줘."

마오위스가 말했다.

"아, 그래요? 누구 새로운 사람이라도 오는 건가요?"

멍창쥔이 짐짓 신비감을 더하며 말을 받았다.

"아직은 비밀이야. 와보면 알게 될 거야. 오빠 오래 기다리게
하지 말고"

마오위스가 말했다.

"오케이. 바이바이."

그러고는 전화를 끊었다. 전화기를 내려놓은 마오위스는 머릿
속이 복잡해지기 시작했다. 멍 선배가 또 무슨 장난을 치려는 건
지 알 수 없었다. 고생은 지금까지 한 것만으로도 충분했다. 멍창
쥔은 사업을 시작해 백만장자가 된 이후로 줄곧 선행을 베풀고
성불하며 살아왔다. 여러 차례 문화 사업을 지원하면서도 베풀기

만 할 뿐, 대가를 바라지 않았고 자주 사회의 명망 있는 인사들을 초청하여 술과 음식을 대접했다. 생각해보라. 이런 시대에 어느 부자가 가난한 사람들에게 음식을 베풀 생각을 하겠는가? 특히 멍창줸이 가난한 지식인들에게 베푸는 음식은 절간의 좁쌀과 팥으로 끓인 죽 같은 것이 아니라 그 옛날 맹상군이 문객 풍훤(馮諼)을 대접했을 때처럼 대단히 푸짐했다. 게다가 이동을 위해 반드시 차(車)를 준비했다. 그리고 진짜 우편왕팔대보탕(牛鞭王八大補湯)까지 준비했다.

속세에서 성불하는 것은 쉽지 않은 일이다! 마오위스는 이렇게 생각했다. 이에 비하면 자칭 '거사(居士)'라는 사람들은 허영 덩어리였다. 자기 혼자 잘 차려먹고 심신을 보양하면서 문화에 공헌하는 바가 하나도 없으니 그들은 전부 소승불교의 수양자인 셈이다. 멍창줸의 우국우민(憂國憂民)하는 대승불교에 비하면 한참 떨어지는 경지라고 할 수 있다.

대단히 감성적인 성격의 소유자인 마오위스는 친한 선배의 체면을 생각해서 자신도 대가를 바라지 않는 그의 희생정신을 본받기로 했다. 바쁜 하루 업무를 마치고 집으로 돌아온 그녀는 오늘 하루에만 세 번째로 옷을 갈아입고 자신의 '산타나 2000'에 시동을 걸었다. 부르릉— 소리와 함께 향기에 홀리기라도 한 듯이 초저녁 연회에 참석하기 위해 집을 나섰다.

멍창줸은 대사가 참석한다는 소식을 식객들이 거의 다 도착한 뒤에야 호텔 로비에서 공표했다. 대사가 곧 도착한다는 사실에 사람들은 넋이 나간 표정들이었다.

마오위스도 멍한 표정으로 생각에 잠기더니 속으로 중얼거렸다. '이제 보니 오늘 밤 그가 감추고 있던 사실이 바로 이것이었군!' 대사를 이런 자리에 오게 하다니, 멍창쥔의 위상이 보통이 아니었다. 신문보도에 의하면 대사가 한번 나타나려면 몸값이 천문학적 액수라고 했다. 대사가 도착하면 이 연회는 완전히 다른 면모를 갖게 될 것이었다.

마오위스는 약간 흥분했다. 다른 사람들도 속으로 조금씩 흥분하고 있다는 걸 알 수 있었다. 모두들 약간 들뜨고 멍한 표정으로 대사를 기다리고 있었다. 사람들은 존경과 의심의 마음을 동시에 갖고 멍창쥔이 배정해주는 자리에 앉아 그의 지시에 따랐다. 멍창쥔이 술잔을 높이 들면서 말했다.

"자, 듭시다. 모두들 음식을 드시면서 기다리자고요. 우선 다 같이 술을 한잔 듭시다. 지기를 만나 마시는 술은 천 잔도 모자란다고 하지 않습니까! 이렇게 뵙게 돼서 정말 반갑습니다."

사람들도 일제히 술잔을 들고 그의 제안에 호응했다.

"자, 만나서 반갑습니다!"

부지불식간에 술이 세 순배 돌고 온갖 진미의 음식을 즐기는 사이에 사람들의 두 뺨이 복숭아처럼 붉게 변해 갔다. 호텔은 해자 근처 위치해 있었고 연회가 열리는 방에는 남향으로 창문이 하나 나 있었다. 새하얀 빛깔의 신선하고 부드러운 꽃송이가 홍목(紅木) 창문틀 사이로 고개를 내밀고 들어와 봄날 저녁의 그윽한 향기를 뿌려주었다. 붉은색 목조 가옥 지붕으로 숨어드는 서라운드 음향에서 수시로 축축하고 끈적거리는 곡조가 배어나왔다. 비오는 날 물이 떨어지는 천정(天井) 같았다. 하지만 음식을 먹느라 정신이 없는 사람들의 기름진 입은 이 좋은 날의 아름다운 풍경을 전부 놓치고 있었다. 정신을 집중하고 소리에 귀를 기울이거나 꽃의 빛깔을 살피는 사람은 하나도 없었다. 음식을 먹는 것 말고 사람들의 마음을 잡아끄는 짜릿한 일이 한 가지 있었다. 다름 아니라 곧 대사가 왕림한다는 것이었다.

그리고 연회의 주최자인 멍창쥔 선배도 말 중간 중간에 대사를 언급하고 있었다. 세 마디에 한 번씩 꼭 대사를 입에 올렸다. 대사에게 어떤 초능력이 있고 어떻게 사방에 이름을 날리게 되었으며, 자신과 대사와 어떻게 친밀한 사이가 되었는지…… 하는 것들이었다. 대사, 대사, 멍창쥔의 선동과 과장을 통해 대사는 이미 단순한 집회의 이유나 신문과 미디어의 가십 대상이 아니라 하나의 실체가 되어 있었다. 대사는 더 이상 상상 속의 막연한 존재가 아니라 곧 '사람'의 형상으로 현신할 것이었다.

사람들의 생각은 전부 대사에게 집중되어 있었다.

하지만 대사는 일부러 사람들로 하여금 고도(사무엘 베케트의 희곡 <고도를 기다리며>의 주인공)를 기다리듯 한없이 기다리게 해놓고 반나절이 지나도 모습을 나타나지 않았다.

대사의 자리는 줄곧 비어 있었다.

비어있는 대사의 자리에는 홍목으로 만든 태사의(太師椅)가 놓여 있었다. 그리고 이 '주빈석'을 가죽으로 깔개를 한 등받이 의자들이 둘러싸고 있었다. 이 시대에 홍목 태사의는 대단히 희귀한 물건이었다. 장미 연지의 향기와 드레스가 바스락 거리는 소리에 섞이고 자욱한 연기에 물든 찬란한 신분의 나무는 이미 오래전에 부귀영화를 누리던 옛 전설 속으로 사라져버리고 없었다. 가끔씩 눈에 보이는 것들은 대부분은 모조품이었다.

그런데 지금 놀랍게도 홍목 태사의가 가라오케 연회장의 상석에 놓여 있었다. 태사의는 인공적으로 낡은 물건 같은 효과가 나도록 꾸며져 있었다. 오래 닳아서 반질반질하게 윤이 나는 홍목 통나무에 숙연함과 존경심을 갖는 사람들도 있고 은근히 의심을 품는 사람들도 있었다.

존경심을 갖는 쪽은 이런 사교장에서의 교제와 농담에 익숙한 사람들이고 의심을 갖는 쪽은 당연히 한 유명 신문사의 젊은 철부지 여기자 마오위스였다.

마오위스의 못된 성질은 어떤 기정사실에 대해서든지 항상 의심하는 정신과 탐색하는 태도로 나타났다. 모든 일을 끝까지 파고들어 진상을 밝히려드는 것이다. 무슨 일이든 반드시 증거가 나타나 그녀를 납득시켜야 했다. 이는 그녀의 가장 큰 장점이자 가장 못된 성깔이기도 했다. 외부 사람들의 눈에 상당히 거슬릴 수밖에 없었다. 대부분의 베이징 사람들은 뭐든지 우습게 여기고 건성으로 말하는 특징이 있어 별로 개의치 않을지 모르지만, 마오위스를 잘 아는 사람들은 그녀가 시원하고 솔직한 사람으로 천성적으로 함께 즐기는 친구는 될 수 있어도 집에 데려가 아내로 삼을 재목은 아니라고 생각했다.

그녀는 불길한 말을 잘하는 자신의 입 때문에 대사가 자신의 코와 입을 삐뚤어지게 하리라는 것은 전혀 생각지도 못했다.

술자리에서의 상투적인 이야기들은 이미 충분했다. 인민대회 대표는 인민대회 얘기를 하고 정협 위원은 정협 얘기를 했으며 퇴직한 모범근로자는 취업 얘기를 했다. 화가는 그림 파는 얘기를 하고 작가는 작가협회 얘기를 했으며 시인은 어떻게 몰래 출국을 할 수 있을지를 얘기했다……이런저런 얘기를 하다 보니 테이블 위에는 술잔과 접시가 어지럽게 널려 있었고 사람들의 말에도 술 냄새가 잔뜩 묻어났지만 대사는 아직 오지 않았다. 대사는 계속 뜸을 들이면서 나타나려 하지 않았다.

대사는 홀로 나타나는 것이 아니라 자신의 배우자와 함께 연회에 왕림할 예정이었다.

대사의 배우자도 함께 왕림할 것이라는 소식은 홍목 태사의 옆에 마련된 부드러운 소가죽 등받이 의자가 잘 말해주고 있었다. 연회장에는 대사를 위한 자리뿐만 아니라 대사의 배우자를 위한 자리도 함께 마련되어 있었던 것이다.

이로써 사람들은 대사가 외출을 할 때면 항상 배우자가 동행한다는 사실을 알게 되었다.

대사가 항상 배우자와 동행한다는 사실은 대사를 애타게 기다리는 사람들에게 일종의 친밀감과 위안을 제공했다. 적어도 사람들은 대사가 리롄졔(李連杰 : 무술이 뛰어난 중국의 유명 영화배우)가 주연한 영화의 무대인 샤오린사(少林寺)에서 온 사람이나 세상을 압도하는 초인적 힘으로 잘 알려진 해등법사(海燈法師)가 아니라는 것을 알게 되었다. 대사 역시 우리와 같이 속세에 살면서 보통사람들의 음식을 먹었다. 게다가 대사 그 어르신에게도 여인이 있었던 것이다.

마오위스는 앉아 있는 것도 지루하고 먹는 것도 지루했다. 모임은 주제 없는 변주였다. 민간 성격의 모임이라 기자가 정보를 던져줄 필요도 없었다. 그저 멍창쥔이 교우를 위해 다양하고 넓은 친구들을 모으는 데 대형 신문사 '기자'라는 그녀의 신분이 필요했을 뿐이다. 때문에 더 이상 기자를 주인공으로 삼아 알랑대는 사람은 없었다. 이런 상황이 마오위스 대기자님에게는 약간의 상실감을 안겨주었다. 일찍 자리를 떠나고 싶었지만 아무래도 실례인 것 같고 멍창쥔에게도 미안했다. 게다가 재미있는 사건이 아직 시작되지도 않았는데 어떻게 이대로 떠날 수 있겠는가?

마오위스는 모든 생각이 비어 있는 두 개의 의자에 집중되어 있었지만 귀는 마지못해 인내심을 발휘하며 술자리의 농담과 우국우민의 이야기들을 들어주고 있었다.

이때 지잉- 하고 멍창쥔의 핸드폰이 울렸다. 멍창쥔은 귀를 핸드폰에 갖다 대고 큰 소리로 "여보세요"를 몇 번 반복하더니 자리에서 일어나 복도로 나갔다. 그러고는 얼굴을 창밖으로 향해 핸드폰에 대고 뭐라고 큰 소리로 말했다. 자리로 되돌아온 멍창쥔이 다시 한 번 사람들을 향해 공표했다.

"우리 형님께서 곧 도착하신다고 합니다. 오는 길에 차가 막혀 뒤에 오는 차와 가벼운 접촉사고가 있었던 모양입니다. 지금 경찰이 사고현장을 처리중이고 거의 다 마무리된 것 같으니 십 분만 더 기다리면 도착하실 겁니다."

음……, 얘기를 들은 사람들의 얼굴에 관심과 놀라움의 표정이 가득 드러났다. 마오위스 혼자만 입술을 꽉 깨문 채 속으로 신이 나서 중얼거렸다. '이 대사라는 사람은 아주 재미있는 인물이군!' 대사는 갈수록 인간세상의 흥취에 가까워지고 있었다. 손이 촉촉해졌다. 노래가사처럼 정말로 그가 청춘에 허리를 몸을 부딪친 것 같았다. 마오위스는 속으로 생각했다. '나처럼 운전기술이 없는 사람도 피할 수 있는 일을 대사처럼 공력이 뛰어난 사람의 차 뒤꽁무니를 어떤 범퍼가 들이받을 수 있었던 것일까?! 차를 너무 느리게 몰아 뒤에 오는 차가 본의 아니게 사고를 낸 건 아닐까?!

마침내 대사가 모습을 드러냈다. 대사는 대사다운 풍모와 분위기가 그대로 드러나는 무척이나 침착한 모습이었다. 방금 차 사고를 당한 사람의 놀란 표정은 조금도 찾아볼 수 없었다. 대사가 '대사는 항상 우리 삶 속에 있다'는 인상을 주기 위해 일부러 그렇게 꾸민 것일 수도 있었다. 그래서인지 대사의 모습은 거리의 점쟁이나 이발사, 인력거꾼, 칼 가는 사람, 담 넘는 잡부들과 별 차이가 없었다. 대사는 민간의 삶 속으로 들어가면 잡부가 되고 학자들 사이로 들어가면 엘리트가 되었다. 훈련하는 대오 속으로 들어가면 병사가 되고 홍목 태사의에 앉으면 귀빈이 되었다.

대사는 바람에 따라 모습을 바꾸고 시장에 맞춰 일을 처리하며 어떤 상황에도 잘 적응했다. 대사가 이런 모습으로 인생의 무대에 출연한 것은 너무나 신선하고 드문 일이었다. 사람들은 그를 모방할 수도 없고 기념할 수도 없었다. 미래에도 추모하거나 추억할 수 없었다. 그리하여 사람들은 대사를 더욱 존경하면서도 그에 대해 전혀 갈피를 잡을 수 없게 되는 것이다.

대사는 첫 눈길로 사람들을 제압했다.

대사의 배우자도 대사를 따라했다. 대사의 모습에 따라 그녀의 모습도 변했다.

사람들은 대사와 그 배우자가 느린 동작으로 자리에 앉는 것을 바라보았다. 멍창쥔의 소개와 제안에 따라 사람들이 잔을 들어 대사를 환영했다. 대사는 여전히 대사로서의 풍모를 지키면서 가볍게 고개를 끄덕여 술잔을 입가에 살짝 대기만 했다.

대사가 오지 않으면 어쩌나 하고 계속 불안해하던 멍창쥔은 그제야 마음을 놓고 언변을 뽐내기 시작했다. 말 상자가 열리자 재잘재잘 터져 나오는 말이 전부 대사에 관한 것이었다.

대사는 면전에서 펼쳐지는 자신에 대한 과장된 이야기를 들으면서 아무 말도 하지 않았다. 입은 열지 않고 고개만 끄덕였다. 너무나 무심한 모습이었다.

서론이 마무리되자 마침내 오늘의 주제로 들어갔다. 대사는 아직 젓가락도 들지 않았다. 음식 한 입 먹지 않고 술 한 모금 입에 대지 않은 상태에서 자리에서 일어서더니 멍창쥔의 안내를 받으며 밖으로 나가 사전에 마련된 스위트룸으로 이동했다. 이어서 자리에 있던 내빈들이 한 명씩 차례로 불려갔다. 대사가 전기를 연결하고 작업을 시작했다. 오늘 모인 귀빈들을 위해 공력을 발휘하여 병을 치료해주는 것이었다.

어머, 이런! 알고 보니 이런 것이었군! 마오위스는 마침내 멍창쥔 오빠가 오늘 이처럼 호화로운 연회를 마련한 진의를 알게 되었다. 기공(氣功) 대사의 손을 빌어 귀한 손님들에게 현장에서 마사지 치료를 해주려는 것이었다.

세상에, 기공대사라니! 신문에서는 대사가 기공으로 병을 한 번 치료해주고 받는 돈의 액수가 어마어마해서 일반인은 감히 엄두도 못 낸다고 보도한 바 있었다. 보아하니 오늘 멍창쥔 덕분에 값으로 따질 수 없는 호사를 누리게 될 것 같았다!

눈앞에서 인민대회 대표와 정협 상무위원, 퇴직 후 재취업한 대표 등이 줄줄이 불려나갔다. 모두들 담배 몇 개비 필 정도의 시간이 지나야 다시 돌아왔다. 하나같이 얼굴에 홍조를 띠면서 모공에서 제호관정(醍醐灌頂 : 사람에게 지혜를 불어넣어 불도를 깨닫게 함)의 광채가 났다. 마오위스는 이들을 지켜보면서 자신의 차례를 기다렸지만 한참이 지나도 차례가 돌아오지 않자 이상하다는 생각이 들었다. '멍창쥔 오빠, 이러시면 안 되지요. 사적인 연회에서까지 관직의 등급에 따라 서열을 나누는 건가요? 기왕에 다 같이 어울리는 자리라면 뭐든지 공평하게 하셔야지요. 대사가 공력을 발휘하여 병을 치료하는데, 왜 다른 사람들은 되고 저는 안 되는 겁니까? 오빠가 일을 이런 식으로 처리할 줄 알았다면 절대로 오지 않았을 거라고요.' 속으로 이런 생각을 하는 그녀의 얼굴에 가벼운 슬픔이 묻어났다. 짜증이 나면서 속에서 항변이 터져 나왔다.

"선배, 저도 이 대사님께 진료를 좀 받으면 안 되는 건가요? 저도 대사의 공력을 체험해보고 싶고, 대체 기공이란 것이 어떤 건지 알아보고 싶단 말이에요."

속으로 하는 말이나 겉으로 터져 나오는 말이나 불만이 가득했다. 멍창쥔은 듣고는 아무 말이 없었다. 다른 사람들도 감히 뭐라고 말은 하지 못하고 점잖게 순서를 양보할 뿐이었다.

"미스 마오, 먼저 들어가세요."

하지만 마오위스는 대사가 그 자리에 있지 않고 스위트룸 안에서 퇴직한 모범 노동자를 치료하고 있지만, 필경은 천리안이라 먼 곳의 소리를 들을 수 있는 귀를 지녔기 때문에 자신의 그 불경한 말들을 다 듣고 있었다는 사실을 전혀 알지 못했다. 그러지 않았다면 잠시 후에 대사가 마오위스에게 그토록 매서운 손짓으로 암암리에 교훈을 주는 일은 없었을 것이다.

다른 사람들도 민망한 마음에 마오위스의 요구를 저지하지 않았다. 멍창쥔도 규율을 모른다거나 새치기를 한다고 비난하지 않고 기회를 봐서 작가와 시인, 화가 등 자신이 내정한 순서를 건너뛰어 먼저 마오위스를 데리고 위층으로 올라갔다.

마오위스는 멍창쥔을 따라 20여 개의 계단을 올라 대사가 법술을 행하고 있는 3층 꼭대기로 갔다. 멍창쥔이 말했다.

"여기서 잠시만 기다려. 내가 안에 들어가 상황을 보고 올 테니까."

말을 마친 그는 벨을 한 번 가볍게 누르고 문을 밀고 안으로 들어갔다. 그러고는 잠시 후 문 밖으로 고개를 내밀고 말했다.

"잠시만 더 기다려. 곧 끝날 거야. 바지를 입는 중이거든."

이 말에 마오위스가 긴장하며 물었다.

"네? 옷을 벗어야 하는 건가요?"

이렇게 말하는 그녀는 이미 몸을 돌려 도망칠 태세를 취하고 있었다. 멍창쥔이 황급히 말했다.

"아니, 아니야. 어디를 치료할 건지 봐야지."

마오위스는 여전히 불안감을 떨치지 못하고 입구에 서서 자신도 모르게 왼손과 오른손을 한데 모아 움켜쥐었다. 어렵사리 멍창쥔의 목소리가 들렸다.

"들어와."

마오위스는 그제야 문을 밀고 안으로 들어갔다. 아주 넓은 방 안에 대사가 책상 앞에 숙연한 자세로 서 있었다. 오른손은 비어 있고 왼손에는 까맣고 굵은 전선을 쥐고 있었다. 전선은 길게 늘어져 카펫 위의 동그란 콘센트에 꽂혀 있고, 콘센트 위에는 또 하나의 전선이 있어서 벽 위의 일반 양방향 전원에 연결되어 있었다.

아무 것도 없었다. 아무 것도 알아볼 수 없었다. 모든 것이 단순함의 극치였다. 하지만 스위치에 검정색 전선이 연결되어 있고 대사는 민간에서 사용하는 이 220볼트 전선을 손에 쥐고서 아무 일 없는 듯이 태연자약했다. 대사의 맞은편에는 방금 기공치료를 받은 퇴직 모범 노동자가 바지춤을 매만지고 있었다.

마오위스는 이런 상황을 보면서 전선을 유심히 살펴봤지만 전혀 허점을 찾을 수 없었다. 그녀는 아무 이유도 없이 잠시 어리둥절했다. 갑자기 어린 시절에 읽었던 『10만개의 왜』라는 책이 떠올랐다. 그 책 안에는 새는 왜 고압전선 위에 내려앉아도 죽지 않는가 하는 질문이 담겨 있었다. 해답은 전류에 회로가 없기 때문이었다. 그보다 더 어렸을 때는 『다섯 명의 소년 팔로군』이라는 제목의 동화책을 읽은 적이 있었다. 어린 팔로군들은 손을 맞잡아 적군이 절단해버린 전선의 양쪽 끝을 이었다. 전류가 아이들의 몸을 통해 흐른 덕분에 중국군의 통신선로가 회복될 수 있었다. 이 책을 읽고 나서 그녀는 아주 용감하게도 이를 따라 해볼 생각을 했다. 여동생에게 작은 나무걸상의 다리를 붙잡고 있게 하고서 그녀는 벽에 높이 달린 전등 소켓에 손을 뻗었다. 다행히 이를 발견한 할머니가 깜짝 놀라 호통을 치셨다.

"쪼끄만 게 죽고 싶어서 그래?! 전기는 함부로 만지면 안 된단 말이야! 이런 짓 한 번만 더 하면 혼날 줄 알아! 알았어?"

마오위스는 엉엉 울면서 대답했다.

"알겠어요"

……하지만 눈앞의 이런 상황을 어떻게 설명해야 할까? 마오위스가 생각에 골몰하는 표정을 짓고 있자 옆에 있던 멍창쥔이 말했다.

"마오마오, 체험해 보고 싶다고 하지 않았어? 어서 해 보라고."

마오위스의 억지 부리는 능력이 이때는 완전히 사라지고 없었다. 전혀 용기가 나지 않았다. 그녀는 뒤로 물러서고 싶은 마음에 우물쭈물하며 말했다.

"저…… 저는 아픈 데가 없어요. 저, 저…… 치료 안 받을래요. 이, 이 정도 전압은…… 전기저항이……."

멍창쥔이 말했다.

"이건 일반적인 220볼트 전압이야. 봐. 아무 것도 없어. 전선 하나가 대사의 손에 닿으면 마음대로 변해 대사가 다시 보내고 싶은 만큼 내보내게 되는 거야."

"오빠…… 그럼 대사님의 몸에 전기저항이 있다는 건가요?"

마오위스는 여전히 의심 가득한 눈빛으로 검고 굵은 전선을 응시했다. 조금 망설여지고 두렵기도 했다. 대사는 가부를 알 수 없는 표정으로 눈꺼풀을 늘어뜨린 채 말없이 손으로 전선 끝을 묵묵히 다듬고 있었다.

"그건 대사님에게 특별한 능력이 있기 때문이야. 대사님은 당신의 몸을 통해 전압을 조절하고 다시 전류를 이용해 사람들의 몸 안에 축적된 독소와 소통하는 거지."

"그러면…… 제가 직접 그 전선을 만져볼 수 있을까요?"

마오위스는 여전히 두려운 듯 질문이 끊이지 않았다. 옆에 있던 대사는 더 이상 참기 힘든 듯 눈을 약간 감고 있었다. 멍창쥔도 그녀의 질문에 길게 대답하고 싶지 않은 것 같았다. 그렇게 면전에서 설명하는 것은 대사를 못 믿고 자신의 친구인 대사를 존중하지 않는 태도일 것 같았다.

"마오마오가 직접 해보겠다고? 그랬다가는 220볼트의 전기가 곧바로 마오마오의 손을 태워버릴 거야. 보통 사람은 안 돼. 오직 대사처럼 특별한 능력을 갖춘 사람만 할 수 있는 일이라고"

마오위스가 여전히 머뭇거리자 말리던 멍창쥔의 태도도 퉁명스럽게 변했다.

"그럼 해봐, 괜찮겠지 뭐. 그렇게 많은 사람들이 전기치료를 받는 광경을 봤잖아? 게다가 마오마오도 전기를 만져보기 위해 여기에 온 거잖아?"

마오위스는 자신이 스스로를 막다른 골목으로 밀어 넣었다는 것을 감지했다. 아무리 220볼트의 전압이 두려워도 오늘은 대사에게 전기치료를 받는 수밖에 없었다. 그녀는 두려웠지만 애써 용기를 내 대사 앞에 놓인 침대 맡으로 가서 앉았다.

"어디를 치료하고 싶어?"

멍창쥔이 말했다.

"마오마오는 기자잖아. 기자들은 대부분 신경쇠약을 직업병으로 갖고 있으니까 뇌신경을 치료해 보는 게 어때."

멍창쥔의 말이 계속 이어졌다.

"손을 뻗어봐."

멍창쥔이 말하는 것 같기도 하고 대사가 말하는 것 같기도 했다. 아득히 먼 곳에서 전해져 오는 음성처럼 아무 저항도 없이 순종하게 하는 힘이 담겨 있었다.

마오위스는 전전긍긍하며 손을 뻗었다. 오만하고 방자한 모습은 어디로 사라졌는지 흔적도 찾아볼 수 없었다.

"손을 쭉 펴라고."

맹상군이 다시 말했다. 이번에도 대사가 말하는 것 같았다. 마오위스의 머릿속에 번뜩 한 가지 생각이 떠올랐다. 왜 항상 멍창쥔이 옆에서 말을 하는 걸까? 대사는 왜 줄곧 입을 열지 않는 걸까? 그와 대사의 모습은 마치 쌍황(雙簧 : 한 명은 무대 위에서 동작을 맡고 다른 한 명은 무대 뒤에서 대사와 노래를 담당하는 공연예술의 일종) 연기를 펼치고 있는 것 같았다.

그녀가 많은 생각을 할 겨를도 없이 갑자기 침 하나가 그녀의 손 한가운데를 찌르는 것 같았다. 마오위스는 긴장하기 시작했다. 찌릿찌릿한 통증과 간지러운 느낌이 이어졌다. 마오위스는 대사가 왼손으로는 전선을 잡고 빈 오른손 식지를 마음대로 그녀의 손 한가운데를 건드리는 것을 보았다. 즉시 얼얼하고 간지러운 느낌이 손바닥에서 팔을 타고 올라와 온몸으로 퍼졌다. 찌릿하고 가려운 느낌은 아주 짧은 순간 지나가버렸고 대사의 손가락은 오래 머물렀다. 그의 손가락 끝이 그녀의 손바닥 가운데에 닿은 채 정지해 있었다. 마오위스는 자신도 모르게 손에 경련이 이는 것을 느꼈다. 마비 후유증이 있는 어린아이의 손가락 몇 개가 빠르게 구부러지면서 손바닥 한가운데로 둥글게 모아지는 것 같았다. 손가락에 통제가 불가능한 경련이 일면서 불이 붙은 종이처럼 무력하게 파르르 떨리다가 구부러지는 것 같았다. 모종의 힘과 전기가 팔을 타고 위로 올라와 빠르게 심장을 압박했다. 마오위스는 이미 두려움이 사라진 상태였다. 온몸이 화끈거리고 흉강이 견디기 힘들 정도로 아파왔다. 평소 그녀는 자신의 '기(氣)'가 매우 세서 어떤 심리적 암시도 물리칠 수 있다고 생각했다. 자칭 철저한 '유물주의'라 사신(邪神)을 믿지 않았고 직장에서 누군가 관상을 보거나 점을 쳐주겠다고 하면 비웃기만 했었다. 하지만 지금 이 기공 대사의 방법은 전기를 사용하는 것이라 속임수일 리가 없었다. 남에 의해 전기로 통제되고 있는 상황이라 감히 성질을 부릴 수도 없었다.

"반대쪽 손을 뻗어봐."

멍창쿼 오빠가 또다시 지시를 내렸다.

이미 대사의 목소리인지 멍창쿼의 목소리인지 구별할 마음이 없었던 마오위스는 넋이 나간 듯 순순히 지시에 따라 반대쪽 손을 내밀었다. 이번에도 손바닥에 경련과 구부러지는 반응이 나타났다. 손가락이 닭발처럼 힘없이 구부러지고 머리가 텅 빈 듯한 느낌이었다. 허무했다. 손바닥 한가운데서 저절로 땀이 솟아나왔다. 멍창쿼 선배의 목소리가 또 대사의 목소리인 것처럼 허무하고 어렴풋하면서 무척 부드럽게 들려왔다.

"봐, 병이 없다더니 이런 병이 있었군. 기혈과 맥박이 허약해지고 벌써 식은땀이 나잖아."

마오위스가 속으로 말을 받았다. '그건 선배 때문이에요? 놀라서 그런 거라고요!'

마오위스의 두려움을 전혀 이해하지 못한 대사는 식지로 그녀의 얼굴을 만지기 시작했다. 손가락 끝이 그녀의 얼굴 피부에 닿을 때마다 얼굴 근육이 전류가 자극하는 방향을 따라 억제할 수 없이 뒤엉켜가는 것이 느껴졌다. 접촉점을 중심으로 손이 닿으면 입이 그쪽으로 삐뚤어지고 눈가 근육도 그쪽으로 당겨졌다. 전형적인 간질 증상처럼 입이 삐뚤어지고 눈이 사팔뜨기가 되었다.

대사의 손가락은 쉬지 않았다. 그녀의 얼굴 위에 몇 개의 접촉점을 형성하면서 아름다운 얼굴을 완전히 변형시켜 아주 추한 모습을 만든 다음, 다시 서서히 위로 올라가 빈손으로 이마를 짚었다. 마오위스는 자신도 모르게 눈을 감았다. 대사의 손가락이 이끄는 대로 눈앞에 커다란 착란의 심전도 부호들이 나타났다. 하나같이 뒤집어진 V자 형태로 기복이 불안정하고 파장이 심했다. 금빛이 어지럽게 반짝였다. 완전히 죽어가던 환자가 전기충격을 받았을 때의 심장 같기도 하고 곡선 위를 미친 듯이 날뛰며 오르락내리락하는 손가락 같기도 했다. 마오위스는 대사가 손가락 끝의 전류량을 점점 늘리고 있는 것을 느꼈다. 아주 매섭게 한 번, 또 한 번, 쇠망치로 심장 끝을 도려내고, 심장 판막에 붙은 살점을 전부 도려내는 것 같았다. 그녀의 심장이 선명하게 질식을 느끼고 있었다. 그녀는 너무나 괴로워 무의식적으로 "그만, 그만." 하고 비명을 지르면서 눈을 감은 채 몸을 뒤로 뺐다. 대사는 그녀의 비명 소리에 전혀 개의치 않았다. 대사는 침착하게 그녀의 부드러운 얼굴에 두 번 더 전기 충격을 가하고는 그녀의 심장을 닫으려는 듯이 매섭게 주먹으로 두 번 가격하고서야 손을 놓았다.

마오위스의 머리가 땀에 젖었다. 온몸에 땀이 났다.

당사자로서 그녀와 대사는 속으로 서로를 잘 이해하고 있는 것 같았다. 한 차례 무언의 힘겨루기가 끝났다. 이미 지나간 일이 되었다. 특별한 능력자에 대한 그녀의 경멸과 기공 대사에 대한 불경한 언행에 대해 대사는 그녀를 마음대로 할 수 있게 되자 보란 듯이 매서운 보복을 했다. 대사에게 기공 치료를 받으면서 그녀는 스스로 전기를 이해하게 되었다. 기공 치료라는 것이 존재하든 존재하지 않든, 진짜이든 가짜이든 간에 일단 그녀가 대사의 손안에 장악되는 순간, 대사는 마음껏 공력을 펼쳐 아주 짧은 시간에 그녀의 이마를 태워 구멍을 내거나 뺨과 입술을 일그러뜨릴 수 있었다. 그러고 나서 '그녀의 체내의 울결을 제거함'으로써 그녀가 백세까지 장수할 수 있게 해줄 수 있었다. 이마에 난 구멍에 대해서는 성인이나 신선이 될 수 있는 징표라고 말하면 그만이었다. 대사는 이런 방식으로 그녀처럼 세상물정 모르고 이 세상 모든 것을 의심하기 좋아하는 태도를 가진 사람들을 한 줌의 재로 만들어 버릴 수도 있었다. 들어올 때는 살아서 왔지만 나갈 때는 유골함에 담겨 나가게 할 수도 있었다.

인간 세상의 수많은 일들이 똑같은 궤도로 진행되는 것은 아니었다.

대사는 모든 것을 완벽하게 해낼 수 있었다. 전기고문을 당하는 동안 과연 그녀는 저항의 능력이 전혀 없이 완벽하게 유린당하는 순한 양의 모습이었다.

그러나 대사는 그렇게 하지 않았다. 대사는 그저 전류량을 늘여 암암리에 매서운 전기 충격을 가함으로써 그녀에게 교훈을 주었을 뿐이다. 대사의 성격으로 보자면 충분히 정중한 태도였다. 대사는 멍창쥔의 체면을 생각해서 그녀에게 위해를 가하는 마지막 동작은 하지 않았던 것이다.

대사의 방에서 나온 마오위스는 두 다리가 완전히 풀려 온몸에 땀을 비 오듯 흘리면서 비틀비틀 계단 난간에 의지하여 간신히 아래층으로 내려올 수 있었다. 멍창쥔이 방 안에서 대사와 또 어떤 모략을 꾸미는지 알 수 없었다. 마오위스는 문득 이틀 전 신문에 커윈로(柯雲路)와 쓰마샹난(司馬相南)에 관한 열정적인 보도가 생각났다. 중국 과학원 학부위원이 현장에서 기공의 발산을 목격했다는 등의 기사도 생각이 났다. 원래 과학을 좋아하는 그녀는 현장에 있었다는 학부위원과 원로 과학자들의 표정과 언사에 특별히 관심을 가졌었다. 그녀는 항상 그들을 존경하고 숭배해왔다. 그리고 그들이 과학적인 진리와 결론을 도출해낼 수 있기를 희망해왔다. 하지만 그녀의 예상과 달리 위원들은 아무 말도 하지 않았다. 눈만 크게 뜬 채 묵묵부답이었다. 적어도 신문에 게재된 기사와 현장 사진은 사람들에게 이들 뛰어난 과학자들이 기공 대사의 면전에서 묵묵부답이었다는 사실을 전하고 있었다.

마오위스는 대사에게 전기 치료를 받고 나와 몽롱해진 머리로 정신없이 길을 걸으면서 생각했다. '앞으로 불길한 말을 잘하는 입을 단속해야겠어. 특히 대사나 기공 같은 생명과 관련된 문제에 대해서는 믿고 안 믿고의 여부를 경솔하게 말하지 말아야겠어. 가장 좋은 방법은 귀신들을 공경하고 멀리하는 것이겠지! 그래야 인간과 귀신 모두가 평안해질 거야.'

핫도그

熱狗

핫도그

1

천덩가오(陳登高)는 여러 해 동안 연극비평을 하지 않았지만 이번에는 비평을 통해 연극뿐만 아니라 사람도 지원해야 했다.

이번에 소극장에 올리는 연극의 제목은 <낫이라는 이름의 물고기>였다. 여자 주인공 샤오얼(小鵝兒)은 비키니 차림에 110명이나 되는 관중들이 지켜보는 가운데 물고기처럼 미끄러지듯 유영을 하면서 즐거움에 겨운 비명을 지르고 몸을 말았다. 남자 주인공은 잠시 동안 어둠 속에서 슬픈 독백을 하면서 흐느꼈다. 그러다 또 잠시 동안 머리를 침대에 기댄 채 쭈그리고 앉아 있었다. 아주 분위기 있게 배경 역할을 할 줄 아는 것 같았다.

천덩가오의 눈빛이 어색하게 강렬해졌다. 희미한 등불 그림자 아래서 심미적인 사물의 중심과 두 개의 기본 점을 꼭 잡고 있었다. 눈빛을 누그러뜨리고 싶은 마음이 없었다.

곧 쉰이 되는 나이에 나는 어째서 아직도 자신을 통제하지 못하는 걸까? 천덩가오는 몰래 머리에 흐른 땀을 훔쳤다.

내가 어떻게 된 건지 말 좀 해봐요. 이렇게 여러 해가 지났는데도 아름다움에 마음이 움직이지 않았는데, 오늘은 처음으로 이렇게 하나가 되어 녹아들고 있잖아요.

아무래도 난 아직 늦지 않은 것 같아요. 방금 나의 잠재력을 발견했어요.

천덩가오의 몸이 꼿꼿하게 섰다.

연극공연이 끝나고 곧바로 좌담회가 이루어졌다. 이번이 처음 공연을 참관하는 자리라 참석한 사람들은 하나같이 수준이 보통과 다른 고수들이었다. 라디오 방송국에서 온 사람도 있고 텔레비전 방송국에서 온 사람도 있었다. 신문사나 잡지사에서 온 사람들도 있었다. 가장 자격이 뒤지는 사람들은 천덩가오처럼 대충 글로 모든 것을 다 해결하는 전문 학자들이었다.

말총머리를 한 연출가가 앞으로 나서 머리 숙여 인사를 했다.

여러 전문가, 형제 여러분! 이 넓은 세상을 두루 찾아본다 해도 오늘날 진정으로 예술을 하려는 사람이 얼마나 될까요? 모두들 빌어먹을 돈이나 벌려고 혈안이 되어 있지요. 이처럼 순수예술을 한다는 것이 어디 그리 쉬운 일이겠습니까?

말을 하다가 제대로 말을 잇지 못했다. 말을 멈추는가 싶더니 울먹이기 시작했다. 결국 입을 크게 벌리고 엉엉 소리 내어 울었다. 노인네의 슬픈 울음이었다. 억울함 속에 어느 정도 성공의 기쁨이 섞인 울음이었다.

천덩가오의 마음도 자신도 모르게 동요되었다.

감독은 수염에 묻은 콧물을 훔치고 얼굴을 한 번 문지르더니 갑자기 어투를 바꿔 말했다. 시대가 변했습니다. 지금은 예전과 달라요. 이전에는 정리해야 한다면 정리하는 시대였지만 이제는 띄워야 하는 시대입니다. 이번에 저는 어렵사리 '훌륭한' 공연을 했고 '화합'만을 과제로 남겨두고 있습니다. 여러분들께서 젊은이들의 성장을 위해 향에 불을 붙여주시기 바랍니다. 적극 도와주시기 바랍니다. 부탁드립니다!

좌중에서는 산발적인 박수소리가 터졌고 휘파람을 불어대는 사람도 있었다. 고음과 저음이 뒤섞여 무척 소란스러웠다.

천덩가오는 여러 번 들으니 마음이 답답해졌다. 마음속으로는 자신이 당당한 '모더니즘 및 포스트모더니즘' 연구소에 특별한 공헌을 한 청장년 학자(21세에서 61세 사이)라고 말하고 있었다. 내가 어째서 이런 뜨내기들 사이에 섞여 있는 거지? 누가 날 부른 거야? 잘 모르겠군. 우편함에서 빨간색 초청장을 집어 들고 아무 생각도 없이 오고 말았네.

이런 생각을 하고 있을 때, 샤오얼이 다가와 여러 사람들에게 고개 숙여 인사를 했다. 여러 선생님, 여러 전문가 여러분, 동료 여러분, 이렇게 찾아 주셔서 감사합니다. 사랑하는 연극 사업을 위해 저는 과감히 몸을 바쳤고 열정과 용기를 가지고 과감히 앞으로 돌진했습니다. 돈도 전부 털어 넣었지요. 값이 나갈 만한 물건들은 전부 팔았습니다. 이렇게 돈을 모아 이런 연극을 무대에 올릴 수 있었습니다. 이제 전 아무것도 가진 게 없습니다. 제대로 된 옷 한 벌 없어요. 흑흑…… 샤오얼은 몸을 돌려 가 버렸다. 감정이 격해졌는지 얼굴을 가리고 슬프게 울었다.

교사들과 전문가들이 함께 탄식했다. 얼마나 고귀한 직업정신인가! 얼마나 보기 드문 우수한 배우인가! 어쩐지 '낫 물고기' 배역을 하면서 물고기가 옷을 입고 있지 않더라니!

샤오얼은 눈가의 눈물을 닦았다. 저는 이 길에 들어선 뒤로 크고 작은 배역을 스무 가지 이상 맡아 연기를 했습니다. 비천상(飛天賞)이나 매화상(梅花賞)에 여러 번 가까이 갔지만 수상하진 못했지요. 운이 좋지 않았습니다. 이번 연극에서는 제 모든 것을 쏟아 부었고 가장 짜릿했습니다. 죽어도 여한이 없을 정도입니다. 배우로서의 삶에서 평생 동안 빛날 수 있는 기회가 몇 번이나 될까요? 이번에는 확실하게 제 능력을 보여주고 세상을 놀라게 하고 싶습니다. 여러 선생님들의 아낌없는 지원을 바랍니다.

밑에서 관중들이 뜨거운 박수갈채를 보냈다. 의지가 대단해! 멋있어! 우리는 당신 같은 사람을 좋아합니다. 당신을 후원하는 일은 상의가 필요 없어요. 우리가 꼭 당신을 도와 띄워서 성대하게 시장에 진입할 수 있게 할 겁니다.

감사합니다! 고맙습니다!

샤오얼은 얼굴이 상기되어 연신 감사하다고 외치면서 사람들을 향해 허리를 숙였다. 마그네슘 조명이 탁탁- 소리를 내면서 그녀를 향해 쉬지 않고 번쩍거렸다. 감독은 출구 쪽에서 모든 손님들에게 촌지 봉투를 건넸다.

마음이 감동과 부러움으로 가득 찬 천덩가오도 계속 박수를 치면서 밖으로 걸어 나왔다. 바로 그때 샤오얼이 뒤에서 그를 불러세웠다. 천 선생님.

천 선생님이라고 불린 그 사람은 믿지 못하겠다는 듯이 걸음을 멈췄다. 그러고는 몸을 돌려 머뭇거리며 물었다. 절 부르신 건가요?

선생님이 아니면 누굴 불렀겠어요? 여기 선생님 말고 천 선생님이 또 계신가요?

순간 천 선생의 마음이 뜨거워졌다. 따스한 감정이 스치고 지나갔다. 그러면서도 여전히 믿을 수 없다는 듯이 물었다.

내가 누군지 어떻게 알았나요?

샤오얼이 묘한 웃음을 보였다.

선생님께서는 연극비평계의 권위자이신데 어떻게 모를 수가 있겠어요? 학교 다닐 때부터 선생님의 글을 읽고 진심으로 존경해왔습니다.

아. 그래요?

천덩가오의 마음은 이미 어쩔 수 없이 뜨거워져 있었다. 약간 팽창되는 기분도 느껴졌다. 그리하여 자연스럽게 권위자의 자리에 올라앉게 되자 위에서 밑에 있는 연예계의 신인을 격려하는 입장이 되었다.

연극하면서 공부도 하다니 정말 대단하군요. 훌륭해요. 요즘은 교양을 갖춘 배우들이 드물어요. 이렇게 계속 노력하면 반드시 성공할 겁니다.

과찬의 말씀이십니다.

샤오얼은 전문가의 칭찬을 감당하기 버거운 모습이었다. 머리를 살짝 숙인 그녀는 흥분한 듯 몸이 가볍게 흔들렸다.

천 선생님. 연극이 막을 올리면 가장 먼저 선생님을 모시고 비평도 듣고 충고도 받고 싶었어요. 이론 부분을 강화하고 싶어서 감히 선생님께 초대장을 보냈던 겁니다. 유명하신 분이라 오실 수 있을지 걱정이 되긴 했지만요.

이렇게 말하는 샤오얼의 머리는 위를 향했다. 그 무엇과도 비교할 수 없는 부드러운 눈빛으로 천덩가오를 바라보았다.

천덩가오의 심장이 '쿵쾅쿵쾅' 제멋대로 뛰기 시작했다. 그가 재빨리 유명인사의 허식을 벗고 따스한 어투로 말했다.

당연히 와야지요. 어떻게 안 올 수 있겠어요. 이처럼 훌륭한 배우를 알게 된 건 저로서도 정말 큰 행운입니다.

그럼 저희 연극에 대해 고견을 많이 말씀해 주세요.

네, 그, 그건 글로 쓰겠습니다. 당신과…… 여러분의 이번 연극을 아주 대대적으로 칭찬할 생각입니다.

그 약속 꼭 지키셔야 해요. 저랑 손가락 걸어요.

샤오얼의 천진한 눈동자가 천덩가오를 바라보고 있었다. 장난기 가득한 얼굴로 앙증맞고 예쁜 손을 내밀었다.

천덩가오는 머뭇머뭇 손을 내밀어 그녀와 손가락을 걸려다가 다시 움츠리며 거둬들였다.

샤오얼은 여전히 비키니 차림이었다!

2

칭이(青藝)소극장을 나와 둥창가(東長街)를 따라 되돌아가는 천덩가오는 마음속으로 특별한 아름다움을 느끼고 있었다. 자전거 페달을 밟는 발이 바람처럼 가벼웠다. 서늘한 밤바람이 들뜬 그의 얼굴 위로 불어왔다. 그는 알 수 없는 만족감으로 자신도 모르게 입을 오므려 휘파람을 불었다.

강물은 유유히 흘러 잔물결을 일으키는데 나뭇잎은 더 이상 바스락거리지 않네……

너무 진부했다. 구식이었다. 눈앞에 보이는 자동차의 행렬과 호텔들이 늘어선 거리와 어울리지 않았다.

다른 걸로 바꿔보자. 난 원래 워룽강(臥龍崗)의 한가한 사람이라…… 이것도 적절치 않았다. 조금 답답했다. 기가 막히는 것 같기도 했다. 이 순간 천덩가오의 머릿속에는 온통 흑백이 분명한 샤오얼의 아름다운 눈동자가 가득했다.

샤오얼의 눈은 사람들을 즐겁고 편안하게 했다. 계란 흰자위에

흑진주가 박힌 것처럼 깨끗했다. 추호의 잡티도 없었다. 대학원의 여자 연구생들과는 달랐다. 연구생들은 많지도 않은 나이에 괜찮은 눈이 없었다. 큰 안경을 쓰고 있지 않으면 밤을 새서 핏줄이 선 누런 눈빛뿐이었다. 학구적인 분위기를 풍기긴 하지만 여성미라고는 찾아볼 수 없었다.

이런 생각을 하다 보니 천덩가오는 자신도 모르게 입가 근육이 당겨져 올라가면서 가볍게 미소를 짓게 되었다. 눈빛도 맑아지는 것 같았다. 멀리 창안가(長安街) 쪽에 우중충한 학교 연구동 건물이 희미하게 보였다. 안정적으로 살아 있는 거대한 관 같았다. 올해 몇 년이나 됐지? 천덩가오는 속으로 생각했다. 처음 이 건물은 창안가의 독보적인 건물이었다. 위엄 있고 기품이 넘치는 최고의 건물이었다. 건물이 완공되어 비계를 철거하는 과정에서 노동자 두 명이 죽는 사고도 있었다. 당시에 세상을 떠들썩하게 했던 헤드라인 뉴스였다.

건물에 막 입주하여 각 연구소의 방을 배정하고 나서 엉덩이가 채 따뜻해지기도 전에 이 일대에는 비온 뒤에 돋아나는 버섯처럼 왕성하게 고층빌딩들이 창궐하기 시작했다.

동쪽에는 갈색 버터와 꿀을 바른 것 같은 초콜릿빌딩이 새워졌다. 배고픈 사람들은 달려가서 핥지 못해 안달이었다. 북쪽에는 아시아태평양빌딩이 생겨나 밤낮으로 인도 향을 내뿜으며 사람들의 귀의를 종용했다.

건너편 세관건물은 생동감 넘치는 종 모양의 건물로 도로를 사이에 두고 얼굴을 마주하고 있었다. 번듯한 제복을 입은 사람들이 뺀질나게 드나들었다. 틀림없이 그들의 관 뚜껑 안에는 화이트 컬러들의 진부하고 꼴사나운 모습이 가득했을 것이다.

서쪽에는 국제호텔이 자리 잡고 있어 화려한 회전식당을 자랑했다. 연구동의 꼭대기 바로 옆에서 돌고 있어 아예 내려다보는 것이 불가능했다.

불과 며칠 전의 일처럼 느껴졌다.

좀 더 멀리 가보면 카일라이(凱萊)이나 젠궈(建國), 왕푸(王府), 황관(黃冠)…… 같은 대형 호텔들이 시합을 하기라도 하듯이 빠른 속도로 솟아올랐다. 이쪽에 신축공사를 하면 저쪽에서는 철거공사를 했다. 가장 먼저 창안(長安)대극장이 헐려 나갔다. 길상의 상징이었던 이 극장은 눈 깜짝할 사이에 사라져버렸다. 칭이극장은 얼마나 오래 살아남을 수 있을까? 조만간 금융계 돈의 힘에 의해 밀려나지 않을까? 베이징대학의 담장 한쪽도 결국 눈물을 머금고 헐어버려야 하지 않았던가? 더 이상 허물지 못할 것이 뭐란 말인가?

문화적인 분위기를 지닌 곳들이 전부 조금씩 잠식되어갔다. 그런데 웬 놈의 모던이고 웬 놈의 주의란 말인가?!

관 같은 빌딩 안에서 사람들은 눈으로 보는 모든 것이 답답하고 숨이 막혔다. 마음이 요동치기 시작했다. 펄떡펄떡 밖으로 뛰는 모습이 바다에 뛰어드는 물고기 같았다. 생각해보니 자신도 16층 유리를 통해 멀리 초콜릿빌딩을 보면서 망상에 빠지지 않았던가? 천덩가오는 자신도 모르게 얼굴이 붉어졌다. 만일 그때 가버렸다면 지금 매달 100위안을 받는 '돌공상(突貢賞 : 국무원의 특별공헌 청년작가상)'은 자신에게 돌아오지 않았을 것이다. 말하자면 이 나이는 하늘을 지탱하지도 못하고 땅을 의지하지도 못하는 나이였다. 그 몸부림을 처음부터 다시 시작할 수 있을까? 50년이란 세월을 살면서 온갖 곡절을 충분히 겪지 않았던가? 좋은 일은 손으로 꼽을 수 있을 정도로 얼마 되지 않고 고생만 죽도록 하지 않았던가?

당신은 이렇게 말한다. 어릴 적에는 일본 놈들에게 쫓겨 이리저리 피난을 다녀야 했다. 3년 기아 기간에는 나무껍질도 제대로 먹지 못해 몸이 부어 사람 꼴이 아니었다. 온 집안이 허리를 졸라매 대학생 하나 만들었지만 졸업하고 며칠 지나지 않아 간부학교로 가서 사상개조를 받아야 했다. 트랙터로 보리를 베고 나면 힘들어서 피를 토했고 「5·16통지」(1966년 문화대혁명의 서막을 알린 문서)를 인정해야 했다. 인정하지 않으면 검은 방에 감금되거나 죽음을 당해야 했다.…… 그러는 동안 몸뚱어리는 온갖 고난으로 너덜너덜해졌다. 하지만 강인한 정신은 목구멍에 산 채로 걸려 있었다. 마음이 편할 리 없었다. 영혼과 육체의 완전한 괴리였다. 영혼을 봉헌한다 해도 영혼은 어차피 자신의 육체에 뿌리를 두고 있었다. 인간의 영혼과 육체는 항상 이렇게 분리되어 있지 않았던가? 특히 신시기(문화대혁명이 이후의 시기)의 10년은 며칠 지나 세월이 멈춘 셈이었다. 다시 기름을 태워 등불을 밝히려는 치열함이 있을 수 없었다. 따지고 보면 10년 세월을 빼앗긴 것이나 다름없었다. 뇌출혈이 발병할 정도로 피곤했지만 이 모든 것이 스스로 자원했던 것이었다. 필사적으로 명성을 얻으려 노력했다. 성과가 나오고 저작이 나오면 학계에 발 디딜 공간이 생기고 이름이 알려지면서 성공을 위한 입지를 다질 수 있었다. 확실하게 발판이 조성되었을 때는 피골만 남고 말았다. 자전거를 타도 엉덩이가 닿는 것이 싫었다. 그래도 나쁘진 않았다. 배불뚝이 동년배들에 비하면 그래도 십 년은 더 젊어 보였다. 우리 같은 사람들이 이제 와서 뭘 더 바라겠는가!

집에 도착해보니 아내와 아들은 이미 잠들어 있었다. 천덩가오는 소리 내지 않고 오는 길에 얻은 영감으로 거실 입구에 있는 식탁 위에 종이를 펼쳐놓고 펜을 들었다.

먼저 「연극 '낫 물고기'를 통해 본 중국 연극의 발전 추세」라고 제목부터 정했다. 약간 촌스럽고 지나치게 학구적인 제목이었다.

펜을 내려놓고 정신을 집중해보았다. 샤오얼의 물고기처럼 매끄러운 몸이 머릿속에 사뿐히 떠올랐다. "천 선생님, 천 선생님" 하고 불러대던 귀엽고 청아한 목소리가 귓가에 생생했다. 천덩가오의 몸은 자신도 모르게 또다시 붕 떠올랐다.

샤오얼, 샤오얼……. 그는 정신을 집중하고 큰 소리로 중얼거렸다. 그러고는 눈을 뜨고 다시 펜을 들어 춤추듯 가볍게 휘둘렀다.

부용꽃은 이미 꽃망울을 드러내고, 잠자리가 내려앉기만 기다리고 있네.

영감이 가득했다. 슥삭슥삭 펜을 움직이는 대로 아름다운 어구가 샤오얼의 몸 위로 쏟아져 내렸다.

글을 다듬은 다음 세심하게 다시 한 번 고쳤다. 글을 마쳤을 때의 기쁨은 아이가 태어났을 때와 다르지 않았다.

물론 아이를 더 낳는 것은 불가능했다. 고등학교 다니는 아들 하나로 충분했다. 신혼 시절에 건강이 나쁘지 않았다면 첫째인 딸아이가 돌도 되지 않아 요절하지는 않았을 것이었다. 딸아이가 오늘날까지 살았다면 다른 집 아이들처럼 이미 대학을 졸업했을 터였다.

방에 들어가 자는 아들의 팔을 가지런히 펴주었다. 아들 녀석은 잘 때만큼은 무척이나 순하고 귀여운 모습이었다. 눈만 뜨면 고집불통에 하루 종일 불평분자이긴 하지만.

아들의 사춘기와 아내의 갱년기가 한데 겹쳐졌다. 집 안의 화장실은 늘 두 사람에게 점령되었다. 아들은 끊임없이 거울을 들여다보면서 머리를 빗고 맘에 드는 표정을 지어보다가 여드름을 짰다. 얼굴은 온통 불그레한 여드름 자국으로 울퉁불퉁했다. 아내 마리화(馬利華)도 틈만 나면 화장실에 들어갔다. 한 달에 생리대가 대여섯 통으로도 모자랐다.

자기 방으로 들어와 보니 아내가 큰 침대에 큰 대 자로 뻗어 자고 있었다. 늘어진 몸이 오랜 세월에 침식된 산처럼 주름과 단층으로 가득했다. 천덩가오는 무의식적으로 미간을 찌푸렸다. 어째서 미인의 풍모가 조금도 남아 있지 않은 걸까.

세면을 하고 나왔는데도 아직 기운이 남아있었다. 반밖에 안 쓴 원고를 다시 쓰기 시작했다.

샤오얼의 얼굴이 웃음기 어린 얼굴이 글자와 행간을 이리저리 돌아다녔다. 손으로 떨어내고 얼굴을 비벼도 사라지지 않았다.

내가 지금 뭘 하고 있지? 천덩가오는 자신에게 대답 없는 질문을 던졌다.

정신이 분산되어 글이 써지지 않았다. 하는 수 없이 침대로 올라간 그는 아내 옆에 누워 잠을 청했다. 밤새 몸을 뒤척였다. 잠이 들긴 했지만 혼미함 속에서 계속 꿈을 꿨다.

3

목요일에 연구소에 출근하여 앞발이 막 문지방을 넘는 순간, 사무실의 장(張) 간사가 보온병 두 개를 들고 뒤따라오며 소리쳤다.

라오 천! 축하해요. 그렇게 큰 미인의 얼굴이!

지금 무슨 얘기 하는 겁니까? 천덩가오는 잠시 아무런 반응도 할 수 없었다.

어, 아직 못 보셨어요? 석간신문 말이에요! 가판대에서 한 부 샀는데, 한눈에 라오천의 이름이 있더군요! 우리 연구소에서 처음으로 석간신문 사진이 실린 겁니다. 우아!

이걸 어떻게 말해야 하지? 천덩가오는 아무 의미도 없는 말이라고 생각했다. 가슴속이 조금 답답해져 왔다.

위층으로 올라가 엉덩이를 자기 의자에 붙이고 앉자마자 같은 사무실의 라오쑨(老孫)이 김이 모락모락 나는 찻잔을 들고 천천히 다가와 인사를 건넸다.

끝내주네, 라오천. 절묘한 글이 꽃을 피웠어. 고아함과 통속적인 맛을 동시에 느낄 수 있더군. 어떻게 된 거야? 그간의 틀을 깨고 단평을 쓰기로 했나?

그냥 부탁을 받아 쓴 거야. 천덩가오는 엉덩이를 살짝 들어 올리며 어쩔 수 없었다는 표정을 지어보였다.

천 선생님. 이번에 한턱 내셔야 해요. 류샤오루(劉小路)가 문을 열고 달려 들어왔다. 선생님 같은 명사의 특별 원고니까 원고료가 천 자에 몇 백 위안이나 되잖아요. 연구소 논문 원고료는 기껏해야 만 자에 2백 위안이지만요. 오늘 점심 KFC 어때요?

천덩가오는 정신이 약간 몽롱했다. 석간신문에 글 한 편 실린 걸 가지고 왜 만나는 사람들마다 한마디씩 하는 걸까?

회계가 계단 아래서 큰 소리로 월급을 받아가라고 소리쳤다. 천덩가오가 들어가자 회계는 주변에 사람이 없는지 둘러보더니 귀엣말로 조심스럽게 속삭였다. 석간신문에서 라오천의 글을 읽었어요. 부업인가요? 돈 많이 버시겠어요.

천덩가오는 적이 놀라움을 금치 못했다. 이상하군. 정말 신기해. 석간신문에 실린 포스트모더니즘 관련 글을 안 읽은 사람이 없어.

그는 큰 걸음으로 아래층 자료실로 내려가 어제 신문을 찾아보았다. 샤오얼의 몸이 8인치 크기의 특보로 게재되어 흑백의 광채를 내뿜고 있었다. 그 옆에는 자신의 이름과 글이 함께 실려 있었다. 샤오얼의 눈빛이 비스듬하게 '천덩가오'라는 글자를 내려다보며 미묘한 웃음을 짓고 있었다.

잘 됐네. 이제부터 이 얼굴이 베이징 시민들 사이에 뿌리를 내려 절대 뽑히지 않겠군. 석간신문의 영향력이 이렇게 클 줄 알았다면 필명을 사용했어야 했는데. 몰랐네. 나 천덩가오의 이름은 이 얼굴 때문에 너무나 평범해지고 말았어. 정말로 뭐라고 말해야 할지 모르겠군.

천덩가오는 마음속에서 복잡한 감정들이 한데 뒤섞이고 있었다. 다급한 마음으로 다시 사무실로 올라온 그는 안절부절 못했다. 장 간사가 오더니 소장님 사무실로 가보라고 했다. 천덩가오는 석간신문에 관해 얘기하려나 보다 하고 속으로 추측해보았다.

위안펑(袁鵬) 소장은 몇 마디 쓸데없는 말로 인사를 건네더니 서랍에서 조심스럽게 신진연구원 승진 신청서를 꺼내 그에게 내밀면서 작성하라고 말했다.

'신진'이라는 단어를 보자 만능 키를 누른 것처럼 천덩가오의 머리에 무수한 생각들이 떠올랐다. 신진이라니 얼마나 좋은가! 듣기 좋은 직함이 아닐 수 없었다! 월급도 두 단계 높아지고 의료카드는 블루카드 대우를 받게 된다. 그리고 방 세 칸에 거실 하나인 집을 배정받게 되고 늙기 전에 사망할 경우……

내가 어쩌다 조기 사망까지 생각하게 됐지? 천덩가오는 속으로 생각했다. 맞아, 라오홍(老洪)이 잘 나가다가 갑자기 비명에 가지 않았던가?

라오홍은 수많은 난관을 극복한 유능한 인물로서 시험에서도 만점으로 합격했다. 전문 저작도 통과 판정을 받았고 받아야 할 의례는 전부 받았다. 서류가 비준되면서 정식으로 연구원 신분을 얻게 되었다. 하지만 그에 따른 특별대우는 누리지 못했다. 그는 성급하게 독일 위인들의 행적을 따라 했다. 그렇게 어느 날 새벽 네 시에 책상 앞에서 갑자기 세상을 뜨고 말았다.

말하자면 라오홍은 모든 면에서 괜찮은 사람이었다. 단지 일을 너무 좋아하는 것이 흠이었다. 세계 포스트모더니즘 연구 분야에서 약간의 명성을 얻은 데 이어 여론에서 다소 무책임하게 '세계 명인'으로 불린 뒤로 그의 마음속 지구 개념이 갑자기 작아졌다. 이때부터 그는 우주를 염두에 두고 먹고 자는 시간도 아까워하며 해안에 조수가 밀려오듯이 목숨 걸고 글을 쓰더니 쉰이 거의 다 된 나이에 백척간두에서 하늘로 가버렸다. 우주를 가로질러 가버렸다.

물론 바바오산(八寶山) 공동묘지에 들어가는 것도 쉽지 않았다. 파격적으로 승진한 연구원 계급이나 연구실 주임 같은 혁명 간부 신분이 아니라면 성지에 들어갈 수 없었다.

에이, 우리 같은 사람들은 며칠 쉬지도 않고서 일벌레라는 혐의가 주어질 리가 없었다. 우리 중에 시간과 싸우지 않는 사람이 누가 있겠는가? 이번 파격적인 승진은 과학원이 설립된 뒤로 두 번째 있는 일이었다. 대단한 영예를 앞에 둔 천덩가오는 속으로 상징적이나마 겸양의 말을 해야 하지 않을까 생각했다. 그러지 않으면 안 될 것 같았다. 그는 재빨리 몸을 일으켜 다급하게 손을 내저었다. 그건 안 됩니다, 위안 소장님. 전 아직 부족합니다. 다른 분이 먼저 승진해야 합니다. 위안 소장은 그의 말을 듣자마자 소장의 신분으로 정색을 하며 말했다. 당신이 발탁되었으니 선택에 따르도록 하세요. 감당이 안 돼도 승진해야 합니다.

천덩가오가 즉시 해명하고 나섰다. 위안 소장님, 저는 정말 성과가 아직 부족하다고 생각됩니다. 라오쑨이나 일본실, 라틴아메리카실, 인도실의 동료들이 저보다 훨씬 낫습니다.……

라오천, 그렇게 고사하지 말아요. 위안 소장은 극구 사양을 막았다. 이건 간부들이 신임한 결과입니다. 당신이 우리 연구소를 대표해서 가는 것이니 시험이나 잘 보도록 해요. 보름 간 휴가를 줄 테니 잘 준비하세요.

천덩가오는 신청서를 들고 밖으로 나왔다. 걸으면서 마음속으로 말했다. 위안 소장, 내게 그렇게 큰 소리로 말할 필요 없어요. 내가 신진이란 말이 어떤 건지 모를 거라고 생각합니까?

신진은 전적으로 강한 체력을 기초로 했다. 나이와 전문 저작의 관문을 넘어야 하고 학술위원회의 통일 문을 통과해야 했다.

두 가지 외국어를 시험도 거쳐야 하는 만만찮은 관문이었다. 4, 5천 명에 달하는 연구원 가운데 너덧 명만 신진이 될 수 있었다. 다이아몬드가 없다면 누가 감히 도자기 같은 삶을 끌어안으려 하겠는가?

'돌공' 같은 상의 심사도 심사 조직이 구성되면 라오위안의 평가에부터 시작하여 각 서기와 부서기, 소장, 부소장을 거쳐야 했다. 그래야 매달 백 위안의 수당을 받으면서 각 연구실의 연구원으로 배치될 수 있었다.

저를 앞에 세우시려는 거로군요. 조직의 명의로 절 남겨 두시지 그래요. 제가 애원해도 안 될까요? 결국 이 자격을 얻느냐의 여부는 전적으로 저 혼자의 힘으로 모든 관문을 넘을 수 있느냐 하는 데 달려 있는 거잖아요. 제가 관문을 넘으면 여러분은 빛나는 업적을 연도 총결산서에 적어 넣을 수 있을 겁니다.

자신의 자리로 돌아가 천덩가오는 진한 롱징차를 한 잔 우렸다. 찻잔의 뜨거운 증기가 하늘하늘 올라오고 미세한 물방울이 서로 부딪쳐 응결되면서 천천히 안개를 만들어갔다. 책상을 마주하고 있는 라오훙의 누렇게 뜬 얼굴이 문득문득 떠올랐다.

천덩가오는 후~ 하고 바람을 불어 차를 식히다가 너무 세게 불어내서 손등에 찻물이 튀면서 데이고 말았다.

라오훙, 나 놀라게 하지 말아요. 나는 정말로 당신의 사무실 보좌를 차지할 마음이 없단 말이오.

라오훙이 죽고 나서 그의 자리는 계속 비어있었다. ≪광명(光明)

일보≫에 부고가 실리고 문인이자 학자였던 라오훙이 세상을 떠났다는 사실이 알려졌지만 당 기관지를 보지 않는 사람들은 여전히 이런 사실을 모르고 있었다. 수시로 국내외 서신이 라오훙에게 날라 왔고 출판사도 걸핏하면 라오훙의 이름을 대며 원고 청탁 전화를 걸어왔다.

라오훙 당신의 혼령은 그대로군요. 빈자리 하나가 연구실 전체의 분위기를 흔들어 놓고 말이오. 특히 책상을 마주하고 있는 나 천덩가오의 마음은 더 심란하다오.

사람은 이미 죽었는데 그가 남긴 글은 인간 세상에 수많은 실타래로 연결되었다. 이것이 바로 고금의 문화인이란 사람들이 추구하는 지고의 경지란 말인가? 헉!

4

라오훙의 유골이 안장되던 날, 연구실 사람들은 모두 공동묘지로 향했다. 그곳에 가보니 라오훙 앞줄 두 개의 구멍에 안치되어 있는 사람들 역시 같은 과학원 사람들이었다. 날짜를 보니 같은 해에 안장되었고 나이도 라오훙과 비슷했다. 고개 숙여 조문하면서 사람들은 흐르는 눈물을 참지 못했다.

돌아오는 차 안에서 모두들 허탈하게 토끼만 남고 호랑이가 죽은 기분이라고 중얼거렸다. 라오쑨은 기회를 놓치지 않고 천덩가오에게 말했다.

라오천, 우리 연구실에는 이제 당신만 부처급 이상이라 바바오산 공동묘지에 갈 자격이 되는군. 우리처럼 직함이 없는 사람들은 죽어도 어디 무덤에 묻힐 지 알 수가 없네.

천덩가오는 상대를 추켜세울 말이 떠오르지 않자 잠시 목을 가다듬고 눈을 깜박이다가 억지로 한마디 했다.

"아니야. 당신도 곧 나처럼 될 거라고."

라오쑨은 잠시 멍한 표정을 지으며 입술을 달싹이다가 잠시 후에 소리 내어 말했다.

무슨 말씀을. 아직 멀었습니다. 멀었어요!

라오훙이 이미 세상을 떠났으니 이치로 따지자면 연구실 주임 자리는 부주임인 천덩가오가 이어받아야 했다. 하지만 이에 따라 비게 되는 부주임 자리가 라오쑨에게 돌아가리라는 보장은 없었다. 류샤오루는 이제 겨우 30대 초반이지만 사람들을 압도하는 능력이 있었고 학술계에 영향력 있는 논문도 몇 편 쓴 바 있었다. 전공이 오이디푸스왕과 항우의 비교로, 아버지를 죽이고 어머니를 취한 패륜을 다뤄서 그런지 비윤리적이고 엽기적인 얘기를 즐기는 편이었다. 이것이 책을 편집하는 일로 돈을 버는 라오쑨에게는 무형의 압력이었다.

바바오산에서 돌아온 뒤로 연구소 사람들은 마음이 몹시 혼란스러웠다. 출근하면 한데 모여 수군거리면서 대우가 낮다느니, 업무가 과중하다느니, 말들이 많았다. 지금은 글을 파는 가격이 과

자를 파는 가격만 못했다. 노래를 팔거나 웃음을 팔거나 몸을 파는 것이 나을 수 있었다. 보라. 언젠가는 우리의 젊은 시절이 다 지나가 버릴 것이다.

서기 우요우량(吳有亮)은 이런 상황에 몹시 초조하고 불안해했다. 최근 몇 년 동안 과학원에 군대에서 전역한 지방의 지도급 간부들이 대거 들어왔다. 라오우도 그 가운데 하나였다. 라오우는 원래 과학원에 남고 싶었지만 조금 늦는 바람에 인사국장이 이미 결정을 내린 뒤라 연구소로 오는 수밖에 없었다. 그래도 직급은 국가에서 통일적으로 시행하는 '국(局)'이지만 연구소의 상황이 비교적 복잡하여 과학원에 조용히 있던 것과는 사뭇 달랐다.

라오우가 연구소에 막 왔을 때 가장 인상 깊었던 것은 '포스트모더니즘' 연구소의 무정부주의 현상이 심각하다는 점이었다. 전형적인 모래알 형태였다.

조직기율성이 떨어진다는 것이 모래알 조직의 대표적인 특징 가운데 하나다. 출근이 제멋대로라서 매주 두 번 출근도 많다면서 한 번으로 줄이자고 하거나 오후반을 두자고 주장하기도 한다. 밤을 새는 사람이 일찍 일어나는 것은 불가능하다는 소리에 라오우는 하마터면 놀라 쓰러질 뻔했다. 세상에 출근도 하지 않고 돈을 받겠다는 말인가?

공공재산으로 개인의 작은 이익을 꾀하는 것이 모래알 조직의 두 번째 특징이다. 집에서는 전화를 쓰지 않다가 회사에 오면 끝도 없이 전화를 해댄다. 집에서는 온수기를 사용하지 않다가 직장에 와서 2마오짜리 샤워를 하려고 든다. 또한 공공의료에 집착하면서 병이 있든 없든 기를 쓰고 약을 타간다. 1년의 절반이 지났을 뿐인데 이미 공공 경비의 3분의 2가 소비되었다. 라오우는 이런 현상을 보고 두 번째로 놀랐다. 상황이 이런데도 아무도 뭐라고 하지 않는단 말인가?

서기 라오우는 위안 소장과 공통 관심사를 놓고 처음으로 얘기를 나누었다.

라오우가 자신이 20일간 목도한 괴이한 현상을 늘어놓았지만 위안 소장의 표정은 담담하기만 했다. 놀라거나 흥분한 흔적을 전혀 찾을 수 없었다. 마침내 위안 소장이 입을 열었다. 연구소 설립부터 지금까지 이미 이삼십 년이 흘러 되돌리기가 쉽지 않아요.

라오우가 말했다. 아직 방법이 있습니다. 다른 나라의 기관들처럼 우리도 정시 출퇴근 제도를 만들어 관리 감독을 철저히 하면 됩니다. 모든 사람이 보조를 맞춰야 승리를 얻을 수 있지요.

라오위안이 말했다. 정시 출퇴근제도라고요? 그게 가능하기나 하겠어요? 이 문제는 줄곧 고려되어 왔습니다. 하지만 과학원 정규 직원 이외의 정시 출퇴근 비용이 추가되고 통근버스도 확충되며 식당의 규모도 확장되어야 정시 출퇴근 문제를 해결할 수 있을 겁니다. 다른 연구소들이 이를 실행하면 우리도 실행할 수 있을 겁니다.

라오우가 듣고 보니 하나 마나 한 말이었다. 에둘러 자신을 욕한 것이나 다름없었다. 먼저 무언가 근거를 잡아서 결정을 하고 첫발을 내디뎌야 할 것 같았다. 어디서부터 시작을 해야 할까? 서기 우요우량의 여러 차례에 걸친 건의와 임원들의 토론을 거쳐 출근카드를 찍는 방법을 신중하게 고려한다. 5분 늦으면 2위안을 삭감하고 두 번 지각하면 보름치 상여금을 삭감한다. 출근할 때마다 모든 사람들이 에스컬레이터 앞에 한 줄로 늘어서서 카드를 찍는 광경이 순간 눈앞에 펼쳐졌다. 이로 인해 연구소 사람들은 새로운 상사가 부임한 것을 체감할 수 있고 뭔가 변화의 단초를 찾을 수 있을 것이었다.

하지만 이런 개혁은 첫발도 내딛기 전에 좌절되고 말았다. 돈을 더 버는 것이 아니라 오히려 수입이 줄어드는 방법이었다. 새로운 상품경제의 형식에 전혀 부합하지 않는 일이었다. 결국 새로운 불평과 불만만 늘어났다.

라오우는 라오홍이 세상을 떠난 것을 기회로 사상을 확실하게 바로잡아야 한다고 생각했다. 라오홍과 함께한 시간이 얼마 되진 않았지만, 라오홍의 죽음은 라오우에게도 정말 가슴 아픈 일이었다. 간부들은 대개 부하 직원의 재능을 높이 산다. 라오우는 자신의 업무에 구멍이 생긴 것 같았다. 이는 자신의 일이 상상한 것처럼 잘 이루어지지 않을 때 나타나는 결과였다.

직장 사람들과 생각을 나눠본 뒤에 라오우는 연구소 전체 인원을 한자리에 소집했다. 먼저 신문의 내용 몇 단락을 학습한 다음, 중앙의 정신이 두루 통하게 하여 큰일을 논의하기 시작했다. 동지 여러분, 우리나라는 지금 깃발을 높이 들고 경제를 살리려 하고 있습니다. 지식인들에만 의지할 시간이 없습니다. 우리 개개인이 냉대를 당하고 존중받지 못하고 있습니다. 특히 마음속으로 이런 생각을 떨쳐 버리지 못하면 결과적으로 우리 자신을 해치게 됩니다. 라오훙 동지의 불행한 죽음이 바로 그 좋은 예지요……
(고통스런 표정으로 잠시 말을 멈추고 물을 한 모금 마셨다.)

우리 같은 지식인들에게는 예로부터 속이 좁다는 고질병이 있었습니다. 20세기 말에 이르러 이런 단점은 더 두드러지게 나타나고 있지요. 개인적인 생각이 실천되지 못하면 소의 뿔처럼 튀어나오거나 상아탑 속으로 들어가 버리게 됩니다. 한번 들어가면 쉽게 나오지 않지요. 여러분 이제 우리는 가슴을 활짝 열고 눈앞의 세계를 직시해야 합니다. 동지 여러분……

잠시 멈췄다. 매우 진지하게 청중을 한번 훑어보면서 자신과 마주치는 눈길이 있는지 살폈다.

이때 라오우를 철저히 맥 빠지게 하는 모습이 눈에 들어왔다. 맨 앞줄에 앉은 라오위안이 고개를 떨어뜨린 채 꾸벅꾸벅 졸고 있는 것이었다. 고개가 비스듬하게 기울면서 책상 모서리에 부딪치고 있고 입가에는 침이 질질 흐르고 있었다. 뒷줄에 앉은 사람들도 이렇지 않을까? 신문 보는 사람이 있는가 하면 요가 동작을 연습하는 사람도 있었다. 제각기 다양하게 딴전을 피우고 있었다. 라오우는 억지로 참으면서 강연을 계속했다. 이어서 라오위안에게 몇 마디 하라고 청하기로 했다.

라오쑨이 뒤에서 라오위안의 허리를 찔렀다. 라오위안은 정신이 혼미한 상태로 자리에서 일어섰다. 아, 네? 동지 여러분, 혁명을 위해 몸을 건강하게 잘 지킵시다. 그리고 적극적으로 계획과 정책을 제안해서 연구소에 혁신을 이뤄냅시다. 창의가 이루어지지 않으면 다음 반 년은 월급과 보너스는 나올 곳이 없고, 소장 자리도 오래 가지 못할 겁니다.

우요우량은 마음속으로는 지도자가 되기를 원치 않았다. 라오위안, 좋은 사람을 구해 봐요. 당신 마음대로 골라요. 어쩐지 모두들 당신을 소장으로 여기지도 않는 것 같더군요. 젊은 사람들도 당신을 보면 인사를 하는 둥 마는 둥 웃으며 지나가고 말이에요. 전혀 존중하는 모습이 보이지 않더군요.

흥! 라오쑨 이 친구.

라오위안은 몇 마디 하고 나서 반응이 썩 괜찮은 걸 보자 정신이 돌아오면서 잠기가 달아났다. 그가 말을 이었다. 지금 각 연구소에서는 회사를 만들고 있습니다. 우리도 '샤리' 승용차 몇 대를 사서 택시 회사를 하나 만듭시다. 차가 굴러가기만 하면 돈이 들어오잖아요.

사람들이 흥분하여 술렁이기 시작했다. 모두들 상기된 얼굴로 차가 들어올 때마다 돈이 함께 들어오는 상상을 했다. 소형 승합차를 사는 것이 더 싸다고 제안하는 사람도 있었다.

라오위안이 손을 내저으며 말했다. 이미 시장 조사를 해 봤는데 소형 승합차는 이미 포화상태입니다. 대중은 '샤리' 쪽으로 기울고 있어요. 동지 여러분, 자금을 모읍시다. 닭이 있어야 달걀을

낳지요. 초도 비용으로 소급(所級) 임원은 5천 위안씩 출자하고 처급(處級)은 3천 위안, 부 연구원 이상은 2천 위안, 보조 연구원은 1천 위안씩 출자하면 될 것 같습니다. 많이 낼수록 더 많은 배당을 받게 되지요. 연간 이율이 20퍼센트 정도 될 겁니다. 이 말에 자리에 있던 사람들이 술렁거리기 시작했다. 어떤 사람은 『자본론』을 독학한 경험을 토대로 출자를 통한 이윤창출에 회의를 표했다. 라오위안, 정말 그렇게 높은 이윤을 보장할 수 있습니까?

라오위안이 가슴을 치면서 말했다. 가능합니다. 안 될 게 뭐가 있어요! 걱정 마세요. 손해를 보게 되면 연구소의 경비를 담보로 원금과 이자를 전부 돌려 드릴 겁니다. 회의가 끝나자 연구실 인원들만 남고 나머지 사람들은 다 돌아갔다. 라오위안은 더 많은 사람들을 동원하는 동시에 임원들이 앞장서서 연구소를 위해 봉사해줄 것을 호소했다.

천덩가오는 속으로 계산을 해보았다. 돈을 연구소에 줘야 하나 아니면 창청(長城)회사에 줘야 하나? 아내 마리화가 내부 정보를 알아내 알려주었다. 창청회사에서는 지금 이율이 이미 24퍼센트로 올랐다는 것이었다. 대단히 유혹적인 수치가 아닐 수 없었다. 집에 돌아가 마리화에게 이 문제를 얘기하자 마리화는 하찮다는 듯이 비아냥거렸다. 당신 연구소의 그 바보 같은 사람들이 회사를 운영한다고요? 회사가 당신들을 운영하는 게 낫지요! 손해 볼 게 불 보듯 뻔해요.

천덩가오는 원래 연구소에 대한 믿음이 없던 터에 몇 명이 허세나 부리고 있어 성공하기 어렵다는 생각이 들었다. 정곡을 찌르는 마리화의 말을 듣게 되자 이런 생각은 더 분명해졌다. 하지만 연구소의 일을 돕지 않을 수도 없는 처지라 상징적으로 5백 위안을 출자하기로 했다. 그러면서 장모님이 투병 중이고 아이들 학비도 만만치 않아서 수중에는 돈이 없고 세 식구가 근근이 살아가고 있다고 둘러댔다.

은행에서 2만 위안이 넘는 예금을 인출한 마리화는 다른 사람에게 부탁해서 전액을 창청회사의 채권으로 전환했다.

5

천덩가오는 외국어 교재 두 권을 빌려 집에 돌아가서는 어법 등을 훑어보았다. 시험은 평소에 하던 자료번역과는 사유의 방식이 달랐다. 똑똑 문을 두드리는 소리가 났다. 문을 열어보니 샤오얼이 미소 띤 얼굴로 문 앞에 서 있었다.

천덩가오는 자신도 모르게 심장 박동이 빨라지기 시작했다. 불규칙적인 박동이었다.

이 아가씨는 어떻게 여기 온 걸까? 날 따라온 걸까? 됐어. 묻지 말자. 가와시마 요시코(川島芳子 : 청 왕조의 황손으로 일본인의 양녀로 보내졌다가 나중에 만주국 재건을 위해 남장을 하고 일본 스파이로 살았던 여자) 역할도 했던 여자가 아닌가.

천 선생님, 감사 인사를 드리러 이렇게 찾아왔습니다. 허락 없이 찾아왔다고 나무라시지는 않겠죠?

어서 오세요. 귀한 손님이 오셨는데 나무라다니요. 그러지 않아도 한번 초대하고 싶었습니다. 천덩가오는 입이 자신도 모르게 젊어지는 것 같았다.

샤오얼은 단정하고 예의바른 자세로 소파에 앉았다. 두 눈동자가 왼쪽 오른쪽으로 바쁘게 움직이면서 사방에 걸린 큰 그림들을 바라보았다. 어머! 그림이 정말 많네요.

아니에요. 많다니요. 얼마 안 됩니다. 다 걸 수가 없어서 남들 준 게 더 많지요. 천덩가오는 약간 자랑스러워하면서도 겸손을 잊지 않았다.

천 선생님, 정말 감사드립니다. 저희 연극은 손해만 보고 끝날 줄 알았어요. 선생님께서 높이 평가해 주신 덕분에 관객들이 많아지고 베이징 시민들이 앞다투어 관람하러 와 주었어요. 손해를 피한 것은 물론, 어느 정도 수익을 보았지요.

그랬군요? 그 물고기가 사람들의 욕망을 대변했나보군요. 천덩가오는 자신의 이런 유머를 자랑스럽게 여겼다.

천 선생님, 낮 물고기 연극팀 멤버들 모두 특별히 저를 보내 선생님을 모셔오라고 했습니다. 내일 극장에서 감사 파티를 열 계획이거든요.

이럴 필요까지는…… 없을 것 같은데요.

천 선생님, 신분에 어울리지 않을까봐 걱정되시는군요? 원래 모두들 음식점으로 초대하자고 했지만, 제가 그건 너무 세속적이라서 선생님이 안 오실 테니 장소를 저희 기숙사로 바꾸자고 했어요. 소규모 살롱을 열려는 겁니다. 선생님께서 저희 연극 청년들에게 생생한 이론 수업을 한번 해 주시면 돼요.

원 별말씀을요. 제가 어떻게 감히…… 여러분들 공연은 이미 상당한 수준이에요.

아잉— 샤오얼이 콧소리로 난감함을 표했다. 동료들이 천 선생님의 허락을 얻지 못하면 돌아오지 말라고 했어요. 약속해주시기 전까지 여기서 한 발짝도 움직이지 않을 거예요.

샤오얼이 매끄러운 입술을 오므려 삐죽거렸다. 너무나 기이하고 귀여운 모습이었다.

천덩가오는 놀림을 당한 것처럼 마음이 간질간질했다. 조금은 달콤하기도 했다. 좋습니다. 그렇게 하지요. 아가씨를 그냥 돌아가게 해서는 안 되겠지요.

샤오얼은 약속을 받자마자 얼른 올라와 그의 손을 잡고서 기뻐서 펄쩍펄쩍 뛰었다. 천덩가오는 비행기라도 탄 듯한 기분이었다.

천덩가오는 샤오얼을 배웅하면서 그녀의 요청에 따라 숭배자에게 사인한 책을 한 권 증정했다. 게다가 특별히 추천하면서 이론서 두 권을 빌려 주었다.

샤오얼은 한들한들 가벼운 걸음으로 계단을 따라 내려갔다. 흥분이 가시지 않은 천덩가오는 속으로 생각했다. 내일 책을 몇 권 들고 가야 하지? 그 자리에서 사인해서 나눠줄까? 그럴 필요까진 없을 거야. 샤오얼이 한 권 가지고 있으니 젊은이들끼리 서로 돌려 가면서 읽겠지.

다음날 천덩가오는 초대연에 참석하기 위해 옛날에 출국할 때 입었던 양복을 꺼내 입었다. 약속장소에 도착하여 문을 열고 들어가니 정말로 낫 물고기 연극 관계자들이 전부 모여 기다리고 있었다. 연출자와 남자 주인공, 샤오얼, 샤오황마오(小黃毛), 샤오머구(小蘑菇), 뚱보 등이었다. 연출자가 앞으로 다가와 허리를 숙여 인사를 하더니 천덩가오의 손을 꽉 잡았다. 천 선생님, 저희 극단이 아직도 유지되고 있는 것은 전부 선생님 덕분입니다!

다른 너절한 말들은 아무 의미도 없었습니다. 선생님의 글 한 편으로 충분했지요. 저희 극단을 대표해서 감사드립니다. 천 선생님, 선생님이야말로 저희를 새로 낳아 주신 부모님입니다. 천덩가오는 다소 듣기 거북하기도 했지만 대부분 자신을 칭송하는 말들이라 꾹 참고 받아넘겼다.

남자 주인공도 말했다. 천 선생님의 글이 정말 효과가 있었어요. 곧바로 세간의 주목을 받게 되었지요. 몇몇 연출자들이 벌써 절 찾아와 공연을 제안하고 있습니다. 이제 저희도 스타가 되었어요. 앞으로 잘 나갈 것 같습니다. 그 사람들과 가격을 흥정 중인데 한 명만 아직 확답을 하지 않았습니다. 천덩가오는 속으로 생각했다. 내가 자네를 띄워 주었나? 그게 자넬 위한 일이었나? 속으로는 이렇게 말하면서 입으로는 여전히 겸양을 잃지 않았다. 에이, 별말씀을요. 여러분이 연기를 잘했기 때문이지요. 아직 젊으니까 앞으로 계속 발전해 나가야 합니다. 모두들 자리에 앉아 테이블 가득 술과 음식을 늘어놓았다. 샤오얼이 두 손으로 헤네시 꼬냑이 담긴 잔을 들어 천덩가오의 입에 갖다 댔다. 천덩가오는 자신은 술을 한 모금도 마시지 못한다고 말하기가 쉽지 않았다.

존귀한 천 선생님이 먼저 입을 대자 모두들 자연스럽게 헤네시를 마시기 시작했고 술자리에 열기가 더하기 시작했다. 천 선생의 얼굴에 광채가 나기 시작했다. 두 번째 잔, 세 번째 잔이 비워졌다. 다시 우량예(五糧液) 몇 잔과 가짜 마오타이(茅臺) 몇 잔을 마시자 사람들 모두 가볍게 취기가 올랐다. 서로 치고 목을 끌어안고 허리를 감은 채 각자의 이야기를 쏟아내기 시작했다.

연출자가 말했다. 천 선생님, 선생님은…… 권위자이시기 때문에 이론적으로…… 저희를 지도해주시고 연기를 교정해주셔서…… 교정? 뭐라고 했더라…… 그래서 소극장으로 발전하고…… 낫물고기처럼…… 물고기가 사람들 사이를 헤엄치는 것처럼……

남자 주인공도 입을 열었다. 맞아요. 맞아. 지금이 어떤…… 때입니까? 아직도 밑창이 두꺼운 신발에 양복 허리띠를 꽉 조이고 있습니다.…… 다 벗어야 합니다. 투명도를 높여야 합니다요. 안 그렇습니까, 네?

천덩가오가 말했다. 맞아요…… 그래야겠지요. 우리는 모두 '리얼리즘과 비…… 비판적 현실주의' 연구를 '모더니즘과 포스트모더니즘' 연구로 바꿔야 합니다. 이름도 바꾸는데 극을 바꾸지 못할 이유가 어디 있습니까?

연출자가 말했다. 천 선생님, 다시 한 번만, 이론적으로 저희를 …… 지도해주시고 고견을 주시기 바랍니다. 소극장 공연을 통해 분위기를 띄울 수 있게 해주십시오. 계속 <노란 물고기 가족>과 <오징어와 그의 연인들>을 계속 연기하고…… 공연을 잘해서 황금기러기상이나 황금거위상도 타고, 전국적으로……

샤오얼이 얼굴이 발갛게 상기된 채 계속 천덩가오의 술잔에 술을 따라 주었다. 천 선생님께서 술에 취하지 않으시니까 사람들이 먼저 다들 취하잖아요. 천덩가오는 샤오얼의 하얀 손을 저지하면서 자유롭고 무아지경인 상태로 몸을 흔들며 말했다. 됐어요 됐어. 이제 그만.

술자리가 파하자 낮 물고기 극단의 단원들은 습관적으로 몸을 비틀대면서 춤 연습을 시작했다. 천덩가오는 의자에 푹 파묻힌 채 꼼짝도 하지 않았다. 샤오얼이 억지로 그를 끌어내서는 숙취를 풀려면 춤을 춰야 한다고 권했다.

누군지 전등을 끄고 촛불을 켰다. 커튼을 치고 바깥 세계와 완전히 단절시켰다. 서로의 표정도 알아 볼 수 없었다. 끈적끈적한 음악 속에서 뭐라고 규정할 수 없는 욕망이 꿈틀대는 것 같았다.

천덩가오의 마음이 흔들렸다. 발이 허공에 붕 뜬 것 같았다. 샤오얼의 허리 뒤를 받치고 있는 손에 약간 땀이 났다. 조명과 음향 효과가 소극장 공연 때와 비슷했다. 천덩가오는 자신도 배역을 맡은 것 같았다.

곁눈질로 주위를 둘러보니 어둠 속에 두세 커플이 서로 꼭 껴안고 있었다. 연출자는 샤오황마오를, 남자 주인공은 샤오머구를 꼭 껴안고 촛불을 따라 몸을 이끌고 있었다. 모두가 배우였다. 관중은 없었다. 뚱보 혼자만 어디로 갈지 몰라 머뭇거리고 있었다.

기분이 약간 좋아진 천덩가오는 팔에 힘이 빠졌다. 샤오얼은 무슨 암호라도 얻은 것처럼 자연스럽게 몸을 밀착해 왔다. 천덩가오의 손발이 말을 듣지 않았다. 아래턱은 샤오얼의 예쁜 머리칼에 닿아 있었다. 젊은 여자의 머릿결에서는 사람을 유혹하는 향기가 뿜어져 나왔다. 자신도 모르게 몸이 떨려왔다. 마리화의 머리카락에서는 어떤 냄새가 났었지? 천덩가오의 머릿속이 윙윙 울리기 시작했다. 기억을 더듬고 있었다. 하지만 마리화의 '향기'에 대한 기억은 대뇌 피질에 전혀 저장되어 있지 않았다.

물에 빠진 개 같았다. 나이가 많은 데다 간염을 앓고 있던 마리화는 그를 데릴사위로 들이는 것도 마다하지 않았다. 장모님은 두 사람을 잘 보살펴주었다. 지금 생각하면 만감이 교차했다. 살아 있는 것만으로도 행복인데 무슨 향기를 운운한단 말인가?

끈적끈적한 곡이 그윽하게 울려 퍼졌다. 샤오얼의 두 손이 그의 목을 감싸 안았다. 천덩가오는 멈칫하다가 눈을 감았다. 그리고 망설이듯 샤오얼의 머릿결에 머리를 묻고는 두 손으로 부드럽고 가는 허리를 휘감아 안았다.

그윽한 향기가 서서히 그의 영혼과 육체를 분리했다. 몽롱하고 난감했다. 어쩔 수 없는 상황이었다.

6

며칠 동안 천덩가오는 정신이 없었다. 손에 책을 들고 있긴 했지만 아무 것도 머리에 들어오지 않았다. 부엌을 들락거리다가 그가 벽을 향해 멍하게 앉아 있는 것을 본 마리화는 자신도 모르게 버럭 소리를 질렀다. 또 누굴 생각하고 있는 거야, 눈동자가 풀려가지고 말이야? 할 일 없으면 이리 와서 나나 좀 도와요. 하루 종일 당신네 남자 둘을 위해 하녀 노릇 하다가 죽을 것 같단 말이야! 천덩가오는 순순히 다가가 부추 한 단을 집어 들고는 쪼그려 앉아 다듬기 시작했다. 머릿속으로는 끝없이 공상에 잠겨 있었다. 그런 속도로 다듬다가 오늘 저녁을 제때에 먹을 수 있겠어요? 가, 저리 가요. 여기 있어봤자 방해만 된다고요. 마리화가 화를 내며 손을 내저어 그를 주방에서 쫓아냈다.

정신이 부엌을 나와 화장실로 들어간 그는 변기통 위에 앉아 넋을 놓고 생각에 잠겼다. 생각은 순식간에 아주 멀리 날아갔다. 아들이 철컥- 하고 문을 밀고 집으로 들어와서는 책가방을 내려놓고는 화장실 앞을 몇 번 배회하다가 소리를 질렀다. 아빠! 빨리 좀 나올 수 없어요? 천덩가오는 마지못해 변기 위에서 일어섰다. 이 집은 정말 끝이야. 차분히 앉아 있을 곳 한 군데 없다니. 따끈따끈 김이 나는 부추 삼선 만두가 세 식구의 입을 막았다. 잠시나마 그의 마음도 평온해졌다.

배부르게 먹고 마시고 나자 샤오얼이 그를 배웅하면서 정이 가득 담긴 목소리로 그에게 부탁했던 말이 생각났다. 평론을 한 편 써달라는 것이었다. '낫 물고기'의 성공을 통해 본 중국 연극의 발전 추세에 관한 평론이었다. 진하게 우린 차를 한 잔 마신 그는 정신을 가다듬고 종이와 펜을 꺼냈다. 마리화와 아들은 밖에서 텔레비전을 보고 있었다. 잠시 후 두 사람은 채널을 다투다가 또 깔깔거리며 떠들었다. 저렇게 나이를 먹어도 아들과 정신수준이 같다니. 집구석에 맑은 정신으로 조용히 앉아 있을 만한 곳이 없었다. 천덩가오는 처음으로 집안이 역겹게 느껴졌다.

외국어 시험이 끝난 후 답변을 준비했다. 답변 위원회 위원들은 전부 덕망이 높은 전문 학자들이었다. 본의 인원으로는 부족하여 특별히 베이징대학과 칭화(淸華)대학에서 몇 분을 초빙해 왔다.

정신이 곧은 원로 학자들을 보니 천덩가오는 자괴감이 들었다. 자신과 이런 학자들 간의 외모의 대비 때문만이 아니라 마음속 깊은 곳에 강렬한 압력이 남아 있기 때문이었다.

저들은 누구인가? 의화단 사건의 배상금으로 해외유학을 하여 진정으로 중국과 서양의 문화에 동시에 발을 딛고서 손으로는 우주의 문장을 어루만지며 집안 대대로 전승되어 온 학문의 가업이 있는 사람들이 아니던가? 자신은 또 어떤 사람인가? 가난한 중농의 후예로 어려서부터 거친 음식만 먹고 자란 주제에 억지로 무슨 도덕문화를 배우고 있지 않은가?

최근에 부를 축적한 향진(鄕鎭)기업의 공장장들의 얼굴을 보면 하나같이 기름기가 줄줄 흘렀다. 마음대로 합작을 진행하면서 해외에 나갈 수도 있다. 과거에는 공부를 하지 못한 사람들은 조용히 농사를 지었지만 지금은 시세에 따라 잘 움직여 돈을 벌어야 했다.

학문을 한다는 것은 다 쓸모없는 짓이었다. 다시 되돌리고 싶어도 이미 때가 늦은 터였다. 답변을 마치고 나오자 온몸이 족쇄를 풀어버린 것처럼 편해졌다.

대로 위에는 햇빛이 쏟아지고 있고 시원한 공기는 마음을 상쾌하게 해주었다. 사거리에는 '과학기술컨설팅회사'나 '변호사사무소', '회계학원' 등의 간판을 단 건물들이 빽빽하게 들어서 그들의 회색 건물을 가리고 있었다.

간판 아래에는 칠판이 하나 세워져 있고 그 위에 붉은 테두리를 한 노란 글씨로 '포스트모더니즘' 택시회사에서 샤리 운전기사 열 명을 모집한다는 공고가 쓰여 있었다.

천딩가오는 웃음을 금할 수 없었다. 다행히 그는 똑똑해서 돈을 다 투자하지는 않았다. 차를 구입하는데 시간이 아주 오래 걸렸는데도 불구하고 운전사는 한 명도 구하지 못한 상태였다. 아무래도 기사 샤오왕(小王)이 한가할 때 'TAXI'라고 쓰인 노란 등을 차 지붕에 달고 달려야 할 판이었다. 공과 사를 넘나드는 셈이었다.

그만두자. 이런 일에 신경 써서 무엇 하나. 손해를 본다 해도 겨우 5백 위안에 불과하지 않은가.

마음속에서 갑자기 열망이 솟구쳐 오르면서 샤오얼이 너무나 보고 싶었다. 살롱에서 돌아온 뒤로 그는 가슴이 답답하고 마구 간지럽다가 화끈거리기도 했다. 이제야 그 이유를 알 것 같았다. 샤오얼이 보고 싶었던 것이다.

그저 한 번 더 보고 싶은 것뿐일까? 잘 모르겠다. 천덩가오 자신도 단정하기 어려웠다. 이런 격정이 이미 몇십 년 동안 계속된 것 같은 느낌이었다.

연구실로 돌아와 전화를 걸고 싶었지만 류샤오루가 끝도 없이 전화기를 붙잡고 있었다. 생각을 좀 하려고 밖으로 나왔다. 복도를 따라 한 바퀴 걸었다. 연구실마다 사람들이 있고 소장 집무실만 잠시 비어 있었다.

좌우를 살펴보니 아무도 없는 것 같아 재빨리 안으로 들어가 수화기를 집어 들었다. 샤오얼 기숙사의 호출전화는 계속 통화중이었다. 천덩가오는 조급해졌다. 다시 한 번 버튼을 누르려 하는 순간, 라오쑨이 머리를 들이밀고 들어왔다. 라오천, 전화왔어요.

화들짝 놀란 천덩가오는 얼른 연구실로 돌아가 기어들어가는 목소리로 물었다. 여보세요. 전화기에서는 묵직한 남자 목소리가 들려왔다. 샤오얼이 아니었다. 적잖이 실망한 천덩가오는 어조를 가다듬고 자신의 신분에 맞게 목소리를 바꾸었다. 이런 모습을 라오쑨이 옆에서 조용히 훔쳐보고 있었다.

전화를 건 사람은 『희극평론』의 편집자였다. '낮 물고기'에 관한 글이 게재되었는데 잡지를 받았는지 묻는 것이었다.

천덩가오는 전화기를 내려놓고 곧장 수발실에 가보았다. 정말 잡지가 도착해 있었다.

손에 잡히는 대로 뒤적이다가 문득 이 모든 것이 샤오얼을 위한 것이었다는 사실이 생각났다. 물고기에게 아름다운 옷 한 벌 입혀주려 했던 것이다. 또다시 가슴속에 불같은 열정이 솟았다. 화가 난 것인지 아니면 또 다른 감정인지는 알 수 없었다.

집으로 돌아온 그는 혼자 대충 남은 밥을 챙겨먹었다. 아내와 아들은 도시락을 싸가고 보통 점심에는 집에 돌아오지 않았다. 힘없이 침대에 쓰러져 눈을 감고 잠시 쉬면서 가슴속 불길을 진정시키려 애썼다. 불길은 누를수록 더 거세지기만 했다. 샤오얼과 있었던 모든 일들이 눈앞에 선명하게 떠올랐다. 전전반측하면서 과거의 순간들을 자세히 음미하고 연상하다 보니 생각의 가지들이 한없이 뻗어나갔다.

이렇게 혼자 고민하는 것보다 직접 부딪쳐보는 게 낫지 않을까? 이런 생각을 하는 순간 샤오얼이 『요재지이』에 나오는 귀신처럼 갑자기 집으로 찾아왔다.

천덩가오는 너무나도 반가웠다. 손으로 문을 잡고 있는 그의 심장이 세차게 뛰고 있었다.

샤오얼은 책을 반납하러 왔다고 했다. 아울러 자신들의 연극이 공연을 며칠 더 연장하게 되었다는 사실도 알려왔다. 티켓 판매 상황도 더없이 좋다고 했다.

천덩가오는 『희극평론』을 샤오얼에게 보여주면서 은근히 자신의 공을 상기시키고 싶었다.

샤오얼은 잡지를 대충 살펴보고는 말했다. 어쩐지! 전문대학이나 문예단체에서 표를 계속 예매한 것도 천 선생님 덕분이었군요!

그러면서 그녀는 존경해 마지않는 눈빛에 야릇한 감정을 가득 담아 그를 무려 3분 동안이나 바라보았다. 천덩가오는 더 이상 이처럼 애정이 담긴 눈빛을 이겨낼 수 없었다. 혈관이 터질 것 같았다. 잡지를 돌려받는 그의 손이 몹시 떨렸다. 종이에 손이 닿은 데 이어 손가락을 앞쪽으로 조금 더 뻗자 부드러운 샤오얼의 손가락이 느껴졌다. 그는 그 손을 그대로 잡고 살며시 안으로 들어갔다.

샤오얼은 이미 오랫동안 기다려오기라도 한 것처럼 그의 손길을 야릇한 점화로 받아들이는 것 같았다. 태양처럼 예쁘게 빛나는 얼굴을 쳐든 그녀는 미세한 떨림에 이끌려 사뿐히 따라 들어왔다.

천덩가오는 한 겹 한 겹 물고기의 겉포장을 벗겨나갔다. 그러고는 휘몰아치듯 급습하여 현기증 나는 키스를 주고받았다. 마지막 남은 한 가닥 이성을 떠나보냈다.

마리화, 난 당신을 위해 수절할 생각 없어.

눈을 감은 그의 몸은 매끄럽고 부드러운 물고기 꼬리를 따라 미끄러져 들어갔다. 견고하던 정조가 한순간에 제방 무너지듯 무너져 내렸다.……

7

두 번째 파격적인 승진 결과가 공표되었다. 과학원 전체에서 다섯 명이 합격했다. 천덩가오가 수석이었다.

연봉이 늘고 파란색 의료카드도 얻게 되었다. 하지만 아직 주택은 제공되지 않았다. 연말 배분에서 보장될 가능성이 컸다. 모든 것이 너무나 순조로웠다. 천덩가오는 생각 이상으로 순조로운 모든 것에 뜻밖이라는 느낌을 지울 수 없다. 월급을 받고나서도 현실이 아닌 것처럼 느껴졌다. 마누라 마리화가 머리를 툭 치며 말했다. 당신은 천성이 가난하다 보니 복이 굴러 들어와도 좋은 줄 모르는군. 사실 천덩가오는 항상 낮은 순위로 밀려나는데 익숙해져 있었다. 해마다 진급 때면 남들과 서로 속고 속이며 죽도록 경쟁하지 않았던가? 혈압상승이나 심장의 위험을 겪지 않고서는 좋은 결과를 얻기가 힘들지 않았던가?

일찍 일어난다고 해서 몸이 건강한 건 아니었다. 너무 순조롭다는 것은 더 큰 위험이나 결과를 암시하는 것일 수도 있었다.

음, 이게 어떻게 된 거지? 천덩가오는 자신이 기우가 많고 자신감이 떨어지는 편이라는 생각이 들었다. 방이 나붙고 국가 부주석을 만나 악수까지 했으면 확실한 게 아닐까?

류샤오루 등은 손님을 초대해서 잔치를 해야 한다고 떠들어 댔다. 이에 그는 사탕을 사서 돌렸다. 모두들 상투적인 인사를 건네 왔다. 라오쑨은 비웃는 것 같기도 했다. 동창 세 명 가운데 라오홍과 천덩가오는 성공했는데 자신만 내세울 게 없다고 툴툴거렸다.

일요일이 되어 부부는 아들을 데리고 크고 작은 보따리에 먹을 것들을 잔뜩 싸 가지고 가서 장모님 댁에서 식사를 하기로 했다. 큰삼촌과 작은삼촌 가족도 전부 모였다. 천덩가오를 축하하기 위해 모인 자리였다.

설도 아닌데 마씨 집안이 이렇게 흥청대는 것을 보고 사합원의 이웃들도 구경하러 몰려왔다. 장모님이 자랑스럽게 선포했다. 우리집 사위가 승진을 했어요.

천덩가오는 장모님께 작은 잔에 얼궈터우 술을 따라드렸다. 장모님의 수척한 얼굴에 행복한 붉은 꽃이 피었다. 큰사위, 자네에게 오래 공들인 것이 헛수고가 아니었군. 정말 우리 마씨 집안의 큰 영광이야. 천덩가오도 감격에 겨워 격앙된 목소리로 말했다. 감사합니다. 어머님. 마리화가 그를 손바닥으로 툭 치면서 말했다. 청승 그만 떨고 노래나 한 곡 뽑아 봐요.

큰처남 마다후(馬大虎)가 말했다. 난 우리 매제가 평범한 상태에 마냥 머물러 있진 않을 거라고 생각했어. 우리가 안목이 있었던 거지. 아무렴.

천덩가오는 20여 년 전의 일들을 떠올렸다. 병든 몸을 이끌고 마씨 집안에 들어가던 때가 생각났다. 결혼 다음날, 큰처남 마다후가 조반파 몇 명을 거느리고 누런 군복 차림으로 그들의 '현실주의 및 비판현실주의' 연구소에 들이닥쳐 허리띠를 휘두르며 마구 욕을 해댔었다. ……

내가 너희 '현실주의 및 비판현실주의' 연구소의 악습을 고쳐주지! 하지만 천덩가오는 우리 매형이고 우리 마씨 집안의 사람인 데다 당당한 무산계급 좌파야. 그의 손가락 하나라도 건드렸다가는 알아서 하라고.

그러면서 그는 허리띠를 휘둘러 벽을 여러 번 후려쳤다. 천덩가오는 그때부터 처가에 대해 항상 불안한 마음을 갖고 살았다.

적은 은혜에도 크게 보답해야 하는 법이었다. 천덩가오는 재빨리 큰처남에게도 한 잔 가득 술을 따라주었다. 처남 마샤오후가 잔을 들면서 말했다. 매형, 우린 한가족입니다. 제가 그동안 매형에게 어떻게 했는지 잘 아시죠? 천덩가오가 말을 받았다. 알지, 알다마다. 이제 매형이 승승장구하게 되었으니 아우가 힘든 걸 보고 가만히 있지 않으시겠죠?

천덩가오가 말했다. 말해보게. 내가 할 수 있는 일이면 최대한 도와주도록 하겠네. 마샤오후가 말했다. 지금 저는 아주 좁은 집에 살고 있어요. 장인 댁에 얹혀살고 있지요. 형님 댁의 집은 샤오광(小光)이 곧 대학에 들어가면 두 분만 남게 되잖아요. 둘이 살기에는 너무 넓지요. 가장 바람직한 것은 집을 배정할 때 독립가옥을 신청해서 제게 넘겨주시는 겁니다. 걱정 마세요. 공짜로 달라고 하진 않아요. 말씀하시는 액수대로 방세를 낼 거라고요.

무슨 소리 하는 게냐? 장모님이 재빨리 나서서 처남의 입을 막았다. 넌 매형에게 할 말이 그런 것밖에 없니? 몇 푼 있는 것 네가 다 써버렸다가는 남들에게 웃음거리만 될 게다.

맞아. 이건 돈 문제가 아니라고 천덩가오가 맞장구를 쳤다.

마리화가 그의 그릇에 닭다리 하나를 올려주며 말했다. 여보, 당신이 보기에 우리 마씨 집안이 당신을 어떻게 대했던 것 같아? 함부로 대한 적은 없었지? 어떤 일이든 양심에 거리끼는 일이 있어선 안 된다는 것 잊지 마.

천덩가오는 가슴이 뜨끔했다. 다른 뜻이 담겨 있는 말 같았다. 혹시 자신의 감정 문제가 발각된 건 아닐까 두려웠다. 속으론 놀랐지만 입은 아무 일 없다는 듯이 엄숙하게 말했다. 무슨 소리야? 그럴 리가 있나?

은혜를 알면 부자가 되어서도 잊지 말아야지요. 속담에 자식은 어머니 혼령도 마다하지 않고, 강아지는 집이 가난하다고 떠나지 않는다는 말도 있잖아요.

그건 그래. 천덩가오의 가슴이 쿵 하고 내려앉았다. 이런 마음으로 그가 처남에게 속삭였다. 집이 생기면 달라고? 뭘 믿고 그런 소릴 하는 거지? 난 지금 별장 같은 집에 미녀를 숨겨 놓고 맘껏 사랑을 즐기고 싶은 생각이라고!

8

똑, 똑, 똑.

계속 문 두드리는 소리가 났다. 천덩가오는 지금 일상의 궤도에서 벗어나 진퇴양난의 상태로 샤오얼의 몸 위에 떠 있었다.

완전히 닫히지 않는 커튼 사이로 몇 가닥 햇빛이 새어 들어왔다. 문의 공진으로 몸이 약간 흔들렸다. 샤오얼의 물고기처럼 아름다운 몸도 잠시 흔들리다 멈췄다. 순간 세상이 적막해졌다.

똑, 똑, 똑.

이번에는 노크 소리가 좀 더 강하고 또렷했다. 천덩가오의 약한 심장이 제멋대로 뛰기 시작했다. 숨을 고르고 정신을 집중해서 소리를 들어보니 여전히 조용하기만 했다. 공기만 두 사람의 피부를 따라 미세하게 숨 쉬며 미끄러졌다. 몸의 마찰이 일으킨 작은 섬광이 여전히 반짝이고 있었다.

여기서 멈춰야 할까? 계속해야 할까?

옷은 소파 위에 있었다. 그의 옷과 샤오얼의 옷이 가지런히 놓여 있었다. 속옷에서 겉옷 순서로 차례차례 놓여 있었다. 책장에 꽂힌 책처럼 분야별로 엄정하게 잘 정리되어 있었다.

일어나 옷을 입고 침대시트를 정리하고 커튼을 걷는 데는 빠르면 10초면 가능했다. 침실에서 문까지 걷는 데 2초, 샤오얼이 소파에 단정하게 앉는데 1초, 손에 책 한 권을 들고 책장을 넘기는 데 1초가 소요되었다.

문을 열고 미소를 지었다. 여유가 있었다. 들어오세요……

천덩가오의 생각은 이미 움직이기 시작했는데 몸의 동작이 따라주지 않았다. 여전히 그 자리에 난처하게 걸려 있었다. 샤오얼은 흥분으로 풍만해진 매끄러운 가슴을 그의 눈 아래 봉긋 세우고 있었다. 그를 향해 무형의 도전과 치명적인 유혹을 내뿜고 있었다. 그를 곧 질식시킬 것 같았다.

두 합만 더 하면, 딱 두 합만 하면 두 사람은 절정에 이를 수 있었다. 천덩가오는 입을 크게 벌려 거친 숨을 내쉬며 고통스런 신음을 내뱉고는 눈을 질끈 감고 다시 맹렬하게 몰입했다.

똑, 똑, 똑.

문 두드리는 소리가 인내심 있게 다시 한 번 울렸다.

설마 부인은 아니겠죠? 샤오얼이 걱정스런 표정으로 물었다.

천덩가오는 아무 말 없이 힘들게 몸을 지탱했다. 두 팔로는 몸을 지탱할 수 없었는지 부들부들 떨었다. 샤오얼의 질문에 그는 정신이 번쩍 들었다. 열쇠를 구멍에 넣어 돌리는 소리를 듣기라도 한 것 같았다. 그리고 마누라가 들어올 것만 같았다.……

혹시 아들이 들어온 걸까?…… 마누라라면 난폭한 호랑이가 되어 잡아먹으려 달려들 것이고 아들이라면 괴성을 지르며 고개를 돌려 도망칠 것이었다.……

갑자기 천덩가오의 온몸에 땀이 흘렀다. 곧 진이 다 빠져 나갈 것만 같았다. 움직일 수도 없고 생각도 할 수 없었다. 자포자기로 머릿속이 하얘졌다.……

누굴 찾으세요? 이웃집에서 누군가 나와 문을 열고 물었다. 아주머니 한 푼만 도와주세요. 병을 치료하기 위해 허난(河南)에서 왔는데 길에서 소매치기를 당하고 말았어요

가세요. 빨리 가요. 걸인은 위층으로 올라갔다. 아주머니 좀 도

와주세요……

알았어요. 여기 있어요. 어서 가지고 가세요. 네, 갈게요. 갈게요. 문 닫는 소리가 이어졌다. 발걸음 소리가 멀어져 갔다.

천덩가오는 길게 소리를 질렀다. 약간 불길한 생각이 들었다. 동시에 의심 많은 자신이 우습게 느껴졌다. 마누라와 아들은 오전에 다시 돌아올 리가 없었다. 게다가 모두 열쇠를 갖고 있어서 문을 두드릴 필요가 없었다.

그는 손에 잡히는 대로 수건을 집어 땀을 닦고 정신을 가다듬으면서 유희 과정을 마칠 태세를 갖췄다. 하지만 아무리 노력해도 우뚝 솟았다가 주저앉아버린 몸은 말을 듣지 않았다. 다급하고 궁색한 지경에 빠지고 말았다.

하는 수 없이 그는 침대에서 내려와 화장실로 갔다. 온수기의 물이 점점 뜨거워졌다. 몸에 물을 뿌리자 상쾌한 기분이 들었다. 천덩가오는 샤오얼과 피부가 맞닿을 때 느꼈던 감각들을 음미했다.

반평생을 어쩌면 이리도 멍청하게 살았던 걸까? 몸의 절반은 흙에 묻혀 있었다. 이제 와서야 조금 사람이 된 것 같은 느낌이었다. 잘못 살았어. 과거를 전부 잘못 살았어!

열기가 서서히 거울에 응결되었다. 샤오얼이 문을 열고 들어왔다. 붉은 사과처럼 타오르는 얼굴이 거울에 나타나자 천덩가오의 몸이 급속도로 팽창했다. 녹슬었던 뼈마디가 다시 활기를 되찾고 미친 듯이 움직였다. 게걸스럽게 샤오얼의 청춘을 탐해 빼앗았다. 샤오얼은 웃는 듯 마는 듯, 사랑스럽게 숨을 헐떡이며 목욕수건을 끌어다 거울에 비친 자신의 모습을 가렸다.

수건에서 은은하게 새어 나오는 돼지기름 비누냄새가 천덩가오의 코안에 가득 퍼져나갔다. 몸 안의 불이 사그라졌다. 그가 20여 년 동안 맡아온 익숙한 냄새로 마누라의 몸에서 나는 냄새였다.

그는 자신이 또다시 억제할 수 없이 약해지는 것을 실감했다.

아내.

샤오얼.

아내라는 존재는 정말 역겨워졌다. 아내는 어디든지 존재했다. 공기처럼 겹겹이 그를 둘러싸고 압박하고 퇴락시키고 질식하게 만들었다.

목욕수건과 침대시트에는 아내의 냄새가 가득했다. 셔츠 칼라에서도 돼지기름 비누냄새가 났다. 트림에서 새어나오는 숨결에서는 아내의 부추새우 맛이 났다. 그의 위는 늘 소화기능이 약했다. 정기적으로 궤양이 발생하여 매일 아침 네 시에 정확히 아픈 것 말고는 모든 것이 제멋대로였다. 추우면 설사를 하고 더우면 꼭 치질이 도졌다.

에잇.

9

집 배정 방안이 공표되었다. 놀랍게도 천덩가오의 이름은 없었다. 순간 그는 자기 눈이 잘못된 줄 알았다. 원래는 승진을 했기 때문에 무조건 집이 배정되어야 했다.

분기탱천한 그는 소장 겸 분방위원회 주임인 라오위안을 찾아가서 눈을 부라리며 이유를 따져 물었다. 라오위안이 담담한 어조로 말했다. 라오천, 이번에는 배정된 주택이 적어서 대부분 특별 빈곤층을 위해 제공되었어요. 대신 장샤오중(張小中)이 사직하면서 주택을 반납하면 곧바로 당신에게 배정하도록 하겠소.

천덩가오는 할 말이 없었다. 답답한 마음으로 집으로 돌아가 마리화에게 이런 사실을 알렸다. 마리화는 펄쩍펄쩍 뛰며 화를 냈다. 이런 젠장 우리는 힘들지 않단 말인가? 내일 우리 엄마네 식구들을 죄다 이리 옮겨 삼대가 사는 대가족을 만들어 놓아야겠네. 누가 사직하면서 회사에 주택을 반납하겠어요? 말로 당신 같은 멍청이를 속이는 짓이라고요.

마리화는 말을 하면 곧장 실천에 옮기는 사람이었다. 그녀는 온갖 수단을 동원해 장모님 댁 식구들의 주소를 전부 자기 집으로 옮겨놓았다. 두 번째 주택배정 공표에도 여전히 천덩가오의 이름은 누락되어 있었다.

도저히 화를 참을 수 없었던 천덩가오는 호구본을 들고 연구소로 찾아갔다. 라오위안은 '아시아 네 마리 용'에 해당하는 지역들의 포스트모더니즘의 발전 상황을 알아보기 위해 출국한 상태였고, 서기 라오우가 집을 보고 있었다. 라오우는 천덩가오의 억울한 사정을 듣고는 긴 한숨을 내쉬더니 조리 있게 설명을 시작했다. 라오천, 듣자하니 학창시절에 입당을 요구했다면서요. 신시기

(新時期)일수록 더 시험을 잘 견뎌야 해요. 봉사를 중요하게 여기면서 고상함과 절개를 제창해야 해요…… 천덩가오가 속으로 중얼거렸다. 난 이미 반평생 시험을 보면서 살아왔고 절개를 지켰는데, 어떻게 더 절개를 지키란 말이야. 이 마디가 입에 걸려서 끝내 밖으로 내뱉지 못했다. 집에서 신문을 보고 있는 그에게 마리화가 다가와 머리를 툭툭 치면서 욕을 해댔다. 이 쓸모없는 인간아! 결정적인 순간에 체면이 무슨 소용이라고 그래요? 할 말은 하고 싸울 건 싸워야지. 당장 과학원에 가서 상부에 이런 사정을 알리라고요.

천덩가오가 말했다. 무슨 영광을 보겠다고 그래? 나더러 과학원에 가서 소동을 부리라고?……

마리화가 말했다. 내가 당신을 만난 게 여덟 번 태어난 평생 가장 재수 옴 붙은 일이야. 당신은 그냥 집에 죽어 있어. 내가 내일 아침에 당신네 원장을 찾아가 얘기할 테니까. 포청천이 정의로운 판결을 내려주겠지.

천덩가오는 진심으로 마리화가 하늘도 땅도 두렵지 않다는 듯이 소란 피울까 걱정이 됐다. 이에 다음날, 먼저 용기를 내서 후근처(後勤處)를 찾아갔다. 바깥 복도에 면담을 하러 온 사람들이 이미 긴 줄을 이루어 서 있었다. 오전 내내 줄을 서도 면담이 불가능할 것 같았다. 그 다음 날 아침 일찍 찾아간 덕분에 결국 처장을 만날 수 있었다.

처장은 젊은 사람이었다. 하지만 그는 완전히 관료의 어투로 개혁개방으로 인한 어려움을 강조했다. 소리를 길게 빼면서 차고에 살고 있는 부연구원들도 아직 집을 배정받지 못하고 있다고하면서 모두들 희생정신으로 손을 맞잡고 함께 난관을 타파해 나아가야 한다고 말했다. 천덩가오는 자신의 집이 좁긴 하지만 그래도 보금자리로서 차고에 비하면 훨씬 낫다는 생각이 들었다. 그는 결국 또 말 한마디 하지 못하고 나와야 했다.

고개를 숙이고 나오자 밖에서 면담을 위해 기다리고 있던 다음 사람이 얼른 뛰어 들어갔다. 몇 걸음 가다 보니 사무실들이 다닥다닥 붙어 있었다. 한번 나왔으니 확실하게 담판을 벌여 깨끗이 정리해야겠다는 생각이 들었다. 가슴이 두근거렸다. 얼굴에 힘을 주고 국장 사무실 문을 열었다. 국장이 말했다. 이런 상황은 우선적으로 고려하여 해결해야지요. 라오우와 라오위안은 우리도 잘 압니다. 국 간부회의에서 자주 만나지요. 다음에 두 분을 만나면 한번 잘 얘기해볼게요. 천덩가오는 연신 감사하다는 인사를 올리고 사무실을 나왔다.

고개를 숙인 채 밖으로 나오니 온몸에 힘이 없었다. 내가 왜 이러고 있지? 누구에게 빚이라도 졌나? 발길 가는 대로 복도를 걸어가다가 맞은편에서 오던 사람과 부딪혔지만 전혀 신경이 쓰이지 않았다. 오히려 부딪힌 사람이 적극적으로 얘기를 걸어왔다. 천 선생님, 여긴 무슨 일로 오셨어요?

천덩가오는 한참 동안 상대가 누군지 알아보지 못했다. 상대가 말했다. 저 모르시겠어요? 과학원 사무실에서 일하는 샤오가오(小

高)에요. 그제야 천덩가오는 생각이 났다. '승진심사' 답변에서 샤오가오가 현장기록을 담당했었다. 천 선생님, 그러지 않아도 한번 찾아뵈려던 참이었어요. 샤오가오가 공손하게 말했다. 제 아내가 우리 과학원 연구생 시험을 보려고 하거든요. 올해 문학 문제는 선생님께서 출제하신다고 들었습니다. 시간 되실 때 저희 부부가 함께 찾아뵙고 참고서적 목록과 함께 가르침을 받고 싶습니다.

아, 그러시군요. 좋습니다. 천덩가오는 지위에 맞게 우아한 자세로 고개를 끄덕였다. 어조도 자신도 모르게 중후하게 변해 있었다. 순간 갑자기 숨을 고르면서 고개를 살짝 숙이고 다가가 말했다. 샤오가오, 혹시 내일 한 가지만 도와줄 수 있겠어요?

샤오가오가 허리를 곧추세우고 완곡하게 말했다. 아, 네, 무슨 일이신데요? 말씀하세요.

천덩가오의 금세 비굴한 어투로 바꿔 간략하게 집에 대한 일을 설명해주었다. 샤오가오는 이 일에 관해 들어본 것 같다고 말했다. 그럼 이렇게 하시지요. 잠시 후면 원장님이 회의에 참석하시니까 잠시 시간이 되시면 직접 들어오셔서 말씀해 보시는 게 어떨까요. 천덩가오는 즉시 찾아가 몇 마디 했다. 결국 세 번째 공고에서 원래 류샤오루에게 주어지기로 되어 있던 팡좡(方莊)단지의 원룸 가옥 하나가 천덩가오 앞으로 배정되었다. 그리고 얼마 후 샤오가오의 부인은 가장 높은 문학 점수를 받아 연구원으로 합격했다.

10

천덩가오는 잠잠해졌지만 류샤오루가 시끄러워졌다. 류샤오루는 이미 두 번 집이 났었기 때문에 그 집은 의심할 여지없이 자신의 수중에 떨어지는 것이라 믿었다. 그래서 기분 좋게 술도 마셨고, 그런 기분에 취해 아내가 아이도 갖게 되었다. 이제 새 집에서 지낼 날만 기다리고 있었다. 자신의 집이 천덩가오 앞으로 배정되자 화를 참을 수 없었다. 사람들 앞에서도 감추는 것 없이 총알처럼 욕을 해댔다. 진짜 웃기잖아! 그렇게 많은 집 가운데 하필 내 걸 빼앗아가는 이유가 뭐냐 말이야! 팡챵단지는 천덩가오가 지금 살고 있는 곳에서 차를 타고 한 시간 넘게 가야 하는 거리였다. 원래 천덩가오에게 배정될 예정이었던 집은 공고에 따라 운전사 샤오왕에게 주어졌다. 연구소에서는 류샤오루와 샤오왕 사이에 힘겨루기가 있었다. 샤오왕이 소동을 부리면 연구소의 유일한 '산타나' 가동에 문제가 생길 수 있었다. 그러면 간부들이 외부와 접촉하는 일에 영향을 받지 않을 수 없었다. 하지만 류샤오루가 소란을 피우면 곧 태어날 아이에게 약간의 영향을 줄 뿐이었다.

다시 조정할 수는 없을까? 샤오왕이 팡챵단지로 가고 바로 옆의 원룸을 천덩가오에게 주면 안 될까?

그만두자. 분방위원회 사람들의 의견이 일치했다. 천덩가오가 좀 더 참도록 하고 둘이 직접 조정하게 하는 것이 바람직했다. 이것으로 끝이었다. 좋은 걸 한 사람이 독차지할 수는 없는 일이었다. 천덩가오를 위해 젊은 사람 둘이 소란을 피우게 할 수는 없었다.

　따지고 보면 최근에 연구소 때문에 천덩가오가 혼란스러웠다. 원장도 놀라서 직접 전화를 걸어와서는 이번에 신진으로 승진한 다섯 사람이 과학원의 보배라고 추켜세우면서 천덩가오의 문제가 해결되지 않으면 '포스트모더니즘' 연구소의 주택배정은 당분간 하지 않겠다고 천명했다. 천덩가오 이 사람이 평소에는 명리에 초연한 것 같더니 중요한 순간이 되자 본색을 드러내고 있다! 이런 생각에 위안평은 마음이 편치 않았다. 류샤오루도 제정신이 아니었다. 수시로 천덩가오를 찾아와 말로 공격했고 항상 그에 대한 분노로 씩씩거렸다. 천덩가오는 원래 류샤오루를 찾아가 몇 마디 해명을 할 생각이었지만 인상을 쓰고 앉아있는 그녀의 모습에 도저히 입을 열 수가 없었다. 마음만 괴로울 뿐이었다. 난 그저 원래 내가 받아야 할 몫을 되찾은 것뿐인데, 내가 누구에게 잘못했단 말인가? 이런저런 생각을 하다 보니 갑자기 아내 마리화에게 화가 났다. 마리화, 이 모든 것이 이 여자가 날 몰아세워서 생긴 일이야. 이 여자가 나를 완전히 형편없는 인간으로 만들어 버린 거라고.

　마리화는 장모님의 호적을 옮길 준비를 하고 있었다. 처남은 나서지 않고 오히려 손을 뻗어 두 사람을 말렸다.

　아니, 지금 뭐 하는 거야? 뭐 하는 거냐고? 누나네 집은 엄마 명의로 되어 있잖아. 엄마를 모시고 살던지, 아니면 집을 내게 넘기라고. 그러면 내가 엄마를 모시고 살 테니까. 알아서 선택해.

천덩가오는 눈앞이 캄캄해졌다. 하루 종일 입을 다물지 못했다. 마리화가 마당에 서서 큰 소리로 고함을 쳤다. 둘째, 넌 지금 무슨 얘기를 하고 있는 거야? 너희 매형이 얼마나 애를 써서 집을 얻었는데, 그렇게 양심이 눈곱만큼도 없는 거니? 처남이 말했다. 내 말이 바로 그거라고. 양심은 개나 주라고 해. 일단 이 집이 손에 들어오면 바로 얼굴을 바꿀 거라는 것 잘 안다고. 매형이 별 볼 일 없는 사람일 때 우리 마씨 집안이 그때 어떻게 대해주었는지 생각해보라고.

장모님이 당신 허벅지를 내리치면서 말했다. 둘째 너 천벌 받을 짓 하지 마. 난 누구와도 같이 안 살고 혼자 살 테니까. 처남이 말했다. 엄마는 상관마세요. 제가 돈을 드려서 이곳에 사시게 하지 않았더라면 이 집에서 사실 수 있었을 것 같아요? 벌써 여러 번 쫓겨나고도 남았을 거라고요. 저 두 사람한테 제 경제적 손실을 보상하라고 하세요. 천덩가오는 새 집 열쇠를 들고서 난처한 표정으로 서 있었다. 손에 먹음직한 고구마를 들고서 먹고 싶지만 감히 입에 넣지 못하고 있는 것 같았다. 다른 사람들은 재빨리 우당탕탕 인테리어 공사에 들어갔는데 그의 집만 여전히 하얀 벽 그대로였고 공허한 채로 있었다.

샤오왕 일가는 재빨리 이사를 했다. 전기드릴과 망치로 우당탕탕 며칠 요란한 소리를 내더니 금세 사람들이 이사해 왔다. 천덩가오 부부도 축하하기 위해 건너가 보았다. 철문을 열고 양피문

(羊皮門)까지 열고 들어간 순간, 백화점에라도 온 듯한 화려한 내부 모습에 눈이 어질어질했다.

바닥에 쪼그려 앉은 지워토우(鷄窩頭 : 뒤로 묶어 올린 여성 두발 형식) 머리가 엉덩이를 들고 뚝딱뚝딱 뭔가를 만들고 있다가 일어나서는 샤오왕의 부인이라고 소개했다. 방금은 소파 다리에 눌린 카펫을 빼내고 있었던 것이다. 마리화가 실내 인테리어를 칭찬했다. 딱히 할 말이 없던 천덩가오가 물었다. 이 집에 전에 누가 살았나요? 지워토우가 피식 웃음을 터뜨렸다. 아이고, 천 선생님도 참 재미있으시네요. 옆집에 그렇게 오래 사시고도 그걸 저한테 물으시는 거예요? 천덩가오가 듣고 보니 맞는 말이었다. 이 집도 연구소에 속한 집인데 그렇게 오랜 시간이 지나도록 누가 살았는지 모른다는 것이 정말 이상하기만 했다.

11

지워토우 일가가 이사오자 마리화는 친구를 찾은 것 같았다. 두 집 주부는 간장을 빌리네, 식초를 빌리네 하면서 시도 때도 없이 왕래했다. 일손이 부족할 때면 마리화는 얼른 건너가 도움을 청하기도 했다.

천덩가오의 마음이 거북한 건 그 집의 양피문이 자신의 나무문을 초라하게 만들어서가 아니라, 지워토우가 확실한 밀고자이기 때문이었다. 이상한 동태가 조금만 포착되어도 귀를 쫑긋 세우고 엿듣곤 했다. 자신과 샤오얼이 나무문 뒤에서 나누는 키스는 더더욱 짜릿한 이야깃거리라 절대 놓칠 리가 없었다.

샤오얼은 요즘 천덩가오 덕분에 놀랄 정도로 잘나가고 있었다. 영화와 텔레비전 계약이 끊이지 않았다. 매번 밀회 때마다 천덩가오에게 영화계의 새로운 소식을 가지고 왔다.

그럴 때마다 천덩가오는 감격했다. 한 손은 샤오얼의 뒷머리를 어루만지고, 한 손은 자신의 앙상한 갈비뼈를 현악기 다루듯 쓸어내리면서 입으로는 격정적으로 이야기했다. 난 폐허가 되어도 좋아. 사랑이 청춘의 담쟁이넝쿨이 되어 나의 이 황량한 뼈마디를 따라 빛나는 결과가 있기만 하다면 말이야.

담쟁이넝쿨의 푸른 윤기와 눈의 즐거움을 원할 때마다 그는 그녀를 찾았지만 항상 그녀를 만날 수 있는 것은 아니었다. 반면에 그녀가 인연과 상승을 원할 때면 얼마든지 폐허에 뛰어들어 마음대로 구름과 비를 거느릴 수 있었다.

때로는 천덩가오가 기꺼이 샤오얼을 데리고 극장이나 바, 클럽, 미술관 등으로 데리고 다니기도 했다. 그럴 때마다 어렵사리 모아둔 비자금이 마구마구 사라져 갔다.

지워토우는 야바오로(雅寶路) 일대 시장에서 물건을 팔았다. 시장에 나가는 시간과 집에 돌아오는 시간이 일정치 않았다. 마리화에 따르면 그녀의 반응은 이미 난로불 불꽃이 파란색으로 변한 것처럼 완숙한 단계로 접어들었다. 저 멀리서 서양 사람들이 몰려오는 걸 보면 어디 사람인지 금세 알아보고 국적에 따라 다른 태도를 보일 수 있을 정도였다.

어느 날, 집에 물건을 챙기러 돌아온 지워토우는 천덩가오가 문을 열고 샤오얼을 내보내는 모습을 보게 되었다. 아직 홍조가 채 가시지 않은 샤오얼의 얼굴은 어두침침한 복도에서도 더없이 아름답고 생기 있고 보였다. 지워토우는 그녀가 20부작 텔레비전 연속극의 여주인공임을 한눈에 알아보았다.

시선이 천덩가오 쪽으로 이동하자 취한 듯 몽롱한 눈빛의 천덩가오는 경험이 부족했는지 고개를 돌리면서 못 본 척했다. 지워토우는 자연스럽게 마음속으로 의심을 갖게 되었다.

그 다음 번에 또 천덩가오가 샤오얼을 내보낼 때도 마침 그녀에게 들키고 말았다. 이번에는 절대 놓치지 않으려고 쓰레기봉투를 들고 아래층까지 내려가 쓰레기통 앞에 서서 고집스럽게 바라보고 있었다. 두 사람은 하나는 앞서가고 하나는 뒤따르며 백 미터 정도를 가다가 모퉁이를 도는 곳에서 나란히 멈춰 섰다. 그러고는 손을 흔들어 택시를 잡았다. 지워토우는 멀리 사라지는 택시의 뒷모습을 보면서 입을 삐죽거렸다.

다시 사무실에 출근했을 때, 천덩가오는 연구소 사람들이 자신을 바라보는 시선이 좀 이상하다는 걸 느꼈다. 비웃는 것 같기도 하고, 의미심장하게 훑어보는 것 같기도 한 시선들을 아무리 해도 떨쳐낼 수 없었다. 자신이 무엇을 잘못했는지 도통 알 수가 없었다. 천덩가오는 뜨거운 집 안에 들어앉은 개미처럼 앉지도 못하고 서지도 못하는 상황이었다. 애꿎은 차만 줄기차게 배 속에 부어대고 있었다. 이렇게 견디고 있는 차에 장 간사가 다가와 소장님 사무실로 가보라고 말했다. 천덩가오는 이제 수수께끼가 풀리나보다 하고 생각했다. 위안펑이 말했다. 라오천, 집안 정리는 다 되었습니까? 힘든 건 없나요?

천덩가오는 거의 다 정리되었다면서 허리를 구부려 자리에 앉은 다음 불안하게 진짜 할 말을 기다렸다.

위안펑이 말했다. 라오천, 연구소에서 구미실(歐美室) 주임 인선 문제를 고려중인데 당신이 가장 유력해요. 그러니 자기관리를 엄격하게 잘 해서 중대한 일에 영향을 미치는 일이 없게 많이 생각해 주셨으면 합니다.

천덩가오는 여러 차례 마른침을 삼켰다. 그러다가 자연스럽게 붉어지는 얼굴을 애써 억제하면서 침착한 어투로 물었다.

라오위안, 그게 무슨 말씀입니까? 알아듣게끔 말씀해주세요 위안펑의 얼굴이 붉어지더니 뭔가 잘못이라도 저지른 사람처럼 웅얼웅얼 말했다. 아, 네. 별로 대단한 일은 아닙니다. 그저 아랫사람들 얘기를 듣고 하는 말일 뿐이지요. 아무래도 주의를 해서…… 만년의 품위를 지키는 것이…… 당…… 당연하겠지요. 그런 쪽으로 추구하는 것도 이해는 갑니다. 하지만 도를 지나쳐 선을 넘으면, 거 뭐냐, 그러니까 우리가…… 처리하기 힘들어진다 이겁니다.

천덩가오의 얼굴이 귀밑에서부터 뜨거워졌다. 반박할 말이 창자 속 회충처럼 꿈틀거렸다. 라오위안, 다른 사람이 나한테 그런 애기를 한다면 모를까, 당신한테는 그런 자격이 없을 것 같네요. 지난번에 소장의 기금으로 주는 연구성과상 평가에서 무슨 근거로 우옌옌(吳妍艶)의 7천 자짜리 논문을 2등상에 추천한 겁니까? 젊은 아가씨의 하얗고 부드러운 피부 때문이 아니었나요? 일이 있거나 없거나 그녀의 일본실에 가서 이것저것 물을 때도 청년들의 생활에 관심을 쏟는 것뿐이라고 하셨지요. 사람들이 전부 눈이 멀었다고 생각했습니까?

말이 다시 되돌아왔다. 라오위안, 우리는 모두 문화연구자들입니다. 역사적으로 어떠한 사상해방운동도 성해방에서 시작되어야 한다는 걸 마음속으로 잘 알고 있지 않을까요? 라오위안도 바꿀 수만 있다면 늙은 마누라부터 바꾸려 하지 않았을까요?

말해보세요. 자고이래로 위로는 지도자나 위인들로부터 아래로는 학자나 예술가까지, 숭배자에 대한 사모의 정이 어떤 기회로 사랑으로 변한 경험이 있지 않습니까? 우리는 전통적인 사람들이라 자신도 모르게 이런 전통을 계승하게 되는 겁니다.

속으로 이렇게 생각했지만 입 밖으로 말이 나오지 않았다. 그래도 행동에 강경했다. 어떤 진리나 도덕의 지팡이라도 들고 있는 것처럼 여전히 비굴하지 않고 도도하지도 않게 샤오얼을 사랑했다.

곰곰이 생각해보니 이런 유언비어는 지워토우 쪽에서 시작된 것이 분명했다. 어떻게든 접촉하는 장소를 바꿔야 했다. 지워토우의 광각렌즈 초점에서 벗어나야겠다.

12

맑은 정신으로 조용히 있을수록 복이 있는 법이었다. 가을이라는 좋은 계절에 그들 구미실에서 처음으로 하이난(海南) 국제포스트모더니즘 세미나를 열기로 했다. 외국 학자들 몇 명과 해외 화교 몇 명을 초빙하기로 했다. 또 그들의 이름으로 거물급 홍콩 사업가 몇 명을 속여 20만 위안이 넘는 찬조금을 유치함으로서 먹고 자는 기본적인 문제를 해결했다.

물론 남의 주머니에서 돈이 나오는 데는 이유가 있는 법이다. 앞으로 각 신문에서 회의단신을 발표할 때 한 번씩 찬조기업들의 이름이 거명될 것이고 연구소의 학술간행물에도 여러 단계의 광고가 게재될 것이었다.

이 소식을 들은 샤오얼은 한번 놀러 가고 싶었다. 순간 천덩가오의 머리가 뜨거워졌다. 회의 조직자라는 신분을 이용하여 재정적 권리를 장악한 그는 발송이 엄격히 제한되어 있는 초청장 한 부를 샤오얼에게도 보내주었다. 이렇게 그녀의 기대는 현실이 되었다.

어떻게 보면 샤오얼도 포스트모더니즘파의 일원이라고 할 수 있지 않을까? 게다가 선도적으로 포스트모더니즘 특성을 갖춘 '낫 물고기'를 연기했는데 안 될게 뭐란 말인가? 이런 생각을 하는 천덩가오는 의기양양하기만 했다.

그는 아주 대담하게 회의관련 업무라는 명목으로 샤오얼과 함께 먼저 출발하여 한 바퀴 돌아보기도 했다. 낯선 곳에 도착한 두 사람은 며칠 동안 마음껏 서로를 즐길 수 있었다. 이곳은 문화의 사막지대라 샤오얼의 얼굴이 수도에서 아직 전파되지 않은 상태였다. 때문에 밖을 돌아다닐 때도 선글라스를 끼는 수고를 할 필요가 없었다. 사람들로 벅적대는 해변에서 두 사람은 몸의 대부분이 노출되는 수영복 차림으로 벌건 대낮 햇빛 아래서도 담쟁이와 고목처럼 착 달라붙는 모습을 연출했다. 천덩가오는 날아갈 듯한 행복감에 파란 하늘과 푸른 바다 속에서 훨씬 젊어진 것 같았다. 정말 개방이 현실이 되었군! 8년 전 외국에 나가 공부할 때 외국 남녀들이 길거리에서 껴안고 키스하는 모습을 보면 심장이 뛰면서 감히 눈을 뜨고 보지도 못했었는데…… 이제는 나도 못할 게 없지 않을까?

개혁개방은 정말 좋은 것이었다! 감히 싫다고 할 사람이 없었다. 회의보고를 할 날이 다가왔다. 두 사람의 몸은 그제야 황급히 분리되었다. 천덩가오는 조금 아쉬웠지만 마음을 접는 수밖에 없었다. 진지하고 엄숙하고 유능한 중년 학자의 모습으로 돌아가야 했다.

연구소 사람들과 외부 참석자들이 연이어 도착했다. 개막식이 끝나고 단체사진을 찍을 때, 고개를 돌린 장 간사의 눈에 샤오얼의 모습이 보였다. 아주 낯이 익은 얼굴이었다. 잠시 누군지 생각이 나지 않았던 그는 라오쑨에게 그녀를 쳐다보게 했다.

라오쑨은 고개를 돌려보고는 놀라움을 금치 못했다. 석간신문에 사진이 실렸던 그 얼굴이잖아! 이 소리에 류샤오루도 고개를 돌렸다. 어머! 정말! 드라마의 여자 주인공이잖아!

몇 사람의 논증을 통해 천덩가오가 글을 써서 높이 평가했던 그 배우가 확실하다는 사실이 밝혀졌다. 모두들 들뜬 마음으로 이런저런 연상을 하기에 바빴다. 사진사가 '하나, 둘, 셋 치즈'를 외칠 때에도 그들은 얼굴 근육이 다소 경직된 채 깊은 생각에 잠겨 있었다.

이런 소식은 빛의 속도로 전파되었다. 점심 식사를 하는 자리에서 천덩가오를 아는 모든 사람들의 관심이 샤오얼에게 집중되었다. 장 간사는 즉시 회의등록에서 샤오얼의 소속을 확인했다. 그리고 사람들에게 시시콜콜 자세히 설명해주었다.

진상이 다 밝혀졌다는 것을 의미했다. 이전의 무수한 소문들이 소문으로 그치는 것이 아니라 아주 생생한 현실이 되었음을 말해주고 있었다. 더 이상 추론이나 유추가 필요치 않았다. 문인학자들의 풍부한 상상력은 무너졌다. 마음으로 받아들이기 힘들었다. 지독한 혼란이었다.

라오위안이 옆 테이블에서 우옌옌과 함께 만찬을 즐기며 웃고 떠들고 있는 샤오얼을 힐긋힐긋 쳐다보면서 말했다. 괜찮네요, 라오천. 아주 예쁘고 괜찮은 아가씨에요.

라오쑨이 말했다. 우아! 복도 참 많으십니다.

류샤오루도 거들었다. 어머나! 아주 끝내주네요!

천덩가오가 말했다. 헛소리들 말아요. 저분은 내 학생일 뿐이에요. 회의에 참석하여 뭔가 배우러 온 거라고요. 이렇게 말하는 그의 얼굴이 발그레하게 빛났다. 얼굴에 드러난 자부심과 꿈을 가릴 수 없었다. 그의 이런 모습에 연구소 사람들은 마음이 더 혼란스러웠다.

점심식사를 마치고 사람들은 각자 쉬러 갔다. 천덩가오는 달콤한 생각을 참지 못하고 오랫동안 애만 태우다가 우옌옌을 찾아간다는 명목으로 그녀와 샤오얼이 함께 묵고 있는 방을 찾아갔다. 두 사람의 얘기를 잠시 옆에서 듣고 있는 동안 온통 젊은이들만의 화제라 잠시도 끼어들지 못했다.

천덩가오는 속으로 문득 뭔가 잘못되었다는 생각이 들었다. 그는 류샤오루에게 이것저것 지시하면서 구실을 만들어 그를 샤오얼 곁에서 떨어지게 만들었다. 샤오얼은 이 멍청한 연구자들과는 같은 부류라고 볼 수 없었다. 그녀는 소극장의 공연 전문가라 해도 전혀 손색이 없었다. 지금 그녀는 어떤 필요에 의해서 겸손한 학생으로 연기하고 있었다. 천덩가오를 잘 모르는 사람처럼 행동하면서 열심히 회의와 강연에 참석하고 수시로 전문가와 학자들에게 문제를 제기함으로써 가르침을 구하고 있었다.

사실 그렇게 열심히 경청하는 모습을 연기할 필요까지는 없었다. 사회자 천덩가오는 우국우민의 목소리로 개회사를 시작했다. 이번 회의의 중심의제는 중국 당대(當代) 희극의 발전방향입니다.

작금의 중국작가들은 신조류와 신진, 모더니즘을 다루면서 세계와 점점 가까워지고 있습니다. 반면에 시민들과는 점점 더 멀어지고 있지요. 어떻게 하면 될까요? 양식 있는 문인과 학자들마저 이 문제에 관심을 갖고 있지 않습니다. 이제 우리는 국가를 위해 정책제정을 위한 이론적 근거를 마련해야 합니다. 그래서 이번 회의에서 이 문제에 대해 열띤 토론을 전개하고자 합니다.

외국 학자 하나가 말했다. 그게 그렇게 어려운 문제인가요? 인민들로 하여금 세계를 따라가게 하면 되지 않을까요?

화교 자본가가 말했다. 그건 안 됩니다. 작가들이 인민에게 맞춰야 합니다.

양쪽의 주장이 팽팽하게 맞섰다. 얼굴이 붉어지고 귀가 빨개질 정도로 치열한 논쟁이 이어졌다. 방송사 기자들은 특별히 이런 장면을 컬러사진으로 찍어갔다. 회의 셋째날, 회의 참석자들은 현지 신문에 실린 상기된 얼굴의 자기 모습을 발견하게 되었다.

천덩가오는 마음이 편치 않았다. 이 주제는 이미 칠팔십 년이나 지속되어 온 진부한 것이라는 생각이 들었다. 수많은 문인들이 이런 주제로 밥을 먹지 않았던가. 그런데 아직도 새 부대에 옛 술을 담으려 하고 있는 것이었다. 게다가 이를 가지고 이런 자리에서 외국 학자들에게 허세를 부리고 홍콩 사업가들의 돈을 뜯어내지 않았던가!

일치된 결론은 항상 불가능합니다. 그래서 논쟁을 하고 토론을 하는 것이지요. 어차피 가진 것이라고는 시간과 돈밖에 없으니까요. 내년에 우리가 간수(甘肅)성 둔황(敦煌)에서 개최할 예정인 제4회 연차회의에서도 이 문제를 계속 논의할 생각입니다.

13

놀기도 충분히 놀았고 해산물도 배불리 먹었다. 회의도 다 마무리되었다. 샤오얼이 얼굴을 드러냈으니 천덩가오에 대한 소문도 더 이상 새로울 것이 없었다. 회의에 참석하지 못한 사람들은 회의가 어땠는지 물어왔고 회의에 참석했던 사람들은 입맛을 다시며 말했다. 응, 좋았어. 훌륭했지.

모두들 어찌된 일인지 회의 내용은 말하지 않고 샤오얼의 젊음과 미모를 생생하게 과장하여 말하며 칭찬했다. 여기에는 천덩가오의 수완에 탄복하는 의미도 담겨 있었다.

잠시 동안이긴 하지만 여론이 자신에게 불리한 방향으로 형성되지 않자 천덩가오는 은근히 자만하게 되었다. 자신이 샤오얼을 데리고 회의에 참석한 것이 아주 올바르고 현명한 처사였다는 생각도 들었다.

이렇게 흐뭇해하고 있을 때, 마리화 쪽에서는 차가운 질의를 던지고 있었다. 천덩가오, 당신이 회의에 학생을 데리고 갔다면서? 종종 집으로 불러 수업도 하고 말이야?

천덩가오의 마음 한구석이 쿵 하고 내려앉았다. 마음속으로 8

할은 잘못되었다는 생각이 들었지만 입으로는 죽어도 인정하지 않았다. 아니야. 어떻게 그런 일이 있을 수 있겠어?

마리화가 말했다. 학생을 데리고 회의에 갔었다며? 당신 연구소 사람들이 다 아는 일을 가지고 날 속이려 들어!

천덩가오가 다급하게 둘러댔다. 쓸데없는 소리! 다들 헛소리하는 거라고 초대장이 있어서 회의에 참석하는 것이 나와 무슨 상관이라고 그래? 내가 누구라고? 내게 그렇게 대단한 능력이 있어서 아무나 데리고 갈 수 있었다면 당연히 당신부터 데리고 갔겠지?

마리화의 말투가 다소 누그러졌다. 그러게. 당신이 그렇게 대단한 사람도 아닌데 말이야. 오줌을 싸서 자기 얼굴을 비춰보라 그래. 어떤 젊은 여자가 당신을 원하겠어? 나밖에 더 있겠어? 처음에 눈이 멀어서 당신 같은 인간을 좋아한 사람이 말이야.

천덩가오는 반박을 하고 싶었지만 그랬다가 공연히 일이 엇나가게 될까봐 겁이 났다.

마리화는 반신반의하면서 경계를 늦추지 않았다. 과감하게 몇 가지 조치를 취해보기로 했다. 대부분 공장의 아가씨들이 전수해준 비법이었다. 천덩가오 수중에 있는 돈의 액수를 체크하고 가끔씩 옷깃과 바지주머니를 검사하는 것이었다. 연애편지처럼 립스틱 자국이 새겨져 있는지도 살펴야 했다. 매일 퇴근해 방에 들어가면, 먼저 침대 시트나 베개가 구겨져 있는 흔적이 있는지 살펴야 했다. 또한 숨을 깊이 들이마시면서 다른 여자의 냄새가 나는지 맡아 보아야 했다. 이렇게 하여 증거를 확보하면 일망타진 하는 것이었다.

천덩가오는 평소에 정해진 출퇴근 시간이 없었기 때문에 마리화가 출근한 여덟 시간 안에 충분히 일을 벌이고 증거를 인멸할 수 있었다. 이에 마리화는 장사하는 시간이 비교적 유동적인 지워토우에게 자기 대신 어떤 사람들이 자기 집을 들락거리는지 잘 살펴봐 달라고 부탁했다. 지워토우는 흔쾌하게 임무를 수락했고 열심히 임무를 수행하기 위해 더 자주 찾아가 물건을 빌렸다.

천덩가오는 인생의 두 번째 봄을 맞고 있었다. 흐릿해진 아이큐는 영점 주변을 맴돌았다. 곧 닥쳐올 위험을 전혀 감지하지 못했다. 다행히 지금은 그조차도 샤오얼을 만나기 힘든 상황이라 마리화의 수주대토에 걸릴 가능성은 적었다.

샤오얼은 이미 인기가 치솟아 방송국들이 그녀를 인터뷰하느라 열을 올렸고 그녀가 주연한 20부작 텔레비전 연속극도 두 번이나 재방송되었다. 어류를 소재로 한 연극이 끊임없이 재연되고 각색되었다. <오징어와 그녀의 정부들>이라는 연극도 한창 제작 중에 있었다. 후원자는 하이난 회의에서 새로 알게 된 홍콩 사업가였다.

샤오얼에게는 더 이상 천덩가오의 평론이 필요하지 않았다. 그녀에 관한 글을 쓰고 싶어 하는 사람은 파리 떼처럼 많았다. 아무리 쫓아내도 끝이 없을 정도였다.

오랫동안 샤오얼을 만나지 못한 천덩가오는 굶주림을 참을 수 없었다. 그녀에게 수없이 삐삐를 쳐서 천덩가오임을 알렸지만 전혀 답신이 없었다.

나중에 청(程) 선생이나 쩡(曾) 선생이라는 이름으로 삐삐를 치면 공중전화로 답신이 왔다. 하지만 샤오얼은 삐삐를 친 사람이 그인 것을 알면 이내 너무 바쁘다면서 그에게 들릴 시간이 없다고 둘러댔다.

천덩가오는 샤오얼의 감정변화에 매우 민감했다. 샤오얼에게 자신이 이미 가치 없는 사람이 되어 있다는 것을 알게 되었다. 처절한 실망감에 비틀비틀 길을 걷던 그는 자신도 모르게 샤오얼의 기숙사 앞까지 가고 말았다. 손을 들었지만 감히 문을 두드리진 못했다. 마음이 몹시 떨렸다. 안에 아무도 없기를 바라면서 말없이 고개를 돌렸다.

결국 두 번 가볍게 두드리자 삐걱 소리와 함께 문이 열렸다. 샤오얼이 문을 열고 나왔다. 몸에는 투명한 잠옷을 걸치고 있었다. 천덩가오는 반갑고 놀라웠다. 온갖 감정이 목까지 차올라 말이 나오지 않았다. 붉어진 눈으로 실연당한 청년처럼 샤오얼을 쳐다보기만 했다. 샤오얼은 그의 시선에 정신을 차린 듯 몸을 가리면서 그에게 어서 들어오라고 했다. 그러고는 손으로 안쪽을 가리키며 말했다. 소개할게요. 이분은 사진작가이신 자오샹(趙相) 선생님이세요. 그리고 이분은 평론가이신 천덩가오 선생님이시고요.

아직 실내의 불빛에 적응하지 못한 천덩가오는 샤오얼의 몸에서 시선을 옮기지 못했다. 침대 뒤쪽에서 수염이 덥수룩한 얼굴

하나가 튀어나오며 말했다. 말씀 많이 들었습니다. 반갑습니다. 그러면서 재빨리 통통한 손을 내밀어왔다.

천덩가오는 반사적으로 손을 내밀어 악수를 하면서 재빨리 상대를 훑어보았다. 상대의 눈빛에는 말과 같은 존중의 의미가 전혀 담겨 있지 않았다. 그저 인사치레일 뿐이었다. 천덩가오는 급히 말을 받았다. 제가 영광이지요. 반갑습니다.

이렇게 말하면서 사방을 둘러보았다. 실내가 소극장의 연극 무대처럼 연출되어 있었다. 커튼은 낮게 드리워져 있고 은은한 조명이 깔린 가운데 잔잔함 음악이 흐르고 있었다. 침대 위에는 베개와 이불이 운치 있게 흩어져 있었다.

샤오얼은 느긋한 태도로 침대로 다가가서 걸터앉았다. 이불을 잡고 몽롱하면서도 우아한 자세를 연출했다. 그러면서 자오샹에게 말했다. 계속 가요.

천덩가오에게는 개인 사진집을 만들고 있다고 말했다. 여러 언어로 번역해서 마돈나 천충(陳沖)과 겨뤄볼 생각이라고 했다.

자오샹은 그럴 듯한 포즈로 샤오얼의 침대를 맴돌면서 전후좌우로 카메라를 들이댔다. 천덩가오는 갑자기 뛰어든 사람의 잉여를 느끼면서 혼잣말로 중얼거렸다. 세계로 나가겠다고? 좋지, 좋아. 그럼 방해하지 않을게. 열심히 해요.

샤오얼이 말했다. 이제 다 찍었어요. 아직 선생님이 도와줄 일이 있어요. 다음에 찾아뵐게요. 괜찮죠?

천덩가오가 말했다. 그럼. 좋고말고.

멋쩍은 표정으로 샤오얼의 집을 나선 그는 넋이 나간 채 한참이나 길을 배회했다. 익숙한 거리풍경이 원형의 은막처럼 눈앞에 펼쳐졌다.

거리는 사람들이 떠드는 소리로 왁자지껄했다. 불법 음란물 장사치들이 판을 쳤다.

<오징어와 그녀의 정부들>은 성대하게 상연되었다.

14

과학원에서 각 연구소의 반부패실현 상황을 검사하기 시작했다. 각 연구소마다 계급성 성과의 통계를 제시했다. 이번에는 이전과 달리 아래서 위로 의견을 수렴하는 방식을 채택했다. 먼저 대중의 의견을 구한 다음에 연구소 임원들의 보고를 듣는 방식이었다. 장샤오중은 의약비 판매를 보고하러 연구소에 돌아왔다가 과학원에서 특별히 파견된 조사원을 만나게 되었다. 자리를 함께한 두 사람은 반부패투쟁에 대한 인식을 나누었다.

이 무렵 장샤오중은 바이무가산샤오(百慕大三角)회사 일로 바빠 퇴직은 하지 않았지만 출근도 힘들어서 오랫동안 연구소에 돌아오지 못한 상황이었다. 연구소에서 다섯 차례나 학습한 ≪인민일보≫와 ≪광명일보≫, 그리고 두 번이나 본 영화 <권위와 돈>도 미처 소화하지 못했다. 그러다 보니 사유가 세태를 따라갈 수 없었다. 조사원의 질문에 그는 이상하다는 듯이 반문했다. 지금은 비영리기관들도 수익창출을 해야 하는 것 아닌가요? 그런데 또 반부패란 말입니까? 특파원은 더 이상 그와 얘기를 계속하기가 어려웠다. 그는 '포스트모더니즘 연구소'가 아직 반부패투쟁의 사각지대에 있다고 판단했다.

경력이 많은 또 다른 조사대상으로 라오쑨이 뽑혔다. 그에게 연구소에서 아직 해결되지 않은 부패문제로 어떤 것들이 있는지 물었다. 라오쑨은 천덩가오에게 계속 좋은 일이 생기는 것에 대해 심한 질투심을 갖고 있었다. 언제라도 기회가 되면 그의 부패를 폭로하고 싶었다. 하지만 아무리 생각해봐도 그가 무슨 부패를 저질렀는지 말하기가 힘들었다. 난삽한 남녀관계도 부패에 해당되는 걸까? 하지만 자기 주머니에서 꺼낸 돈으로 즐기는 것이라 꼬리를 잡을 만한 것이 없었다. 라오쑨은 마냥 지켜보고만 있을 뿐이었다. 조사원이 또 입을 열었다. 1급 임원들이 권위를 이용하여 사익을 챙기는 사례를 본 적이 없습니까?

라오쑨의 머리에 문득 떠오르는 생각이 있었다. 천덩가오가 순풍에 돛단 듯이 성공할 수 있었던 것이 소장 위안펑의 총애 덕분일지도 모른다는 것이었다. 위안펑은 늘 그에게 먼저 기회를 주었었다. 뿌리가 위안펑에게 있었다.

라오쑨이 말했다. 저…… 이건 아랫사람들의 이야기를 반영한 것입니다만, 연구소 1급 인원들은 빈번하게 출국을 하고 있지요. 1년에 몇 번이나 되는지 모르겠습니다. 연구소의 경비를 대부분

임원들이 쓰는 셈이지요.

조사원은 자세히 적어 내려가다가 구체적인 내용에 관해 물었다. 어떤 국가들을 갔는지 구체적으로 말해주실 수 있나요? 초청하는 쪽에서 비용을 부담했나요 아니면 연구소에서 경비를 지출했나요?

라오쑨이 재빨리 대답했다. 구체적인 내용은 저도 잘 모릅니다. 그냥 사람들이 하는 애기를 들은 겁니다.

다음으로는 좀 젊은 사람이 불려왔다. 류샤오루는 노동조합 문화체육위원이지만 그걸 관직이라고 할 수는 없었다. 조직의 보조금을 받지 않기 때문에 일반 군중에 속했다. 류샤오루는 걱정이 태산 같았다. 아내가 출산을 앞두고 있어서 장모님을 모셔 왔다. 모녀가 기숙사의 비좁은 공간에서 지내다 보니 자신은 매일 옆집에 가서 잠자리 신세를 지는 실정이었다. 언제까지 이렇게 신세를 져야 할지 모를 일이었다.

이러한 자신의 불만을 어디에 하소연해야 좋을지 몰랐던 그녀는 말이 자연스럽게 술술 나왔다. 밥도 못 먹는 마당에 우리가 무슨 이상한 짓을 저지르겠습니까? 우리 같은 사람들에게 언제 부패를 저지를 단초라도 생기겠어요? 단지 남들이 부패한 걸 보면 화가 나고 증오심이 생길 뿐입니다! 하지만 누구에게 화를 내고 누구를 증오할 수 있겠습니까? 그저 자기 운수를 탓할 뿐이지요. 운수가 없는 게 아니라면 자신에게 배정된 집을 남에게 빼앗긴다는 것이 말이 됩니까? 이런 불만은 조사원이 이미 들었던 내용이라 다시 기록할 필요가 없었다. 다음 단계는 소급과 처급 임원들을 소집해 회의를 여는 것이었다. 라오우의 보고도 있었다.

라오우는 말했다. 이번에 직접 조사하고 자료를 수집하면서 계급적 성과가 있었습니다. '포스트모더니즘' 택시회사는 더 이상 진행하지 않기로 결정했습니다. 방법을 찾아서 하루속히 양도하도록 하겠습니다. 택시회사를 한 것은 우리의 정책을 관철하려 했던 것이지만 실패로 결론이 났습니다. 앞으로 우리는 엄격하게 국가의 정신에 따라 일할 것이고 사적으로 자본을 모으는 짓따위는 하지 않을 것입니다.

천덩가오는 보고를 들으면서 회심의 미소를 지었다. 라오우, 당신은 정말 듣기 좋은 말을 잘도 고르는군요. 택시회사는 운전사를 모집하지 않아 차가 마당에서 썩고 있는데 양도가 가능하단 말입니까? 지금 당장 손보지 않으면 고철로 판다 해도 사 가는 사람이 없을 겁니다. 마리화가 말한 그대로군. 돈을 연구소에 투자하지 않은 건 정말 잘한 일이야.

하지만 나도 이득을 본 것도 없지 않은가? 창청회사의 채권도 아주 독하게 손해를 보지 않았던가? 이 일을 다른 사람에게 말하기도 어려웠다. 벙어리 냉가슴 앓는 수밖에 없었다. 왜 이렇게 나쁜 일은 나한테만 생기는 걸까. 이 모든 것이 마리화가 궁상을 떤 결과인 것 같았다. 처남도 적지 않게 돈을 때려 넣은 터였다.

마샤오후는 자기 누나가 조건을 말하는 걸 듣자마자 얼굴빛이 변하면서 말했다. 어림도 없어! 난 엄마의 호구를 갖고 맞받아칠 테니 그럴 줄 알라고 누나가 보기에 노인네의 가치가 10만 위안도 안 되는 것 같아?

장모님이 말했다. 둘째야, 너 왜 이렇게 멋대로 구는 게냐? 내가 너 같은 불효자를 왜 키웠는지 모르겠구나? 마샤오후가 말했다. 엄마는 누나 편만 들지 마시라고요. 매형이 집을 주지 않는데 내가 어떻게 좋은 얼굴로 지낼 수 있겠어요?

순간 천덩가오는 마음이 싸늘해졌다. 얼굴도 울긋불긋한 게 정상이 아니었다.

마리화의 감시와 증거수집 작업은 잘 진척되지 않았다. 며칠을 매복했지만 아무런 결과도 얻지 못하자 점차 투지가 식기 시작했다. 게다가 지워토우에게도 싫증이 났다. 속으로는 공연히 일을 만들어 자신을 괴롭게 하는 것이 싫었다. 그녀가 이사해 오기 전까지는 아무 일 없이 잘 지내지 않았던가?

이런 생각에 경계를 해제하고 나자 지워토우가 갑자기 회사로 전화를 걸어왔다. 방금 그 X년이 승합차에서 내려 마리화의 집으로 들어가는 걸 봤다는 것이었다. 빨리 와요. 빨리 오라고요. 증거를 잡아야지요.

마리화는 급히 조퇴를 하고 공장을 나왔다. 생각해 보니 버스를 타고 집에 도착하려면 두 시간은 족히 걸리기 때문에 아무래도 늦을 것 같았다. 마음을 굳게 먹고 처음으로 손을 들어 택시를 잡고는 속으로 생각했다. 나도 이제 막 나갈 거야. 그 창녀는 택시를 타고 다니는데 내가 왜 택시 타고 자기 집에 가면 안 된단 말이야?

이른 오전이라 도로가 계속 막혔다. 피 같은 돈 28위안을 내고 간신히 집에 도착할 수 있었다. 지워토우가 문 앞에서 충실하게 기다리고 있다가 그녀를 보자마자 말했다. 두 사람은 방금 나갔어요. 조마조마해서 죽을 뻔했어요. 두 시간이나 기다렸네요. 몇 번을 하고도 남을 시간이잖아요?

마리화는 너무나 화가 났다. 지워토우에게 화가 나는 건지 자신에게 화가 나는 건지 알 수 없었다. 적당히 몇 마디 얼버무리고 지워토우에게는 들어오라고 권하지도 않고 얼른 혼자 집으로 들어와 문을 잠갔다. 그런 다음 사냥개처럼 킁킁거리며 집 안을 세심하게 수색하기 시작했다. 코에 힘을 줄수록 음탕한 냄새가 풍기는 것 같았다. 침대시트는 바르게 정리되어 있지만, 아무리 봐도 누군가 방금 전까지 잠을 잔 것 같았다. 그녀는 찾고 또 찾았다. 하늘은 스스로 돕는 자를 돕는 법이었다. 결국 소파 틈 사이에서 긴 머리카락을 두 가닥이 나왔다. 그나마 소득이 있었다! 며칠간의 노력이 헛되지 않은 것이었다! 마리화는 엉덩이를 붙이고 앉아 알 수 없는 표정으로 멍하니 창밖을 바라보았다.

15

그 순간 천덩가오는 샤오얼을 데리고 레스토랑에 가서 격정이 가라앉은 뒤의 평온한 점심을 즐기고 있었다. 처음부터 끝까지 음식남녀가 되어 알뜰하게 즐기고 있었다.

차가운 에이드와 핫도그, 그리고 쓴 커피.

샤오얼은 편안하고 자신감 넘치는 소비를 했다. 너무나 짜릿한 맛이었다. 천덩가오는 샤오얼의 깨끗하고 빛나는 작은 얼굴을 바라보고 있었다. 절세가인의 자태를 음미하고 있었다.

샤오얼이 우아한 손짓으로 입가를 닦으며 물었다. 안 드세요? 해외에서 질리도록 드셨나 보군요.

천덩가오는 아무 대답도 없이 티스푼으로 잔에 든 커피를 천천히 젓기만 했다. 순간 쌉쌀한 향기가 목 전체에 퍼졌다.

해외에서? 흥, 해외라. 내가 나를 하나의 개인으로 여긴 적이 있었던가? 이국 땅에서 인스턴트 라면으로 끼니를 때우고 누런 고무본드로 때운 신발을 신고 다녔지. 억지로 허리띠를 졸라매면서 죽어라고 돈을 아꼈어. 책을 사고 자료를 샀지. 젊은 사람들은 창피를 무릅쓰고 막노동을 해서라도 돈을 벌었지만 나는 그렇게 할 수 없었어. 체면이라는 것을 팔아버릴 수 없었지. 결국 배를 곯는 수밖에 없었어. 그 시절부터 위장병이 지병으로 자리 잡게 되었지.

다른 사람들은 해외에 나가면 온갖 물건들을 사들고 왔지만 그는 수하물 중량이 초과되도록 책만 한 박스 사가지고 왔다. 때문에 장모님과 가족들로부터 오래도록 천대를 받아야 했다. 가족들은 그가 돌아와 선물을 안겨주기만 기다리고 있었던 것이다.

하지만 오히려 그 한 박스의 책이 그의 체면을 찾아주었다. 그

책을 통해 학계에서 두각을 나타낼 수 있었던 것이다.

한평생 그는 오븐 안의 핫도그처럼 이리저리 불에 달궈지고 구워졌다. 벗어날 수 없는 고달픔과 고단함이었다.

식사를 마치고 그는 샤오얼과 헤어졌다. 집으로 돌아가는 길 내내 샤오얼이 자신의 품에 웃는 얼굴로 안겨 있던 순간의 달콤함이 자꾸만 떠올랐다.

그는 아주 정성껏 정교한 어구를 찾아서 샤오얼의 사진집에 긴 서문을 써주기로 마음먹었다. 일주일 안에 써주기로 이미 약속을 한 터였다.

집으로 돌아와 문을 여는 순간 마리화가 생전 처음으로 집에 일찍 돌아와 있었다. 순간 온몸의 근육이 팽팽하게 당겨졌다. 전쟁이 발발하기 직전에 연기의 냄새를 맡은 것 같았다.

천덩가오가 들어오는 순간 얼굴에서 뿜어져 나오는 광채를 본 마리화는 그가 이미 그 요물과 잠을 잔 것이 분명하다고 확신하게 되었다. 그동안 증거를 찾느라 힘들었던 기억과 증거를 찾은 뒤의 낙담이 한데 어우러져 분노의 화염이 되었다. 코와 입에서 동시에 불꽃이 뿜어져 나왔다. 그녀는 선전포고도 생략하고 아악 소리와 함께 곧장 달려들었다.

속이 찔린 천덩가오는 황급히 옆으로 몸을 비키면서 입으로는 대충 둘러댔다. 왜 이래? 할 말 있으면 해. 말로 하자고 이게 무슨 미친 짓이야.

내가 미쳤다고? 집까지 여자를 데려와 사통을 하는데 어떻게 안 미칠 수가 있겠어?

또 헛소리군? 누구한테서 그런 헛소리를 듣고 그러는 거야?

내가 헛소리를 한다고? 이게 뭔지 와서 보라고! 마리화는 그 귀중한 머리카락을 흔들어댔다.

내 기어코 그녀 머리카락을 찾아냈지! 방금 전까지 아주 좋은 세월 보냈겠군! 그 더러운 창녀 같은 년이 연극을 한답시고 다른 짓은 못하면서 당신을 화끈하게 해줬겠군……

마리화는 천덩가오를 욕하지 않고 최악의 독설을 샤오얼에게로 향했다. 여성을 비하할 수 있는 가장 악독한 말로 샤오얼에게만 욕을 퍼부었다. 그 욕설에 천덩가오의 튼튼하지 않은 신경이 찢어지고 나약하고 가련한 자존감이 큰 상처를 입었다.

한 마디 한 마디 입에 담기 힘든 욕설이 내리치는 채찍처럼 천덩가오의 가슴속 가장 아름답고 신성한 부분을 아프게 내려쳤다. 그의 가슴이 처절하게 울부짖고 있었다. 하지만 그의 몸은 일어설 용기가 없었다. 그저 아내 앞에서 샤오얼을 대신해 몇 마디 변명을 할 뿐이었다.

천덩가오는 말없이 앉아서 속이 빈 갈대처럼 갑자기 불어닥친 바람에 아무런 저항 없이 흔들리고 쓰러졌다. 이런 모습이 그녀에게는 전혀 만족스럽지 않았다. 분이 풀리지 않은 그녀는 씩씩거리며 그의 책상으로 다가가 아직 완성되지 않은 원고를 집어들고는 반으로 찢어놓았다.

마리화는 평소에 원고를 찢거나 하지는 않았다. 부부싸움을 해도 냄비나 그릇 등을 내던지는 것이 고작이었다. 원고는 천덩가오의 생명이기 때문이었다. 그는 온전히 이 일을 통해 삶을 유지하고 있다. 원고를 찢었다는 것은 그의 생명을 빼앗은 것과 다름없었다. 그녀는 경솔하게 생명을 요구하지는 않았다. 하지만 지금 자신의 손으로 길러낸 남자의 변심을 목격한 그녀는 더 이상 그의 생명에 연민을 가질 이유가 없었다.

쫙- 찢어지는 소리와 함께 천덩가오가 으악 소리를 지르며 뛰쳐나와 충혈된 눈으로 원고를 빼앗았다. 마리화는 원고를 꽉 잡고 손에서 놓지 않았다. 냉소를 머금은 얼굴로 다시 여러 번 원고를 찢어 버렸다. 그 소리에서 그녀는 복수의 쾌감을 얻었다. 천덩가오는 더 이상 원고를 빼앗지 않았다. 대신 머리를 쥐어뜯고 발을 구르며 울부짖었다. 당신…… 당신……

마리화는 손을 펼쳐 선녀가 꽃을 뿌리듯 조각난 종이를 천덩가오의 머리 위로 날렸다. 천덩가오의 입술이 부들부들 떨렸다. 손이 마리화를 가리켰지만 한참 동안 아무 말도 하지 못했다.

마리화는 만족한 듯 큰 소리로 웃었다. 천덩가오는 손으로 가슴을 쥐어뜯으며 고통스럽게 허리를 숙이더니 픽- 하는 소리와 함께 그 자리에 고꾸라졌다. 인사불성이 되었다.

16

처남 마샤오후가 경호원들을 이끌고 택시를 타고 호기를 부리며 연구소로 들어섰다. 경호원들이 도열하여 길을 만들자 마샤오후가 핸드폰을 들고 입장하면서 낮고 울림이 있는 소리로 말했다.

내가 너희 '포스트모더니즘' 연구소를 작살내주지! 천덩가오가 우리 매형이 되고 싶지 않게 만든 것도 다 너희들이 조장한 탓이라고 누구든지 매형의 편을 들었다가는 뜨거운 맛을 보여 줄 테니 그런 줄 알아.

말을 마치고 손가락으로 뭔가 지시하자 그의 부하들이 실내를 한 바퀴를 돌면서 거들먹거리다가 물러갔다.

연구소 사람들은 대수롭지 않게 여겼다. 지금이 어떤 시대인가? 포스트모더니즘 시대였다! 이혼이 뭐 그리 대단한 일이라고 무료하고 통속적인 짓들이었다. 동료들은 늘 하던 대로 천덩가오에게 병문안을 갔고 입원비를 대주었으며 집을 배정해주었다. 지극정성으로 보살피면서 관심을 잃지 않았다. 라오우가 말했다. 라오천, 마음 놓고 몸조리 잘 해요. 서두를 필요 없어요. 연구실의 업무는 이미 류샤오루가 임시로 대신 맡아서 하고 있어요. 이것도 세기를 뛰어넘는 후계자를 양성하는 일이 되지 않겠어요?

라오위안이 말했다. 언제 팡좡단지로 옮길 생각이에요? 말만 하면 연구소에 차를 내서 샤오왕이 물건을 옮겨 줄 거예요.

우옌옌이 말했다. 샤오얼 언니의 <오징어>는 정말 성공적이었어요. 보셨나요? 천덩가오는 전기에 감전되기라도 한 듯이 온몸에 경련이 일었다.

라오위안이 우옌옌을 뒤쪽으로 끌어당겼다. 아, 아직 젊어서 생각나는 대로 함부로 말하는 거예요. 귀담아 듣지 말아요.

여러 사람들이 오고 갔지만 천덩가오가 마음속으로 보고 싶어 하던 그 사람은 없었다.

천덩가오는 복도 전화기 주변을 몇 번이나 맴돌았다. 갑자기 전화벨이 울리자 천덩가오는 깜짝 놀랐다. 손을 뻗어 받으려고 하는 순간 간호사가 달려와 눈을 흘기며 확 낚아챘다.

간호사는 수화기를 들고 재미있게 수다를 떨어댔다. 천덩가오는 고통 속에서 무력하고 망연한 표정을 지었다.

저녁이 깊어지고 있었다. 천덩가오는 환자복 위로 양복을 걸쳐 입고 간호사를 피해 도둑처럼 병실을 빠져나갔다. 택시가 그를 금세 소극장으로 데려다 주었다.

극장 밖에는 사람들이 잔뜩 줄을 서 있었다. 암표상 몇몇이 비싼 값으로 표를 팔고 있었다. 대형 광고판에는 샤오얼의 생기 넘치는 얼굴이 그려져 있었다. '오징어와 그녀의 연인들'이라는 문구가 선혈처럼 붉게 빛나고 있었다.

천덩가오는 입구로 다가가 원증을 꺼내 내밀며 수위에게 말했다. 저는 여자 주인공 샤오얼의 지도교수입니다. 좀 들어가게 해 주세요. 수위가 말했다. 여배우 할아버지라도 표를 사야 됩니다. 마침 그 옆을 지나가던 뚱보가 그를 알아보고는 데리고 들어가 주었다. 샤오얼의 기숙사에서 함께 술을 마셨던 사람이었다. 무대 한가운데에는 약간 큰 물침대가 있고 조명이 켜진 가운데 <잠수 아가씨>라는 곡목의 음악이 흐르고 있었다.

여주인공 샤오얼은 비키니도 벗어버린 상태였다. 중요한 부분에는 유성물감을 여러 겹 덧바르고 온몸에 촉수를 달아 오징어가 움직이는 형상을 연출했다. 그녀의 수많은 연인들도 똑같은 분장을 하고 뱅뱅 돌면서 경쟁하듯 서로 몸을 부딪쳤다. 무대 아래 관중들은 숨을 죽이고 붉게 상기된 얼굴로 시선을 집중하고 있었다. 눈을 크게 뜨고 조금이라도 더 자세히 보려고 애쓰고 있었다. 천덩가오는 더 이상 눈 뜨고 볼 수가 없어 눈을 감아버렸다. 의식이 몽롱해졌다.

아름다움이란 사람들과 함께 나눠야 하는 거지. 난 이제 정말 늙었나 봐.

몰래 극장을 빠져나온 그는 비틀거리며 바람 속을 걸었다. 택시를 잡아타고 병원으로 돌아오자 입구에서 기다리고 있던 간호사들이 호되게 나무랐다. 암담한 심정의 천덩가오에게는 아무 소리도 들리지 않았다.

병실에 들어와 막 침대에 눕는 순간 누군가 문을 두드렸다. 아들이 문 앞에 서 있었다. 요 며칠 사이에 아이에서 벗어나 얼굴에 덥수룩한 수염이 나 있는 아들이 낯설게만 느껴졌다.

아들은 안으로 들어오지 않고 문틀에 기대어 선 채 증오스런 눈빛으로 그를 쳐다보고 있었다. 천덩가오는 쥐구멍이라도 들어가고 싶은 심정으로 한껏 몸을 웅크렸다. 갑자기 10년은 더 늙어버린 아버지의 모습을 본 아들의 눈에 서렸던 증오의 빛이 서서히 사그라들었다. 대신 애틋한 연민이 솟구쳤다. 아들은 고개를 숙이고 다가와 가방에서 도시락을 꺼내 탁자 위에 올려놓았다.
엄마가 보낸 거예요.

　천덩가오는 떨리는 손으로 도시락을 열어보았다. 부추삼선만두
가 아직도 뜨거운 김을 뿜어내고 있었다. 순간 지난 세월의 향기
가 엄습해 왔다.

　혼탁한 두 줄기 눈물이 천덩가오의 움푹 파인 볼을 따라 흘러
내리다가 소리 없이 바닥으로 떨어졌다.

역자 후기

●

베이퍄오(北漂)들의 베이징

베이퍄오(北漂)들의 베이징

약 7백 년째 중국의 수도로서의 지위를 지키고 있는 극도로 이데 올로기적인 메가시티 베이징의 현재 인구는 약 2천만 명 정도다. 유 동인구를 합친 서울의 인구와 큰 차이가 나지 않는다. 제한된 공간에 이렇게 많은 인구가 밀집되어 있는 것은 이 두 도시가 어떤 형태로든 희망과 기회를 제공하기 때문일 것이다. 작은 나라 한국의 수도 서울 과 그 주변을 합친 수도권에 전체 인구의 절반이 밀집되어 있는 것처 럼 베이징에도 전국 각지에서 온 사람들이 서로 다른 방언과 풍습, 고향에 대한 그리움을 지닌 채 돈을 벌고 출세하기 위해 떠돌이 생활 을 하고 있다. 이는 무엇보다도 베이징의 중앙으로서의 지위 때문일 것이다. 상하이가 중국 경제의 수도라는 말도 일리가 없지는 않지만 중앙으로서의 베이징의 지위를 충분히 대신하지는 못한다. 베이징은 베이징만이 갖고 있는 범접할 수 없는 엄숙함과 견고한 위계, 권위와 질서, 부조리와 혼란을 갖추고 있다. 그리고 이 모든 것으로 포용과 배척이라는 모순적 권력의 자장을 형성하고 있다.

이러한 포용과 배척 사이에서 뿌리 없는 떠돌이들이 베이징 호구 (戶口)를 갖고 있지도 않고 연고도 없는 상태로 메가시티 베이징에서 현실과 욕망의 서사를 만들어내고 있다. 생존과 신분상승을 위한 몸 부림과 실패로 인한 좌절, 질병과 노쇠, 그리고 이 모든 것들을 말없 이 받아들이는 무력감이 '베이퍄오'라고 불리는 이들 베이징 떠돌이

군체가 엮어가는 서사의 주요 내용이다.

소설은 작가의 삶을 벗어나지 않는다. 이 책에 담긴 열 편의 중단편 소설은 이들 베이퍄오들의 치열한 삶을 둘러싸고 있는 부조리하고 해학적인 풍경의 기록이다. 알베르 까뮈가 말한 것처럼 우리의 삶은 논리가 아닌 풍경으로 구성되고 기억된다. 우리가 한 사회와 집단을 구체적으로 디테일하게 이해하기 위해서는 소설을 읽지 않으면 안 되는 이유가 여기에 있다. 이 열 편의 작은 서사와 그 행간에는 작가 쉬쿤이 베이징에 뿌려 놓는 족적이 여기저기 숨은 그림 찾기처럼 흩어져 있다. 예컨대 「늙은 축구팬」은 은퇴한 작가 부모님들의 따스한 이야기이고 「굿모닝 베이징」이나 「핫도그」는 선양(瀋陽) 출신인 작가가 베이징에 뿌리를 내리는 과정에서 경험했던 소외감과 성취감, 낯선 풍경이 주는 충격의 기억이 혼합된 그림이다. 또한 「사랑을 만나다」와 「상수리나무 여관」은 어쩌면 그녀가 문득 가졌을지도 모르는 또 다른 사랑에 대한 동경일 것이다. 나머지 작품들도 전부 그녀를 둘러싸고 있는 베이징이라는 메가시티와 그 안에서 오성과 욕망의 충돌을 겪으면서 다양한 유형의 성취와 좌절로 하루하루 떠돌이 생활을 이어가고 있는 베이퍄오들의 삶과 풍경의 기록이다.

이 책을 읽은 독자들에게 스쳐 지나가기만 했던 베이징이라는 도시의 모습이 하나의 뚜렷한 기억으로 자리 잡게 되었으면 좋겠다.

2015년 7월 10일
김태성

작가 및 번역자 소개

쉬쿤 徐坤

유명 소설가이자 문학박사 학위를 지닌 연구자이기도 하다. 1965년에 선양(瀋陽)에서 출생하여 중국사회과학원 대학원 문학과를 졸업했다. 현재 베이징작가협회에 재직하면서 중국작가협회 전국위원회 위원, 국가 1급작가로 활동하고 있다. 1993년에 소설작품을 발표하기 시작하여 산문을 포함하여 3백만 자가 넘는 작품을 발표했다. 대표작으로『젊은 친구들의 모임』,『부엌』,『중국의 한 외국인』,『2주 반 동안의 사랑』등이 있다. 일부 작품이 영어, 독일어, 일어, 한국어 등으로 번역, 소개된 바 있다. 여러 차례에 걸쳐 ≪중국작가≫, ≪인민문학≫, ≪소설주간≫, ≪소설월보≫ 등이 선정한 우수소설상을 수상했으며 당대문학연구회가 선정한 제1회 '여성문학성취상'(1998), 중국작가협회가 선정한 제1회 '평무(馮牧)문학상'(2000), 제2회 '루쉰문학상'(2001), 제9회 '장중원(莊重文)문학상'(2003) 등을 수상했다.

김태성 金泰成

1959년 서울에서 출생하여 한국외국어대학교 중국어과를 졸업하고 동대학원에서 타이완문학 연구로 박사학위를 받았다. 중국학 연구공동체인 한성문화연구소(漢聲文化研究所)를 운영하면서 한국외국어대학교 중국어대학에 출강하고 있으며 중국어문학 번역과 문학교류 활동에 주력하고 있다. 『노신의 마지막 10년』, 『굶주린 여자』, 『인민을 위해 복무하라』, 『목욕하는 여인들』, 『딩씨 마을의 꿈』, 『핸드폰』, 『나와 아버지』, 『사람의 목소리는 빛보다 멀리 간다』, 『녹차』, 『말 한 마디 때문에』, 『사망통지서』, 『타푸』, 『여름 해가 지다』 등 백여 권의 중국 저작물을 한국어로 번역했다.

쉬쿤 소설집

상수리나무 여관 橡樹旅館

초판 1쇄 발행 2015년 9월 10일

지 은 이 쉬쿤(徐坤)
옮 긴 이 김태성
펴 낸 이 최종숙
펴 낸 곳 글누림출판사

책임편집 이태곤
편   집 문선희 박지인 권분옥 이소희 오정대
디 자 인 안혜진 이홍주
마 케 팅 박태훈 안현진

주 소 서울시 서초구 동광로46길 6-6(반포4동 577-25) 문창빌딩 2층(우 06589)
전 화 02-3409-2055(대표), 2058(영업), 2060(편집)
팩 스 02-3409-2059
전자메일 nurim3888@hanmail.net
홈페이지 www.geulnurim.co.kr
등록번호 제303-2005-000038호(2005.10.5)

정 가 16,000원
ISBN 978-89-6327-314-3 03820

출력/인쇄 · 성환C&P 제책 · 동신제책사 용지 · 에스에이치페이퍼

* 이 도서의 국립중앙도서관 출판예정도서목록(CIP)은 서지정보유통지원시스템 홈페이지(hhttp://seoji.nl.go.kr)와
  국가자료공동목록시스템(http://www.nl.go.kr/kolisnet)에서 이용하실 수 있습니다.(CIP제어번호: CIP2015022866)

徐坤小説選集

이 책은 소정의 심사과정을 거쳐 中國作家協會의 번역비 지원을 받아 출판되었음.